"中西叙事传统比较研究"
编撰人员名单

总 主 编：傅修延

副总主编：陈　茜　肖惠荣

本卷撰写人员：赵炎秋、江守义、廖述务、熊江梅、胡晓芳

总主编 傅修延

中西叙事传统比较研究

叙事思想卷

赵炎秋 等著

北京大学出版社
PEKING UNIVERSITY PRESS

图书在版编目(CIP)数据

中西叙事传统比较研究. 叙事思想卷 / 傅修延总主编；赵炎秋等著. --北京：北京大学出版社, 2024. 10. --ISBN 978-7-301-35308-0

Ⅰ. I0-03

中国国家版本馆 CIP 数据核字第 2024PG4145 号

书　　名	中西叙事传统比较研究·叙事思想卷 ZHONGXI XUSHI CHUANTONG BIJIAO YANJIU·XUSHI SIXIANG JUAN
著作责任者	傅修延　总主编　赵炎秋　等著
组稿编辑	张　冰
责任编辑	李　哲
标准书号	ISBN 978-7-301-35308-0
出版发行	北京大学出版社
地　　址	北京市海淀区成府路 205 号　100871
网　　址	http://www.pup.cn　新浪微博：@北京大学出版社
电子邮箱	编辑部 pupwaiwen@pup.cn　总编室 zpup@pup.cn
电　　话	邮购部 010-62752015　发行部 010-62750672　编辑部 010-62759634
印 刷 者	涿州市星河印刷有限公司
经 销 者	新华书店
	720 毫米 ×1020 毫米　16 开本　19 印张　300 千字 2024 年 10 月第 1 版　2024 年 10 月第 1 次印刷
定　　价	118.00 元

未经许可，不得以任何方式复制或抄袭本书之部分或全部内容。
版权所有，侵权必究
举报电话：010-62752024　电子邮箱：fd@pup.cn
图书如有印装质量问题，请与出版部联系，电话：010-62756370

内容简介

中西古典小说叙事差异明显。中国章回小说重娱乐和消遣,叙事程式固定、雷同,内容直接针对现实不够。而西方小说则比较重视现实描写,形式成熟多样。从叙事要素的角度看,西方小说重视要素的呈现也即要素本身表现的完满与充分;中国小说重视要素的关系也即要素之间的连接与组织。从密度与细度这一角度看,西方小说要素的密度较低、细度较高,中国小说要素的密度较高、细度较低。由此形成一系列其他的不同。中西小说的虚构观牵涉范围较广。中国古代小说虚构观的内容极为丰富,采录异闻、设幻好奇、据史演义、因文生事、据实虚构等数种虚构观依次出现,最终并行共存,但均体现出中国古人对"奇"的青睐。西方古代小说虚构观几经发展,其内核却极为稳定,强调"摹仿"与"再现"。中西小说虚构观不同,有社会制度、思想文化、文学渊源、地理环境等多方面的原因。历史叙述是通过赋予历史实体以秩序和意义而与历史解释联系在一起的话语方式,具有文化根性。中西历史叙述在结构模式上的线性与"缀段性"之别、在演化元叙述上的普遍史与循环史之别、在"他者"书写上的"它性"与"间性"话语之别,都不能纳入"实事意义上的真实"的"中性"历史范畴,而只能视为"人情意义上的真实",其实质是中西不同文化语境下的"历史解释"。中西叙事伦理思想比较以小说叙事伦理比较为代表。中国小说主要体现为规范伦理,西方小说主要体现为德性伦理。中国小说真实作者有强烈的伦理说教意图,隐含作者往往伦理先行,叙述者的伦理意图明显;西方小说真实作者主要显示对道德品性的理解,隐含作者则兼有伦理先行和道德后觉,叙述者的伦理意图时明显时不明显。身体叙事思想既指理论形态的观念体系,也指具体文学作品与文学实践中的身体叙事思想。研究身体叙事一方面要比较分析中西理论形态身体叙事思想,另一方面也需运用相关理论思想阐发中西实践形态身体叙事思想之异同。比较分析与重构理论形态,也就是要寻求一种有效的认知装置,据此再与实践形态身体叙事话语构成对话并互为发现。

总序
叙事传统有文明维系之功

傅修延

"中西叙事传统比较研究"(共七卷)为国家社科基金重大项目"中西叙事传统比较研究"的成果结晶,2016年该研究获立项资助(批准号:16ZDA195),2018年获滚动资助,2022年以"优秀"等级结项(证书号:2022&J020),2023年获国家出版基金资助。除了这套七卷本研究成果,本研究还有一批成果以论文形式发表于《中国社会科学》《文学评论》《文学遗产》《外国文学评论》和 Neohelicon 等国内外权威刊物。2021年前期成果《中国叙事学》被译成英文在施普林格出版社出版,2022年阶段性成果《听觉叙事研究》列入国家社科基金中华学术外译项目推荐书目,2023年《听觉叙事研究》英译本获准立项。此外,成果中还有两篇论文获得江西省社会科学优秀成果一等奖(2019年和2021年),两部专著获得教育部高等学校科学研究优秀成果奖(人文社会科学)二等奖(2020年)。

以下介绍本研究的缘起、目的、内容、学术价值和观点创新。

一、缘起

叙事学(亦称叙述学)在当今中国热闹非凡,受全球学术气候影响,一股势头强劲的叙事学热潮如今正席卷中国。翻开人文社会科学领域的报刊与书目,以"叙事"或"叙述"为标题或关键词的著述俯拾皆是;高等学校每年生产与叙事学有关的本科、硕士和博士学位论文的数量近年来呈节节攀升之势。在CNKI数据库中分别检索,从2012年8月3日至2022年8月3日这十年中,篇名中包含"叙事"与"叙述"的学术论文,前者检索结果总数为50658条,年均5065.8篇;后者检索结果总数为5378条,年均537.8篇。除了使用频率大幅提高之外,"叙事"的所指泛化也已达到令人叹为观止的地步,在一些人笔下该词已与"创作""历史"甚至"文化"同义。

但是,迄今为止国内的叙事学研究,还不能说完全摆脱了对西方叙事学的学习和模仿——"叙事学"对国人来说毕竟是一个舶来名词,学科意义上的叙事学(Narratology)诞生于20世纪60年代的法国,迄今为止这门学科的主导权还在西方。以笔者的亲身经历为例,中外文艺理论学会叙事学分会近二十年来几乎每两年就举办一次叙事学国际会议,西方知名的叙事学家大多都曾来华参加此会。这种在中国举办的国际会议本应成为东道主学者展示自己成果的绝好机会,但由于谦让和其他原因,多数人在会上扮演的还是聆听者的角色。相比之下,西方学者大多信心满满、侃侃而谈,他们仿佛是叙事学的传教士,乐此不疲地向中国听众传经送宝。这种情况并非不可理解,处于后发位置的中国学者确实应当虚心向先行一步的西方学者学习。但西方学界素有无视中国学术的习惯,一些西方学者罔顾华夏为故事大国和中华民族有数千年叙事经验之事实,试图在不了解也不想了解中国的情况下总结出置之四海而皆准的叙事理论,这当然是极其荒唐的,也是不可能做到的。在西方一些大牌教授心目中,中国文学无法与欧美文学并驾齐驱。法国结构主义叙事学当年在归纳"叙事语法"上陷于困境,视野狭窄是其原因之一。

以上便是本研究起步时的学术语境。总而言之,如同许多兴起于西方的学科一样,西方学者创立的叙事学主要植根于西方的叙事实践,他们的理论依据很少越出西欧与北美的范围,在此情况下,中国学者应当向世界展示自己的叙事传统,并在一个更为广阔的时空背景下描述中西叙事传统各自的形成轨迹以及相互之间的冲突与激荡。所以本研究内含的真正问题是:西方话语逻辑能否建构出具有普适性的叙事理论?全球化进程下的叙事学研究难道还能继续无视中国的叙事传统?对中西叙事传统作比较研究是否有利于叙事学成长为更具广泛基础、更具歌德和马克思憧憬的"世界文学"意味的学科?

提出问题是为了解决问题,相关问题实际上又内含了一种面向中国学者的召唤：我们在中西交流中不应该总是扮演聆听者的角色，中西叙事传统比较这样的研究任务目前只有中国学者才能承担。近代以来"西风压倒东风"局面产生的一大文化落差，是谢天振先生称之为"语言差"的现象：操汉语的国人在掌握西语并理解相关文化方面，比母语为西语的人掌握汉语和理解中国文化要来得容易，这种"语言差"使得中国拥有一大批精通西语并理解相关文化的专家学者，而在西方则没有同样多的精通汉语并能理解博大精深的中国文化的同行。① 与"语言差"一道产生的还有谢天振所说的"时间差"：国人全面深入地认识西方、了解西方已有一百多年历史，而西方人开始迫切地想要了解中国，也就是最近这短短的二十至三十年时间。② "语言差"与"时间差"使得"彼知我"远远不如"我知彼"，诚然，在中华国力急剧腾升的当下，西方学者现在并不是不想了解中国，而是他们中的大多数尚不具备跨越语言鸿沟的能力。可以设想，如果韦勒克、热奈特等西方学者也能够轻松阅读和理解中国的叙事作品，相信其旁征博引之中一定会有许多东方材料。相形之下，如今风华正茂的中国学者大多受过系统的西语训练，许多人还有长期在欧美学习与工作的经历，这就使得我们这边的学术研究具有一种左右逢源的比较优势。

二、目的

本研究致力于为"讲好中国故事"提供学术助力，任何"接地气"的讲述方式都离不开本土叙事传统的滋养。

传统的一大意义在于其形成于过去又不断作用于当下，为了讲好当下的中国故事，需要回过头来认真观察自己的叙事传统，从中汲取有益的经验与养分。同时还要将其与西方的叙事传统作比较参照，此即王国维所云"欲完全知此土之哲学，势不可不研究彼土之哲学"，他甚至还说"异日发明光大我国之学术者，必在兼通世界学术之人"。③ 20世纪初学界就有"列强进化，多赖稗官；大陆竞争，亦由说部"④的认识，小说固然不可能

---

① 谢天振：《中国文学走出去：问题与实质》，《中国比较文学》2014年第1期。
② 同上。
③ 王国维：《奏定经学科大学文学科大学章程书后》，载方麟选编：《王国维文存》，南京：江苏人民出版社，2014年，第50—55页。
④ 陶曾佑：《论小说之势力及其影响》，载郭绍虞主编：《中国历代文论选》（下），北京：中华书局，1963年，第420—421页。

独力承担疗世救民的使命,但这说明叙事中蕴含的巨大能量已为今人所觉察。面对当今世界范围内各种思想文化激烈交锋的新形势,中央要求哲学社会科学发挥作用以"提高我国在国际上的话语权",本研究正是对这一号召的学术响应。

叙事诸要素包括行动、时间、空间和人物等,讲述者对叙事要素的不同倚重导致不同的"路径依赖"。以古代的史传叙事为例,如果说《左传》是"依时而述",《国语》是"依地而述",那么《世本》及后来的《史记》就是以时空为背景形成"依人而述",这种以人物为主反映行动在时空中连续演进的纪传史体,最终成为皇皇"二十六史"一以贯之的定式。又如,史官文化先行使得后来的各类叙事多以"述史"为导语:"奉天承运"的皇帝圣旨多祖述尧舜汤武,共和以后的政治文告亦往往从前人的贡献起笔,四大古典小说更是用"自从盘古开天地,三皇五帝到如今"之类的表述作开篇。今天为民众喜闻乐见的各种故事讲述,仍在一定程度上沿袭着这种模式——用前人之事来为自己的讲述"鸣锣开道",容易获得某种"合法性"与"正统性"。再如,中国自古就有以重器纪事的习惯,商周青铜器有不少是铭事之作。将叙事功能赋予陈放在显著位置上的贵重器物,一是有利于将事件牢固地记录下来,二是时时提醒在生之人这一事件的存在,三是昭告冥冥之中的神灵和先人。青铜时代开启了这种叙事传统,以后每逢有重大事件发生,便会出现相应的勒石铭金之作,人神共鉴的叙事意味在形形色色的碑碣文、钟鼎文和摩崖文中不绝如缕。到了无神论时代,这一传统仍然保留了下来,无论是人民英雄纪念碑还是为特定事件铸造的警世钟和回归鼎之类,都有告慰在天之灵的成分。世代相传的故事及其讲述方式凝聚着我们祖先的聪明智慧,只有弄明白自己从何处来,才可能想清楚今后向何处去。

人类学认为孤立地研究一个民族的神话没有意义,只有将多个民族的神话相互参照发明,才能见出神话后面的意义与规律。古埃及象形文长期未被破译,载有三种文字对照(古希腊文、古埃及象形文与埃及纸草书)的罗塞塔碑出土之后,学者通过反复比对,终于发现了理解这种文字的重要线索。同样的道理,要想真正懂得中华民族的叙事传统,不能只做自己一方的研究,还需要将其与域外的叙事传统相互映发。例如,中国古代小说的"缀段性"被胡适看作"散漫"和"没有结构"①，这种源于亚里士多德《诗学》的判断现在看来相当武断，因为如今美国的电视连续剧基本上都是每集叙述一个相对独立的小故事，以此连缀全剧，看到这一点，就会发现我们的"缀段性"叙事传统并不像某些人说的那样不合理，西方叙事到头来与我们的章回体叙事殊途同归。再如，一般人不会想到古代小说家中也会出现形式探索的先驱，而如果以西方的"元叙述"理论为参照，便可看出明清之际董说的《西游补》是一部最早的"元小说"，因为这部小说确切无疑地用荒诞无稽的讲述揭穿了叙事的虚妄，说明我们的古人早就洞悉了叙事这门艺术的本质。有了这种认识，就会发现张竹坡、毛氏父子为代表的小说评点已有归纳叙事规则的迹象，鲁迅《中国小说史略》中更有总结中国叙事经验的自觉意识。

中美双方的比较文学学者首次聚会时，美方代表团团长、普林斯顿大学教授厄尔·迈纳在闭幕式上用"灯塔下面是黑暗的"这句谚语，说明比较文学研究的意义：只研究自己国家的文学是远远不够的，需要另一座"灯塔"来照亮。本研究坚持以对中国传统的讨论为主线，西方传统则是以副线和参照对象的方式存在。这种"以西映中"的主副线交织，或许会比不具立场的"平行研究"更具现实意义，因为比较中西双方的叙事传统，根本目的还是深化对自己一方的认识——研究者都不是生活在真空之中，不存在什么立场超然的比较研究。只有把自己与他人放在一起，客观地比较彼此的长短、多寡与有无，才能发现自己过去看不到的盲区，更深入地理解自己"从何而来"及"因何如此"。

本研究还有一个重要目的，就是纠正20世纪初年以来低估本土叙事的偏见。众所周知，欧美小说的大量输入与中国小说的现代换型之间存在着某种因果关系，但在效仿西方小说模式的同时，一种认为中国小说统统不如西洋小说的论调在学界占了上风。胡适声称："这一千年的（中国）

---

① 《儒林外史》虽开一种新体，但仍是没有结构的；从山东汶上县说到南京，从夏总甲说到丁言志；说到杜慎卿，已忘了娄公子；说到凤四老爹，已忘了张铁臂了。后来这一派的小说，也没有一部有结构布置的。所以这一千年的小说里，差不多都是没有布局的。内中比较出色的，如《金瓶梅》，如《红楼梦》，虽然拿一家的历史做布局，不致十分散漫，但结构仍旧是很松的；今年偷一个潘五儿，明年偷一个王六儿；这里开一个菊花诗社，那里开一个秋海棠诗社；今回老太太做生日，下回薛姑娘做生日，……翻来覆去，实在有点讨厌。"胡适：《五十年来中国之文学》，载胡适：《胡适古典文学研究论集》（上册），上海：上海古籍出版社，2013年，第128—129页。

小说里,差不多都是没有布局的。"①陈寅恪也说:"至于吾国小说,则其结构远不如西洋小说之精密。"②这种对西方叙事作品的钦羡,在相当长时期内遮蔽了国人对自身叙事传统的关注。

如果以大范围和长时段的眼光回望历史并与西方作比较,便会认识到没有什么置之四海而皆准的叙事标准。中西叙事各有不同的内涵、渊源与历史,高峰与低谷呈现的时间亦有错落,其形态与模式自然会千差万别,不能简单地对它们作高低优劣之判断。《红楼梦》问世之时,英国的菲尔丁等小说家还未完全突破西班牙流浪汉小说的形式桎梏,就连艺术价值远低于《红楼梦》的《好逑传》(清代章回体小说)也曾获得歌德的高度称赞。我们不能因取石他山而看低自己,更不能一味趋从别人而将本土传统视为"他者"。西方叙事传统虽有古希腊罗马文学这样辉煌的开端,但西罗马的灭亡导致西方文化坠入长达千年的困顿,所以西方叙事学家经常引述的作品大多是18世纪以后的小说,出现频率较高的总是那么十几部,其中一些用我们叙事大国的眼光来看可能还不够经典。

相比之下,中国叙事传统如崇山峻岭般逶迤绵延数千年,不同时代的不同文体都对故事讲述艺术做出了贡献,且不说史传、传奇、杂剧和章回体小说等人所共知的叙事高峰,即使过去只从抒情角度看待的诗词歌赋——包括《诗经》、楚辞、汉赋、乐府和唐诗、宋词等在内,其中亦有无数包含叙事成分的佳作,它们合在一起构成了一座储藏量极为丰富的宝库。作为这笔无价遗产的继承人,中国的叙事学家有条件做出超越国际同行的理论贡献。

三、内容

中国和西方均有自己引以为豪的叙事传统,本研究秉持"中西互衬"和"以西映中"的方针,对中西叙事传统展开全方位的比较研究。具体来说,本研究突破以小说为叙事学主业的路径依赖,将对象扩大到包括作为初始叙事的神话、民间种种涉事行为与载事器物、戏剧与相关演事类型、

---

① 胡适:《五十年来中国之文学》,载胡适:《胡适古典文学研究论集》(上册),上海:上海古籍出版社,2013年,第128页。

② 陈寅恪:《论再生缘》,载陈寅恪:《寒柳堂集》,北京:生活·读书·新知三联书店,2001年,第67—68页。

含事咏事的诗歌韵文以及小说与前小说、类小说等。扩大研究范围的理据在于,如果完全依赖以语言文字为载体的叙事文本,无视汇入中西叙事传统这两条历史长河的八方来水,对它们所作的比较研究就无法达到应有的深度与广度。选择以上对象作中西比较,是因为它们与叙事传统的形成有着不容忽视的强关联:神话是人类最早的讲故事行为,在叙事史上的凿空作用自不待言;民间叙事作为"在野的权威"和"地方性知识",对叙事传统的形成有一种潜移默化的影响;戏剧在很长时期内一直是大众接受故事的主要来源,其在社会各阶层的传播远超别的叙事形态;诗歌的叙事成分经常被其抒情外衣所遮蔽,因此有必要彰显其"讲故事"的属性;小说及其前身一直是叙事传统最重要的体现者,更需要在前人工作的基础上予以深化和推进。此外,本研究还包括叙事理论及关键词以及叙事思想等方面的中西比较。以下为各卷的主要内容:

1.《中西叙事传统比较研究·关键词卷》

本卷旨在梳理中西叙事理论关键词的概念内涵与渊源演进,考察其知识谱系、理论意义及文化意味,将学界对中西叙事理论的认知与理解推向深入。一是勾勒中西叙事理论各自的发展轮廓,从共时性角度比较其形态特征;二是对中西叙事理论的研究领域进行分类,主要从真实观念、文本思想、情节意识、人物认知、修辞理念及阅读观念等方面开展比较研究,以求深化关于中西叙事传统的认识与理解;三是持以西映中的方法论立场,对中西叙事理论中的若干关键词进行比较研究,彰显中国叙事理论话语的体系结构、实践效用与文化意义;四是构建中国特色的叙事理论话语体系的基本原则、主要方法与实际意义。

2.《中西叙事传统比较研究·叙事思想卷》

本卷集中探讨中西叙事思想几个比较重要的方面。一是文学叙事思想,一方面讨论了中西古代小说的主要差异,认为西方小说比中国小说更接近现实,西方文学侧重叙事要素本身的呈现,中国文学侧重叙事要素之间的关系,中国小说重视要素的密度,西方小说重视要素的细度;另一方面讨论了中西小说的虚构观,认为中国小说围绕"奇"做文章,西方小说强调"摹仿"与"再现"。二是历史叙事思想,分析中西历史不同的发展轨迹、叙事观念,指出中国史传文的高度发达及文学叙事中的"慕史"倾向对文学叙事具有重要的影响。三是叙事伦理思想,从故事伦理与叙事伦理两个方面,分析中西叙事伦理不同的主题、价值取向、文化规约、叙事方式。

四是身体叙事,从理论与实践两个方面分析了中西身体叙事思想的异同。

3.《中西叙事传统比较研究·神话卷》

本卷对作为文化源头的中西(古希腊、希伯来)神话叙事传统进行系统的比较研究,分十章从神话文本的存在形态、讲述者类型、话语组织向度、形象的角色化程度、行动元类型与故事模式、创世神话的时空优势意识、神秘数字的组织作用等方面,对中西上古神话叙事特征和传统进行比较研究,得出中国上古神话叙事具有空间优势型特征,西方神话叙事具有时间优势型特征的结论。在此基础上,从思维、语言、以经济生产方式为基础的社会生活等方面对导致中西神话叙事和思维特征时空类型差异的深层原因进行深层次探讨,勾勒出其各自对后世叙事传统的深远影响。

4.《中西叙事传统比较研究·小说卷》

本卷立足于中国古代小说叙事本位,通过互衬来凸显中西小说各自的叙事特征,借此彰显中西小说叙事传统之差异。主要内容:一是频见于西方叙事学视界而治中国小说者用力不足之比较叙事研究,如中西小说的功能性叙事、评论性叙事、反讽性叙事以及小说叙事中的人物观念等,通过以西映中式的比照,在比较中呈现中国古代小说的叙事面貌,彰显中西小说同中有异的叙事特征;二是多见于中国小说叙事场而西方叙事学少有关注的博物叙事、空白叙事,分析中西小说此类叙事传统的文化成因及其价值;三是常见于中国古代小说叙事领域而难见于西方小说之缺类比较研究,如中国古代小说的插图叙事,意在揭示中国小说叙事之个性。

5.《中西叙事传统比较研究·戏剧卷》

本卷考察中西戏剧自萌芽至现代转型期间所出现的林林总总的演事形态,以见中西戏剧叙事传统之异同。主要内容:一是梳理中西戏剧叙事传统的形成与发展,主要以中国戏剧叙事传统为主,西方戏剧叙事传统为辅,沉潜到戏剧史的各个阶段,沿波讨源,考察戏剧叙事的演进脉络;二是采用中西对读的方式,专题比较中西戏剧角色叙事、叙述者、剧体叙事、伦理道德叙事等之异同,彰显中西戏剧同中有异的叙事形态与特色;三是突破戏剧文本叙事的单向研究,引入戏剧形态学的视野与方法,挖掘中西戏剧舞台的"演事"传统,揭示中国戏剧以表演为中心的叙事传统,形成角色叙事、听觉叙事、博艺叙事、行走表演叙事等与西方戏剧迥异的表演叙事方式,深化对中国戏剧演剧形态的认识;四是深入中西戏剧动态、开放的戏剧文化场域,从戏剧创编、演剧场合、故事传统等方面,考察中西戏剧叙事传统形成的机制与文化原因,发掘出戏剧叙事的多元方式。

6.《中西叙事传统比较研究·诗歌卷》

本卷将中西诗歌叙事传统置于异质文化及冲突融合的语境中进行比较,由此彰显中国诗歌叙事传统的特色。主要内容:一是分析不同的思维方式如何影响中西诗歌叙事传统,如形象/感性思维与抽象/理性思维的差异,直接关系到诗歌意象的选择、事件的叙述、情感的表达乃至风格的偏好;二是比较中西诗歌叙事的口头传统,如"重述"与"程式"是诗歌口头传统的鲜明遗痕,主题作为一种固定的观念群则起到了引导故事情节发展的作用;三是比较中西诗歌的叙事范式,如"诗史"范式与"史诗"范式、"感事"范式与"述事"范式、"家园"范式与"远游"范式等;四是探讨中西诗歌的叙述者、隐含作者、内心独白叙事、听觉叙事等,它们是叙事主体想象力扩张的重要标志;五是从《诗经》叙事性层面觇探中国诗歌叙事传统的特质。

7.《中西叙事传统比较研究·民间卷》

本卷以叙事载体为分类依据,区分出口传、文字、非语言文字三个大类,对其内涵、特征以及在中西叙事传统中的发生发展进行梳理和比较。主要内容:一是中西民间口传叙事传统比较研究。民间故事、口头诗歌、民歌、谣谚是口传叙事当中的主要形态,从源流、叙事特征、叙事模式以及与文人叙事的关系等方面,对这四种具体的叙事形态进行比较。二是中西民间文字叙事传统比较研究。主要研究以文字为载体的中西民间叙事形态,其中以私修家谱叙事最具代表性,着力从源流、叙事体例、叙事话语等方面进行比较研究。三是中西民间非语言文字叙事传统比较研究。中西陶绘瓷绘等民间艺术中有着丰富的叙事元素,本卷着重研究蕴含在以陶瓷图绘为代表的图像艺术中的叙事现象。上述三大类研究涵盖了中西民间叙事的主要形态,能多维度透析中西民间叙事传统及其价值。

四、学术价值

叙事学兴起之初,西方一些学者效仿语言学模式总结过各种各样的"叙事语法",但这些尝试最终都归于失败,原因主要在于"取样"范围过小。要想让一门理论具备普遍适用性,创立者须有包容五湖四海的胸襟。但西方叙事学主要表现为对欧美叙事规律的归纳和总结,验之于西方之外的叙事实践则未必全都有效。一些傲慢的西方学者甚至把一切非西方的学问看作"地方性知识",中国的叙事经典因此难入其法眼。事实上如果真有所谓"普遍性知识"的话,那么它也是由形形色色的"地方性知识"汇聚而成的——无论是西方还是东方的叙事学,统统属于"地方性知识"的范畴,单凭哪一方的经验材料都不可能搭建起"置之四海而皆准"的叙事学理论大厦。进入 21 世纪后,由于中国学者的努力,这种情况已经有所改善,但在归纳一般的叙事规律时,一些不懂汉语的西方学者依旧背对东方,他们甚至觉察不到自己的理论体系中缺少东方支柱。所以中国学者在探索普遍的叙事规律时,不能像西方学者那样只盯着西方的叙事作品,而应同时"兼顾"或者说更着重于自己身边的本土资源。这种融会中西的理论归纳与后经典叙事学兼收并蓄的精神一脉相承,可以让诞生于西方的叙事学接上东方的"地气",成长为更具广泛基础、更有"世界文学"意味的理论学科。通过深入比较中西叙事传统,我们有可能实现对叙事规律的总体归纳,实现对叙事各层面各种可能性的全面总结。这种理论上的归纳和总结告诉人们,中西叙事实践中还有许多可能性尚待实现,还有不少"缺项"和"弱项"可以互补与强化;只有补足这些"缺项"和"弱项"的叙事学才能真正发挥理论指导实践的作用。

本研究的另一学术价值,是为中西叙事传统的比较研究确定一套常用的概念体系,这对建设有别于西方的中国话语体系也有重要意义。福柯指出,只有话语创新和范式转换才有可能实现真正意义上的"创始",本丛书朝此目标迈出的一大步,表现为对以下四个关键性概念作了专门论述。其一为"叙事",此前对叙事的认识多从语义出发而未深入本质,本研究将其还原为讲故事行为,指出叙事最初是一种诉诸听觉的信息传播,万变不离其宗,不管传媒变革为后世的叙事行为增添了多少手段,从本质上说它们都未摆脱对原初"讲"故事行为的模仿。只有紧紧抓住"讲故事"这条主线,才有可能穿透既有的学科门类壁垒,使叙事传统的脉络、谱系与内在关联性复归清晰。其二为"叙事传统",本研究首次对这一概念作了界定,将其定义为世代相传的故事讲述方式——包括叙事在内的所有活动都会受惯性支配。人们一旦习惯了某种路径,便会对其产生难以自拔的依赖,惯性力量导致"路径依赖"不断自我强化,对故事的讲述习惯就是这样逐步发展成叙事传统的。其三为"中国叙事传统",影响了一代又一代的叙事,成为中国叙事传统的显性特征。笔者一贯主张研究中国叙事学须扣紧叙事传统这条主线,为此倾注了半生心血——在前期成果奠定的学术基础上,本研究通过扩大调查范围与提前考察时代,将中国叙事传统的面貌描摹得更为全面和清晰。其四为"西方叙事传统",本研究对西方叙事传统作了系统考辨,指出古希腊罗马文学之所以在西方叙事史上产生巨大深远的影响,原因在于它为未来的故事讲述奠定了方法论基础,后古典时期的叙事进程则表现为将前人辟出的小径踩踏成大道;在生产方式的影响下,西方人讲述的故事多涉及旅途奔波、远方异域以及萍水相逢的陌生人,这使得流浪汉叙事成为其叙事传统的显性特征。

本研究还为叙事学及相关领域开辟出新的文献资料来源。叙事如罗兰·巴特所言,存在于一切时代与一切地方;鲁迅曾说:为官方所不屑的稗官野史和私人笔记,从某种意义上说要比费帑无数、工程浩大的钦定"正史"更为真实。本研究专设"民间卷"这一分卷,把以往不受关注的民间谱牒等纳入叙事研究的视野,分卷作者通过实地调研和网络搜索等手段,从中国国家图书馆和世界数字图书馆等处收集到中西私修家谱近百套。引入这些私人性质的记述材料后,中西叙事传统的面貌呈现得更为清晰。

尤为值得一提的是,本研究还将目光投向语言文字之外的陶瓷图像,陶瓷器物上的人物故事图因具有"以图传文、以图演文、以图补文"的功能,加之万年不腐带来的高保真特性,可以作为文字文献的重要补充。瓷器为中国的物质符号,瓷都景德镇就在丛书大多数作者的家乡江西,本研究充分利用了这一本土优势。此外,分卷作者这几年遍访国内外博物馆、研究所、展览会、古玩店与拍卖行等,通过现场拍摄、网站搜索及向私人收藏家购买等多种途径,收集到中西陶瓷图片 8000 余幅,其中包括中国外销瓷和"中国风"瓷上的 1500 幅图像,它们构成 16 至 19 世纪中西文化交流的重要文献。众所周知,景德镇生产的瓷器最早在全球范围广泛流通,许多欧洲人知道中国文化,最初便是通过景德镇外销瓷上的人物故事图。为了将陶瓷图像与其他材质的图像进行比对研究,分卷作者还收集了大量漆器、金银器、玉雕、木雕、竹雕、砖石雕、象牙雕、木版年画、壁画、糕模等民间器物上的图像,并对其进行了分类整理,建成了一座非语言文字的民间器物图像数据库。

五、观点创新

第一,中西叙事的不同源于各自的语言观、形式观乃至相关观念下发展的文化,而归根结底是因为中西文化在视觉和听觉上各有倚重。

既然是对中西叙事传统作比较研究,就要找出两者差异的根源所在。本研究认为,在听觉模糊性与视觉明朗性背景下形成的两种冲动,不仅深刻影响了中西文化各自的语言表述,而且渗透到中西文化中人对事物的认识之中。以故事中事件的展开方式为例,趋向明朗的西式结构观(源自亚里士多德)要求保持事件之间的显性和紧密的连接,顺次展开的事件序列之中不能有任何不连续的地方,这是因为视觉文化对一切都要作毫无遮掩的核查与测度;相反,趋向隐晦的中式结构观则没有这种刻板的要求,事件之间的连接可以像"草蛇灰线"那样虚虚实实、断断续续,这也恰好符合听觉信息的非线性传播性质。所以西式结构观一味关心代表连贯性的"连",而中式结构观中除了"连"之外还有"断"。受西式结构观影响的胡适等人不喜欢明清小说中的"穿插",金圣叹、毛氏父子等却把"穿插"理解为"间隔",指出其功能在于避免因"文字太长"而令人觉得"累赘",借用古人常用的譬喻"横云断山"与"横桥锁溪",正是因为"横云"隔断了逶迤绵延的山岭,"横桥"锁住了奔腾不息的溪水,山岭与溪水才更显得"错综尽变"和气象万千。

用文化差异来解释叙事并不新鲜,从感觉倚重角度入手却是首次。本丛书作者多年来致力于探讨中国叙事传统的发生与形成,一直念兹在兹地思考为什么它会是今天所见的这种样貌,接触到麦克卢汉的"中国人是听觉人"之论后,感到他的猜测与我们此前的认识多有契合,中国传统叙事的尚简、贵无、趋晦、从散等特点,只有与听觉的模糊性联系起来,才能理得顺并说得通。将"媒介即信息"(感知途径影响信息传播)这一思路引入研究,许多与中国叙事传统有关的问题就可获得更为贯通周详、更具理论深度的解答。

第二,生产方式对叙事传统亦有影响,新形势下的中国叙事应与时俱进。

不同的生产方式形成了中西不同的叙事传统。西方人历史上大多为海洋与游牧民族,他们习惯于在草原、大海与港湾之间穿行,其讲述的故事因而更多涉及远方、远行与远征。古希腊神话和荷马史诗中的英雄多有外出历险、漂洋过海和遇见形形色色的陌生人的经历,《奥德赛》甚至以奥德修斯九死一生的还乡为主线。中世纪的骑士文学、《神曲》《十日谈》《巨人传》、西班牙流浪汉小说与《堂·吉诃德》等都离不开四处游历、上天入地、朝拜圣地和流浪跋涉;18世纪欧洲小说中的鲁滨孙、格列佛、汤姆·琼斯等仍在风尘仆仆地到处旅行;19世纪以来西方叙事作品虽说跳出了流浪汉小说的窠臼,但拜伦、歌德、雨果、狄更斯、马克·吐温、罗曼·罗兰、乔伊斯、毛姆和塞林格等人的作品还是喜欢以闯荡、放逐、游历或踟躅为主题。

相比之下,农耕文化导致国人更为留恋身边的土地、家园与熟人社会。出门在外必然造成有违人性的骨肉分离,人们因而更愿意遵循"父母在,不远游"和"一动不如一静"的古训。在安土重迁意识的影响下,离乡背井的出游成了有违家族伦理的负面行为,远方异域和陌生人的故事自然也就没有多少讲述价值。当然我们古代也有《西游记》与《镜花缘》这样的作品,但它们提供的恰恰是反证:唐僧师徒名义上出国到了西天,沿途的风土人情却与中华故土大同小异;唐敖和多九公实际上也未真正出境,他们看到的奇形怪状之人基本上还是《山海经》中怪诞想象的延续。这些都说明,抒写路上的风景确实不是我们古人的强项。由于叙事传统的惯性作用,我们这边直到晚近仍然热衷于讲述熟人熟事,以异域远方为背景的叙事作品堪称凤毛麟角,人们习惯欣赏的仍是国门之内的"这边风景"(王蒙有部反映国门内故事的长篇小说就叫《这边风景》)。

古代叙事较少涉及出游、远征与冒险,表面看来似乎说明国人缺乏勇气与冒险精神,但实际上这是顺应时势的一种大智慧。古代中国人主要是农民,男耕女织的田园生活能维持基本的衣食自给,这种无须外求的生活导致我们的祖先缺乏对异域的向往与好奇。中国能够一步一步地发展到今天这个规模,很大程度上是因为前人选择了稳扎稳打的发展模式,葛剑雄就说:"……中国……没有像有些文明古国那样大起大落,它们往往大规模扩张,却很快分裂、消失了,而中国一直存在下来。"① 不过放眼未来发展,形成于农耕时代的中国叙事传统亟待变革。全球化已是当前世界的大势所趋,一个国家如果没有大批视野宏阔、胸怀天下的国民,不可能创造出良好的外部发展环境,而一国之民拥有何种视野与胸怀,是否对外部世界抱有强烈的好奇心与浓厚的兴趣,又与国民经常倾听什么样的故事有密切关系,如梁启超就说叙事变革可以带来人心与人格的变

---

① 葛剑雄讲述、孙永娟整理:《儒家思想与中国疆域的形成》(下),《文史知识》2008年第12期,第140页。

革——"欲新一国之民,不可不先新一国之小说"①。中国文化要想真正"走出去",一方面要摒弃"外面的世界不是我的世界"的心理,另一方面要更多讲述中华儿女志在四方的故事。

第三,中华文明垂千年而不毁,与中国叙事传统的群体维系功能有关。

中华文明之所以在世界古文明中硕果仅存,中华民族这一人数最多的群体之所以存续至今而未分裂,与我们叙事传统的维系功能大有关系。本研究之阶段性成果《人类为什么要讲故事——从群体维系角度看叙事的功能与本质》等认为,与灵长类动物的彼此梳毛一样,人类祖先通过"八卦"或曰讲故事建立起来的相互信赖与合作,促进了群体的形成、维系和扩大,最终使人类从各种竞争中脱颖而出成为"万物的灵长"。世界上没有哪个民族不会讲故事,但不是所有的民族都能把自己的故事讲好,许多民族都曾以自己为主导发展成规模极大的群体,后来却因内部噪声太多而走向四分五裂。与此形成鲜明对照,中华民族作为一个群体,其发展历程虽然也是人数越聚越多,圈子越画越大,但这个圈子并没有像其他圈子那样因为不断扩大而崩裂,这与我们祖先善于用故事激发群体感有关。

中国故事关乎"中国",这一名称从一开始就预示了"中国"不会永远只指西周京畿一带黄河边上的小地方,秦汉以来中原以外地区不断"中国化"的事实,让我们看到中心对边缘、中央对地方具有难以抗拒的感召力与凝聚力。还要看到汉语中"中国"之"国"是与"家"并称,这一表述的潜在意思是邦国即家园,国家对国人来说是像家一样可以安顿身心的温暖地方。由于中华民族内部存在着"剪不断,理还乱"的亲缘关系,中国历史上很少发生主体民族对少数民族的无故征伐与屠戮,因而也就没有世界上一些民族间那种不共戴天的深仇大恨。见于史书、小说和民间传说中的"七擒孟获"之类的故事,反映的是以仁德感召为主的攻心战略,唐太宗李世民更主张对夷夏"爱之如一"②。"中国"之名的向心性和中华民族的内部融通,无疑对中国故事的讲述产生了深刻影响。《三国演义》因为讲

---

① 梁启超:《论小说与群治之关系》,载梁启超:《饮冰室合集·2·文集10—19》(即第二册),北京:中华书局,1989年,第6页。

② 司马光编著、胡三省音注:《资治通鉴》(全二十册),卷一百九十八·唐纪十四,北京:中华书局,1956年,第6247页。

述魏蜀吴三国鼎立的故事,所以开篇时要说"天下大势,分久必合,合久必分"①,但小说结束时叙述者又把话说了回来:"自此三国归于晋帝司马炎,为一统之基矣。此所谓'天下大势,合久必分,分久必合'者也。"②用"分久必合"作为小说的曲终奏雅,说明作者认识到"合"才是中国历史的大势所趋。

不独《三国演义》,古往今来所有的中国故事,不管是历史的还是文学的,官方的还是民间的,只要涉及分合话题,都在讲述"合"是长久"分"为短暂,"合"是正道"分"为歧路,"合"是福祉"分"为祸殃。中国历史上不是没有出现过分裂,而是这种分裂总会被更为长久的大一统局面所取代;中华民族内部也不是没有出现过噪声,而是这些噪声总会被更为强大的和谐之声所压倒。历史经验告诉国人,分裂战乱导致生灵涂炭,海晏河清才能安居乐业,因此家国团圆在我们这里是最为人喜闻乐见的故事结局。一般情况下老百姓不会像上层人士那样关心政治,而统一却是从上到下的全民意志,有分裂言行者无一例外被视为千秋罪人,这一叙事传统从古到今没有变化。

总之,一时代有一时代之学术,没有走向全面复兴的时代大潮,没有历史创伤的痊愈和文化自信的恢复,就不会有本研究的应运而生。

是为序。

2023 年 8 月于豫章城外梅岭山居

---

① 罗贯中:《三国演义》(上),北京:人民文学出版社,1953 年,第 1 页。
② 同上书,第 990 页。

目 录

绪 论 ……………………………………………………………… 1

第一章 中西小说叙事差异：中西文学叙事思想比较研究之一 ……… 24
  第一节 从章回小说的蜕变与淡出看中西长篇小说叙事差异 …… 25
  第二节 从要素与关系的角度看中西文学叙事差异 …………… 38
  第三节 中西叙事文学叙事中的密度与细度比较研究 ………… 53

第二章 中西古代小说虚构观：中西文学叙事思想比较研究之二 …… 71
  第一节 中国古代小说虚构观 …………………………………… 71
  第二节 西方古代小说虚构观 …………………………………… 95
  第三节 中西小说虚构观的差异及其原因 ……………………… 116

第三章 中西历史叙事思想比较 ……………………………………… 127
  第一节 线性与"缀段性"：中西历史叙事结构思想比较 ……… 129
  第二节 普遍史与循环史：中西历史演化叙事模式比较 ……… 139
  第三节 "它性"与"间性"：中西历史"他者"叙事话语模式比较 … 156

第四章 中西叙事伦理思想比较 ……………………………………… 171
  第一节 规范伦理和德性伦理：中西小说伦理维度之比较 …… 172
  第二节 中西小说叙事意图伦理之比较 ………………………… 184
  第三节 中西小说接受伦理之比较 ……………………………… 202

第五章　中西身体叙事思想比较研究……………………………………229
　第一节　中西身体叙事思想比较研究的理论基础与认知装置……229
　第二节　中西身体叙事传统中的身体形象比较研究………………243
　第三节　传统悲剧叙事的具身性及中西参照………………………259

参考文献……………………………………………………………………274
后　　记……………………………………………………………………281

绪　论

自 20 世纪 80 年代开始，西方叙事理论传入中国，与中国叙事传统和现实需要相结合，很快便蓬勃发展起来，成为一门"显学"。研究叙事理论与叙事实践的学者几乎遍及全国各主要高校，研究领域也从西方经典叙事学到后经典叙事学，从叙事理论到叙事实践，从跟跑到并跑到现在某些领域如听觉叙事、图像叙事方面的领跑，国内叙事学研究取得的成就有目共睹。在此基础上，对中西叙事思想进行一个系统全面的比较，既有必要，也有意义。

一

《中西叙事传统比较研究·叙事思想卷》是傅修延先生主持的国家社科基金重大课题"中西叙事传统比较研究"的子课题"中西叙事思想比较研究"的最终成果。接受这个任务时，我心中颇有一些忐忑。因为这个子课题实在太大了，大到其中的一个部分都需要一个国家社科基金重大课题才能研究得比较透彻。比如"中西文学叙事思想比较研究"，这只是"中西叙事思想比较研究"的一个组成部分，但这个部分本身也是一个十分宏阔的体系，可以构成一个重大课题的研究对象。而由于课题设计的限制，这众多的内容只能展现在三十万字不到的一本书中，其局促可想而知。

内容的丰富与篇幅的有限决定了本书撰写的特点。按照一般的写法，做比较宏大的课题，最好是能够点面结合，以面带点，以点明面，二者相辅相成,展示出事物的重点与全貌。笔者曾经主编的三卷本专著《中国古代叙事思想研究》就是采取的这种写法。但这种写法放在本书仍然显得过于"奢侈",因为没有篇幅来容纳"面上"的内容,只能在众多的叙事思想中选择几个部分,在这些选定的部分中再选择部分内容进行研究、论述。其目的是管中窥豹,通过这几个点的阐述,达到对中西叙事思想的一个大致理解。

本书理解的叙事思想是广义的,既包括以理论形态呈现出来的叙事思想,也包括隐含在叙事作品中的叙事思想。其实当代叙事理论在20世纪60年代才正式形成,在漫长的古代与近代,中西都没有当代意义上的叙事理论。叙事思想只能在叙事作品和小说理论以及其他文类的作品和相关思想中寻找、挖掘。本书部分章节的研究重点看似放在叙事作品上,但目的仍是探讨隐含其中的叙事思想。

中西叙事思想的范围极其广阔。从某种意义上说,有叙事的地方就存在叙事思想。叙事首先存在于语言或文字之中。至今为止,人类文明的结晶大都保存在书面语言也即文字的文献之中,如文学、历史、哲学、宗教、政治、伦理、法律、教育等等。广义地说,人类知识的任何学科都存在叙事的问题,因为它们都要通过事件的讲述来构建某种形象,或者阐述、说明某种思想或者某些道理:历史如《史记》,宗教如"敦煌变文",哲学如庄子的"三言",法律如法律案例,等等。而除了文字的作品之外,人类还会通过图像如绘画、雕塑、建筑,以及人的身体与表情等进行叙事。叙事现象几乎存在于人类文明与人类生活的各个方面,中西叙事思想的比较也可以涉及人类文明与人类生活的各个方面、人类精神的各个部分和人类知识的各个分支。但很显然,本书不可能涉及所有这些方面,只能选择其中的部分内容如文学、历史、伦理、身体等方面的叙事进行研究,而且即使是这些方面,也不可能进行全面研究,只能选择其中的某些点作为研究对象。如在文学这一方面,本书主要侧重研究中西文学在要素与关系方面不同的处理方式和其虚构观的异同,其他方面也只好舍弃不顾。

毋庸讳言,之所以选择这些内容进行研究,是与本书参与者本身的知识结构和研究领域分不开的。不同的作者根据自己的知识结构和研究领域选择自己的研究对象,好处是能够发挥各自的长处,使研究更加深入、有创新点;缺点则是容易造成整个成果的规划性、统一性不够。为了克服这一不足,我们尽量在研究的思路、体例与写法上相互协调,突出中西比较这一共同点,使整个成果在各成一体的同时,具有一定的整一性。

二

叙事思想集中体现在叙事理论中。尽管中西叙事思想都是源远流长,但自觉的叙事理论的兴起,却是20世纪以后的事情。

在西方,19世纪后期,小说理论得到长足发展。亨利·詹姆斯的《小说的艺术》、爱·莫·福斯特的《小说面面观》、珀西·卢伯克的《小说技巧》、埃德温·缪尔的《小说结构》等小说理论著作在19世纪末20世纪初陆续出版,标志着西方小说理论的崛起与繁荣。这种崛起和繁荣一方面推进了小说研究的热潮,一方面为叙事学的产生与发展准备了思想方面的资源。不过西方叙事理论兴起的直接原因并不是20世纪初小说理论的繁荣,而是随着哲学社会科学的语言论转向而兴起的结构主义思潮。结构主义吸收索绪尔语言学理论的相关思想,强调文学作品的浅层与深层结构,要求建立一个关于文学系统自身的模式,以此作为考察单部作品的外部参照。在阅读领域,结构主义认为,"文学研究与具体作品的阅读和讨论不同,它应该致力于理解那些使文学成为文学的程式"[①]。因此,结构主义关注的不是文学作品的意义,而是文学作品的意义是如何被读出来的。它们致力于建构出一套决定着文学作品阅读的程序,以及左右着读者的阅读能力的获得和形成的各种条件。叙事学就是在这种理论背景下产生的,它试图从形式的角度研究叙事与叙事作品,找出叙事与叙事作品赖以成立的内部结构与形式技巧。

众所周知,西方叙事学的发展分为经典叙事学与后经典叙事学两个阶段。经典叙事学产生于20世纪60年代的法国,代表作家有托多洛夫、热奈特、格雷玛斯、罗兰·巴特、布雷蒙等。美国叙事学家查特曼、普林斯等则将经典叙事学体系化了。后经典叙事学的重镇是20世纪80年代后的美国,代表作家有詹姆斯·费伦、苏珊·兰瑟、戴维·赫尔曼、玛丽—劳雷·瑞安、希利斯·米勒等。申丹等人认为,从研究目的出发,后经典叙事学可以分为两类:一类旨在探讨(不同体裁的)叙事作品的共有特征;一

[①] 乔纳森·卡勒:《结构主义诗学》,盛宁译,北京:中国社会科学出版社,1991年,第16—17页。

类以阐释具体作品的意义为主要目的。与经典叙事学相比,第一类后经典叙事学的侧重点出现了五个方面的转移:从作品本身转向读者与文本的交互作用;从规约性文学现象转向偏离规约的文学现象;从单一叙事学研究转到跨学科叙事学研究;从共时叙事结构转向历时叙事结构;从关注形式结构转向关注形式结构与意识形态之间的关联。第二类后经典叙事学的特点是"承认叙事结构的稳定性和叙事规约的有效性,采用经典叙事学的模式和概念来分析作品(有时结合分析加以修正和补充),同时注重读者和社会历史语境,注重跨学科研究,有意识地从其他派别吸取有益的理论概念、批评视角和分析模式,以求扩展研究范畴,克服自身的局限性"。[①] 申丹等人认为,经典叙事学与后经典叙事学之间不是后者替代前者的进化关系,而是一种相互补充、多元共存的关系。经典叙事学侧重叙事语法和叙述诗学,后经典叙事学侧重叙事语境和具体作品。但二者之间并不是相互排斥、完全对立的。后经典叙事学在进行叙事分析时需要运用经典叙事学的叙事语法和叙述诗学,经典叙事学脱离语境的研究方法并没有过时。[②]

西方叙事学取得了巨大的成就,相比而言,中国叙事学的研究要逊色一些。中国叙事作品和叙事思想十分丰富、源远流长,但自觉的叙事学理论构建则是在西方叙事学的影响下,在 20 世纪 80 年代发展起来的。用现在流行的说法,这一发展过程经历了跟跑、并跑、领跑三个阶段。跟跑阶段主要在 20 世纪 80 年代与 90 年代上半期。这一时期很多学者如张寅德、罗钢、徐岱、傅修延、申丹等投入叙事学研究,或译介西方叙事学理论,或以西方叙事理论为参照系撰写自己的叙事学理论著作,或运用叙事学理论进行批评实践。并跑阶段主要在 20 世纪 90 年代下半期到 21 世纪头十年。这一时期,对于西方叙事学理论的学习告一段落,中国学者开始探索中国自己的研究领域,尝试提出自己的观点,叙事批评实践更大规模地展开。1994 年,石昌渝出版《中国小说源流论》;1997 年,杨义出版《中国叙事学》,1998 年出版《中国古典小说史论》。这些著作的出版标志

---

① 申丹、韩加明、王丽亚:《英美小说叙事理论研究》,北京:北京大学出版社,2005 年,第 209—210 页。

② 参见申丹、韩加明、王丽亚:《英美小说叙事理论研究》第九章第三节,北京:北京大学出版社,2005 年。

着中国学者试图在西方学者研究范围之外开拓自己的叙事学研究领域。领跑阶段主要在2010年代之后。这一时期国内部分学者的研究已经突破西方理论的范围,一定程度地走在了世界叙事学理论的前列,如申丹对双重叙事进程的探讨、傅修延的听觉叙事研究、赵毅衡的广义叙述学,等等,都在一定程度上走在了西方学者的前面。此外,如乔国强等的叙事批评实践,董乃斌、谭君强等的诗歌叙事研究,龙迪勇等的空间叙事研究,谭帆等的明清小说评点研究,赵炎秋等的中国古代叙事思想研究,尚必武等的西方叙事理论发展史研究,也都是值得注意的成果。

  自然,我们这里对跟跑、并跑、领跑三个阶段的划分只是相对的,实际上三者之间的界限并不分明。跟跑阶段可能有并跑,并跑阶段可能有领跑,领跑阶段也存在大量的跟跑与并跑。另一方面,本书说的并跑与领跑只是部分领域的并跑、领跑,不是全领域的赶超。实事求是地说,中国叙事学研究整体上离西方叙事学研究还有一段距离。除了申丹、傅修延、赵毅衡、杨义等少数学者的部分研究之外,大多数学者的研究还处于跟跑和并跑的阶段。但这段距离正在缩小。随着中国综合国力的增强,假以时日,中国叙事学在大多数领域与西方叙事学并跑,部分领域领跑是完全可能的。至少,在中国本土叙事理论构建、本土叙事思想研究、本土叙事资源整理、本土叙事文学研究等方面,我们应该走在西方的前面,这毕竟是中国自己的东西,作为中国人,我们有得天独厚的优势。

三

  从某种意义上说,中西叙事思想是中西文化在叙事领域的反映,要了解中西叙事思想,先需了解中西文化。

  "文化"大概是人类知识中内涵最丰富的术语之一。据美国文化学家克罗伯和克拉克洪1952年出版的《文化:概念和定义的批评考察》的统计,世界各地学者对文化的定义有164种。其中影响最大的大概是英国文化学者雷蒙·威廉斯关于文化的定义:"文化一般有三种定义。首先是'理想的'文化定义,根据这个定义,就某些绝对或普遍价值而言,文化是人类完善的一种状态或过程。……其次是'文献式'文化定义,根据这个定义,文化是知性和想象作品的整体,这些作品以不同的方式详细地记录了人类思想和经验。……最后是文化的'社会'定义,根据这个定义,文化是对一种特殊生活方式的描述,这种描述不仅表现艺术和学问中的某些价值和意义,而且也表现制度和日常行为中的某些意义和价值。从这种定义出发,文化分析就是阐明一种特殊生活方式、一种特殊文化隐含或外显的意义和价值。"[①]三种定义都有重要的价值,为我们理解文化建构了基本的框架。特别是文化的社会定义,揭示了文化与文化所由产生的母体社会与民众生活的密切联系,为我们理解中西文化提供了重要的参照系。

中华文化是中华文明演化而汇集成的一种反映中华民族精神、特质和风貌的文化,是通过不同的文化形态来表示的中华各民族文明、风俗、精神的总称。它具有世代相传、历史悠久、特色鲜明、博大精深等特点,讲集体、偏伦理、喜综合、好感悟、重修养。博大精深的"博大",是指中国文化的广度——丰富多彩,"精深",是指中国文化的深度——深刻复杂。由于汉民族是中华民族的主体,本绪论讨论中华文化,主要以汉民族文化为依据。

同样,西方文化也是一种历史悠久、博大精深的文化。它是西方各民族在古希腊、希伯来文化的基础上,通过几千年文明的演化,汇集而成的一种文化。西方文化讲究科学、民主、平等、自由、法制,讲个体、喜分析、重理性、好探索,有强烈的宗教色彩。近代以来西方文化在世界文化的发展中扮演了重要角色,极大地影响了包括中华文化在内的世界其他民族文化。

比较中西文化,可以从以下几个方面进行。

其一,是中西文化的起源。

从起源看,中华文化是一元的、大一统的文化。中国从秦始皇统一六国开始,就形成了大一统的自上而下的中央集权制政权,所谓"天无二日,民无二主","普天之下,莫非王土,率土之滨,莫非王臣"。除了几次短期的分裂外,中国基本是一个中央集权的大一统国家。这种大一统的格局,对中国文化的影响深远而且潜移默化。而西方(欧洲)文化的源头是古希腊和希伯来文化。古希腊实行城邦制,各城邦之间虽有大小、强弱的区

[①] 雷蒙·威廉斯:《文化分析》,载罗钢、刘象愚主编:《文化研究读本》,北京:中国社会科学出版社,2000年,第125页—126页。

别，相互之间却没有统率关系，各个城邦是独立的，靠条约、协议等结成一定的联合体。而各城邦内部，也程度不等地实行奴隶主民主制，城邦居民在政治事务中有较大的参与权与决定权。作为希腊文化的传承者，古罗马文化继承了古希腊文化民主、平等的特点，但在法治上有较大的发展。而西方（欧洲）中世纪之后，也始终未能形成一个大一统的中央政权，这形成了西方文化多元、多中心的特点。但在这多元、多中心的表面之下，却有着基本统一的价值观和文化传统。

希伯来文化实际上也就是基督教文化。基督教是西方文化的另一源头，对西方文化影响巨大。这种影响有积极面也有消极面。从积极的一面来看，西方宗教与世俗政权二元对立，"上帝的归上帝，凯撒的归凯撒"，"教会管灵魂，国王管俗世"，一定程度上形成了制度上的权力分散与相互制衡。从精神上看，基督教否定现世、强调原罪、主张用制度规范人的行为、主张平等、强调精神、贬斥肉体（在一定程度上引人向善）。基督教主张探求世界，有一定的学术精神，教会在中世纪既是学问中心也是文化传播中心。自然，在中世纪，基督教也有施行蒙昧主义一面——因为很多科学知识与基督教教义相悖——这影响了但并没有中止基督教对知识的探寻，即使在中世纪也是如此。这些，在一定程度上也对西方文化产生了积极的作用。

中国宗教对中国文化也有一定的影响，但远小于西方。中国传统思想最有代表性的有儒道释三种，但力量不强，不仅未能形成与世俗政权抗衡的力量，而且一次次地被世俗政权打压甚至剿灭[①]。三种思想中，佛教是外来宗教，道教比较超脱，儒家思想影响较大，但宗教色彩不浓，缺乏经典的教义、仪式和组织形式。对于一般宗教崇拜的超自然世界和超自然力，儒家不大关注。儒家崇尚的是天命。所谓天命，概念比较模糊，大致有上天的安排、规律、意志、命运等意思，但主要还是指一种客观存在的东西。儒家重视的是现世而不是来世。所谓"子不语怪力乱神"，儒教虽不否认来世，但关注的是现世。儒家强调仁、义、礼、智、信，儒家的创始人孔孟不强调忠君，后世儒家发展了孔孟的相关思想，发展出"忠"与"孝"的思想，所谓"君要臣死，臣不得不死；父要子亡，子不得不亡"。中华文化的核

---

① 如中国佛教史上被称为"三武一宗"之祸的灭佛运动。"三武"指北魏太武帝、北周武帝、唐武宗，"一宗"指后周的世宗皇帝。这四位皇帝在位期间曾开展大规模的灭佛运动。

心是儒家文化,由于儒家文化宗教色彩不浓,因此中华文化整体的宗教色彩也不是很浓。

再从对待宗教的态度看,西方是信仰型的,中国是实用型的。西方人对于宗教一般比较虔诚,他们信教是为了灵魂的安宁;中国人对于宗教一般比较现实,他们信教往往是为了某些现实的需求。另外西方宗教有比较完整的组织,对信徒的管理比较严密。而中国宗教的组织不够严密。儒家没有统一的组织,甚至连寺院都没有。道教与佛教有寺院,但宗教领袖、寺院住持往往需要朝廷或地方政权的册封。这自然也要影响到民众对宗教的态度。

其二,是中西文化中的个人与集体观念。

社会由个体组成,没有社会,个体无所依存,但没有个体,社会也无法形成。个人与集体(社会),实际上是相互依存的两个方面,缺一不可,无法割裂。但在观念上,二者的割裂却是可能的。中国文化重视集体,强调个人利益服从集体利益,这有利于形成集体意识,形成集体帮助个体、个体服务集体的氛围。但另一方面,集体本身不是一个自然的实体,总要由一些具体的个体来运作,这些运作的个体因而成为集体的代表。如果制度不完善,集体容易异化为某种虚幻的观念,成为某些个人手中的工具,个体的权利被剥夺和架空。西方文化重视个体,强调个人权利、个人发展。在这个基础上,形成了契约型的集体观念,集体建立在个体认同的基础之上,个人权利得到保障。但另一方面,过分强调个体也容易造成个人中心,引发利己主义,造成对集体利益的关注不够。

从另外一个角度说,中国人虽然否定个体,却重视自我,一切从自我出发。李白诗曰:"仰天大笑出门去,我辈岂是蓬蒿人。"这是对自我的自信。孔子提倡"己所不欲,勿施于人",整体上看,是有道理的,但出发点仍是自我,是推己及人。但人与人不同,要求、愿望也不同,自己所欲的不一定是他人所欲。因此也有人质疑,己所欲,就能施于人吗?而西方文化虽然强调个体,但强调的主要是个体的权利、自由、发展,自我核心的观念反而比中国人弱。比如,东西德对立的时候,东德方面有人翻越柏林墙逃往西方,一东德军人奉命开枪,射杀了翻越者。两德统一后,那位军人受到审判。军人为自己辩解,他是奉命行事,身不由己。法官回答说,你开枪是奉命行事,身不由己,无可指责。但你技艺不精,枪法不准,却是你自己可以掌握的。你完全可以将枪口抬高一厘米,不打死那个翻越者,而不会因此受到惩罚。军人站在自我的立场,认为自己是奉命行事,没有责任;而法官则从反思的角度,认为军人可以开枪,但他可以瞄得准也可以瞄不准。他选择了瞄准,心中没有仁慈,没有对他人生命的尊重,所以应该对那位翻越者的死亡负责。军人只考虑自我,而缺乏对自己行为的反思。

其三,是中西文化的特点。

一般认为,中国文化是伦理型、综合型、感悟型的;西方文化是科学型、分析型、理智型的。孔子提出"仁者乐山,智者乐水"。山稳重,似仁者;水灵动,似智者。孔子的这一命题有一定道理,能说明一些问题。但山的内涵是丰富的,除了稳重,还可从其他方面挖掘,水也一样。用山象征仁者,水象征智者,内涵并不清晰,只能综合理解,不能深究下去。法国哲学家笛卡尔提出"我思故我在"。笛卡尔怀疑一切,但如果一味怀疑,这世界就没有能够肯定的、真实的东西,世界本身也就无法存在、发展了。因此,必须有肯定、真实的东西。但如何证明?笛卡尔从怀疑主体入手。怀疑必然有个主体,这个怀疑的主体是真实存在的,不能怀疑。我怀疑,故我存在。从此出发,笛卡尔得出一系列肯定的结论,世界的真实性由此得到确认。这一确认和确认的过程不是综合的、感悟的,而是分析的、理智的。

西方文化强调法制和法治。中国文化强调人治与德治。由于二希文化的影响以及后来西方社会的现实,西方人不相信个人能靠自己的力量成为圣人。《圣经》中的人物反复无常,上帝经常惩罚以色列人,惩罚他们的没有定力和定性。人是不完善的,因此要靠制度,靠制度来约束个人。1620年,一批英国清教徒乘坐"五月花号"到达美国,首先就是定制度。美国独立后也是先定制度。英国的"光荣革命"、法国大革命,都是先定制度,再行实施。而中国人则比较相信个体的力量。中国文化崇尚圣人,圣人靠自我的修炼达到至圣的境界。圣人不仅道德品质、个人修养好,治国平天下的能力也是突出的。因此,只要"圣人出",就"河海清",天下太平,人民过上幸福生活。既然靠圣人才能治理好国家和社会,有些中国人就习惯于盼望着圣人或者清官的出现,而不重视法制、制度的建设。

中国文化的另一特点是伦理色彩较重,重视人际关系,讲究个人修养。中国古人"安土重迁",最大的悲哀之一是"背井离乡",由此也就少了一点冒险、探索的精神。因此,中国在最强大的时候,也不对外扩张,讲究的是"万方来朝""泽被四方"。另外,重视关系可能导致关系社会,对人不对事,同一问题的处理因人而不同。作为中国文化基础的儒学,本质是人学,强调和而不同。而西方文化则个人色彩较重,强调利益和科学,强调利益和科学必然重视契约与制度,对事不对人。由于重视契约与制度,西方人不惧远走,这促进了探索与冒险的精神。郑和下西洋,到了南洋一带就大功告成,没想到再向远方探索,也没想到往到达的地方大规模移民;哥伦布、达·伽马则是一而再、再而三地远游,直到发现美洲与印度,还不忘从那里拿回一定的财富。西方国家即使弱小也野心勃勃,一旦强大,就喜欢对外扩张。西班牙人才摆脱阿拉伯人的统治,就开始开拓美洲;英国刚打败西班牙,就迫不及待地向世界扩张。中国的文化看重自己和别人的关系。孔孟之道总是在辨析君臣民之间的关系,君主之道、臣子之道、民众之道、孝悌之道、邻居相处之道等都是在说人和人的关系。西方文化看重的是人和外部环境的关系,所以更趋向于改造自然、征服自然。

四

对中西文化的把握,有助于我们更加深入地理解中西叙事思想。

我们先讨论个例。冯梦龙编撰的白话小说集《警世通言》中有篇小说叫《杜十娘怒沉百宝箱》。小说写京城名妓杜十娘偶遇南京布政老爷的公子李甲。李甲爱其青春美貌,十娘倾其举止文雅,两人天天厮守在一起。这引起了妓院老鸨的不满,要求李甲交三百两银子换杜十娘自由之身。然李甲因在京城挥霍无度,早已花光自己的盘缠。而在京师的亲朋因李甲父亲的嘱托,都不肯借钱于他。十娘拿出自己的体己银一百五十两,加上李甲的朋友柳生帮凑的一百五十两,赎出十娘。两人踏上归家之旅。但李甲因耗光盘缠、学业没有长进,如今又携妓而归,怕父亲责骂,留于苏杭一带不敢回家,后遇富商孙富。孙富觊觎十娘美貌,暗中说通李甲,以千两银钱将十娘卖给他。十娘得知消息,打开随身携带的一个箱子,里面金银珠宝应有尽有,价值数万银钱。十娘一面数落二人,一面将这些珠宝丢入水中,然后自己也跳江而亡。孙富人财两空,李甲后悔不已。

再看法国作家小仲马的小说《茶花女》。巴黎名妓玛格丽特因喜欢茶花,故人称茶花女。一个巴黎富商的儿子阿尔芒爱上了她。玛格丽特被他的一片痴情所感动,也以爱情回报。玛格丽特想改变自己的生活方式,离开百无聊赖的巴黎,与阿尔芒隐居巴黎郊外。她准备独自筹划一笔钱,便与阿尔芒过真正的家居生活。但这时阿尔芒的父亲找到玛格丽特,以自己女儿因为哥哥与玛格丽特的关系而婚事受阻为由,要求玛格丽特离开阿尔芒,并要求她发誓保守秘密。心灰意冷的玛格丽特重回巴黎,重操卖笑生涯。不明真相的阿尔芒也回到巴黎,报复玛格丽特的"背叛",处处给她难堪。玛格丽特本有肺病,加上阿尔芒的精神折磨,和自己内心的煎熬,终于病倒。阿尔芒的父亲有感于玛格丽特遵守承诺,写信告诉阿尔芒事情的真相。知道实情后的阿尔芒赶到玛格丽特身边,她已去世,留给阿尔芒一本日记,里面记录着事情的经过和她对阿尔芒的一片真情。

　　两个故事的结构和结局大体一致。但作者对故事的处理却不一样。卖笑为生的杜十娘渴望过平民生活,这是值得肯定的。李甲爱慕十娘的美貌与情义,但又害怕因娶妓回家受到社会舆论的批评和父亲的责骂,从某种意义上说,也不是没有道理。这构成了黑格尔所说两种伦理力量的冲突。从另一角度看,这又构成了恩格斯所说的历史的必然要求与这个要求暂时不能实现之间的冲突:十娘与李甲对爱情的追求被世俗的偏见所扼杀。如果处理得当,该作能够写成一部很好的悲剧。但作者却简单地将其处理成善恶之间的矛盾与斗争。十娘成为善的代表,孙富成为恶的代表,而李甲,则成为目光短浅、见利忘义的小人。小说最后写道:"后人评论此事,以为孙富谋夺美色,轻掷千金,固非良士;李甲不识十娘一片苦心,碌碌庸才,无足道者。""十娘明珠美玉,投于盲人,以致恩变为仇,万种恩情,化为流水,深可惜也!"①一部深刻的社会悲剧写成了一个善恶的故事。这与中国文化浓厚的伦理色彩是有关系的。作者有着浓厚的扬善惩恶的意识,写作时总是倾向于将故事纳入伦理的框架之内。而受西方文化熏陶的小仲马没有这样深厚的伦理情结,玛格丽特、阿尔芒,甚至阿尔芒的父亲都不是善恶的代表,他们按照自己的情感与判断行事。阿尔芒的父亲要求玛格丽特离开自己的儿子,是因为当时的文化鄙视卖笑或者曾经卖笑的女子。玛格丽特屈从了阿尔芒父亲的伦理观念,因而造成悲剧。小说由此揭露了社会的虚伪。一方面社会需要卖笑歌女,以便有钱人寻欢作乐,一方面社会又认为她们低人一等,瞧不起她们。社会的丑恶由此暴露。而在《杜十娘怒沉百宝箱》中,社会问题转换成了善恶叙事,

---

① 冯梦龙:《警世通言》,吴书荫校注,北京:北京十月文艺出版社,1994年,第521页。

尖锐的矛盾被掩盖了。

从大的方面来看也是如此。中西小说和小说叙事观念,二者在诸多方面存在不同,这些不同的原因也往往要追溯到中西文化的差异。

比如叙事内容上,中国小说比较关注政治、伦理等方面的问题,对于形而上的问题,思考较少。侠人认为,中国小说大致可以分为"英雄、儿女、鬼神三大派,然一书中仍相混杂"。[①]"英雄"如公案、侠义、历史小说,"儿女"如世情、言情、志人小说,"鬼神"如志怪、神魔、鬼狐小说。三类小说各有特点,但都不大重视对人、人生、人性与社会的形而上追问。中国古代几大文学名著:《三国演义》大致属于历史小说,重点在于塑造各种特色鲜明的人物,揭示伦理内涵,总结兴亡规律;《水浒传》大致属于侠义小说,描写英雄们江湖义气、快意恩仇,抨击奸臣误国,揭示官逼民反的道理;《西游记》大致属于神魔小说,但在神魔的外衣下描写人间百态,弘扬佛教思想(也有一定的道教思想),揭示生活哲理。三部小说形而上的探讨都不多。《红楼梦》大致属于世情小说,王国维对其评价极高,认为这部小说"是哲学的也,宇宙的也,文学的也",是一部"彻头彻尾之悲剧","悲剧中之悲剧",它试图处理的是"生活之欲"和"人生苦痛"的问题。"《红楼梦》一书,实示此生活此苦痛之由于自造,又示其解脱之道,不可不由自己求之者也。"那就是"绝其生活之欲"。也就是说,《红楼梦》讨论的,实际上是终极的哲理问题。不过王国维认为,《红楼梦》"大背于吾国人之精神"[②],其在中国小说中罕见。

西方小说则不同,西方小说喜欢对人生与社会做形而上的思考,从哲理的角度讨论人生、人性与社会问题。西方中世纪的教会文学、18世纪法国的哲理小说,以及班扬的《天路历程》、弥尔顿的《失乐园》等带宗教性的作品自不用说,即使18、19世纪的欧洲现实主义小说也颇多哲思。英国女作家简·奥斯汀的小说《傲慢与偏见》,写平民姑娘伊丽莎白与贵族公子达西经历一番周折,有情人终成眷属。表面上看,两人之间的周折是由于达西的傲慢与伊丽莎白的偏见,但透过傲慢与偏见,小说实际讨论的

[①] 饮冰等:《小说丛话》,载陈平原、夏晓虹编:《二十世纪中国小说理论资料》第一卷,北京:北京大学出版社,1997年,第92页。

[②] 王国维:《王国维文学美学论著集》,周锡山编校,太原:北岳文艺出版社,1987年,第7页、第8页、第10页、第12页。

是人如何认识他人的问题。夏洛蒂·勃朗特的小说《简·爱》写孤女简·爱经过心灵磨难,最后与过去的男主人罗切斯特结婚,过上理想的幸福生活的故事。小说表现了简·爱在维护妇女独立人格和争取男女平权方面所作的努力。但这种平等实质上不是男人与女人的平等,而是人与人之间的平等,人在上帝面前、在宇宙中的平等。简·爱面对罗切斯特宣布:"我不是根据习俗、常规,甚至也不是血肉之躯同你说话,而是我的灵魂同你的灵魂在对话,就仿佛我们两人穿过坟墓,站在上帝脚下,彼此平等——本来就如此!"①而这正是小说的深刻之处。小仲马的《茶花女》中,玛格丽特的悲剧并不是阿尔芒造成的,也不是老公爵造成的,甚至不是阿尔芒的父亲造成的。造成玛格丽特的悲剧的,是当时的社会制度与习俗偏见。就像卡夫卡的小说《城堡》一样,《茶花女》中没有绝对的坏人,也没有谁刻意造成玛格丽特的不幸,但不幸就这样造成了。这样小说就把焦点聚焦于对社会本身的反思。

自然,这并不是说中国小说就没有形而上的思考,西方小说就全是形而上的思考。但是中国小说哲思的因素较少,西方小说哲思的因素较多,也是不可否认的事实。而要探问其中的原因,还得溯源中西文化的差异。中国文化是大一统的文化,偏重伦理,宗教色彩不浓。大一统意味着一个至上的权威和终极的解答,偏重伦理使人容易从道德角度考虑问题,这一定程度上压抑了中国文人对终极问题的思考。宗教因素的缺乏使人们不关心信仰与来世,表现在文学上,自然也就是少了对于世界的形而上思考。而西方文化重视科学,哲学比较发达,宗教色彩较浓,容易引发对世界的终极思考。教会强调精神和信仰,轻视物质性的东西。这些都加强了西方小说的哲思因素。而宗教文学与哲理小说,又从文学内部增强了这一倾向。

再从叙事形式看。中国古代小说成就最高的是白话小说,白话小说的主要形式是话本和章回小说,章回小说最重要的结构形式之一是缀段体。《水浒传》《儒林外史》都是典型的缀段体小说。鲁迅认为缀段体小说:"全书无主干,仅驱使各种人物,行列而来,事与其来俱起,亦与其去俱讫,虽云长篇,颇同短制;但如集诸碎锦,合为帖子,虽非巨幅,而时见珍

---

① 夏洛蒂·勃朗特:《简·爱》,黄源深译,南京:译林出版社,2008年,第330页。

异,因亦娱心,使人刮目矣。"①从社会的角度来看,话本与章回小说形式的形成与宋元时期"说话"艺术的兴起有关,而"说话"艺术的兴起则与工商业的繁荣和市民阶层的壮大有关,从文化的角度来看,则与中国文化不大重视事件的发展而重视空间的并置有关。中国古人对于因果的理解,是宽泛的,任何事情都有原因,而其真正的因果联系,反而被忽视了。这导致在叙事思想上,其不很重视事件之间的因果与时间联系,话本与章回小说的形式与此有关。缀段体结构的形成,从这个角度也可理解一二。而西方小说形式比较多样,19世纪形成类型小说,如政治、侦探、战争、科幻、历史、冒险、爱情等。不同类型的小说有不同的形式要求,由此形成西方小说形式的丰富多彩。从社会的角度看,这与18、19世纪西方城市的迅速发展,小说读者的分化有关。从文化的角度看,则与西方人重视科学,强调认识、探索世界有关。

最后,再讨论悲剧。黑格尔认为,中国没有悲剧。很多中国学者不大同意黑格尔的观点。但如果换种表述,中国没有西方意义上的悲剧,反对的可能就不太多了。

悲剧在西方源远流长。这可以从两个方面考察。一个方面是悲剧实践。西方悲剧的前身是古希腊悲剧,古希腊悲剧起源于祭祀酒神狄俄尼索斯时的合唱歌舞,表演的大都是古希腊神话、英雄传说和史诗中的故事与内容,所以题材通常都很严肃。而且古希腊时期,西方悲剧与喜剧就有严格的分界,悲剧表现严肃、崇高的人物与事件,喜剧表现滑稽、丑恶的人物与事件。用鲁迅的话说就是,"悲剧将人生有价值的东西毁灭给人看,喜剧将那无价值的撕破给人看"②。古希腊悲剧在雅典伯利克里斯时代便发展成熟。伯利克里斯为了宣传民主,给雅典公民发放观剧津贴,鼓励他们去看富于民主精神的古希腊戏剧,极大地促进了包括悲剧在内的戏剧的发展,产生了埃斯库罗斯、索福克勒斯和欧里庇德斯三大悲剧家。欧洲中世纪,教会为了向大多数不识字的中世纪居民宣传宗教思想,大力提倡戏剧。文艺复兴时期,戏剧是欧洲文艺的主要形式之一,地位甚至在小说、诗歌之上。悲剧渗透人文主义思想,内容与形式都得到新的发展,出现了莎士比亚这样的顶峰级的大家,他的《哈姆雷特》《奥赛罗》《李尔王》

---

① 鲁迅:《中国小说史略》,北京:人民文学出版社,2007年,第227页。
② 鲁迅:《再论雷峰塔的倒掉》,载《鲁迅全集》第1卷,北京:人民文学出版社,2005年,第203页。

《麦克白》四大悲剧,将文艺复兴时期的欧洲悲剧推到高峰。18世纪,莱辛提出正剧的概念,悲剧、喜剧、正剧各司其职,悲剧的发展进入新的阶段。出现了歌德的《葛兹·封·伯利欣根》,席勒的《阴谋与爱情》《华伦斯坦》,奥斯特罗夫斯基的《大雷雨》等。19世纪下半叶之后,由于小说的迅速崛起,悲剧精神泛化,反映悲剧主题的任务更多转移到小说身上。

另一个方面是悲剧理论。西方悲剧从古希腊起就形成了比较完整的理论。亚里士多德从模仿的角度出发,认为"悲剧是对于一个严肃、完整、有一定长度的行动的摹仿;它的媒介是语言,具有各种悦耳之音,分别在剧的各部分使用;摹仿方式是借人物的动作来表达,而不是采用叙述法;借引起怜悯与恐惧来使这种情感得到陶冶"。他认为,悲剧的主人公应该是犯了错误的好人,情节应该是"由顺境转入逆境"。①亚里士多德的悲剧理论系统完整,涉及悲剧的各个方面,影响源远流长。到19世纪为止,只有黑格尔的悲剧理论可以与之媲美。黑格尔悲剧理论的基石是理念,理念是自我发展的,它外化为客体,然后又回归自身。他的悲剧观也是如此。他认为,悲剧的实质是伦理的自我分裂与重新和解,伦理实体的分裂是悲剧冲突产生的根源。在悲剧冲突中,对立的两种伦理力量各有自己的合理性,也有自己的片面性,但双方都用自己的合理性来否定对方的合理性,由此造成双方的毁灭。但毁灭的只是双方的片面性,双方的合理性则在更高的层面取得和谐与升华。②黑格尔的悲剧理论比亚里士多德的更加辩证和深刻,他不局限于对悲剧各个方面的阐述,而是紧扣悲剧冲突,揭示出悲剧的内在矛盾。但也有局限,它揭示出了两种伦理力量冲突的形式,却未能揭示出其冲突的实质,因而他对于悲剧实质的理解也就存在误差。伦理力量只有处于具体的社会语境才有意义,而在具体的社会语境中,伦理力量就不可能是抽象的。恩格斯从社会实践的角度纠正了他的不足。恩格斯在黑格尔的基础上提出自己原创性的悲剧观:"历史的必然要求和这个要求实际上不可能实现之间的悲剧性冲突。"③恩格斯将悲剧放在历史语境中理解,指出悲剧的实质在于代表历史必然要求的社

---

① 亚里斯多德、贺拉斯:《诗学·诗艺》,罗念生、杨周翰译,北京:人民文学出版社,1982年,第19页、第39页。

② 参见黑格尔:《美学》第三卷(下册),朱光潜译,北京:商务印书馆,1981年,第287页。

③ 恩格斯:《恩格斯致斐迪南·拉萨尔》,载《马克思恩格斯选集》第四卷,北京:人民出版社,2012年,第443页。

会力量和阻止这个要求实现的社会力量之间的冲突,冲突的结果是前者的毁灭或失败,但其所代表的历史的必然要求却在这种失败或毁灭中得到彰显与升华。这个悲剧定义不仅引进了实践的观念,而且引进了进步的、革命的观念,将西方悲剧理论提升到了一个新的高度。①

悲剧与悲剧理论的发达与西方文化很有关系。毋庸置疑,西方悲剧是在西方社会的土壤中孕育、成长起来的,但也少不了西方文化的滋养。西方文化中较少圣人情结,古希腊神话中的神们各有缺点,基督教除了上帝这一人们无法触摸的虚构主宰,现实生活中的圣徒、贵族、国王都有各自的不足,容易成为悲剧甚至喜剧描写的对象。从美学上看,西方美学从古希腊时期开始,就推崇崇高。继承古希腊文化遗产的古罗马批评家朗吉努斯写专文论述了崇高,中世纪推崇圣徒,文艺复兴、启蒙运动时崇高精神得到弘扬。用恩格斯的话说,文艺复兴是需要巨人且出现了巨人的时代。② 19世纪,欧洲重要的理论家如康德、黑格尔都在自己的著作中对崇高做了专题论述。推崇崇高不仅促进了西方悲剧的发展,而且形塑了西方悲剧的特点。西方悲剧讲究的不是悲惨,而是严肃、崇高、悲壮。埃斯库罗斯的"普罗米修斯"三部曲以普罗米修斯与宙斯的和解为结局,但这并不影响它悲剧的品质,因为它表现的是严肃、崇高的事件,悲剧的基调是悲壮。此外,悲剧理论以及悲剧自身的发展线索也是西方悲剧发展的重要原因。这些因素从大文化的概念看,也是西方文化的组成部分之一。

中国悲剧则不同。中国悲剧的特点是悲痛、悲伤,但缺乏悲壮。中国悲剧侧重生离死别,但崇高的因素和意味不足。这与中国文化有着密切的关系。从起源看,中国戏剧的主要来源有三:一是以先秦歌舞、两汉百戏、六朝歌舞、唐宋大曲为代表的歌舞戏;一是以先秦俳优、唐参军戏为代表的滑稽戏;一是以六朝俗讲、唐变文、宋诸宫调为代表的讲唱文学。真正的戏剧产生于宋辽金时代,而其成熟形式则是金末起流行于北方的元杂剧和南北宋之交时兴起于南方的南戏。这些从时间上看比古希腊戏剧

---

① 恩格斯之后,尼采的悲剧理论也值得重视。不过学者们一般把尼采放在现代批评家的范畴,本章不再讨论。
② 恩格斯的原话是:"这是一个需要巨人并且产生了巨人的时代,那是一些在学识、精神和性格方面的巨人。这个时代,法国人正确地称之为文艺复兴,而新教的欧洲则片面狭隘地称之为宗教改革。"恩格斯:《自然辩证法》,《马克思恩格斯选集》第三卷,北京:人民出版社,2012年,第843页。

晚了一千多年，从形式上看缺乏明显的文体意识，往往悲喜混杂，即使真正的悲剧，也往往有个大团圆的结局或光明的结尾，如《赵氏孤儿》《窦娥冤》，再如《琵琶记》《长生殿》。自然，也有学者认为，中国悲剧的大团圆结局与光明结尾与中国观众的欣赏习惯有关。不过，中国观众的欣赏习惯也是由中国文化培养出来的，或者说，本身就是中国文化的一个组成部分。中国文化有较强的圣人情结，现实生活中的圣人、帝王、贵族不大容易成为悲剧的主角，成为主角也常常因为为尊者讳而无法成为真正的悲剧主角。在中国古代戏剧中，较少看到《哈姆雷特》《李尔王》那样以王子、国王为主角的悲剧人物。中国文化伦理色彩较浓，人物往往从善恶的角度进行描写，而过于道德化，人物就难以成为悲剧人物。因为恶人不能成为悲剧主角，而善人又不大好写他的错误，因此成为悲剧人物也有困难。如元杂剧《赵氏孤儿》：剧中的主要人物之一屠岸贾是反面道德的典型，无法作为悲剧主人公；另一主要人物程婴是正面道德的典型，按亚里士多德和黑格尔的理论，实际上也不适合作为悲剧主人公。戏剧的结局是程婴向赵武（赵氏孤儿）告知其身世，赵武禀明国君，在国君的支持下拿住屠岸贾，为全家报了仇。正义得到伸张，恶人得到惩罚，善行得到回报。悲剧有了正剧的结尾，戏剧冲突既不是黑格尔意义上的两种伦理力量的冲突[①]，与恩格斯的历史的必然要求和这个要求暂时不能实现之间的悲剧冲突也有一定的距离。当然，也可以说，中国的悲剧有自己的特点，不必要符合西方悲剧的要求。不过这样，黑格尔从他的角度说中国无悲剧也就很难说是信口雌黄。

五

本书共分五章。

第一章讨论中西小说叙事差异。我们先从章回小说入手，抓住章回小说在清末民初形式蜕变和逐渐淡出中国文坛这一历史现象，探讨中西小说叙事的差异。这一章认为，章回小说在清末民初的形式蜕变和淡出

[①] 按照黑格尔的理论，两种伦理力量各有自己的合理性，也有自己的片面性。而在《赵氏孤儿》中，冲突的双方一方是善的代表，一方是恶的代表。前者缺乏片面性，后者没有合理性。

文坛,其外在的原因是中国的落后导致的中国民众对于中国社会和传统文化的信仰的动摇甚至轰毁。内因则是章回小说本身的不足,如重娱乐和消遣,叙事程式的固定与雷同,思想内容上缺乏直接针对现实、紧扣当前社会问题、真实描写底层社会的日常生活并推动社会变革的作品。本身的这些不足,加上西风东渐的现实和亡国灭种的威胁,以章回小说为代表的中国传统小说,自然难以抵挡重视现实描写、形式成熟多样而且侧重叙事要素本身呈现的西方小说的进攻,不得不吸收西方小说的长处,逐渐改变自身的传统形态,最终走上与西方小说合体的道路。这些从表现上看,便是章回小说形式的蜕变与淡出文坛。接着,这一章从要素与关系的角度,讨论中西小说的叙事差异。所谓要素,指的是叙事作品内容的基本成分如人物、事件、场景、细节等,关系指要素之间的相互联系与组织。一般地说,西方小说重视要素的呈现也即重视要素本身表现的完满与充分;中国小说重视要素的关系也即要素之间的连接与组织。这种不同的侧重,造成了中西叙事文学的多种差异。主要表现在三个方面:1.从内容的角度看,在叙事要素的密度与细度上,西方叙事文学侧重的是细度,中国叙事文学侧重的是密度。2.从形式方面看,西方文学的叙事技巧主要是围绕要素的呈现而设置和展开的,中国文学的叙事技巧则主要围绕要素的关系而设置和展开。3.从内容与形式之间的关系看,西方叙事文学作品的内容对形式的决定和制约程度较低,中国古代叙事作品的内容对形式的决定与制约程度较高。密度与细度是这一章作者自创的概念。所谓密度,指的是在一定的篇幅内,要素数量的多少;细度指的是故事要素展示的充分性和内在完满性。密度与细度之间存在一定的矛盾。要素要具有较高细度,其各个部分就必然要展开,这样就需要占用较多的篇幅。但一部叙事作品的篇幅总是有限的,在一定的篇幅内,提高要素的细度,就得降低要素的密度,提高要素的密度,就得降低要素的细度,二者不可兼得。一般而言,中西小说叙事,故事要素处理的总的特点之一,是西方小说要素的密度较低,中国小说要素的密度较高;与之相联的特点之二是,西方小说故事要素的细度较高,中国小说故事要素的细度较低。中西小说在内容安排、人物塑造、场景描写、情节设计等方面的不同,都与其对要素与关系的不同侧重有一定的联系。

第二章比较中西小说的虚构观。虚构观虽然对象比较明确,但要讲清楚也不容易。因为中西古典小说跨度长、类型复杂,不同时段、不同类型的小说,其虚构观也有不同。第二章采取了一个比较"讨巧"的方法:先将中西小说分成不同的类型,再分别探讨这些类型的虚构观,而不同的类型形成于不同的时代,这样,时代跨度造成的虚构观的变化也就在无形中得到了较好的解决。这一章将中国古典小说按照时代先后分为逸闻小说、神怪小说、历史小说、英雄小说、世情小说五种,认为逸闻小说虚构观的核心是"采录异闻",神怪小说虚构观的核心是"设幻好奇",历史小说虚构观的核心是"据史演义",英雄小说虚构观的核心是"因文生事",世情小说虚构观的核心是"据实虚构"。然后我们又拈出一个"奇",认为前四类小说有一个共同的特点,那便是"奇"。而世情小说虽然重"情理"、重"亲历",却也并非"无奇",而是"以不奇为奇"。因此,从中国古代小说虚构观中,可以看出中国古人对"奇"的青睐。或者说,恰恰是对"奇"的青睐,影响了中国古代小说的虚构观念。对于西方古典小说,这一章同样按照时代的发展将其分为五类:一是中世纪英雄史诗与骑士传奇,其虚构观的核心是"奇思幻想";二是文艺复兴时期的人文主义小说,其虚构观的核心是"代言自述"与"摹仿自然";三是18世纪小说,其虚构观的核心是"塑造自我";四是19世纪浪漫主义小说,其虚构观的核心是"表现主观";五是19世纪现实主义小说,其虚构观的核心是"再现客观"与"塑造典型"。我们认为,在这五种小说虚构观中,从"奇思幻想"到"摹仿自然"是一次重要的飞跃。从人文主义小说开始的四种虚构观,含有一个极为稳定的内核即"摹仿"。"摹仿",是近代西方小说具有强烈的现实关怀的根源所在,也是近代西方小说虚构观几经发展依然不变的核心。至于"摹仿"的具体对象,从14—17世纪的"自然",到18世纪的"自我",到19世纪的"主观""客观",无非是一个与时俱进,不断充实、细化、深化的过程罢了。因此可以说,西方小说的虚构观大体上是以"真"为旨归的。当然,这并不是说中国小说虚构观就只重"奇"而不重"真",或者西方小说虚构观就只重"真"而不重"奇",而是说,双方对"真""奇"二字的确各有侧重,由此也导致中西小说虚构观总体上的明显反差。通过对中西小说虚构观的分别论述,二者的区别也就明显了,比较的意味隐含其中。接着,本章又从发展脉络、内容体系、表现方式、后续影响四个方面,对中西小说虚构观进行进一步的分析比较,指出其异同,较好地达到了比较的目的。

第三章对中西历史叙事思想进行比较。"历史"一词包括历史实体与历史叙述双重内涵。历史实体是巨大的无意义事实、事态与事件的堆积;

历史叙述则是关于庞大混杂的历史实体的符号再现,是通过赋予历史实体以秩序和意义而与历史解释联系在一起的话语方式,具有文化根性。从这个角度来看,中西历史文本在结构、技法、文类、意蕴等的差异可视为不同文化语境下的"历史解释"。奠基于希腊罗马的西方历史学领域总的思想是一种实质主义的形而上学,形成的历史叙事模式是用复杂的历史现象来证明某种哲学的或政治的或宗教的论题的理性历史;建基于"通变观"的中国历史叙事则形成了将古今之事联系起来,考察它们兴衰递嬗之间的"变中之常"与"常中之变"的辩证模式。中西"理性的历史"与"历史的辩证法"呈现为迥然有异的叙事结构与话语策略。叙事结构与文化背景之间存在着深刻的对应关系,西方历史叙事旨在揭示线性结构的故事化模式背后所隐含的"普遍性",指向的是形上追求;而中国历史叙事则以"缀段性"结构完成历史"隐喻"的修辞意趣,指向的是"《春秋》以道义"的神圣追求。对人类历史作出整体描述的历史演化因文明视域的差异,而形成普遍史与循环史的不同模式。西方普遍史将"非西方"降格为历史总体进程中的低级阶段从而将其纳入以西方为"历史终结"的"普世文明话语"中,其实质是一种殖民与驯化;中国历史循环观是"天下"观念下"大一统"政治图景的历史表现,建构了历史演进中断裂与连续之间的张力,彰显了传统史学"形而上学"与"实际历史"之间的辩证法。中西历史叙述都包含"他者"书写。西方历史"他者"叙述是一个"它性的话语体系",这种体系是在例外主义视角下以"同"与"异"为基本范畴建构的以西方为标准的普遍史话语模式;中国历史"他者"叙述则是一个"间性的话语体系",这种体系是在关系主义视角下以"内"与"外"为基本范畴建构的"天下秩序"下的差异格局。历史旨在"求真",而"真实"分为"实事意义上的真实"与"人情意义上的真实",中西历史叙述在结构模式上的线性与"缀段性"之别、在演化元叙述上的普遍史与循环史之别、在"他者"书写上的"它性"与"间性"话语之别,都不能纳入"实事意义上的真实"的"中性"话语方式范畴,而只能被视为"人情意义上的真实",是中西不同文化语境下的话语建构与叙述"表现"。

  第四章比较中西叙事伦理思想。叙事在讲故事的同时,必然包含价值的判断和伦理的选择。叙事伦理包含四个层面:一是考察叙事主体的意图伦理,二是分析叙事内容的故事伦理,三是探究叙事形式和伦理之间关系的叙述伦理,四是接受者在接受中体现出来的接受伦理。第四章因篇幅关系,主要讨论中西小说叙事的伦理维度、意图伦理和接受伦理。就伦理维度看,中国的史传传统让中国小说有一种似乎与生俱来且有规可循的劝惩观念,其伦理主要体现为规范伦理;西方的哲学传统和修辞学传统让西方小说一般从作品出发来寻找其中的伦理效应,其伦理主要体现为德性伦理。由此导致中西小说叙事伦理研究切入点出现差异:中国小说的切入点是真实作者的生活遭际及道德水平,西方小说的切入点是小说文本本身。从规范伦理和德性伦理出发,中西小说的意图伦理可细化为真实作者、隐含作者、叙述者的意图伦理。中国小说真实作者现身的方式较为固定,且往往隐姓埋名,一般表现出强烈的伦理说教意图;西方小说真实作者现身方式较为多样,且从各自的小说观念出发来理解道德问题,主要显示对具体道德品性的理解。中国小说隐含作者是伦理先行,西方小说的隐含作者则兼有伦理先行和道德后觉;中国小说的隐含作者让伦理来规范人物,西方小说的隐含作者则让人物来显示伦理。叙述者意图可通过小说题名和章节编排来体现。中国小说的题名一般体现为补史、劝诫、娱乐三种意图中的一种,伦理意图明显,西方小说一般用中性的人名、地名、比喻性词语或小说倾向来命名,伦理意图不明显;中国小说的章节编排主要采用章回体,经常在回目中对小说内容以社会伦理规范加以评判,西方小说不太讲究章节编排,一般按照叙述的自然顺序给小说区分章节,章节标题一般就事论事,很少用社会伦理规范来加以评判。接受伦理包括读者的接受语境、读者对小说的伦理阐释、后续创作对小说的伦理接受。接受语境需要具体语境,以 16 世纪明中后期古典小说的兴起和 18 世纪英国古典小说的兴起为例,前者的伦理语境主要是商人伦理和商业伦理,后者的伦理语境是个人主义的兴起和经济主导生活。中西小说的伦理阐释,在阐释形式和阐释侧重点两方面都存在差异。就阐释形式看,中国小说最常见的是小说解读和小说内容融为一体的"评点",西方小说的阐释一般和小说分离,且形式多样,有序文、专书评、通信等。就阐释侧重点看,中国小说内容方面的伦理阐释多于形式方面的伦理阐释,西方小说内容阐释和形式阐释大致均衡。就内容阐释看,中国小说多以伦理教化为宗旨,西方小说淡化或忽视伦理规范;就形式阐释看,中国主要体现在结构、文法、修辞三个方面,西方或是强调语言和伦理之间的紧密关联,或是强调各种叙事技巧和伦理之间的关系。后续创作的伦理的接受,中国大体上有同一小说的不同版本和同一故事的不同续写两种情况:就前者看,不同版本的序跋、识语、凡例等体现出对小说主旨和刊刻目标理解的差异,就后者看,既表现出续写者接受时的伦理境况和伦理取向的差异,也折射出续写者伦理偏好的差异。西方小说的续书主要是对同一故事的不同书写,它可以是对原故事中人物的不同处理,也可以是受原故事启发而重新立意写一个新故事。

第五章比较中西身体叙事思想。身体叙事思想既指理论形态的观念体系,也指具体文学作品与文学实践中的身体叙事思想。相对成熟的身体叙事理论形态是身体理论话语与叙事学交汇融合的产物,强调身体的叙事学意义以及以身体为契机的叙事学重构。对理论形态身体叙事思想的探讨与重构是介入实践形态身体叙事思想的观念前提。这一章先讨论中西身体叙事思想比较研究的理论基础与认知装置。对晚育的身体叙事理论形态进行反思与重构是中西身体叙事思想比较研究的理论前提,也是更具本体性的研究对象。本土"身体叙事"是当代文化实践中一个关键词,是身体叙事前理论形态。它缺乏叙事学维度,局限于特定话语场域,无法有效应对跨时空文学身体叙事实践经验。潘代等理论家在立足叙事学之聚焦"如何"(how)这一形式层面的同时,又深入历史内里,展现出对叙事学形式倾向的适度节制与超越。借此,他们以历史为视界,以"身体"为话语轴,完成了对叙事学阐释机制的深层转换,也就是说,以历史、身体、叙事为关系项,围绕"身体"这一语义核心,组构出一个更具普泛效能的有机阐释体系。本章接着考察的,是作为叙事元素的身体形象在文化观念影响下是如何被用作故事之组成部分的。身体形象是身体叙事最基本的"要素"。中西身体叙事传统中的身体形象有明显差异,具体表现为常态性与非常态性两种形态。中国叙事传统中的常态性身体形象经过了一重"形"的抽象,具有重"比德"、类型化、静态性等特点。这种形象书写易程式化,影响人物的个性化呈现。而这方面,西方尚实,人物身体形象个性特征鲜明。建基于中国文化精神的传神写照是身体叙事的大传统。同时,还并存有一个"形"不为"神"所完全宰制的小传统。非正常人、边缘人或妖魔鬼怪自然与德性无缘,而他(它)们恰恰是中国身体叙事传统中最栩栩如生的一个族类。在非常态性身体形象塑造方面,西方拘于写实,形式略显单一;而中国之叙事则动静相宜,形式变幻多样,展现出丰沛的想象力。那么,身体如何影响叙事方式及其功能?悲剧是西方经典文类,并在美学与文论话语中与本土文类形态有着大量交集。立足悲剧具身性问题,可以深入考察中西悲剧叙事结构、功能与身体的复杂关联。悲剧表层结构聚焦要素"摹仿"之内涵及其外化形态,而深层结构展现为以"行动—受难—行动"为组构模式的具身性因果链条,这一链条组构之目的在于实现"卡塔西斯"效应(具身性悲剧功能)。传统悲剧结构形式与叙事功能具有整一性,体现了身体力量与精神力量的二元辩证。这也为中国传统悲剧之再解读提供了新视角。中国传统悲剧的合法性曾广受质疑,但在美学形式与功能(具身性"卡塔西斯"效应)上与西方传统悲剧并无本质性差异。这无疑从学理上确证了"中国悲剧"的形态合法性。

六

在给《文史哲》编辑部的回信中,习近平总书记提出:"增强做中国人的骨气和底气,让世界更好认识中国、了解中国,需要深入理解中华文明,从历史和现实、理论和实践相结合的角度深入阐释如何更好坚持中国道路、弘扬中国精神、凝聚中国力量。"《文史哲》主编王学典理解,这里的"底气"主要指我们的文化自信,"骨气"就是平视西方,敢于在世界上表达我们自己的价值和追求,提出我们自己的话语和方案。中西传统叙事思想研究也应有这样的"骨气"和"底气"。一方面,我们要学习、借鉴西方传统叙事思想中有价值、意义的内涵,把它们吸收到中国叙事思想中来,促进中国叙事与叙事思想的发展;另一方面,我们也要看到中国传统叙事思想中有价值、意义的内涵,对中国传统叙事思想进行创造性转化,并在当前中国社会、文化、叙事现实中融合中西叙事思想的长处,建构中国自己的叙事思想体系。只有这样,我们才有可能实现习近平总书记给《文史哲》编辑部的回信中对社科工作者提出的期望,才有可能对中西叙事思想有尽可能准确的把握,在讲好中国故事,塑造中国形象,"坚持中国道路、弘扬中国精神、凝聚中国力量"中发挥自己应有的作用。

自然,由于水平有限,在本著的撰写中上述目标不一定都能达到,我们还需继续努力,同时,也诚恳希望读者、专家不吝批评、指正。

第一章
中西小说叙事差异：中西文学叙事思想比较研究之一

中西古典文学在不同的时间、地点产生与发展，在19世纪之前较少相互交叉、借鉴，在文学思想上存在较大的差异。要全面地对其进行比较，是一个庞大而又系统的工程，不是几万字、几十万字的篇幅能够完成的。因此，本章将中西文学思想的比较局限于叙事的领域。但即使是中西文学叙事思想的比较，也是一个庞大而系统的领域，实际上也不是几万字、几十万字能够解决的。因此本章主要以中西古典小说为研究对象，从要素与关系以及中西古代长篇小说叙事差异的角度，对中西古代文学叙事思想进行比较。

本章所讲的中西古代小说，就中国而言，主要指1894年之前的中国小说。1894年中日甲午战争之后，中国知识分子掀起了向西方学习的热潮，西方文学思想与作品大量进入中国，对中国小说产生影响。中国小说叙事逐渐与西方小说叙事趋于同一，与中国古典小说叙事拉开距离，不再适于同西方小说进行叙事比较。自然，要更严格的话，这个时间节点也可前溯到1840年第一次鸦片战争。实际上甚至在这个时间节点之前，西风东渐就已开始。不过这一时期发生变化的首先是军事、经济等物质领域，在文学艺术等精神领域，西方的影响有所滞后，中国传统文化在这一时期仍然稳固，中国小说由于强大的惯性仍在原来的轨道上向前发展。因此本章将这一时期的中国小说仍然划入中国古典小说的范围，但在比较时尽量少涉及。作为对等，本章所说的西方古典小说主要指文艺复兴至19世纪的西方小说。19世纪的西方小说主要指19世纪西方浪漫主义和现实主义小说，自然主义小说也可包含其中，但唯美主义、象征主义等具有西方现代主义特点的作品不包括在内。

　　文学思想有广义与狭义两种。广义的文学思想既指理论形态的观念体系,也指隐含在具体的文学作品和文学实践中的文学思想;狭义的文学思想则主要指理论形态的观念体系。本章讨论的文学思想均是广义的。中国古代文学思想有理论形态,但更多地隐含在具体的文学作品和文学实践之中。西方古典文学思想其实也是如此,虽然理论形态相对而言要多一些。逻辑地说,中西小说不同的内容与形式,支撑着它们的其实就是中西各自不同的文学思想,中西小说不同的叙事内容与形式、特点与方式,以及相关的技巧,也都是各自叙事思想的不同反映。因此,研究中西小说不同的叙事实践和叙事现象,可以把握中西文学各自的叙事思想,比较中西小说不同的叙事实践和叙事现象,有助于我们对中西叙事思想进行比较研究。

第一节　从章回小说的蜕变与淡出　　　看中西长篇小说叙事差异

　　中国古代小说的最高成就是白话小说,白话小说的最高成就是章回小说。章回小说产生了《三国演义》《水浒传》《西游记》《红楼梦》等著名作品。但在19世纪末20世纪初,章回小说却逐渐淡出了中国文学实践。"五四"之后,除了守旧派文人的文言小说和张恨水等人的通俗小说尚时时运用章回小说的形式之外,在文坛主流,五四新文化运动参与者的笔下,几乎看不到章回小说的身影。探讨这一事件的发生原因及其发展过程,对于我们进一步认识章回小说这一文学体裁,认识中西小说的叙事差异,具有重要的意义。

一、章回小说叙事的问题与不足

　　章回小说是分章回叙事的白话小说,是我国古代长篇小说的主要形式,也是中国特有的一种小说形式。分回标目,段落整齐,首尾完整,是其主要的特点。章回小说由宋元讲史话本发展而来。讲史主要叙述历史兴亡和战争故事,如《金相平话五种》《五代史平话》《宣和遗事》等。但在说书时,说书人不可能一次讲完一个故事,必须将一个完整的故事分成若干相对独立的部分,每次讲一个部分,这一个部分或者说"节"就相当于后来章回小说的一回。而且,每次说书前,为了便于听众把握,说书人总会用一定的题目向听众揭示本次说书的主要内容,由此发展,逐渐形成章回小说的回目。从讲史到章回,这一过程大致在明代中期结束,明末,章回小说的体例正式形成。胡士莹认为,话本小说由题目、篇首、头回、入话、正话、篇尾六个部分组成。相比话本小说,章回小说在体制上虽然有一定变化,但基本上还是这个格局。读过明清章回小说的人,对其先诗词、再议论、然后正式开始叙述的叙事模式,大概都会留下或深或浅的印象。章回小说中经常出现的"话说""看官""且听下回分解""花开两朵,各表一枝"等字样,也可间接地说明章回和话本之间的继承关系。

  章回小说产生于中国的社会与文化土壤,它和其所产生的社会与文化是合拍的。如果中国社会与文化继续沿着传统的方向发展,章回小说无疑会继续存在与发展下去。然而时代的发展不以人的意志为转移,在清代晚期,中国社会与文化的发展改变了方向。

  导致这种改变的直接原因,是西方列强的入侵。清廷长期的闭关自守,不重视现代科技、现代文明,使其在世界竞争中落到了后面。这时西方列强来了,鸦片来了。清朝为了自己的利益,试图将列强拒之门外。然而列强除了鸦片,还有坚船利炮,还有洋火洋油,还有基督《圣经》,还有规章制度,还有文化文学,还有思想观念。这些东西一股脑儿地涌了进来,破坏了中国自给自足的农耕文明,使中国的政治、经济、军事产生危机。在这种痛苦的现实下,中国人对中国社会、传统文化产生了怀疑,对中国社会和传统文化的信仰产生了动摇。这种动摇,自然也要波及、影响到章回小说。因为归根结底,章回小说是依附在传统社会和传统文化之上并在传统社会和传统文化的基础上产生、发展起来,符合其所处社会的文学思想的。当传统社会和传统文化受到质疑、传统的文学思想发生改变的时候,章回小说不可能独善其身。梁启超认为:"欲新一国之民,不可不先新一国之小说。故欲新道德,必新小说;欲新宗教,必新小说;欲新政治,必新小说;欲新风俗,必新小说;欲新学艺,必新小说;欲新人心、欲新人格,必新小说。"①欲新民新社会,必先新小说。小说被提到如此之高的地

---

① 梁启超:《论小说与群治之关系》,载陈平原、夏晓虹编:《二十世纪中国小说理论资料》第一卷,北京:北京大学出版社,1997年,第50页。

位,相对于社会现实的要求,章回小说的形式自然不够用了,蜕变已经不可避免。

自然,章回小说形式的蜕变,也不完全是外在的原因,与其自身的不足也有关系。

其一,在中国,小说的地位一直不高。章回小说的直接源头是话本小说,话本小说起源于宋元说书。宋元说书是下层民众、市民阶层消遣、娱乐的一种方式,追求的是娱乐性。当然,为了满足下层民众的道德观与正义感,说书人在讲故事的时候也必然渗入一些扬善惩恶、道德说教方面的内容,总结一些人生经验、生活感悟。但思想教育方面的考虑从未超过对娱乐性的追求。这种状况必然也要影响到后来的章回小说。章回小说喜欢"欲知后事如何,且听下回分解",喜欢"花开两朵,各表一枝",强调情节和故事,重视每回都有一个以上的兴奋点,这都与其对娱乐性的追求分不开。而新文化运动和"小说界革命"的提倡者与参与者重视的则是小说的"新民"和启蒙功能,是小说改良民智、改革社会的作用。这与章回小说对于娱乐的追求和重视不免发生矛盾。思想性和教育性超过娱乐性和消遣性成为小说的主导方面。文学思想的这种变化,自然会对章回小说产生不利的影响。

其二,是章回小说的叙事程式,如说书的场景和各种体式、套路等。自然,就章回小说本身来说,这些体式和套路以及说书的场景很难说是什么缺点,章回小说就是因为这些叙事程式构成了其基本的叙事形式。但是这些叙事程式也的确影响了章回小说叙事的灵活性和多样性,造成了叙事形式的固定与雷同。另一方面,这些程式也决定了章回小说对于情节和故事的整一性和凝聚性的重视。① 这种重视也在一定程度上限制了对于生活的散点透视和"宽镜头"描写,使中国章回小说很难出现托尔斯泰的《战争与和平》、巴尔扎克的《人间喜剧》那样的作品。在传统社会生活仍然稳固、对传统文化的信仰仍然牢固的情况下,章回小说的叙事程式不会引起人们对章回小说形式的非议。但在中国因落后而挨打、人们对

---

① 如《水浒传》。金圣叹认为,《水浒传》故事有一个总的框架,而在内容的组织上,小说采用了人物传记相续的形式。一百八人就是一百八个传记,其中宋江按世家体,其他人按列传体。《水浒传》通过总的框架将这大大小小的传记组合起来,构成一个有机的整体。因此虽是长篇巨制,结构复杂,但仍然结构整一,所有人物和事件都是围绕着一个中心。参见赵炎秋:《叙事视野下的金圣叹"章法"理论研究》,《长江学术》,2011年第3期。

传统文化的信仰开始动摇、对小说的要求逐步提升的时候,章回小说的这些不足便被放大出来了。

其三,是章回小说的内容与思想。林纾曾赞扬英国作家狄更斯"叙家常至琐至屑无奇之事迹",栩栩如生,认为狄更斯的《大卫·科波菲尔》"不难在叙事,难在叙家常之事;不难在叙家常之事,难在俗中有雅,拙而能韵,令人挹之不尽"。① 他批评中国小说缺乏真实描写底层日常生活的作品。而有的批评家则更为严厉。侠人认为:"西洋小说分类甚精,中国则不然,仅可约举为英雄、儿女、鬼神三大派,然一书中仍相混杂。此中国所短一。"苏曼殊认为:"小说与戏曲有直接之关系。小说者虚拟者也,戏曲者实行者也。中国小说之范围,大都不出语怪、海淫、海盗之三项外,故所演戏曲亦不出此三项。欲改良戏曲,请先改良小说。"② 笔者以为,对中国传统小说的这些评论,虽有一定的偏颇与极端,但对于以农耕社会为土壤、偏重娱乐的中国古代小说而言,也确有其中肯之处。包括章回小说在内的中国传统小说,在内容上缺乏真实描写底层社会日常生活的作品,在思想上也缺乏直接针对现实、紧扣当前社会问题、推动社会变革的作品。如中国四大古典名著,《三国演义》是讲史,《西游记》是神魔,《水浒传》是侠义,《红楼梦》是世情。几大小说当然也与现实有着千丝万缕的联系,其中反映了现实的生活,但与塞万提斯、菲尔丁、狄更斯、巴尔扎克、托尔斯泰等西方作家的小说比较起来,与现实的联系就隔了一层。这当然与20世纪初中国现实亟需变革的需求有一定的距离,也不符合新文化运动、新小说提倡者和参与者的希望与要求。这样,章回小说内容与形式的变化与创新也就无法避免。

二、西方小说叙事的特点与长处

内因与外因的共同作用,决定了晚清之后,章回小说的传统形式已经不再适应社会发展的需要,无法按照已有的轨道继续存在与发展,变革不可避免。变革的动力既可来自内部也可来自外部。假以时日,中国社会、中国文化内部也可能会慢慢积累变革因素,从而推动章回小说形式顺应

---

① 许桂亭选注:《林纾文选》,天津:百花文艺出版社,2006年,第67页。
② 陈平原、夏晓虹编:《二十世纪中国小说理论资料》第一卷,北京:北京大学出版社,1997年,第92页,第97页。

时代的需要,向前发展。然而西风东渐的现实和亡国灭种的威胁,决定了这一变革的刻不容缓。而西方文化与文学日甚一日的冲击,既刺激着这种变革,又为这种变革提供了绝好的榜样与参照系。

陈平原认为:"'小说界革命'是从翻译、介绍西洋小说起步的……中国知识分子对西方的理解,从机器军舰,到声光电化,再到法律政治,甲午战争后才全面涉及西方文化。在这股方兴未艾的'西化'热潮中,西洋小说的翻译介绍得到广泛的欢迎,很少有直接的反对者。……综观这二十年(指甲午战争后至 1917 年——笔者注)的小说界状况,译作在数量上明显压倒了创作。"①陈大康认为:"翻译小说在中国开始成批出现的近代,正是小说从古代向现代转型之时。这是一次小说史上前所未有的全方位的转型,其时的小说创作与先前相较,无论是内容与形式,还是思想倾向与艺术表现手法,都发生了明显的改观,而无论哪一方面的变化,其间都有翻译小说的影响乃至刺激因素在。"②这一时期涌入中国的翻译小说,大多为 19 世纪欧美现实主义或带有现实主义性质的小说。就小说形式而言,相对章回小说,19 世纪欧美小说叙事具有如下特点:

其一,是侧重叙事要素本身的叙述。侧重叙事要素之间的关系,其结果必然是重视叙事要素之间的联系与组织,重情节而轻细节、重讲述而轻显示、重时间而轻空间、重故事而轻现实。重视叙事要素本身,其结果则相反。胡适曾批评清末民初的中国文人"大概不懂'短篇小说'是什么东西"。他认为,"短篇小说是用最经济的文学手段,描写事实中最精彩的一段,或一方面,而能使人充分满意的文章。"而当时的中国文人则大多以篇幅的长短来界定短篇小说。"凡是笔记杂纂,不成长篇的小说,都可叫做'短篇小说'。所以现在那些'某生,某处人,幼负异才,……一日,游某园,遇一女郎,睨之,天人也,……'一派的滥调小说,居然都称为'短篇小说'!"他觉得"这是大错的"。③ 中国短篇小说喜欢写人的一生,而篇幅有限,便只能侧重写此人经历,交代其一生所发生的重要事件,其叙述因此

---

① 陈平原:《二十世纪中国小说理论资料第一卷·前言》,陈平原、夏晓虹编:《二十世纪中国小说理论资料》第一卷,北京:北京大学出版社,1997 年,第 8 页。
② 陈大康:《晚清报刊上的翻译小说·序》,载阚文文:《晚清报刊上的翻译小说》,济南:齐鲁书社,2013 年。
③ 胡适:《论短篇小说》,载严家炎编:《二十世纪中国小说理论资料》第二卷,北京:北京大学出版社,1997 年,第 36—37 页。

也只能是概述式的，讲述性的。《聊斋志异》《三言二拍》中的小说大致都是如此。而欧美短篇小说由于侧重某一事件精彩部分的叙述，因此往往能充分展示生活，描写细节，深入人物内心，如莫泊桑、欧亨利、契诃夫的小说。莫泊桑的小说《项链》写女主人公玛蒂尔德为参加舞会向朋友借了一条项链，舞会结束后发现项链丢了，为还项链节衣缩食十年，最后得知自己借的是条假项链，然青春与美貌却已不再。小说围绕借链、失链、还链、识链展开，详细描写了玛蒂尔德的生活与时代，描写了她内心世界与精神追求，细腻真实、意味深长。欧亨利的短篇小说《麦琪的礼物》，写一对相爱的青年男女，为了在圣诞节前相互给对方送一件有意义的礼物，妻子德拉卖掉了自己一头漂亮的金发，为丈夫的祖传金表买了一根白金的表链；而丈夫吉姆则卖掉了自己的金表，为妻子买了一套梳头的纯玳瑁的边上镶着珠宝的梳子。两人都舍弃了自己最宝贵的东西，换来对方已不需要的礼物。通过这一看起来有点傻气的小事件，作者写出了一对贫穷夫妻之间真正的爱情。欧美长篇小说与中国章回小说在这方面的区别也大致类似，这只要将四大名著《三国演义》《水浒传》《西游记》《红楼梦》与托尔斯泰、巴尔扎克、狄更斯、司汤达等的作品作一对比就比较清楚。在四大名著中，《红楼梦》不乏细腻的刻画和描写，但其有名有姓的人物九百多人，托尔斯泰的《战争与和平》有名有姓的人物相比而言就少得多，细节与人物内心的描写，也要详细不少，其不同也是很明显的。

其二，是叙事的程式、套路与文体。与中国章回小说不同，欧美19世纪小说没有固定的程式与套路。托尔斯泰的三部长篇小说《战争与和平》《安娜·卡列尼娜》和《复活》，每部小说的叙事方式、叙事结构和叙事话语都不相同，绝无固定的程式与套路。欧美小说追求的不是固定的格式，而是与众不同，别出心裁。在文体上，欧美小说的语言主要是散文体的日常生活语言，除了人物塑造、情节发展的需要，很少用诗词、韵文等其他文体。而中国小说则喜欢用诗词和韵文，有的小说如《花月痕》中诗词与韵文的分量几乎占了一半。诗词韵文适当地用一点，有助于塑造人物性格，表现特定的时代和环境。如《红楼梦》，其中的《好了歌》，林黛玉、薛宝钗等人填的"咏絮词"，林黛玉的《葬花辞》，以及十二钗的判词，等等，都不仅与情节有关，而且与人物的性格、命运有关。不过严格地说，诗词与韵文并不适合以表现日常生活为主要目标的小说，稍不注意，就容易陷入为诗词韵文而诗词韵文的境况，影响小说的人物塑造和生活表现。这种现象实际上与中西文学思想的不同有着密切的关系。中国文学一直以诗文为正宗,小说与戏剧很长一段时间不登大雅之堂。在小说中引证诗词成为提高小说品位的一个重要手段。在中国小说中,常可看到这样的表述:"如若不信,有诗为证。"好像一件事情,用散文化的语言叙述还不足以证明它的真实性,必须用诗词来加以证明。其深层的原因其实是中国文学重视诗文的思想。而西方小说则不然。西方文学没有贵诗的传统,古希腊文学主要是史诗、戏剧两大文类并立,抒情诗、散文故事如《伊索寓言》也很发达。文艺复兴时期,戏剧、诗歌和以流浪汉小说为代表的散文体叙事作品三足鼎立,诗歌并没有占据特别优先的位置。18、19世纪,小说则超越戏剧、诗歌,占据了文坛的主导地位。因此,西方文学没有以诗词为正宗的思想,在西方小说中,引用、插入诗词和韵文的现象自然也不常见。

其三,是小说类型的分化。小说越成熟,其内部的分化也就越细,多种类型的小说相辅相成,涉及生活的各个方面。19世纪的欧美,除了主流的社会小说,还有政治、侦探、科幻、哲理、历史、冒险、教育、言情小说,等等,形式多种多样。中国章回小说则仍然是按英雄、儿女、鬼神等题材分类,虽然不能说没有与欧美政治、侦探、科幻、教育、言情小说相似的内容,但在形式上还没有分化出这些类型。因为不同的小说类型不仅要涉及内容,还必然涉及形式。欧美的类型小说不仅在反映生活的内容与范围上有一定的限制,而且形式上也有一定的规范。比如侦探小说,内容上主要写警察与罪犯的斗争,叙述时大量采用推理、悬念、倒叙、伏笔、照应等手法,破案主要依靠智慧而不是打斗,情节曲折,想象丰富。一系列的规范使侦探小说成为一个独立的类型。小说类型的分化,一方面使小说在形式上更为成熟,艺术技巧更加发展,另一方面,也便于小说更好地反映社会生活的各个方面。

其四,是对现实的反映。19世纪欧美小说的主流是现实主义小说。现实主义小说不仅反映现实,而且干预现实。作者在对生活进行反映、描写的同时,也将自己对于生活的思考、主张写进作品,不仅观察问题,而且提出问题、解决问题。尽管其观察、提出的问题和解决的方法不一定正确,如托尔斯泰的不以暴力抗恶的主张,巴尔扎克对于贵族阶层的寄予厚望,狄更斯的重视恶人自身的内心惩罚,等等;但能够观察、提出和解决问题本身就说明欧美小说与欧美社会的密切联系。相对而言,章回小说与现实的联系就没有这样紧密。如《红楼梦》,小说博大精深,也的确反映了封建社会末期的现实。但这种反映不仅用了一个神话的外壳,而且所反映的生活,也没有与当时的时代、社会和生活直接联系起来。《水浒传》也有一定的神话因素,而且是历史题材,虽然对北宋末年的生活与现实有比较生动的反映,但这时代与现实并不是小说成书的时代与现实。和狄更斯、巴尔扎克、托尔斯泰等人的创作相比,这些小说与现实的联系没有那样的明显与直接。

自然,如果局限于章回小说和欧美小说本身的范围,也很难说欧美小说叙事的特点就是长处,章回小说的特点就是不足。但是将问题放到清末民初时的中国,情况就不一样了。这时的中国正处于西方入侵、民族危亡的关键时刻,民族精英们正在寻找一切可能的办法以挽狂澜于既倒,小说成为其手中的法宝之一。康有为提出:"'六经'不能教,当以小说教之;正史不能入,当以小说入之;语录不能喻,当以小说喻之;律例不能治,当以小说治之。"①梁启超也明确宣称,他之所以提倡政治小说,是因为"彼美、英、德、法、奥、意、日本各国政界之日进,则政治小说,为功最高焉"。②而要达到以小说新民、新社会并进而改造国人、拯救民族的目的,章回小说及其形式显然就无法胜任了,引进、学习、采用欧美小说的形式,必然成为当时最佳的选项。这内外两个方面的原因,决定了文学思想的变化。文学思想发生变化,对于章回小说的看法也必然发生变化。在这种情况下,章回小说的形式在清末民初的蜕变与衰落,就成为无法改变的趋势。

三、章回小说蜕变与淡出的过程

章回小说形式在近代中国的蜕变,大致可以分为三个阶段。

第一个阶段从1840年到1894年。这一时期,西方列强利用《南京条约》等各种不平等条约,以军事势力为后盾,疯狂地向中国倾销商品、掠夺原料,逐渐把中国市场卷入世界资本主义市场,中国自给自足的封建经济逐步解体,中国开始沦为半殖民地半封建社会。另一方面,在文化与文学方面,中国还在传统的惯性下向前发展,文学思想没有产生大的变化。就

---

① 康有为:《〈日本书目志〉识语》,陈平原、夏晓虹编:《二十世纪中国小说理论资料》第一卷,北京:北京大学出版社,1997年,第29页。

② 梁启超:《译印政治小说序》,陈平原、夏晓虹编:《二十世纪中国小说理论资料》第一卷,北京:北京大学出版社,1997年,第38页。

小说来说,这一时期的作品仍以创作小说为主,翻译小说难觅踪迹。据陈大康考证,在1840年至1894年的时间里,国内文坛共创作通俗小说65种,文言小说78种,翻译小说7篇。① 章回小说的内容与形式均未受到影响。其中的原因可以从三个方面探讨。一是中国传统社会与文化的强大惯性;二是在巨大的变化面前,中国知识分子的主要注意力被军事、经济等更为迫切的问题所吸引,暂时还未能转到文化与文学方面;三是1856年第二次鸦片战争之后,《天津条约》的签订使西方列强的要求暂时得到满足,中国国内出现暂时的稳定,这一假象使文化与文学变革的迫切性得到暂时的缓解。但是这一时期也出现了一些新的变化:一是列强的侵略造成了中国资本主义因素的萌芽,二是洋务运动的兴起。洋务运动的参加者在学习西方,推进民族工商业发展的同时,也提出了一些新的思想与主张,如"自强""求富""师夷长技以制夷""中体西用""实业救国"等等。这些思想与主张建基于当时中国的现实,突破了封建观念的樊篱,为第二阶段的文化文学和文学思想的大变革准备好了条件。

  第二个阶段从1895年到辛亥革命。甲午战争是近代中国社会发展的一个转折点。中国在战争中的失败,震惊、搅动了整个中国社会;同时,战争的失败也说明洋务运动"中体西用""重器不重人"的改革思路行不通。日本1868年宣布明治维新,到1894年,短短二十多年时间,就从一个贫弱岛国成为东亚强国。这既是一个刺激,也是一个鼓励或者榜样。中国人的思想发生变化,维新运动于是蓬蓬勃勃地发展起来。维新意味着不仅要学习西方的工艺、科技,而且要学习西方的制度、文化、思想。正是在这种思潮的推动下,西方的文化文学和文艺观念大量涌进,中国的文艺思想随之发生巨大的变化。1897年,《国闻报》发表严复与夏穗卿合写的《本馆附印说部缘起》,强调"说部之兴,其入人之深,行世之远,几几出于经史上,而天下之人心风俗,遂不免为说部之所持"。② 该文第一次从新文化的角度肯定小说的价值,强调小说的作用,推动小说创作的发展。1902年,梁启超发表《论小说与群治之关系》,强调"小说为文学之最上乘","小说有不可思议之力支配人道",论述小说有熏、浸、刺、提四大功

---

① 陈大康:《中国近代小说编年》,上海:华东师范大学出版社,2002年,第1页。
② 几道、别士(严复、夏穗卿的笔名):《本馆附印说部缘起》,载陈平原、夏晓虹编:《二十世纪中国小说理论资料》第一卷,北京:北京大学出版社,1997年,第27页。

用,认为"人类之普通性,嗜他文终不如其嗜小说,此殆心理学自然之作用,非人力之所得而易也",强调"今日欲改良群治,必自小说界革命始,欲新民,必自新小说始"。① 从此小说的地位上升到空前的高度,小说的作用深入人心,小说的创作蓬勃发展。其后虽经 1900 年八国联军侵华、1905 年废除科举和同盟会成立等重大事件,维新思潮为革命思潮所取代,但并未影响到文学的基本格局,小说创作依然繁荣。

这一时期长篇小说的主要形式还是章回小说。但与传统的章回小说相较,这一时期的章回小说已经出现了一些新变。这种新变,归根结底,是中国传统与西方影响、文化保守与文化激进、老一代文人和新一代文人之间博弈的结果。鲁迅曾批评谴责小说,说它们"虽命意在于匡世,似与讽刺小说同伦,而辞气浮露,笔无藏锋,甚且过甚其辞,以合时人嗜好,则其度量技术之相去亦远矣"。② 阿英虽然认为鲁迅的这一批评"极中肯",但也觉得"亦非全面论断"。晚清小说"自有其发展。如受西洋小说及新闻杂志体例影响而产生新的形式,受科学影响而产生新的描写,强调社会生活以反对才子佳人倾向,意识用小说作为武器,反清、反官、反帝、反一切社会丑恶现象,有意无意地为革命起了或多或少的作用,无一不使中国小说走向新的道路,获得更进一步的发展"。③ 客观地说,鲁迅是对的,他针对的是谴责小说粗糙的一面;阿英也是对的,他针对的是晚清小说积极的一面。这说明,谴责小说作为清末民初时期的章回小说,与传统章回小说比较,出现了明确的新变。这些变化表现在如下几个方面:

其一,是小说直面当时的现实,侧重反映社会的黑暗面,并对现实进行评论、干预。有些小说如《官场现形记》《二十年目睹之怪现状》等,从书名就可以知道其现实指向性;有的小说如《老残游记》《孽海花》虽然从书名无法肯定它们的现实指向性,但阅读小说,便可知道其内容的强烈现实性、思想的强烈批判性。

其二,叙事形式出现较多新的变化。首先,是总体结构性加强。如曾朴的《孽海花》,鲁迅称它"结构工巧,文采斐然"。④ 作者采用了近代较流

---

① 梁启超:《论小说与群治之关系》,载陈平原、夏晓虹编《二十世纪中国小说理论资料》第一卷,北京:北京大学出版社,1997 年,第 51 页,第 52 页,第 53—54 页。
② 鲁迅:《中国小说史略》,北京:人民文学出版社,2007 年,第 289 页。
③ 阿英:《晚清小说史》,北京:人民文学出版社,1980 年,第 6 页。
④ 鲁迅:《中国小说史略》,北京:人民文学出版社,2007 年,第 298 页。

行的块状小说结构与传统的网状小说结构相结合的方式展开情节,小说结构不完全按时间展开,而是适当兼顾事件,整个结构呈半封闭性。以事件作为小说结构的依据,而不是以时间或人物经历作为小说结构依据,正是古代章回小说与19世纪西方长篇小说结构上的一个重要区别。前者使结构趋于严谨,有开头有结尾,后者使结构趋于开放,开头与结尾缺乏必然性。其次,在叙事方法上,晚清章回小说吸收西方小说的长处,出现很多新的因素。如《二十年目睹之怪现状》采用第一人称的方式叙述故事,结构全篇,在中国小说史上开了先河。《老残游记》采用了侦探小说的一些写法,吸收了西方现实主义小说的细节描写、心理描写和心理分析的手法,在人物内心的展示方面取得了较高成就。《海上花列传》在人物塑造上,根据"无雷同、无矛盾"的原则,笔下人物性格鲜明,彼此区别,而另一方面,人物自身性格前后一致,性格因素之间互相协调,没有矛盾的地方,克服了古代小说常见的疏漏之处,人物形象达到了较高的成就。

其三,在小说文体方面,与传统章回小说相比,近代章回小说中诗词歌赋的分量相比而言大大减少。不仅四大谴责小说如此,由才子佳人演变而来的狭邪小说如《海上花列传》等中的韵文因素也不如以前的同类作品。小说韵文因素的减少,一方面意味着小说叙事因素的增强,另一方面意味着小说文体的回归,散文体日常语言成为小说的主要文体,再一方面,也意味了小说的独立性。它不再需要韵文支撑自己叙事的合法性,也不再需要诗词歌赋增加自己艺术上的吸引力。

第三个阶段,辛亥革命到五四时期。1911年,辛亥革命爆发,清朝灭亡,民国成立。1915年,《新青年》的前身《青年杂志》创刊,从1915到1921年这段时间,一般称为五四时期。在这一时期,前一阶段占据文坛主流的谴责小说开始退居幕后,新起的是鸳鸯蝴蝶派和五四新小说。从形式上看,第二阶段的小说创作以章回小说为主,虽然出现了许多新的因素,但仍然是章回小说内部的改良,无法取代章回小说在文坛上的主导地位。使章回小说在中国文坛主导地位上摔下来的,则是鸳鸯蝴蝶和五四新小说。

中国小说历来有写情传统。从司马迁《史记》中的"司马相如列传",到唐代元稹的《莺莺传》,再到明末清初的才子佳人小说,"情语"绵绵不断。但进入20世纪,在梁启超等人所提倡的"小说界革命"的大潮之中,儿女私情不为文坛所重,写情小说处于低潮,难觅踪迹。1906年,吴趼人发表小说《恨海》，接着又出版《劫余灰》(1907)、《情变》(1910)，并在理论上提倡写情，这类小说才又渐渐恢复活力，并逐渐发展为鸳鸯蝴蝶派小说。1913 年，徐枕亚推出其代表作《玉梨魂》，把这类小说的创作推向高潮。鸳蝴派小说受西方文学的影响很深，吸收了西方文学的许多理念、方法与技巧。小说以情感人，按照市民群众的心理期待和欣赏趣味进行创作，形成了小说创作的自由化和艺术风格的多元化。在形式上，鸳蝴小说不再局限于章回小说，而大量吸收了西方小说的形式(如日记体小说和书信体小说)，并发展出新的侦探小说和科幻小说。在故事的讲述上，鸳蝴派小说突破了传统小说从头至尾讲述故事的模式，有的靠严密的逻辑推理取胜，有的侧重写事件或人生的某个横断面，有的侧重特定环境中特定人物的心态。在语言上，早期的鸳蝴派小说受林纾翻译小说的影响大多采用文言，1915 年前后，逐渐改用白话。在近代小说发展史上，鸳鸯蝴蝶派小说有着重要的地位。它填补了谴责小说沉寂下去后文坛的空白，发展出了新的小说叙事方式。而就章回小说的蜕变这一话题来说，它打破了晚清时章回小说的主导地位，使西方小说形式在中国得到普及。而且由于鸳蝴派小说既有章回又有西式，二者的并存便于在比较中突出西式小说的长处，这对章回小说是不利的。

不过，鸳鸯蝴蝶派小说虽然取得了一定的成就，但由于其"不谈政治，不涉毁誉"的创作原则，和对作品的"娱乐性、趣味性、消遣性"的过分重视，与当时正处于危机之中的中国社会不合，与当时正在进行的政治革命也很不协调，因此一直未能在文坛取得绝对的主导地位。另一方面，鸳鸯蝴蝶派小说也并不排斥章回体，其很多重要作品本身就是采用的章回体形式，如徐振亚的《玉梨魂》(1912)、李涵秋的《广陵潮》(1909—1919)，以及稍后一点的张恨水的《春明外史》(1924)、《啼笑因缘》(1930)等。因此，它只能动摇章回小说的地位，却无法将其赶出文坛主流。

真正给章回小说致命一击，将其赶出文坛主流的是以鲁迅、胡适、陈独秀、叶绍钧、郁达夫、茅盾、郭沫若，以及冰心、庐隐、王统照、许地山等为代表的五四新文化运动先驱与骨干们的文学批评和小说创作。除了陈独秀、鲁迅出生于 19 世纪 80 年代，这批五四新文化运动的参加者大都出生于 19 世纪 90 年代。政治上，这些人大都是资产阶级革命者或早期共产主义者，强烈要求社会变革；文化上，这些人受西方文化的影响很深，对传统文化熟悉但并不留念；教育上，这些人小时大都受的新式教育，长大后大都出国留学过；文学上，这些人基本上是在梁启超、黄遵宪、夏曾佑、谭嗣同等人提倡的"小说界革命"的氛围下长大的，从小受到白话小说和翻译小说的熏陶。因此，与鸳鸯蝴蝶派作家不同，五四新文学的创作者们从一开始就摒弃了文言小说和章回小说，采用了西方小说的体裁和形式。①他们的创作不仅在思想上取得极大进展，形式上也取得了巨大成就。如鲁迅的三部小说集《呐喊》《彷徨》和《故事新编》里面的作品，几乎每一篇的形式都不一样，语言凝练、优美。因此，当他们的小说创作取得成功，在中国文坛占据主流地位之后，章回小说就必然要退居幕后。

四、内因与外因的共同作用导致章回小说蜕变与淡出

从以上论述可以看出，章回小说在 20 世纪初中国文坛的蜕变与淡出的原因主要有两点：其一，是西风东渐与中华民族的危机导致的社会、文化与文学思想的巨变；其二，是章回小说本身在内容、形式上的不足，和西方小说在内容与形式上的长处。这种不足和长处在 20 世纪初的中国现实中得到放大，一方面促进了文学思想的变化，一方面又在变化了的文学思想的推动下进行变革。二者的合力导致章回小说淡出中国文坛成为无法避免的趋势。

五四之后章回小说虽然退居幕后，但并没有消失。张蕾认为，五四之后，章回小说本身也经历了一个变革的过程，之后继续有作品出现，特别是在通俗小说领域。② 笔者以为，章回小说形式的蜕变与衰落的根本原因，是章回小说的形式与 19 世纪、20 世纪之交的中国社会现实与诉求以及变化后的文学思想之间的矛盾。章回小说的形式已经无法满足表达新的时代与新的诉求的需要，加之清末民初对传统文化信仰的动摇、西方文化的涌入等原因，造成了章回小说的淡出中国文学主流。但这并不意味章回小说这一艺术形式的死亡。经过适当的改造，章回小说依然可以作为当代小说的一种形式，服务于当代读者。毕竟，作为在中国文坛风行几百年，曾经受到广大读者喜爱的一种文体，章回小说有它的魅力。

---

① 陈平原认为，中国现代小说的发展，是西方小说和中国传统文学两大因素共同作用的结果。这是正确的。（参看陈平原：《中国小说叙事模式的转变》，北京：北京大学出版社，2003 年）不过本书的主旨是讨论章回小说形式的蜕变，因此没有涉及传统文学在五四新文学中的作用。

② 参见张蕾：《章回小说的现代历程》第六章，北京：北京大学出版社，2016 年。

从这个角度看,虽然一般地说,内因是变化的根据、外因是变化的条件。但从中国20世纪初的特殊现实看,章回小说的蜕变与淡出的主要原因还是西风东渐的时代氛围和亡国灭种的现实威胁,而不是章回小说叙事本身的问题与不足。作为一种小说类型,章回小说的叙事形式有其自己的特点与优势。另一方面,假以时日,中国小说很可能会在保留章回小说的前提下,通过与西方小说的相融与相激,发展出相比现在,在形式与类型上更加偏重传统的有自己特色的长篇小说体系。但迫在眼前的民族存亡问题,阻断了中国小说的自主发展进程。当然,历史不能假设,中国的长篇小说只能在当下的语境中向前发展。不过,适当地注意章回小说的叙事特点与叙事形式,在合适的情况下加以运用,对于中国长篇小说的发展应该还是有益的。

第二节　从要素与关系的角度看中西文学叙事差异

作为学科的叙事学,诞生于20世纪60年代的法国。但这并不意味与叙事相关的实践与理论在1960年代之后才出现。在两千多年前的中国先秦和古希腊,叙事实践以及相关的叙事思想和理论就已产生比较丰硕的成果。在两千多年的发展过程中,中西叙事实践与理论沿着不同的路线发展,直到19世纪才开始相互交流、碰撞、影响和交融。在这种交流的过程中,作为强势的一方,西方文学与文化占据着主导的地位。这导致西方的文学叙事思想成为国内通行的文学叙事思想的正宗,而中国传统的叙事理论与实践则退居幕后,并且要受到西方叙事思想的评判与剪裁。这既不客观,实际上也不利于中西叙事思想的发展。因此,以中西传统叙事实践与理论为基础,探讨中西叙事的差异,并进一步把握中西叙事思想的异同,便具有理论与实践两个方面的重要意义。

一、要素与关系

任何一部叙事作品,都必然具备一定的内容,而这些内容可以从两个方面考察:一是这些内容所包含的要素以及这些要素的多寡,一是这些要素之间的相互联系与组织。从故事的角度看,要素可以从两个方面考察,一是要素的类型,如人物、情节、环境、事件、场景、细节等。而在大的类型中,又可以根据一定的标准分出第二级的子类型。如根据其在虚构世界中的重要性,将人物分为主要人物、重要人物、次要人物等子类型;根据结构上的功能,将事件分为核心事件、卫星事件等子类型。另一方面,则是要素的数量,即同一类型的要素在作品中的数量。如人物,一部作品,可以有几十个人物,也可以只有几个人物。事件、细节、场景等也是如此。环境与情节不大好以数量计算,但环境有描写的多寡之分,情节有复杂简单之分,宽泛地说,也可以算入数量的范围。

比如一篇网络微小说《让座》:①

98 路公交车上依然那么拥挤,人们吊着手扶随着车行进的节奏摇摇晃晃,像时钟的钟摆般摇摆。随着下一个站点的到来,一波又一波的人朝车上挤来,整个车厢就像是个饱满的豆荚似的。

一个孕妇顶着肚子费力地朝人群挤来,周边人都尽力为她让条道,她手拿提包,伴着口中"哎哟"声不断地朝前挤来,一个年轻小姑娘在玩手机的片刻瞥见了她,立马将手机放进衣服兜儿里起身让座,"大姐,坐这儿来吧!"走上前将那孕妇扶在座位上,那孕妇喜笑颜开地坐到了位子上。

"哎呀,妹子,谢谢你呀,你人可真好呀!"那孕妇热情地拉着女孩的手,一个劲儿地夸赞她。

"大姐,你别这么说,这是我应该做的呀!"女孩推了下鼻梁上的眼镜,脸上出现了一丝红晕,有些羞涩地望向别处。

"妹子,看你这年纪应该还在上学的吧,在哪上学的呀?"孕妇似乎还想继续和她聊着。

"噢,我在望大读书,正好大一。"

"啊,真厉害呀,望大可是所好学校,一般人都考不上呀! 不错不错!"

女孩有些不好意思地笑笑。

"我家亲戚的孩子也想考望大的,可惜没考上,你们学校环境很不错吧。"

"嗯,我们学校环境很棒的!"

---

① https://www.jianshu.com/p/a2303226d706(访问时间:2024 年 1 月)

"哎,妹子,你是在你学校下车吧,我还有两站就要下了,一会儿我下了,你就来接着坐,啊,今天谢谢你了,你站久了也辛苦!"

"嗯嗯,我就是在学校下车。"

"哎呀,这路公交呀就是那么挤,我今天上车前都怕被挤着没座位,毕竟不是每次都能遇到你这样的好心人呢!"那孕妇笑眯眯地,一直用自己那充满慈爱的手拉着女孩,被夸赞的女孩有些不知所措地笑着。

两人聊着聊着,车已过两站,孕妇站起身来,"妹子,你坐吧,我就先走了,再见啊!"说完又挺着肚子下车了。

女孩坐上座位,将手插进兜儿里,左捞捞右捞捞,忽然像被烫着似的将手拿出来,不可思议地盯着自己的手,两手空空,"我的手机呢,怎么不见了!明明放兜儿里了呀!"然后再用手在座位上左摸摸右摸摸,又将头埋下去在地上探寻,"我的手机呢,谁看见我的手机了,才换的新手机呢!"越说越哽咽,站她周围的人都帮着左右探看,却都摇了摇头表示不知道,人群中传来一句话,"怕是被偷了吧!"

那孕妇下了车后,心情似乎很舒畅,寻了个公园坐下,拿出手机拨了一个号码,"喂,王老三,我又到手了一个,这个可是时下最新款,这次的价钱太少了我可不答应呀!"另一只手掂着一个手机,一个看起来很新的手机。

小说总共900多字,从故事要素的角度看,小说的人物为两个:女孩和孕妇;场景两个:公交车上、公园;大的事件一个即"让座",这个大的事件下面包含五个平行的小事件:孕妇上车、女孩让座、孕妇与女孩交谈、女孩发现自己的手机被偷、孕妇与买主通话。细节有对公交车上的拥挤的描写,对孕妇拉着女孩的手的描写,对女孩发现自己的手机丢了之后的表现的描写,等等。这些都属于要素的范围。

另一方面,要素必须相互组织起来,才能构成一部有机的叙事作品。这样,要素与要素之间必然形成一定的关系,只有在这种关系中,要素才能取得各自的定性与意义。要素之间的联系与组合是十分重要的,没有一定的联系与组合,要素只是一盘散沙,无法成为一个有机体;不同的联系与组合,会产生不同的效果。托尔斯泰写作《复活》的时候,写了十几次开头,总是不满意。后来他决定放弃开头从聂赫留朵夫写起的想法,改为从玛丝洛娃开始写,小说的写作立刻就顺畅了。这种改变开头的做法,实际上也就是对相关的材料做不同的联系与组合。这些联系与组合,也就是要素之间的关系。爱森斯坦曾以电影为例,做过一个著名的试验。他拿出三个镜头,一个镜头是一个男人微笑着的脸,一个镜头是一个男人恐惧的脸,一个镜头是一把瞄准着的手枪。当这三个镜头各不相干地单独拿出给观众看的时候,观众看不出什么特别的意义。当这三个镜头按1、3、2的顺序排列播出的时候,观众得出的印象是这男人是个懦夫;当三个镜头按2、3、1的顺序播出的时候,观众觉得男人显示出了英雄气概。小说的人物与情节、环境也是如此。人物性格必须在情节与环境中才能展开,情节与环境只有依靠人物才能充实而有意义。非常的情节与非常的环境必然产生雨果浪漫主义式的非凡的人物,巴尔扎克笔下的现实主义人物只能存在于切近现实生活实际的情节与环境之中。冉阿让如果生活在《高老头》中必然显得滑稽可笑;拉斯蒂涅如果生活在《悲惨世界》中,也会水土不服;狄更斯笔下的大卫·科波菲尔只能在伦敦及其周围的平民世界中生活;而拜伦笔下的唐璜则需要在西班牙、土耳其、俄罗斯和英吉利的宫廷和上流社会里转悠。

再以《让座》为例,从要素之间关系的角度看,小说的要素是按时间的顺序连接起来的,但小说结尾有个突转,这个突转不仅转换了场景,而且交代了手机的下落和孕妇的真相,从而也间接说明了孕妇在车上一直缠着女孩谈话,并用自己的手拉着女孩的手的原因:她不想让女孩的注意力由两只手转到她的手机上去。这说明了这是一个颇有心机的老练的小偷。

不过,尽管要素与要素之间的关系是叙事不可或缺的两个方面,但在具体的叙事实践中,不同的作家对于这两个方面的侧重又是不同的。有的作家侧重要素的呈现本身,有的作家侧重的则是要素之间的关系。英国作家斯特恩的《商第传》侧重人物心理的揭示与描写,而大致与他同时代的吴敬梓的《儒林外史》则花大力气用人物接力的方式,将一百多年的人和事连为一个有机的整体。中国小说《三国演义》重视英雄群像的描绘,英国作家司各特的《艾凡赫》则把主要的笔墨都用在同名主人公的塑造上。法国作家巴尔扎克倾向于通过人物再现的方法将人物塑造得具体丰满,中国作家蒲松龄则倾向于在《聊斋志异》中用简练的笔法叙述更多的故事、塑造更多的人物。

进一步探讨，可以发现，作家是侧重要素的呈现还是侧重要素之间的关系，与他们所处的民族、文化与社会有着密切的关系。一般地说，处于同一民族、文化和社会中的作者，在叙事中的侧重往往具有相应的共同点和内在的一致性。不同民族、文化与社会中的作家，侧重点往往不同。这是因为，同一民族、文化和社会中的作者，有着共同的社会生活、文化传统、风俗习惯、地理环境，面临着共同的问题，和相互的利益纠缠。具体到西方与中国，就要素与关系而言，就是前者侧重要素的具体呈现，后者侧重要素之间的关系。由此造成中西叙事文学在叙事上的差异。

那么，所谓西方小说侧重要素的呈现，中国小说侧重要素的关系，又是什么意思？所谓要素的呈现，指的是要素本身表现的完满与充分；要素的关系，指的是要素之间的连接与组织。以前面所举爱森斯坦的三个镜头为例。要素的呈现指的是这三个镜头本身的画面与拍摄。如那个男人微笑的脸。这张脸只是一张正面的脸的镜头，还是既有正面又有侧面，而且还有与脸有关的这个人的身体的其他方面，以及这个人所处的周边环境。很明显，在画面大小不变的前提下，镜头包含的物件的多寡，与这张脸呈现的细度高低是有关系的。要素的关系指这三个镜头的组合，三个镜头按 1、2、3 还是按 1、3、2 或者 2、3、1 的顺序组合，其组合效果和表达的意义是不同的。当然，这只是一个非常简单的例证，在叙事作品特别是长篇小说中，要素的呈现与要素的关系要复杂得多，也难以预测、难以分析得多。如《三国演义》，要分析其故事要素之间的关系，是十分困难的。这部小说以魏蜀吴三国鼎立的历史为背景，涉及大量的人物、事件、场景和细节，要将这些要素联系和组织起来，是一件很不容易的事情。而另一方面，要对将这些要素连接与组织起来的功能与技巧分析清楚，也不是一件容易的事。《西游记》看起来简单一些，小说以唐僧师徒西天取经为线索，写他们一路行来，所遇到的妖魔鬼怪，和他们如何战胜这些妖魔鬼怪、克服困难、来到西天的故事。但是，这些故事同样涉及大量的人物、事件、场景与细节，如何将它们组织起来，特别是如何在"似"之中突出"不似"，在"同"中突出"异"，将看起来有些类似的故事，通过艺术的编排组成一个有机的整体，尽量地避免雷同感，提高可读性，也是一件困难的事情。

要素的呈现也是如此。狄更斯笔下的匹普、大卫、文米克等人物，作为要素，要分析他们是怎样塑造出来的，也不是一件容易的事。如《远大前程》中的文米克。这个长相一般的中年男人过着严格的双重生活。他是一个律师的助手,在律师事务所,他是一个称职的法律人员,公事公办,不讲情面;但在自己家里,他则是一个热情的主人、孝顺的儿子、多情的恋人、肯助人的热心汉子。他在自家庭院的周围,挖了一条四英尺宽的城沟,安上吊桥,把自己的家与外界象征性地隔离开来。在自己家里,他是有血有肉的正常人,而只要离开自己的城堡,他就变成了一架冷冰冰的法律机器。之所以这样,则是为了生存的需要,为了与其所生活的环境协调。否则,他便会在残酷的生存竞争中处于劣势,失去自己已有的东西。再如《荒凉山庄》中的浪荡子斯金波,表面上看,他风趣幽默,能说会道,琴棋诗画,样样都会。但骨子里他却是自私而肮脏的。小说把他比为一只雄蜂,自己不愿工作,想方设法地让那些工作的人养活他,却又瞧不起那些养活他的工作者。为了迷惑大家,他装出天真幼稚的样子,自称虽然已经结婚生子,但在世事上还是一个"孩子",因此得依靠别人生活。但这些只是一种伪装。他自称没有金钱观念,却为了得到五英镑把乔的住址告诉了布克特探长;他自称没有常识,但当得病的乔来到荒凉山庄时,他却要求主人将乔赶走,以免传染自己。这些人物,从要素的角度看,其表现都是完满而充分的。与爱森斯坦三个镜头的例子相比,分析起来当然要复杂得多,也难以把握得多。其相互关系,也比爱森斯坦三个镜头之间的关系要复杂得多。

对于要素呈现与要素关系,中西叙事文学各自的侧重点不同。西方叙事文学侧重要素的呈现,中国叙事文学侧重的则是要素之间的关系。这种不同的侧重,造成了中西叙事文学的多种差异。这些差异的第一个方面是:从内容的角度看,在叙事要素的密度与细度上,西方叙事文学侧重的是细度,中国叙事文学侧重的是密度;第二个方面是:从形式方面看,西方文学的叙事技巧主要是围绕要素的呈现而设置与展开的,中国文学的叙事技巧则主要围绕要素的关系而设置和展开;第三个方面是,从内容与形式之间的关系看,西方叙事文学作品内容对形式的决定和制约程度较低,中国古代叙事作品内容对形式的决定与制约程度较高。自然,差异可能不止这三个方面,这里只是就主要的方面而言。

由于密度与细度牵涉到的问题较多,需要专节讨论,本节先讨论后两个方面。

叙事文学的核心与代表是小说。西方小说的源头可以追溯到古希腊神话与史诗,但其真正发展成熟则是在文艺复兴至19世纪这段时间,中国小说源头可以追溯到神话与史传文学,其发展成熟时期则在明清,二者的时间大致重合。本节试图以这一时期的中西小说实践及相关理论为依据,从要素与关系的角度,阐述中西文学叙事上的差异,揭示其背后隐含的叙事思想。

二、中西小说中的叙事技巧和要素与关系之间的关系

叙事形式的一个重要方面,是叙事技巧。中西小说的叙事技巧,与叙事要素的关系和侧重点是不同的。西方文学的叙事技巧主要是围绕要素的呈现而设置与展开的,中国文学的叙事技巧则主要围绕要素之间的关系而设置和展开。换句话说,西方文学的叙事技巧更多地侧重人物、情节、环境、事件、场景、细节等要素本身的塑造与呈现,而中国文学的叙事技巧更多地侧重人物、情节、环境、事件、场景、细节等的组织与连接。

西方的叙事技巧大多是围绕要素的呈现展开的,西方叙事关注的,是通过一定的方法、技巧和手段,将叙事要素恰当、充分、有力地呈现出来。如通过人称、视角、叙事方式、叙事声音和表述等方法,从叙事者的角度更好地呈现人物与事件;通过等叙、快叙、慢叙、停叙、零叙等调整故事时间与文本时间之间的关系,更好地叙述事件、塑造人物。

福楼拜主张作者退出小说,人称客观化。卢伯克总结道:"福楼拜和他这一类的作家以'不流露个人感情'著称,其实他们只是以更老练的手法表达他们的感情——把他们的感情戏剧化,以生动的方式体现他们的情感,而不是直截了当地把它叙说出来。"[①]从这个角度看,福楼拜客观化的叙事方式也是一种叙事技巧,其主要目的是更好地呈现人物与事件。作家退出小说,不在作品中渗入自己主观的思想感情,让人物与事件按照自己的本来面貌呈现出来。这种手法能够使故事的呈现更加真实、客观、具体。如《包法利夫人》中罗道尔弗给爱玛写绝交信的那段著名描写:

> "世界是冷酷无情的,艾玛。无论我们躲到哪里,人家都会追到那里。你会受到不合分寸的盘问,诽谤,蔑视,甚至侮辱。什么!侮辱!……我只想把你捧上宝座呵!我只把你当做护身的法宝呵!我要惩罚我对你犯下的罪过,我要出走。到哪里去?我不知道,我真疯

---

① 卢伯克等:《小说技巧》,《小说美学经典三种》,方土人译,上海:上海文艺出版社,1990年,第49—50页。

了！祝愿你好！记住失去了你的可怜人。把我的名字告诉你的孩子,让他为我祷告。"

……

最后他还写了一个"别了",分成两半:"别——了!"并且认为这是高级趣味。

……

"可怜的小女人!"他带着怜悯的心情想道。"她要以为我的心肠比石头还硬了。应该在信上流几滴眼泪。但我哭不出来,这能怪我吗?"

于是,罗多夫在杯子里倒了一点水,沾湿了他的手指头,让一大滴水从手指头滴到信纸上,使墨水字变得模糊。然后,他又去找印章盖信,偏偏找到的是那颗"真心相爱"的图章。

"这不大对头……啊!管它呢!没关系!"

然后,他吸了三斗烟,才去睡觉。①

整段文字找不到作者参与的任何痕迹,完全是人物在自己表演。小说将人物的言行与心理组成一个完整的有机体,如实地呈现出来,将罗多夫的自私、虚伪与狡诈表现得淋漓尽致。

巴尔扎克用人物再现、事件相关联的方法,将他的巨著《人间喜剧》组成一个完整的世界。从一个方面看,这种人物再现是他的小说的一种结构方法,但从另一个角度看,又是其人物塑造的一种技巧。一部作品的容量和篇幅有限,其内容也有一定的方向性,人物的塑造难免受到限制,但通过人物再现的方法,让同一人物在不同的作品中再现,不仅有利于展现人物形象的多个方面,也有利于展现人物性格的发展,如《高老头》中的鲍赛昂子爵夫人。子爵夫人天潢贵胄,美丽、优雅,是波旁王朝复辟时期巴黎社交界的王后。她那"小王宫一样的府第,聚集着各界显贵名流,成了贵族阶级的象征"。巴黎的资产阶级妇女只要能在她那"金碧辉煌的客厅中露面,就等于有了一纸阀阅世家的证书",从此在上流社会通行无阻。但这位出身高贵的夫人,却因金钱而败给了一个资产阶级的"洋娃娃"。她相恋三年的情人阿瞿达侯爵因为二十万法郎的陪嫁,竟然抛弃了她,而

---

① 福楼拜:《包法利夫人》,许渊冲译,南京:译林出版社,1992年,第180—181页。

且这一行为还得到了国王的批准！骄傲的鲍赛昂夫人只好离开巴黎，隐居诺曼底乡下。鲍赛昂子爵夫人的故事如果到这里就结束了，只是证明了贵族阶级的门第抵不过资产阶级的金钱。但作者让子爵夫人在另一部小说《被遗弃的女人》中再次出现。在这部小说中，心灰意冷的鲍赛昂夫人再次遇到了一位追求者加斯东男爵。子爵夫人不愿再次面临被抛弃的命运，拒绝了加斯东。但在加斯东"永远忠于您，直至死亡"的誓言感动下，她心中的爱情火种再次被点燃，两人相爱了。但鲍赛昂夫人虽然与丈夫分居，却并没有离婚，因此她不可能嫁给加斯东，因此也就不能给加斯东带来财产。这一决定性的经济因素导致九年之后，加斯东又因为每年四万法郎的地租而抛弃了她，与一位富家女结了婚。经过这一次打击，鲍赛昂夫人心如死灰，再也无法振作，过着行尸走肉般的生活。鲍赛昂夫人的再次出现，一方面丰富了这个形象，更进一步确证了金钱的力量：金钱不仅打败门第，而且也打败爱情，打败美貌，打败一切，这不仅在巴黎，也在乡下，在整个法国，都是如此；另一方面，它将子爵夫人品质高贵，敢于突破自己生活的樊笼，放飞自我，追求真挚的爱情的一面，也表现得十分清楚。然而她所处的环境，又决定了她的追求无法实现。从某种意义上说，她的悲剧也体现了历史的必然要求与这个要求的暂时不能实现之间的矛盾。这个"必然要求"就是爱情应该建立在真挚的情感上，这个"暂时不能实现"就是遍布法国的金钱关系。巴尔扎克的"人物再现"这一作品结构的手法，实质上仍然侧重于要素的呈现。

　　理论文本也是如此[①]。福楼拜提出"三个一"的观点，认为：指称一个事物，只有一个合适的名词；表现一个动作，只有一个合适的动词；描写一种状态，只有一个合适的形容词。作者的任务，就是将这些合适的词找出来。找出这些合适的词，自然是为了将人物、情节、场景等表现得更加准确、清晰、具体。卢伯克是西方最早关注叙事技巧的理论家之一。他在《小说技巧》中宣称："小说技巧中整个错综复杂的方法问题，我认为都要

[①] 本章对中西叙事差异的探讨主要建立在 19 世纪以前的中西叙事实践与理论的基础之上，因此，本章的研究依据的中西叙事理论文本大都为 19 世纪以前的(部分西方叙事理论文本涉及 20 世纪初期)。其原因主要是晚清特别是"五四"之后，中国叙事实践与理论受西方叙事实践与理论的影响越来越深，二者之间融合的现象也越来越多，不大适合作为本著的研究对象。

受到角度问题——叙述者所站位置对故事的关系问题——调节。"①与他同时代的小说家兼小说批评家福斯特批评他把"视点"看作唯一重要的小说技巧,他认为:"整个错综复杂的方法问题并不归结为各种程式,而归结为作者要迫使读者接受他所讲一切的力量。"②但这"迫使读者接受他所讲一切的力量"主要的仍是一个技巧的问题。福斯特在自己的理论著作《小说面面观》中讨论的,仍然是要素呈现的技巧。如他对人物的探讨。他在《小说面面观》中用三、四两章探讨小说中的人物。第三章主要讨论小说家如何叙述人生的五件大事:生、食、睡、爱、死,第四章主要从人物性格因素多少的角度讨论扁形人物和浑圆人物,以及塑造人物的角度问题。讨论的仍是人物塑造的技巧。

而中国叙事文学则有不同。

中国叙事文学更加重视要素之间的连接。当然,中国传统小说也不是不重视要素的呈现。如《红楼梦》第六回写刘姥姥拜见凤姐,在凤姐房中看到一架座钟:"刘姥姥只听见咯当咯当的响声,大有似乎打箩柜筛面的一般,不免东瞧西望的。忽见堂屋中柱子上挂着一个匣子,底下又坠着一个秤砣般一物,却不住地乱晃。刘姥姥心中想着:'这是什么爱物儿?有甚用呢?'"③这里先是全知视角,后来暂时换用人物的限知视角。目的是突出贾家的奢华,同时也突出了刘姥姥小户人家的身份,描写也因此更加生动。技巧帮助了要素的呈现。这样的例子还可以找出很多。如《三国演义》中关羽"温酒斩华雄"的故事,很好地利用了零叙的手法,突出了关羽的英武和神勇;《水浒传》鲁智深野猪林救林冲一节,很好地运用了视角转换的技巧,使场景与人物栩栩如生。

不过,中国古代叙事更为重视的还是要素之间的连接与组织。《儒林外史》全书共 56 章,时间跨度近百年,有名有姓的人物 270 多人,内容上全靠主旨相同,形式上全靠人物接力连接成一个有机的整体。《红楼梦》人物众多,小说往往运用对比、对照和对衬的方式,将人物联系起来。如在贾宝玉的周围,围绕着黛玉、宝钗、袭人、晴雯等一大批女子,她们既与

---

① 卢伯克:《小说技巧》,《小说美学经典三种》,方土人译,上海:上海文艺出版社,1990 年,第 180 页。
② 福斯特:《小说面面观》,《小说美学经典三种》,方土人译,上海:上海文艺出版社,1990 年,第 265 页。
③ 曹雪芹:《红楼梦》,北京:人民文学出版社,1996 年,第 97 页。

宝玉形成对照，相互之间也形成对照。而贾宝玉又与甄宝玉、贾环、贾琏、薛蟠等形成对照，由此形成一个关系的网络。在这个网络中，不仅人物的性格得到突出，人物相互之间的联系也得到固定，小说故事由此得到定型。《聊斋志异》中的故事，大都短小精悍，事件的来龙去脉写得清清楚楚，情节波澜起伏，但人物形象不够丰满，性格不够突出，事件本身写得也比较简单（如《瑞云》《促织》）。主要原因也是小说的重点在事件的叙述与连接，而不在事件本身的展开和人物形象的刻画与塑造。小说重视的，是将故事讲清楚，叙事技巧也是围绕故事的讲述展开，人物与事件表现得并不充分。如展开描写，篇幅肯定要大大加长，有些故事可以写成中篇甚至长篇。如《画皮》，整篇小说不到两千字，却被今人改编成了电影和电视连续剧。原因在于，故事虽短，但人物齐全，王生、厉鬼、王妻、王弟二郎、道士、乞人，各司其职，小说事件较多，情节完整，内蕴丰富。但描写都没有展开。小说的重点在交代故事，而不在呈现要素。各种要素被有机地联系在一起，但基本没有充分地展示。

中国古代叙事理论的高峰之一是明清小说评点。四大评点家金圣叹、毛宗岗、张竹坡、脂砚斋的小说评点，大多集中在要素之间的关系上。如金圣叹位列四大评点家之首，他对《水浒》与《西厢》的评点，堪称中国古代小说评点的最高峰。金圣叹的评点涉及文学叙事的各个方面，如叙事者、故事与人物、叙事章法、叙事技巧和叙事接受等。其中章法是他谈得最多的部分。从西方叙事学的角度看，叙事章法主要属于叙事话语的范畴。但金圣叹的"章法"谈的实际上都是结构的问题，不过它既涉及谋篇布局，也涉及组织安排，不像现代叙事学中的结构，主要只讨论作品内容的组织形态。换句话说，金圣叹的"章法"侧重的是叙事要素之间的连接与组织，而不在要素本身。

与章法相对，金圣叹还提出了"文法""句法""字法"的概念。在《读第五才子书法》中他写道："《水浒传》章有章法，句有句法，字有字法。""《水浒传》有许多文法，非他书所曾有，略点几则于后。"[①]这里的"句法"与"字法"更多属于文体学的范畴。"文法"则主要指与叙事相关的技巧。金圣叹在对《水浒》《西厢》的评点中涉及的文法很多，如倒插法、夹叙法、草蛇

---

① 金圣叹：《读第五才子书法》，载《金圣叹批评本水浒传》，长沙：岳麓书社，2006年，第2页，第4页。

灰线法、大落墨法、绵针泥刺法、背面敷粉法、弄引法、獭尾法、正犯法、略犯法、极不省法、极省法、欲合故纵法、横云断山法、鸾胶续弦法、烘云托月法、移堂就树法、月度回廊法、羯鼓解秽法、那碾法、狮子滚球法、叠床架屋法、回护法、匀水兴波法、两头一结法、对章作锁法,等等。这些文法,涉及叙事技巧的各个方面,既是金圣叹对中国古代叙事技巧的感悟,也是他对中国古代叙事技巧的总结。但认真分析我们就可看出,与章法一样,金圣叹的文法侧重的也主要是和叙事作品的行文谋篇、篇章结构有关的方面。换句话说,侧重的也是要素之间的连接与组织。比如"草蛇灰线法"指"骤看之,有如无物,及至细寻,其中便有一条线索,拽之通体俱动","如景阳岗勤叙许多'哨棒'字,紫石街连写若干'帘子'是也"。① 草蛇灰线法谈的实际是小说的线索问题。这条线索隐藏在小说的事件与情节之中,就像草中的蛇、灰洒的线,不注意看觉察不到,仔细搜寻,则历历在目。小说通过这条隐隐约约的线,将各个部分、相关事件联系起来,成为一个整体。其中涉及的仍是要素的连接问题。

三、要素与关系同中西小说中内容和形式的关系

从要素与关系角度看,中西文学叙事差异的第三个方面,是内容与形式之间的关系。

这种关系的第一个方面,是内容与形式结合的程度。黑格尔认为:我们应该"抛弃这样一种想法:以为采取外在世界中某一实在的现象来表达某种真实的内容,这是完全出于偶然的。艺术之所以抓住这个形式,既不是由于它碰巧在那里,也不是由于除它以外,就没有别的形式可用,而是由于具体的内容本身就已含有外在的、实在的,也就是感性的表现作为它的一个因素"。② 别林斯基也认为:"无内容的形式和无形式的内容都不可能存在。"③ 内容与形式的确是不可分割的。不过,这种不可分割主要是就内容与形式的辩证关系而言,并不意味在不同的文学作品中,内容与形式的相互影响是完全一致的。一个众所周知的故事是,果戈理的讽刺喜剧《钦差大臣》的素材是普希金提供给他的。普希金直觉地认为,这是

---

① 金圣叹、李卓吾点评:《水浒传》,北京:中华书局,2009年,第3页。
② 黑格尔:《美学》第一卷,朱光潜译,北京:商务印书馆,1979年,第89页。
③ 转引自朱光潜:《西方美学史》(下册),北京:人民文学出版社,1979年,第550页。

一个很有价值的题材，可以写成一部绝佳的喜剧。但他认为自己没有喜剧方面的才华，因此将这个素材让给了果戈理。果戈理果然用此素材写出了不朽的名著。另一个众所周知的故事是，艾略特的《荒原》发表前庞德曾经大刀阔斧地删削。庞德的修改大大提高了《荒原》的质量，并且得到了艾略特本人的真心认可。艾略特功成名就后一直尊重庞德的修改，他没有在任何一部选集或全集中恢复《荒原》的原貌就是明证。如果说，艾略特的原稿已经是一个内容与形式的有机结合体，那么庞德的删削至少说明，这一结合体没有我们想象的那样紧密，至少没有果戈理的《钦差大臣》那样全面与紧密，各个部分之间的联系也没有《钦差大臣》那样严谨与整一。庞德对于《荒原》内容的删削反而提高了作品的质量，而我们却很难对《钦差大臣》的内容进行删削而不影响到它的质量。换句话说，庞德对于《荒原》内容的删削对它的形式产生了积极的影响，而对《钦差大臣》的内容进行删削则很难产生这种积极影响。这说明在不同的文学作品中，内容与形式结合的程度实际上是不一致的。在这一点上，中西叙事文学作品的差别不是很大。在中国叙事文学中，内容和形式的结合也是不一致的。《红楼梦》的内容与形式的结合相当紧密，各个部分之间的联系也十分严谨与整一。对其进行删削和修改很难不对其产生损害。① 而《金瓶梅》的这种紧密与整一则要低很多，对其进行一定的删削与修改不会对其产生多少消极的影响。《红楼梦》中的诗词与情节发展、人物性格紧密联系在一起，对其进行删削很难不对其内容与人物塑造产生影响，而对有些小说比如《花月痕》中诗词的删削则不会对内容和人物塑造产生很大的影响。

  内容与形式关系的第二个方面是二者之间的相互影响。这里谈的相互影响，主要方面是内容对形式的影响，也即内容表达的需要对形式的体制、技巧等方面的决定与制约程度。从这个角度观察中西叙事文学作品，我们可以发现，相对西方叙事文学作品，中国古代叙事作品的内容对形式的决定与制约程度要高许多。

  我们试以两个例子来说明这个问题。一个例子是中国古代话本小说的体制。胡士莹认为话本小说有固定的体制，由六个部分组成，分别是题

---

① 现在人们对一百二十回本的后四十回訾议颇多，也是因为后四十回不是曹雪芹本人所写，高鹗的续书与前八十回的内容与构思有许多不合之处。

目、篇首、入话、头回、正话、结尾。①"题目"是小说的标题;"篇首"一般是一首或几首诗,用来点明题旨、说明某个道理,或者引出故事;"入话"是叙事者在篇首诗后所作的阐释、说明,以将叙事引入正文;"头回"是在"入话"之后,"正话"之前的一个或数个独立的小故事;"正话"是小说的主体故事;"结尾"一般也是一首诗或一段韵文,用来总结故事的意义、教训,警示、提醒世人。在这六个部分中,正话是主体,其他五个部分都分别与其发生关系。另一方面,头回也很重要,因为它与正话一起,承担着小说的叙事功能,其他四个部分则起着揭示意义、组织结构的作用。但头回与正话并不是同一故事的两个部分,而是两个独立的故事。虽然头回相对而言要简短得多,但它并不是正文的附庸,它通过与正文的同质同构、同质异构、异质异构等关系,与正文构成张力,共同表达小说的主题。由此可见,从根本上说,话本小说的体制是由故事和主题表达的需要而决定的,内容渗入形式的程度很高。②

另外一个例子是缀段体小说。缀段体是中国古代小说喜欢采用的形式。这种结构的代表有《水浒传》《儒林外史》等。鲁迅认为,《儒林外史》"全书无主干,仅驱使各种人物,行列而来,事与其来俱起,亦与其去俱讫,虽云长篇,颇同短制;但如集诸碎锦,合为帖子,虽非巨幅,而时见珍异,因亦娱心,使人刮目矣"。③ 这段论述说明了缀段体小说的基本结构特征:整部小说由若干个故事构成,故事各有自己的核心事件与核心人物,相对独立;故事根据故事中的核心人物出现的先后依次讲述,一个讲完之后再讲述另外一个;故事之间通过人物、事件、因果关系等互相联系,通过人物接力从一个故事过渡到另一个故事。具有中国特色的缀段体是一种小说的结构形式和叙事方式,同时也是一种内容的组织形式。缀段体小说形成的原因很多,但内容的需要不可谓不是一个重要甚至根本的原因。缀段体小说的时间跨度往往很长,少则几十年,多则上百年,人物、事件众多,很难用一个总的事件提供故事的框架,也无法让一个或若干人物作为

---

① 胡士莹:《话本小说概论》,北京:中华书局,1980年,第134页。
② 胡士莹认为,头回的形成与话本小说的说书人场景有关,说书人为了等待听众,聚集人气,在正式故事开始之前,往往会讲一个甚至几个小故事,这些小故事后来发展成为话本小说中的头回。也有人认为,这只是一个猜测,或者只是头回形成的原因之一。但从现存话本小说来看,头回已经深深融入小说的体制、内容与思想之中,成为其中一个不可或缺的组成部分。
③ 鲁迅:《中国小说史略》,上海:上海古籍出版社,1998年,第156页。

核心贯穿小说始终,由此形成小说的整一性①。在这种情况下,让各个故事相互独立,再用其他办法将其组合起来,形成一个相互联系的整体,便不失为一个明智的选择。缀段体由此而来。

进一步分析,我们可以发现,中国小说内容对于形式的影响主要不在要素的呈现上,而在要素的关系上。小说的内容要求于形式的,更多的是将内容要素更好地组织与连接为一个整体,而不是将各个要素更好更全面更充分地呈现出来。无论是话本小说的体制,还是缀段体小说的结构技巧,其重点都在要素的组织与连接。

西方小说则有不同。19世纪前的西方小说,经历了从流浪汉小说到18世纪现实主义小说、哲理小说、浪漫主义小说和批判现实主义小说的发展。其小说形式也发生了各种变化。但这些形式的变化很少像话本小说和缀段体小说那样,是直接由内容表达的需要所决定的。这不是说西方小说的形式不受内容的影响,托尔斯泰《安娜·卡列尼娜》的双线结构,《复活》的倒叙形式、明暗两线,都是由内容表达的需要决定的。巴尔扎克的人物再现、福楼拜的客观化叙事也与内容表达的需要有关。本章的意思是说,与中国叙事文学相比,西方传统小说的体制性形式较少是由内容的需要直接决定的,而更多的是由时代、社会、思潮、小说形式的自身发展所决定的。这里面的原因很复杂。其中之一是中国文化一直强调文以载道,小说自然也不例外,形式服从思想表达的需要,内容自然要对形式产生较大的影响。而西方文化传统则是重理性、重分析、重形式的。因此,相对中国小说而言,西方小说形式的独立性要强一些,受内容的影响自然要小一些。原因之二是中国文化强调"天人合一",强调主客综合,小说的内容与形式往往合二为一,中国古代与近代文论很少有单独就形式而论形式的论述。而西方文化有强调客观、分类研究的传统,西方古代文论就有亚里士多德《诗学》、布瓦洛《诗艺》、康德《判断力批判》等重视形式的论著,19世纪末20世纪初更是出现了福斯特《小说面面观》、卢伯克《小说技巧》等专门讨论小说形式的作品。相对中国小说而言,形式受内容的影

---

① 《水浒传》宋江等人虽然贯穿了小说始终,但《水浒传》实际上是由一个个相对独立的故事连贯而成。很多故事单元如智取生辰纲、武松、林冲、鲁达等单元宋江并未参与其中。从结构的角度说,宋江也很难说是小说的核心人物。这与狄更斯的《大卫·科波菲尔》中的同名主人公、托尔斯泰的《复活》中的聂赫留朵夫作一比较就很清楚。在这两部小说中,主人公不仅是小说的主要人物,也是小说的线索人物,从头到尾贯穿了整个故事。

响要小一些,对内容的反作用则要强一些。

内容与形式相互影响的次要方面,是形式对内容的影响与制约作用。在这方面,西方叙事文学表现得突出一些。西方小说体裁的分化较早,到 19 世纪,各种体裁基本发展成熟,如社会小说、政治小说、侦探小说、科幻小说、哲理小说、历史小说、冒险小说、教育小说、言情小说等。不同的小说体裁对内容有不同的要求和限制,选定某种体裁也就意味着选择某些特定的内容。比如,选择侦探小说就意味着小说的主要事件是案件与案件的侦破,主要人物是罪犯和警察以及受害者。选择科幻小说就意味着小说的主要事件是与未来科学有关的事件,主要人物是具有较高科学素养、较强行动能力的人士。如此等等,形式对内容产生较大的影响。而中国小说体裁的分化不够明显,按侠人的说法,直到 19 世纪末,中国小说的形式仍然主要不出"英雄、儿女、鬼神"三大类,①体裁分化不很明显,《红楼》《三国》《水浒》现实世界与神话世界互相纠缠,小说形式对于内容的影响与制约不很明显。

第三节　中西叙事文学叙事中的密度与细度比较研究

本节与上节有较为密切的联系,是在上一节基础上的继续研究。

由于对要素呈现和要素关系的不同侧重,从内容的角度看,在叙事要素的密度与细度上,西方古典小说侧重的是叙事要素的细度,中国古典小说侧重的是叙事要素的密度。密度与细度,与叙事要素和要素关系有密切联系,但二者也有自己的独立性,牵涉中西小说的各个方面。对这二者进行探讨,不仅有利于我们增进对中西小说叙事特点的理解,而且有利于增进我们对中西叙事思想差异的理解。

一、小说的细度与密度

从故事的层面看,小说的要素主要有人物、情节、事件、场景、环境和细节。六个要素中,情节与环境是不可数的,其他四个要素则具有可数

---

① 陈平原、夏晓虹编:《二十世纪中国小说理论资料》第一卷,北京:北京大学出版社,1997 年,第 92 页。

性。所谓不可数,意思是说二者是个质的概念,不是一个量的概念。普林斯认为,情节有四种含义:1、某一叙述世界/叙事中的主要事件,这个主要事件并不是一个具体的事件,而是事件构成的结构,其主要部分具有金字塔结构的特征;2、事件的安排,通过这种安排,情境与事件被呈现给接受者;3、叙述成分的总的动态组织,这种动态是有目的指向且向前运动的,这种动态组织有利于主题兴趣和情感效果的形成与表达;4、强调因果关系的事件叙述,事件在时间链上叙述只是故事,在因果链上叙述才能成为情节。① 但无论是哪种含义上的情节,它都不像人物,是一个具体的外延与内涵都很明确的个体,而是一种关系或结构。环境与此类似。一般认为,环境是"形成人物性格、'并促使他们行动'的客观条件"。② 可以分为社会环境和自然环境两个部分。但在小说中,环境虽然重要,却仍然是一个定性而不是定量的存在,其外延与界线均不清晰,缺乏形式的规定性。有的小说中的环境甚至没有具体的存在,只是通过人物行动、人物关系等间接地暗示出来。我们只能说,这里有环境描写、这里是环境描写,或者环境描写涉及了哪些方面,却很难像人物那样,用具体的数量来对环境进行描述。如巴尔扎克的《高老头》,小说第一章基本上是在描写伏盖公寓的环境,但在环境描写中又设置有人物和情节的描写,三者有机交融,难以分割,很难用具体数量对其中的环境进行描述,或对它的外延进行界定。

  四个要素中,人物最具可数性,其外延与界线十分清楚,我们可以容易而方便地用具体的数字来说明其数量。其他三个要素的外延与界线虽然没有人物那样确定,但确定的困难主要在于层级,而不在于其没有明确的外延与界线。如事件,一部小说中,有大事件、中事件、小事件,小事件下还可以有子事件、微事件,等等。要计算事件的数量,首先要确定层级,层级确定了,才能对事件进行统计。但是也应该承认,事件本身的外延与界线还是清楚的,只要层级确定了,事件的确定与统计还是比较容易的。比如《聊斋志异》中的《画皮》,牵涉的事件很多,但如果我们把事件的层级定在第一级也即组成故事的几个大的事件上,事件的数量还是很清楚的。

---

  ① 杰拉德·普林斯:《叙述学词典》,乔国强、李孝弟译,上海:上海译文出版社,2011年,第169—170页。

  ② 童庆炳主编:《文学理论教程》,北京:高等教育出版社,1998年,第191页。

主要是王生遇女、道士说难、王生求救、恶鬼吃生、道士捉鬼、王妻求丐、王生复活几个事件。场景的情况与事件大致相同,也存在一个层级的问题,层级确定之后,场景的确定与计算并不困难。细节又复杂一些。细节依附于人物、事件和场景,通过与人物、事件、场景的组合,形成有意义的叙事单元。细节也有大小之分,但既然是细节,也就没有事件、场景那样复杂的层级关系。即使有的细节存在层级,一般也只有一至两层,不像事件或场景可以区分出若干层级。细节的大小,主要指其描写的牵涉面与丰富性,而不是指相互之间的统属性。由于层级较少或没有,相对于事件与场景,细节的外延与界线更加清晰,计算与统计相对而言也就更加容易。

如果以四个具有可数性的要素特别是人物、事件、场景三个要素作为研究对象,我们可以发现,在一定的篇幅内,要素的数量和要素自身展示的充分与完满性是成反比的。我们分别用密度与细度来指称这两种现象。

所谓密度,指的是在一定的篇幅内,要素数量的多少。密度是一个量的概念,不是一个类的概念。也就是说,密度不牵涉要素的类型,而是指各种类型的要素的数量。说某部作品要素密度低,不是说其缺少人物、事件、场景、细节等某类要素,而是说这些要素类型或者某些重要要素类型中要素的数量少。比如某部三十万字的小说中,出现了三十个人物,而另一部三十万字的小说,只出现了十个人物,那么前一部小说人物的密度就高于后一部小说的人物密度。用公式表示就是:30(人)/30(万字):10(人)/30(万字)。前者的人物密度是后者人物密度的三倍。事件、场景和细节也可以这种方式计算。人物、事件、场景、细节之间的密度有一定的联系,但这种联系不是固定的,更不是成正比的。因为小说创作是一种自由的活动,作者完全可以根据自己构思与表达的需要,设置人物、事件、场景和细节。一部小说可能在人物、事件、场景和细节的数量上进行一定的平衡,使之产生一定的联系,形成一定的正比例关系;也可以打破四者数量的平衡,使各个要素在数量上自行其是,甚至故意形成一种反比例的关系。前者如历史小说,为了表现历史的复杂和深厚,一般都会设置较多的人物、事件和场景,三者之间形成某种形式的平衡。后者如流浪汉小说,由一个人物贯穿小说,事件、场景、细节可能很多,但人物却寥寥可数。当然也有可能出现场景很少,但事件、人物却很多的情况,如采取戏剧写法的小说;或者事件很少,场景、人物却很多的现象,如一些情节进展缓慢的小说。总之，在中西小说中，能够找出大量人物、事件、场景、细节处于平衡状态的作品，也可以找出大量不平衡的作品。

　　细度是本著自造的一个术语，指的是故事要素展示的充分性和内在完满性。所谓充分性，指要素的各个部分血肉丰满，形象清晰，特征明显；内在完满性指要素具有应该具有的各个部分，各个部分互相联系，构成一个有机的整体。充分性与内在完满性是相辅相成的，二者互相配合，共同构成小说的细度。如果只有充分性，内在完满性不够，要素本身的形象就会残缺，就像一个没腿的瘸子，虽然五官端正、身躯结实，但身体却不完整。如果只有内在完满性，充分性不够，要素本身的形象就会干瘪，虽然身体完整，但血肉不丰满，皮包骨头，不会引起读者的兴趣。自然，细度也不是越充分、内在完满性越高越好。细度在小说中不是单独存在，而是与小说的其他部分、要素密切联系的。细度充分、完满到什么程度，要根据小说的整体构思，主题表达的需要，要素在作品的位置、作用等来决定。比如一个次要人物，就没必要比主要人物的细度高。次要人物如果比主要人物描写得更充分、各种因素配备得更完整，反而有喧宾夺主之嫌，不一定是好事。比如柯南·道尔的《福尔摩斯探案集》中的福尔摩斯和华生两个人物。福尔摩斯是主要人物，华生是次要人物，因此虽然华生是叙事者，但其形象的描绘仍然没有福尔摩斯充分、详细。自然，这并不是说次要人物不能比主要人物出色，有些次要人物由于其形象中某一因素的成功，可能比主要人物更引人注目。谌容《人到中年》中的那个马列主义老太太秦波，其影响在某些方面甚至超过了小说主人公陆文婷。秦波最大的特点就是对别人马列主义，对自己个人主义。但她能把自私自利的算计隐含在马列主义的词句之中，显出一副大义凛然、正义在握、一切从工作出发的样子。由于秦波这一形象较好地概括了社会上某一类人的特点，特色鲜明，有时代感，因此受到读者与批评家的关注，风头一时甚至盖过了主要人物陆文婷。但就细度来讲，秦波远远比不上陆文婷。除了她的副部长夫人身份，和将个人利益的追求隐藏在貌似革命的高头讲章之中这一主要特点之外，读者对她几乎一无所知。而陆文婷，她的性格、工作、成长、家庭、婚姻、同事与邻里，都描写得十分细腻，细度远远超过了秦波。可见，某个要素的细度高并不等于这个要素的成功。细度指的是要素展示的充分性和要素各个必要部分的完整性，成功指的是要素内容与形式的完美度、代表性和新颖度，两者并不是同一个层面的东西。

自然，细度与要素的成功与否也不是没有一点关系。细度高的要素，其展示充分完满，这自然有利于要素的成功，有利于读者对要素的把握。

另一方面，细度也不是越高越好。充分性与内在完满性有一个度的问题。这个度要由作者的整体构思、作品的整体效果和要素本身的情况决定。不必要地提高要素的细度，并不一定能提高要素的成功度。海明威的《老人与海》的初稿有一千多页，删削成一百多页后大获成功的事例有力地说明，细度高的要素不一定比细度低的要素更能成功。文学是一个系统，任何一个要素都要由这个系统决定，在这个系统中运转，其成功与否也要受到系统的制约，并不能独善其身。

密度与细度是有矛盾的。要素要具有较高细度，其各个部分就必然要展开，这样就需要占用较多的篇幅。但一部叙事作品的篇幅总是有限的，在一定的篇幅内，提高要素的细度，就得降低要素的密度，提高要素的密度，就得降低要素的细度，二者不可兼得。不过，虽然不同作家在处理要素的密度与细度时有各自的考虑和不同的特点，但同一时代、民族、国度与地域的作家，在处理时又有一定的共同性，而与他时代、民族、国度与地域的作家形成一定的差异。19世纪之前的中西小说是在不同的时间、地点较少交叉地各自独立发展起来的，两者在要素的密度与细度的处理上，也呈现出不同的特点。① 对二者进行比较研究，有利于加深我们对中西小说叙事特征的认识。

二、中西小说叙事中的密度

本节所说的中西小说，指的是中西古典小说。中西小说叙事，故事要素处理的总的特点之一，是西方小说要素的密度较低，中国小说要素的密度较高。

西方小说的远古源头是神话、史诗，近代先驱是流浪汉小说。古希腊神话是最成熟的神话，神人同形同性，细节生动丰富，人物、事件、场景的描写都比较舒展。古希腊史诗以及中世纪史诗往往围绕主要人物反复吟

---

① 如《画皮》不到两千字，描写了王生、厉鬼、王妻、道士、乞人等重要形象，事件、场景也比较丰富。而美国作家欧·亨利的小说《麦琪的礼物》译成中文四千多字，只有德拉和吉姆两个主要人物，主要的场景是两人的家，事件主要是德拉卖了自己的一头金发，为丈夫买了一条白金表链，至于吉姆卖掉了自己的祖传金表，为德拉买了一套梳子，则用暗线处理，用吉姆的话简单交代。很明显，《画皮》要素的密度较高，而《麦琪的礼物》要素的细度较高。

唱。荷马史诗《伊利亚特》吟唱阿契琉斯的愤怒,《奥德赛》叙述奥德修斯的返乡,要素的展现同样比较详尽。与中国的神话、史传比较,西方的神话和史诗的要素相对而言密度较低,细度较高。流浪汉小说产生于 16 世纪的西班牙,最早的流浪汉小说是《托美斯河上的小拉撒路》(1554,中译本名《小癞子》),16、17 甚至 18 世纪的西方小说如塞万提斯的《堂·吉诃德》、拉伯雷的《巨人传》、勒萨日的《吉尔·布拉斯》、菲尔丁的《汤姆·琼斯》以及狄更斯的部分小说如《匹克威克外传》《雾都孤儿》等,都具有流浪汉小说的特点或者受到流浪汉小说的影响。流浪汉小说由主人公的经历串起故事,人物在各种经历中展示自己的性格,形成自己的形象,一般人物不多,事件、场景展示比较充分。麦永雄认为,"就艺术形式而论,西方早中期的大多数叙事作品,包括从史诗、宗教使徒行传、骑士传奇到流浪汉小说的流变,其主导结构是情节的单线发展和故事主人公的旅程模式。这种艺术形式在今天看来虽然颇有粗疏与幼稚之嫌,但却能让作家十分便利地叙说故事,自然而然地铺陈情节,有步骤地拓展空间,同时也比较适应现代派文学流行之前西方读者传统的阅读接受心理"。① 这一论断是站得住脚的。不过也应说明,这种结构特色并没有影响西方小说故事要素的密度。比如流浪汉小说,一般人物较少,事件、场景也不复杂,因此要素的密度不高。这只要将《堂·吉诃德》《巨人传》《吉尔·布拉斯》《汤姆·琼斯》和《水浒传》《西游记》比较一下就清楚了。《堂·吉诃德》主要描写堂·吉诃德与其仆从桑乔·潘沙的游历与冒险,小说着重刻画的就是这两个人物。两人在游历的过程中,也碰到了形形色色的人物,但这些人物的描写大都没有展开,随着主仆二人的游历进程的变化,这些人物也时过境迁,先后退出了故事。而相对而言,《水浒传》的人物、事件就要丰富许多。《西游记》的贯穿人物虽然只有唐僧师徒四人,但如来、观音、玉帝等也在小说中全程存在。而在具体的故事中,作品将一些鬼怪较师徒四人描写得更加充分,形象更加鲜明。如"三打白骨精"中的白骨精、"火焰山"中的铁扇公主等。实际上描写的人物还是很多。而《堂·吉诃德》主要描写的,就是堂·吉诃德主仆二人。18 世纪之后,西方小说走向成熟,叙事也更加丰富多彩,但要素的密度较低这一特点却并不仅没有改变,反而加强了。

---

① 麦永雄:《西方流浪汉小说传统与特征简论》,《广西师范大学学报》,1994 年第 4 期。

现实主义作家巴尔扎克的小说《高老头》约三十万字,只描写了拉斯蒂涅、高老头、鲍赛昂夫人、伏脱冷四个主要人物,次要人物也只有纽沁根太太、雷斯托太太、伏盖太太、泰伊番小姐、米旭诺小姐等几人。就事件来看,正如小说六个章节的标题所提示的,小说集中描写的,只有伏盖公寓里的人物关系与行为、拉斯蒂涅初试巴黎、高老头的身世与他的两个女儿、拉斯蒂涅到雷斯托伯爵夫人处和鲍赛昂子爵夫人处的两次访问、伏脱冷和他给拉斯蒂涅的建议以及高老头之死。场景则主要集中在伏盖公寓、鲍赛昂子爵夫人、雷斯多伯爵夫人、纽沁根男爵夫人的府宅。对于一部三十万字的作品,这些要素的密度是比较低的。

浪漫主义叙事作品也是如此。雨果的《巴黎圣母院》篇幅比《高老头》多,但人物和事件的设置比《高老头》还少。小说的主要人物只有爱斯梅拉达、克洛德和加西莫多三人,加上次要人物甘果瓦、法比和爱斯梅拉达的母亲隐修女,重要和比较重要的人物不过六人。小说的事件也比较简洁。重要的只有爱斯梅拉达广场卖艺和晚上被劫、甘果瓦误入奇迹王国、加西莫多广场受罚和爱斯梅拉达送水给他喝、爱斯梅拉达与法比幽会和被当作女巫处死、加西莫多将爱斯梅拉达救往巴黎圣母院、流浪汉进攻圣母院、克洛德觊觎爱斯梅拉达不成将她交给隐修女也即她的生母看管、爱斯梅拉达与她的母亲相认并相继在广场上死去、加西莫多将克洛德从圣母院钟楼顶上推下摔死等。相对于小说的篇幅,事件的数量明显偏少。小说的篇幅大多花在人物塑造、事件描写以及环境的叙述与渲染上面。小说的三个主要人物、三个次要人物的性格都刻画得鲜明生动、栩栩如生。

以情节取胜的小说如柯林斯的《白衣女人》,叙事要素的数量也比较少。小说主要利用劳娜和安妮外貌的相似、围绕劳娜父亲遗产的继承与夺取展开情节。珀西瓦尔爵士因其父母没有结婚登记而没有继承权。为了取得遗产,他设法在教堂的礼拜室里增加了父母的结婚登记,终于成为一位有权有势有财产有地位的准男爵。为了得到劳娜小姐两万英镑的遗产,珀西瓦尔先生与劳娜结了婚。又利用劳娜与其父亲的私生女、被关进疯人院的安妮外貌的相似,用安妮的名义将劳拉送进疯人院,将因病而死的安妮的死亡宣布为劳娜的死亡,终于占有了劳娜继承的遗产。最后,深爱着劳拉的哈特赖特与劳娜的同母异父姐姐玛丽安一道,还原了事件真相。小说以珀西瓦尔的死亡和哈特赖特与劳娜的结婚结束。小说重点描写的人物只有哈特赖特、珀西瓦尔、劳娜等,有名有姓的人物也不过二十来人。

再看篇幅较短的小说。歌德的《少年维特之烦恼》是较短的长篇,杰克·伦敦的《墨西哥人》是较长的中篇,可两部小说集中笔墨描写的实际上都只一个人物,《少年维特之烦恼》是维特本人,《墨西哥人》是拳击少年利乌伊拉,《少年维特之烦恼》的事件主要围绕维特与绿蒂的爱情展开,而《墨西哥人》的事件则主要是一场拳击赛,小说细细地描写了这场拳击,塑造了倔强、顽强、献身革命的利乌伊拉的形象。人物、事件的密度都较低。就场景来说,《少年维特之烦恼》是书信体小说,抒情性、主观性强,除了自然风光,场景描写不多。《墨西哥人》的场景主要是拳击场和利乌伊拉的住处。场景也比较简单。

中国小说则不同。中国小说的远古源头是神话与史传,还可加上寓言。以后形成两条发展线索,一是文言小说,一是白话小说。文言小说的直接源头是史传,发展到魏晋,出现志人志怪小说,到唐代,出现传奇。唐传奇是中国古代小说正式形成的标志。白话小说的直接源头是宋元话本,到明清,发展为章回小说。章回小说是中国古代小说的最高成就。与希腊神话的舒展不同,中国神话大都短小,人物、事件、场景密集,细节描写较少。寓言、史传、志人志怪小说情况大致相同。寓言大都由短小的故事组成,一个寓言说明一个道理。史传以司马迁的《史记》最有代表性,对中国小说的影响也最大。《史记》很多篇章记叙生动,形象鲜明、故事性强。就要素来看,密度往往很高。"鸿门宴"刀光剑影,涉及十多个人物,描写精彩的至少有项羽、刘邦、范增、张良、项伯、樊哙,事件前后相续,但整篇文章不到两千字,要素的密度很高。志人志怪小说要素的密度也很高。刘义庆的《世说新语》,往往几十上百字就写活一个人物,交代一个事件。《山海经》记述各种事物,平均每个事物也不过几十字。话本和章回小说中的人物、事件、场景、细节与史传、志人志怪小说中的人物、事件、场景细节等相比,要舒展很多,但仍然处于密集的状态。以《红楼梦》为例,按照徐恭时的统计,小说一共写了975人。其中宁荣两府本支:男16人,女11人;眷属:女31人。贾府本族:男34人,女8人。贾府姻娅:男52人,女43人。两府仆人:丫头73人,仆妇125人;男仆67人,小厮27人。皇室人数:男9人,女6人;太监27人,宫女7人。封爵人数:男37人,眷属14人。各级官吏:既有姓名又有职位者26人,单有职位而无姓名者38人;胥吏3人。社会人物:男102人,女71人;医生14人,门客10人;优伶男6人,女17人;僧道男17人,尼婆49人;连宗男4人,女4人。外国人:女2人。警幻天上:男6人,女19人。合计:共975人,其中男495人,女480人;有姓名记载的732人,无姓名记载的243人。① 小说事件的数量也不可小觑。光是有关生日的描写,就有17处。其中详细描写的有6处(第十一回贾敬的生日、第二十二回宝钗的生日、第二十六回薛蟠的生日、第四十三回凤姐的生日、第六十二回宝玉的生日、第七十一回贾母的生日),简略描写的有5处(第十六回贾政的生日、第二十九回薛蟠的生日、第七十回探春的生日、第八十五回黛玉的生日、第一零八回宝钗的生日),一笔带过的有6处(第二回宝玉的一岁生日,第二十五回王子腾夫人的生日、第三十六回薛姨妈的生日、第五十二回王子腾的生日、第五十七回薛姨妈的生日、第八十五回北静王的生日)。其他如宝钗扑蝶、黛玉葬花、平儿行权、妙玉奉茶、元春省亲、熙凤弄权、惜春描园、迎春诵经、湘云醉眠、巧姐避祸、李纨课子、鸳鸯抗婚、探春结社、晴雯撕扇、刘姥姥三进大观园、林黛玉三进荣国府、金鸳鸯三宣牙牌令等,事件也是层出不穷。其他章回小说如《水浒传》《三国演义》《西游记》等也是如此。《水浒传》一百二十回,单是梁山好汉就有108人,与其对立的一方,人数也不少于100。整部小说有名有姓者不少于200人。《西游记》描写唐僧师徒的九九八十一难,至少写了25个单元性故事②。

文言小说亦如是。如前面讨论过的《聊斋志异》中的《画皮》,不到两千字,描写了五六个人物,众多事件。再如《促织》,字不到两千,整篇小说围绕促织(蟋蟀)展开,事件密集,征虫、寻虫、捉虫、虫死、复得另虫、斗虫、贡虫、宫廷斗虫、成子说虫、借虫发迹、议虫等事件联翩而至,令人目不暇接。人物给人印象深刻的主要有成名、成妻、成子,以及成子精魂所化之蟋蟀,虽然主要只有四个人物,但对于一篇不到两千字的小说,密度也能不算是很低。

故事要素的密度高,有利于在给定的篇幅内表现更多的社会内容,反映宏阔的生活画卷;但密度太高,也会影响具体要素的展开,一定程度地

---

① 参见徐恭时:《〈红楼梦〉究竟写了多少人物》,《上海师范大学学报(哲学社会科学版)》,1982年第2期。

② 所谓单元性故事,指有着内在完整性、能够自成单元的故事。单元性故事相对独立,能够抽出来,不依靠作品的其他部分,自成一个独立的故事。如《大闹天宫》《三打白骨精》等。

影响要素本身的呈现,影响读者对故事要素的把握。因此,对密度的把握有一个度的问题。中国古代小说家对这个度的把握趋于宽松,西方小说家倾向收紧,由此造成中西小说叙事密度的不同特点。

三、中西小说叙事中的细度

与密度相反的是,西方小说故事要素的细度较高,中国小说故事要素的细度较低。

西方小说故事要素较少,分配到每个要素上的篇幅较多,对要素的展示与表现也就比较充分。《少年维特之烦恼》的主要人物就是维特和绿蒂,而真正重点描写的只有维特一人。因此,维特形象的细度很高。他的家世、经历、性格、心理,在与绿蒂恋爱过程中的快乐、悲伤、矛盾、挣扎,以及最后自杀的过程与心理,都写得十分详细。小说事件则主要围绕维特与绿蒂的恋爱及其失恋展开。维特为逃避失恋的痛苦,躲到风景优美的乡下,在这里遇到绿蒂,两人陷入情网。但绿蒂已经订婚,她在礼教与爱情之间选择了前者。维特只好离开,去一个公使馆工作,辞职后又去一个侯爵家中住了一段时间。最后因想念绿蒂,又来到了那个小乡村,但绿蒂已经结婚。维特再一次向绿蒂倾诉了自己的爱情,最后用绿蒂丈夫的手枪自杀。小说的情节比较简单,事件数量也不算太多,小说可以从多方面进行描写,如"十二月二十日""阿尔玛""利诺""阿尔品"等章,写维特与绿蒂的最后一次见面。绿蒂责备维特违反两人约定,圣诞夜还未到就来了。维特给她读莪相的诗,两人的情感冲破理智的堤坝,激情相拥。绿蒂强压激情,离开维特,将自己关在房里,拒绝开门。维特离去。四章主要写两人的一次见面,为了替两人心理的变化做好铺垫,小说让维特大量朗诵莪相的诗,为两人爱情的进入高潮做好了准备。整个事件写得十分细腻,感情充沛。

雨果的小说写得瑰丽奇伟,人物、事件、场景舒展而细腻。这与其小说故事要素的密度较低,因而能够对要素展开描写是有关系的。《巴黎圣母院》译成中文近 40 万字,但小说的主要人物只有爱斯梅拉达、克洛德和加西莫多三人,加上次要人物甘果瓦、法比和爱斯梅拉达的母亲隐修女,重要和比较重要的人物不过六人。场景主要围绕圣母院及其周围地区展开。事件重要的只有爱斯梅拉达广场卖艺和晚上被劫、甘果瓦误入奇迹王国、加西莫多广场受罚和爱斯梅拉达送水给他喝、爱斯梅拉达与法比幽会和被当作女巫处死、加西莫多将爱斯梅拉达救往巴黎圣母院、流浪汉进攻圣母院、克洛德觊觎爱斯梅拉达不成将她交给隐修女也即她的生母看管、爱斯梅拉达与她的母亲相认和两人相继在广场上死去、加西莫多将克洛德从圣母院钟楼顶上推下摔死等。要素数量少使小说能够集中笔墨到要素本身的描写上来。如《巴黎圣母院》中的圣母院，其描写的详尽与细致可与巴尔扎克《高老头》中的伏盖公寓相媲美甚至更加细致。爱斯梅拉达、加西莫多、克洛德等人的形象展示充分，细节丰富。其性格的各个方面，不是通过叙述者的介绍，而是通过人物的言行和具体的细节表现出来。特别是爱斯梅拉达，就像一座立体的浮雕，形象的每一个方面都突显出来，鲜明而又生动。

俄国作家冈察洛夫的小说《奥勃洛摩夫》主要描写了奥勃洛摩夫、奥尔加、希托尔兹、普西尼钦娜四人。为了突出农奴制度的寄生性，突出奥勃洛摩夫在农奴制度的庇护下形成的懒惰和缺乏处理实际事务的能力这一性格特点，小说开头花了一百多页的篇幅描绘奥勃洛摩夫起床的过程。奥勃洛摩夫善良、正直、有想法，但就是没有行动的能力和勇气，友谊、爱情，甚至结婚的前景都不能将他从懒惰的状态中拯救出来。起床的过程从各个方面很好地表现了他的形象和性格特点，要素的细度很高。

相比而言，中国小说故事要素的细度则要低很多。

细度低与密度高是密切相关的。中国小说中，故事要素的密度相对西方小说而言，是很高的。《水浒传》英雄一百单八人，其他有名有姓的人物也不下一百人。一百单八将中，一半以上有自己单独的故事，其他人物如高俅、王庆、方腊等，也有自己的故事，事件十分丰富。场景虽然以山东为中心，但因为牵涉的人物、事件众多，而这些人物又生长在不同的地方，事件在不同的地点发生，因此场景也十分繁复。也正因为这样，《水浒传》故事要素的细度，相对而言是比较低的。小说中细度最高的几个人物如武松、宋江、林冲、鲁智深，与歌德笔下的维特，菲尔丁笔下的汤姆·琼斯，司各特笔下的艾凡赫，巴尔扎克笔下的高老头、拉斯蒂涅，狄更斯笔下的大卫·科波菲尔，托尔斯泰笔下的聂赫留朵夫、安娜·卡列尼娜比较起来，其细度要低不少。这主要表现在两个方面。其一，是这些人物大多只在故事的某个阶段得到详细的刻画，过了这个阶段，就泯然众人了。如武松、鲁智深。人物在其各自的单元，都被描写得栩栩如生，性格突出，形象鲜明。但自己的单元一旦过去，其言行表现与其他人便没有大的区别了。

其二,是这些人物形象的细腻度不够,心理描写一般缺如或者不详细,人物描写比较粗线条,一般是通过人物在众多事件中的言行和表现来塑造其形象,而不是在某一事件中通过对人物多侧面的细致描写来塑造其形象。如武松,其性格的主要特点如急公好义、刚正不屈、敢做敢当、嫉恶如仇、是非清楚、恩怨分明等,是通过他在结识宋江、上山打虎、拜见武大、怒杀金莲、结拜张青、友好施恩、醉打门神、大闹飞云浦、怒杀张都监、夜走蜈蚣岭、反对招安等一系列事件中的表现塑造出来的。而西方小说,比如歌德的《少年维特之烦恼》,维特的形象主要是通过其在与绿蒂爱情中的多方面表现来塑造的。冈察洛夫笔下的奥勃洛摩夫的性格在小说开头"起床"这一事件中,就已表现得淋漓尽致,在以后的过程中,只是补充、发展、更加明晰、丰满。其三,是这些人物往往性格鲜明也很生动,但复杂性却有所不够。19世纪西方小说中常常出现的双重人格人物如文米克、贾格斯,和聂赫留朵夫、拉斯蒂涅那样的多面性人物,在《水浒传》中不多见。宋江有一些双重人格的特点,如一方面高举义旗,一方面想着招安;一方面看重兄弟情谊,一方面为了自己的"大业",不惜毒死李逵,以保全自己的名节,等等。但宋江身上的双重人格还只是一个雏形,不够典型,未能充分展开。这与要素的细度有关系。细度不够,小说自然倾向于表现人物性格的突出点,而忽略那些性格因素之间的复杂纠缠,从而造成人物性格多样性、双重性的不够。事件、场景也是如此。武松等人的故事情节进展很快,事件、场景层出不穷,因此细度相对不高。如武松大闹飞云浦,惊天动地的事件,也不过三个自然段,不到一千字,而真正打斗的场面,则只有一段,三百来字。场景描写也很简单,如对飞云浦的描写:"前面来到一处济济荡荡的鱼浦,四面都是野港阔河。五个人行至一条阔板桥,一座牌楼上有牌额写着道'飞云浦'三个字。"①寥寥几句,便写出了飞云浦的气势、特点和打斗的环境。《水浒传》的细节也是简洁的,一般是抓住主干,大笔勾勒。著名的鲁提辖拳打镇关西,三拳了结一命。可以写的很多,但小说主要扣住拳打的具体效果进行叙述,加上适当的渲染和比喻。虽云细节,仍干净利落。

  应该指出的是,《水浒传》的细度在中国古代小说中是有代表性的。《三国演义》《西游记》以及再往前走的宋元话本如"三言二拍",故事要素

---

① 施耐庵、罗贯中:《水浒传》上册,北京:中华书局,2009年,第259—260页。

的细度都与《水浒》相似。《聊斋志异》《剪灯新话》等文言小说,细度相比而言就更低一点。白话小说的源头是宋代"说话"和"话本小说","说话"相比书面语言,自然要随意、舒展、详细一些。作为"说话"的延续与发展,话本小说和章回小说同源于史传和志人志怪小说的文言小说相比,细度总体上也要高一些。而在白话小说中,《红楼梦》《金瓶梅》等的细度相对而言又要高一些,而这之后的小说,如《海上花列传》《孽海花》等,细度又高一些。尽管如此,与西方小说相比,总体上看仍有一定的距离。这只要将《红楼梦》中的人物、事件、情景与托尔斯泰的《战争与和平》中的人物、事件、情景对比一下就清楚了。

自然,细度与故事要素的成功之间没有必然的联系,并不是故事要素的细度越高,要素展示得越充分,描写得越细腻,这个要素的成功率就越高。决定要素成功的因素是多方面的,细度只是其中之一。其他因素如要素的特点,要素在整个小说系统中的地位及与其他部分的关系,要素本身的深刻度,要素与生活及读者的关系等,也对要素的成功起着重要的作用。以人物为例,如果一个人物是作品中的次要人物,那么细度再高,对这个人物也没有什么帮助,反而因为在其身上花的笔墨太多,产生喧宾夺主的结果。如狄更斯小说《雾都孤儿》中的主要人物是奥立弗,其他人物如费金、南茜等也描写得十分成功,但就细度来说,这些人物明显不如奥立弗,而且也没有必要如奥立弗。因为他们只是小说的次要人物,没有必要写得那样详细,描写得太细腻,反而会影响小说构思的实现,和思想的表达。另一方面,人物的成功与否还取决于人物的特点、反映生活的深刻性与新颖性、与时代的契合度与引领性等,这些因素把握不够,只在细度上下功夫,人物也是无法成功的。鲁迅笔下的阿Q之所以成功,关键不在其细度,而在小说以鲜明的个性与独特的经历,表现了人类精神生活中一个普遍的现象——精神胜利法,写出了人人心中有,人人笔下无的东西。论细度,《水浒传》中的武松没有司各特的历史小说《艾凡赫》中的同名主人公高,但在形象的成功度上,武松并不比艾凡赫低,某种意义上甚至更高。因为两部小说虽然都善于通过行动刻画人物,但相比艾凡赫,武松的形象更加鲜明、个性更加突出。细节也是如此。就展示的充分性来说,细节也有一个细度的问题。但也不是细度越高越好。《儒林外史》中马二先生伸出的两根手指这一细节,并不比《欧也妮·葛朗台》中葛朗台因攫取黄金的冲动而丧命这一细节逊色。虽然就展示的充分而言,前者的细度比后者要低。

由此可见,细度与密度是衡量故事要素的一个重要的数量标准,但不能作为一个重要的质量标准。它们指示着小说叙事的特点,但不是小说叙事成功与否的判定标准。

四、细度、密度的差异对中西小说结构的影响

结构是内容的组织与存在形态。"叙事作品的结构是指作品中各个成分或单元之间关系的整体形态。"[1]小说的内容是故事,故事的要素构成小说的"成分和单元",要素之间的组织形式,构成小说的结构。至于思想或者主题,因为只能通过人物、事件、情节、场景、环境、细节等表现出来,因此虽然也是小说内容的组成部分,但不能成为构成结构的故事要素。

结构有简洁与繁复、精练与精致的区别。从叙事的角度看,结构的简洁与精练或者繁复与精致,与故事要素的密度与细度有着密切的联系。因为只有当故事要素充分展开之后,故事的叙述才能有腾挪、变化、调配的空间。故事叙述腾挪、变化、调配频繁,力度大,作品的结构容易走向繁复;腾挪、变化、调配不仅频繁、力度大,而且协调、巧妙,作品的结构就会精致。相反,如果故事要素的密度大,要素数量多,要素的展开受到一定限制,故事叙述的腾挪、变化、调配的空间比较狭窄,小说的结构则倾向于简洁与精练。

托尔斯泰的小说以结构繁复、精致著称。他的《战争与和平》以保尔康斯基、别祖霍夫、罗斯托夫、库拉金四大家族主要成员的经历为主线,通过战争与和平的交替,反映了1805年至1820年间俄国社会的方方面面,成为一部难得的史诗性的作品。《安娜·卡列尼娜》以安娜的爱情悲剧和列文的精神探索为线索展开故事,而以奥布朗斯基夫妇作为中介,将两条本不相关的线索交织为一个有机的整体,形成著名的"拱顶结构"。《复活》以聂赫留朵夫和玛斯洛娃精神的堕落与复活为明暗两条线索,以二元对立的表现方法,写出了19世纪俄罗斯尖锐的社会矛盾和两人精神复活的艰难历程。三部小说的结构各有特色,但都很繁复精致。这与三部小说的故事要素密度较低细度较高是有关系的。三部小说虽然都是篇幅浩

---

[1] 童庆炳主编:《文学理论教程》,北京:高等教育出版社,1998年,第215页。

繁的巨著,但与中国小说《水浒传》《三国演义》《西游记》《红楼梦》等比较起来,故事要素的密度显然要低很多,而细度则要高很多。《战争与和平》是部史诗性的巨著,小说围绕库拉金、罗斯托夫、保尔康斯基、别祖霍夫四大家族,写了559个人物,给人印象深刻的大约三十来人,主要人物有安德烈·保尔康斯基、皮埃尔·别祖霍夫、娜塔莎·罗斯托娃以及库图佐夫、拿破仑、阿那托尔·库拉金等。这部作品的人物的数量在西方小说中是比较罕见的①,但与中国的《三国演义》《红楼梦》等比较起来,人物的密度还是要低一些。《红楼梦》中人物975人,有名有姓的732人;《三国演义》中有名有姓的人物不少于1000人。②而这两部小说的篇幅都少于《战争与和平》。事件就更少。《红楼梦》《三国演义》很少一章只写一个事件的,而《战争与和平》则经常出现一章只写一个事件的情况。小说的第一部的开头,四个章节三十多页,实际上只写了宫廷女官安娜·帕夫洛夫娜家的一个舞会,这在《红楼梦》《三国演义》中是看不到的。

　　故事要素的密度和细度,在两个方面影响到小说的结构。一个方面是故事要素自身的展示。故事要素的密度低细度高,每个要素分配的篇幅相对充足,要素自身的展示相对也就充分、详细一些。要素展示得充分、详细,叙述的过程就容易增加变化,采用更多的叙述方式,更多地变换叙述的顺序。另一方面,是故事要素之间的组织与连接。要素多,作品侧重于要素的组织与连接;要素少,作品侧重于要素的如何组织与连接。如托尔斯泰的《复活》,开始时他从聂赫留朵夫写起,但总觉不顺,觉得这样开头是虚伪的,后来,"在构思描写儿童的故事《谁是对的?》的当儿,我理解了。我理解到,应当从农民的生活开始写起,他们是主体,是正面人物,而别的东西是影子,是反面的东西。关于《复活》也是如此,应当从她开始。"③"她"指玛丝洛娃。从玛丝洛娃写起,一切就顺了。但相比聂赫留朵夫,玛丝洛娃是次要人物。聂赫留朵夫的精神复活,是小说故事的主体,而玛丝洛娃的精神复活是次要的,从内容的角度看,是从属于聂赫留朵夫的复活的。这就造成了《复活》结构上两个最显著的特点:倒叙开始

---

① 巴尔扎克的《人间喜剧》九十多部作品,有名有姓的人物1000多人,狄更斯的《大卫·科波菲尔》,有名有姓的人物大约100人,《汤姆·琼斯》中的人物不到100人。相对而言,托尔斯泰的《战争与和平》中的人物密度在西方小说中是比较高的。

② 关于《三国演义》中有名有姓的人物,不同的统计有不同的数字,但基本上都在1000以上。

③ 《列夫·托尔斯泰论创作》,戴启篁译,桂林:漓江出版社,1982年,第171页。

和明暗双线结构。聂赫留朵夫的复活是明线,玛丝洛娃的复活是暗线。小说采取这种结构形式,与小说主要人物实际上只有聂赫留朵夫与玛丝洛娃二人,事件、场景等的密度相对较低是有关系的。密度较低,给要素的组织与连接,提供了基础与条件。如果像《三国演义》,时间跨度一百多年,人物一千多个,主要人物不下五十,事件、场景层出不穷,小说能够将故事要素组织连接成一个有机的整体,就已大费周章,在"如何"组织与连接上,下的功夫必然要少一些。因此,中国古代四大小说《三国》《水浒》《西游》《红楼》都是按时间线索来组织和连接故事要素,其中一个重要的原因,就是故事要素的密度太高。密度太高,给要素的组织与连接带来极大的挑战,最简便保险的办法自然就是按照时间的先后和事件发展的顺序将众多的要素一一安排到位,作品的结构反而因此趋向简洁精练。相反,西方小说由于要素较少,不必担心要素之间的混杂与纠缠不清,反而便于在结构上做文章,采用倒叙、拼贴、跳跃、多线叙事等等方式,使结构变得繁复精致。《三国演义》关云长千里走单骑,过五关斩六将,有名有姓的出场人物二十多个,大的事件有"过五关"五起,加上曹操送行、廖化献嫂、胡华款居、孙乾报信四起,共有九起,场景二十多处,却只用了一回不到六千字叙述完毕。平均每个人物不到三百字,每个事件大约六百字。这样的密度,即使由托尔斯泰这样的结构大师来处理,恐怕也只能按照时间先后和事件发展的顺序把各个故事要素组织起来。像《三国演义》这样的小说如果过于讲究结构的繁复精致,不仅繁复精致难以达到,而且有可能造成故事要素的纠缠,和叙事的不清晰。

  自然,有的中国小说的结构也比较繁复与精致。如韩邦庆的《海上花列传》。这部小说由多个互相联系又各自独立的故事组成。但它的各个故事单元不是像《儒林外史》《水浒传》那样逐一向前推进,一个故事接着一个故事地往前发展。小说将各个故事单元拆成一个个断片,再将其重新组合到不同的回目之中。一个故事的内容在多个回目中出现,而一个回目中有时又包括了多个故事的内容。故事断片之间,则通过人物的穿插在形式上联为一个整体。这种结构可以称为断片式缀段体。缀段体是中国小说传统的结构形式,《儒林外史》《水浒传》等重要小说采取的都是这种结构形式。但《儒林外史》《水浒传》属于单元式缀段体,一个故事讲完之后再讲另一个故事;而《海上花列传》则是断片式缀段体,采取的是将一个个完整的故事单元拆成许多断片,然后再将这些断片组织成不同的叙事单元(回),由此形成一种"多元并存、交错发展"的结构。从总的结构来看,小说故事仍是按照时间和事件发展顺序来组织的,但从各个局部来看,小说又打破了时间与事件发展的顺序,对其做了一定的变化和颠倒。从这个意义上说,这种结构既保持了缀段体结构的基本特点,又有自己的创新,一定程度上已经超出了中国小说的传统结构形式,与传统的单元式缀段体相比,结构要繁复精致一些。但这种繁复精致仍是在中国小说基础上的繁复精致,而不是西方小说的那种繁复精致。因为其一,《海上花列传》的主体结构仍是按照时间与事件发展顺序组织的,只是在单元的组成上有些变化。其二,《海上花列传》不是中国叙事文学的典型和代表。《海上花列传》发表于 1892 年,其时西方文化与文学已经东渐中国。小说作者韩邦庆科举失利,"常年旅居沪渎,与《申报》主笔钱忻伯何桂笙诸人暨沪上诸名士互以诗唱酬。亦尝担任《申报》撰著;顾性落拓不耐拘束,除偶作论说外,若琐碎繁冗之编辑,掉头不屑也"。[①] 而当时上海是中国最开放的城市,作为文人,韩邦庆常年旅居于此,也很有可能受到西方文化与文学思潮的影响。因此《海上花列传》应该已经带上一点西洋的味道,不是典型的中国传统小说,它的结构的繁复与精致有西方小说的影响,但与西方小说比如和它大致同时期的英国侦探小说《福尔摩斯探案集》比较,结构还是要简洁精练许多。其三,从故事要素的角度看,《海上花列传》的密度还是比较高的。全书不到 50 万字,有名姓的人物 100 多人,事件、场景也很繁复。因此总的来看,《海上花列传》结构的繁复与精致仍然是中国小说基础上的繁复与精致,不是西方小说的繁复与精致,它的结构的繁复与精致无法否定中国叙事文学结构简洁精练这一基本特点。

郑敏认为:"小说创作实践和小说理论的发展,无论在中国或西方,都是一个比较复杂的过程,其间有演进、飞跃,也有停滞、反复,甚至有时会出现自相否定的情况,而且,在评论中西方小说观念时,无论提出一个什么样的论点,除了大量辅助论点成立的实证材料以外,也不难找到一些反证事例。"[②] 任何一个民族的小说都是复杂的,将两种不同的文学进行比较,只能依据其典型的代表性作品进行,难免挂一漏万。但这种宏观的比较又是必要的。没有这种宏观的比较,只就具体作品而论,虽然精确,但

---

① 胡适:《〈海上花列传〉序》,韩邦庆:《海上花列传》,长沙:岳麓书社,2005 年,第 473 页。
② 郑敏:《中西小说观念比较》,《外国文学研究》,1993 年第 3 期。

容易只见树木不见森林,就像盲人摸象,虽得某一具象,但缺乏整体把握,从宏观、整体的意义上说,也是不精确的。因此,这种不同文学之间的整体比较,是有必要的。

当然,这里所说的中国小说故事要素密度高细度低,西方小说故事要素密度低细度高,这在一定程度上影响到中西小说的结构,形成中国小说喜欢按时间和事件发展的顺序组织故事要素,结构相对简洁精练,西方小说倾向在要素组织和结构方法上做文章,结构相对繁复精致,这只是一种事实陈述,而不是一种价值判断。中国小说受中国社会与文化的影响,喜欢从大处着眼,在小说中反映宇宙与宏观的社会与人生,因此故事要素往往比较密集;西方小说受西方社会与文化的影响,比较注意表现具体的生活与人生,故事要素的细度往往较高。两种故事要素的处理方法形成了中西传统小说两种不同的特点。这些特点各有长处,符合各自所产生的民族文化和社会土壤,也能恰切地反映各自所处社会的生活和人民的思想感情,都是值得肯定的。自然,小说是以感性具体的形象表现世界、反映人类的思想感情。从现代性的角度看,为了表现具体的人和事、表现感性具体的生活,小说故事要素密度的适当降低,细度的适当提高,二者达到一个动态的平衡,是小说发展的方向。西方小说是沿着这一路线发展的,中国小说实际上也是沿着这一路线发展的。从文言小说到宋元话本到明清小说,明清小说中,从《三国演义》《水浒传》,到《金瓶梅》《红楼梦》,总体的发展趋势也是这样。只是中国小说的发展到章回小说之后,出现了一个迟缓甚至停滞的阶段,而西方小说在17、18世纪特别是19世纪的发展却很强劲,在现代化的道路上与中国小说拉开了一段距离。因此19世纪末西风东渐,中国小说大量吸收西方小说的观念、形式与技巧,在西方小说的影响下走上了现代化的道路。可以设想,如果没有西方的影响,中国小说在自我发展的道路上,迟早也会走上现代化之路的。不过这已是另外一个问题了。

第二章
中西古代小说虚构观：中西文学叙事思想比较研究之二

虚构,是文学叙事的重要属性之一,也是文学叙事的重要手法之一。人们对虚构的认识,与文学叙事的发展相生相伴。对文学叙事思想的研究,离不开对虚构意识、虚构观念的研究。而20世纪之前,在文学叙事的广袤领域中,数量最多、成就最高的当数小说。在各种文学叙事门类中,小说与虚构的关系最为密切,对虚构的探讨也最为充分。[①] 小说虚构观,构成了文学叙事思想最核心的组成部分之一。因此,要把握中、西文学叙事思想传统,就离不开对中、西古代小说虚构观的考察。

鉴于此,本章第一、二节在对中西方古代小说变迁历程进行整体考察的基础上,对中西古代最具有代表性的几种小说虚构观进行了具体分析,第三节则对中西古代小说虚构观的区别及其原因进行了探讨,以期更好地把握中西文学叙事思想的优秀传统,促进二者的互鉴、融通。

第一节 中国古代小说虚构观

回顾中国古代小说虚构观的变迁历程,要基于中国古代小说的发展

---

① 参看董乃斌主编:《中国文学叙事传统研究》,北京:中华书局,2012年,第396页:"小说与一般叙事文学的区别,并不在于它往往具有更完整的故事情节、更生动的人物形象、更精巧的叙事结构和能够对社会作更深刻的反映,而在于它是一种虚构作品,一种虽是虚构却能在真实感上达到'第二自然'般可以乱真的叙事作品。"

和分类。对于中国古代小说的分类,常见的有从语体角度进行的文言、白话二分法,从体式角度进行的笔记体、传奇体、话本体、章回体四分法,还有按时间顺序进行的历史分期法。但笔者以为,打破语体区分、体制区隔、历史分段,立足于小说与社会生活的关联,着眼于小说中具体的叙事内容,从小说的内容和题材这一角度去看待中国古代小说的发展和分类,应当是我们研究中国古代小说虚构观的变迁历程的更恰当的思路。

基于这一思路,鸟瞰中国古代小说历史发展的长河,可以看到这样几条主要的发展路径及其相应的小说虚构观:

其一,是"逸闻小说"及其"采录异闻"的小说虚构观。以社会上流传的"逸事""余事""异闻"为主要内容,以"实录"的方式著录而成的"逸闻小说",构成了中国古代小说一以贯之的一条发展路径。这类小说所记录的逸事、余事、异闻中,既有现实的内容,也有虚构的内容,但受认知水平的限制或主观倾向的影响,作者主观上往往认为自己只是在客观实录、真实记载,因而极力否认或避而不谈作品中存在的虚构因素。由于是以"实录"名义严谨记录来自民间的逸事异闻,这一条发展路径所体现的虚构观不妨称之为"采录异闻"。

这一条发展路径其实又包括两条小的分支。第一个分支是杂史杂传。杂史杂传以一人或数人为传主,内容相对集中,多用文言,在体例上有模仿正史的痕迹。汉魏隋唐以至各代的杂史、杂传、杂纪、别传、内传、外传等,大体属于此类。唐传奇中那些以传录人物事略为目的的篇章,如《武瞾传》《杨太真外传》《骆宾王》《王之涣》等,也属于此类[①]。第二个分支是文言笔记小说。笔记小说以散碎、奇特的社会生活为内容,内容驳杂,广涉旁搜,言约事简。从汉末魏晋时期的志怪、志人小说开始,历代不绝,降至清代仍有余韵,如《阅微草堂笔记》《聊斋志异》等。

其二,是"神怪小说"及其"设幻好奇"的小说虚构观。"神怪小说"是以非现实的人物或非现实的时空为内容,以驰骋想象为能事,作者主观上追求奇幻效果的那一类小说。这一条发展路径从唐传奇中那些着意"设幻"的文言篇章开始,在一部分宋元话本、明清拟话本中得到延伸,直到明

[①] 关于唐传奇的题材类型,有别传、剑侠、艳情、神怪四分的说法,也有神怪、恋爱、豪侠三分的说法。本书认为有的篇目所涉及的内容并非神怪、豪侠,但又不止于男女恋爱,归入别传似乎更为恰当,因此别传这一类型仍可保留。

清,发展出《西游记》等白话章回体神魔小说。在明人胡应麟看来,"尽设幻语、作意好奇"是唐传奇神怪类作品的特征,因此不妨以"设幻好奇"来概括此类小说的虚构观。

其三,是"历史小说"及其"据史演义"的小说虚构观。以真实存在的历史人物为主角,以真实的史事为基础,辅之以未必尽实的民间传闻,加入作者某种程度的想象和虚构,加工而成的小说是为"历史小说"①。这类小说依从基本的历史事实,却又不满足既有的史实表述,于是在历史的断裂处、空白处展开合理化的想象和虚构,为粗线条的历史记述填充了更多的细节。这一条发展路径从宋元演史话本开始,发展到明清,诞生了《三国演义》等白话章回体历史演义小说。明清历史演义小说在虚构的倾向上既有"崇实派"也有"贵虚派",但根本上都还是以史事为本,因此其虚构观可合称之为"据史演义"。

其四,是"英雄小说"及其"因文生事"的小说虚构观。"英雄小说"以高于一般现实人物的英雄人物为主角,以演绎英雄事迹为主要内容。这些英雄人物的姓名、事迹或可考,或不可考,比之"历史小说",更少了史实的羁绊,更多了作者的虚构创造。这一条发展路径从唐传奇中那些写英雄豪侠的篇章开始,经由宋元话本中同题材作品的催生,至明清发展出白话章回体的英雄传奇小说。其虚构观可采用金圣叹评点《水浒传》所提出的"因文生事"来表述。

其五,是"世情小说"及其"据实虚构"的小说虚构观。"世情小说"即以一般现实人物为主角,以反映现实中的普通人、红尘俗世中的凡夫俗子的人生际遇或日常生活为主要内容,在写法上大体属于写实的小说。这一条发展路径主要包括唐宋传奇中那些写现实恋爱的篇章,宋元话本、明清拟话本中那些写市井生活的篇章,以及明清时期的中、长篇白话章回体世情小说②。其虚构观主要有明代拟话本的"事赝理真说",以及明清长篇世情小说的"情理说""亲历说"等,但均呈现"据实虚构"的特点。

以下我们就对这几种有代表性的小说虚构观进行更详细的考察。

---

① 本章所论的"逸闻小说"中的"杂史杂传"与此处的"历史小说"或有一些重叠之处。但由于多数"杂史杂传"的虚构因素主要还是来自于民间传闻,而非文人作者的虚构,因此,为了论述的简明,仍将二者放入不同属类中分别探讨。

② "世情小说"这一概念有广义,也有狭义。此处采用的是广义的概念,指的是明清白话章回体小说中除历史演义小说、神魔小说、英雄传奇小说之外的其他小说。

一、"逸闻小说"虚构观:"采录异闻"

在中国叙事传统中,尽管在最初的神话叙事、民间叙事中无疑曾有过大量的非现实或曰虚构因素,甚至早期的历史叙事也有一部分非现实因素,但由于中原文化对于实用理性的推崇,加之先秦孔子和汉代司马迁的倡导,"记录实事"的原则很早便在历史叙事中得以确立。《论语·述而》说:"子不语怪力乱神。"司马迁也说:"至于《禹本纪》《山海经》所有怪物,余不敢言也。"(《史记·大宛列传》)这种据实以录的态度,使得某些难以证实的奇异事迹,以及那些与治国理政无关的异闻、琐言,被排除在严肃的历史叙事以外,成为"逸事""余事""异闻"。而正是这一部分内容,后来成为文学叙事尤其是小说关注的对象。

汉代以来,儒家学说占据正统地位,"实录"作为一种著录方法屡屡受到强调。班固把《史记》的写作原则概括为"不虚美,不隐恶,故谓之实录"。(《汉书·司马迁传》)唐代刘知几总结曰:"爱而知其丑,憎而知其善,善恶必书,斯谓实录。"(《史通·惑经》)宋代刘攽指出:"古者为史,皆据所闻见实录事迹,不少损益,有所避就也,谓之传信。"(《彭城集》卷二十七《与王深甫论史书》)可见,以客观公正的态度"实录其事"乃是中国古代历史叙事的基本方式。而由于历史叙事在中国古代文化中的显要地位,以及中国古代曾经长期存在的文史不分、文史难分的特殊情况,历史叙事"实录""直录"的书写方式也就不可避免地对文学叙事产生了影响。

以上两种合力,从方法和内容两个方面规定了早期小说——杂史杂传和文言笔记小说——的基本范式:一是书写方式为"实录见闻"式,二是所录见闻内容乃正史以外的"逸事""余事""异闻"。而由于"逸事""余事"大都来自民间的传闻,"余事""异闻"也有很多是非现实的神仙鬼怪之说,自带虚构因子,所以"采录异闻"的小说撰写方式也就从一开始便与虚构结下了不解之缘,可以看作是一种不自觉的虚构观念。

为了论述的集中、方便,以下仅以"逸闻小说"的第二条分支——笔记小说为例,来对这种不自觉的虚构观进行回顾。

早期的笔记小说,如东汉郭宪《汉武洞冥记自序》中说:"古曩余事,不可得而弃",他"藉旧史之所不载者,聊以闻见,撰《洞冥记》四卷,成一家之书,庶明博君子,该而异焉",希望自己的记载能使"冥迹之奥,昭然显著"①。东晋葛洪《神仙传自序》言:"仙化可得,不死可学",他相信古之得仙者,实有其人,"秦大夫阮仓所记有数百人,刘向所撰,又七十余人",但更多的神仙"与世异流,世之所闻者,尤千不及一者也"。所以他撰《神仙传》的目的,就是为了"抄集古之仙者","以传知真识远之士"②。

干宝撰《搜神记》,也是在广泛收集异闻的基础上进行的,他自称"考先志于载籍,收遗逸于当时","缀片言于残缺,访行事于故老"。但他也不无遗憾地表示,《搜神记》所记的内容有些并非第一手资料,所以不能确定其真实性:"盖非一耳一目之所亲闻睹者,亦安敢谓无失实者哉!""闻见之难,由来尚矣!"表达了对于不能完全征信笃实的喟叹。尽管有此遗憾,他还是自信来自"群言百家""耳目所受"的《搜神记》"亦足以明神道之不诬也"③。

王嘉在《拾遗记》中,记载了张华撰《博物志》的经过。张华"捃采天下遗逸,自书契之始,考验神怪及世间闾里所说,造《博物志》四百卷,奏于武帝"④。张华态度之严谨,可见一斑。可惜由于战乱,这部《拾遗记》流传至南朝时只剩下了残卷。后有梁宗室子弟萧绮为之整理并作序曰:"王子年乃搜撰异同,而殊怪并举,纪事存朴,爱广向奇,宪章稽古之文,绮综编杂之部,《山海经》所不载,夏鼎未之或存,乃集而记矣。"⑤肯定了王嘉搜、撰、纪、集之功绩。

从这些撰述中可以看出,汉末魏晋时期的笔记小说,尽管多记鬼神之事,内容颇有怪异、奇诡、浮妄、虚诞之处,但其撰写的基本方式,却不离"考、访、缀、收、捃、采、纪、集"等法。显然,这种"记事采言"的著述方法,是以历史叙事为圭臬,以"实录"为基本原则的。然而,这种"实录"而成的小说,虽不涉及笔录者有意的虚构创造,但其所录内容荒诞不经,却又实实在在蕴含了大量的虚构因子。这些荒诞不经的内容来自何方?从素材

---

① 郭宪:《汉武帝别国洞冥记序》,转引自丁锡根编著:《中国历代小说序跋集》(上),北京:人民文学出版社,1996年,第33页。
② 葛洪:《神仙传自序》,转引同上,第54—55页。
③ 干宝:《搜神记自序》,转引同上,第49—50页。
④ 黄霖、韩同文编著:《中国历代小说论著选》(上),南昌:江西人民出版社,1982年,第25页。
⑤ 萧绮:《拾遗记序》,转引自丁锡根编著:《中国历代小说序跋集》(上),人民文学出版社,1996年,第59页。

来源来看，部分来自当时的民间口传，部分则来自过去的典籍记载。而过去的典籍记载中那些不可证实的部分，自然又可以追溯为更久远时代的民间口传。也就是说，"实录"式笔记小说中文学虚构的真正力量来自民间。

当然，笔记小说中大量存在的虚构因子，并未逃过某些统治者和儒家学者的法眼。如晋武帝就认为张华的《博物志》"记事采言，亦多浮妄"，"惊所未闻，异所未见，将恐惑乱于后生"①，要求他进行大刀阔斧的删蒇。而萧绮也表明，王嘉的《拾遗记》残卷虽然存在着内容弘博的优点，但也存在着"辞趣过诞"等等缺憾，因此他整理《拾遗记》的标准就是："删其繁紊，纪其实美，搜刊幽密，捃采残落，言匪浮诡，事弗定诬，推详往迹，则影彻经史，考验真怪，则叶附图籍。"②突出一种征信求实的倾向。

经过删减之后的《博物志》和《拾遗记》虽然已经大大减少了虚诞的内容，但在唐代史家刘知几看来，还是存在着严重问题的。在《史通·杂述》中，他将这类作品贬为"逸事""杂记"中的末流，毫不客气地批评道："逸事者，皆前史所遗，后人所记，求诸异说，为益实多，及妄者为之，则苟载传闻，而无铨择，由是真伪不别，是非相乱，如郭子横之《洞冥》、王子年之《拾遗》，全构虚辞，用惊愚俗，此其为弊之甚者也。""杂记者，若论神仙之道，则服食炼气，可以益寿延年，语魑魅之途，则福善祸淫，可以惩恶劝善，斯则可矣，及缪者为之，则苟谈怪异，务述妖邪，求诸弘益，其义无取。"刘知几试图给笔记小说的虚构划定一个边界，这自然是一种徒劳，但他尖锐的批评也正说明，笔记小说所载内容的虚构性与其所采取的著录方法的严肃性之间，内在地存在着矛盾。这正是笔记小说在目录学上长期处于尴尬地位，在子部和史部之间摇摆不定的原因。

尽管自身存在着难以调和的矛盾，又不断地遭受着统治者的打压和儒家学者的苛责，但来自民间的虚构力量是如此的富有魅力，以至于后世文人仍然不能不心生向往，继续捃采异闻而著录之，笔记小说于是历经诸代而脉络不绝。而在这一过程中，作者们也更加能公开地声明所记内容

---

① 王嘉：《拾遗记》，转引自黄霖、韩同文编著：《中国历代小说论著选》(上)，南昌：江西人民出版社，1982年，第25页。

② 萧绮：《拾遗记序》，转引自丁锡根编著：《中国历代小说序跋集》(上)，北京：人民文学出版社，1996年，第59页。

的虚妄,从而将笔记小说的功能从"补前史所遗"的正经严肃转变为了"好奇尚异"的悦心娱目。这一功能转变大约发生在宋代。南宋洪迈《夷坚乙志序》中提到,他的《夷坚初志》刻印之后,读者们还非常热心主动地要给他搜罗更多的怪怪奇奇之事,"每得一说,或千里寄声"[①]。这种程度的读者接受,显然已经不再是出于学术目的,而是带有娱乐性质了。于是在这篇序言里,洪迈自己也不无幽默地说:"若予是书,远不过一甲子,耳目相接,皆表表有据依者。谓予不信,其往见乌有先生而问之。"

至清代,纪昀"追录旧闻,消遣岁月",撰成《阅微草堂笔记》。他"忆及即书,都无体例",仅稍加连缀、缮写,并不过多加工。而这一编撰之举,如洪迈撰《夷坚志》一样,到后来也成了一个集体的文化行为:"然博雅君子,或不以为纰缪,且有以新事续告者"[②];"友朋聚集,多以异闻相告,因置一册于是地,遇轮直则忆而杂书之"[③]。其实作为正统文人,纪昀是坚决反对虚构的,但相信鬼神之说的他却又通过《阅微草堂笔记》忠实地保留了相当多的民间虚构。可见"采录"的著录方式并不能改变"异闻"的虚构属性,而"采录异闻"也就仍然不失为一种最简单也最经济的文学虚构观念。

二、"神怪小说"虚构观:"设幻好奇"

明代胡应麟在《少室山房笔丛》中谈到他对唐传奇的看法:"凡变异之谈,盛于六朝,然多是传录舛讹,未必尽设幻语。至唐人乃作意好奇,假小说以寄笔端。"[④]胡氏之语,指出了唐传奇主流作品——神怪类传奇——独特的虚构方法"尽设幻语",以及明确的虚构目的"作意好奇",高度评价了唐传奇在中国古代小说虚构艺术发展历程中的特殊作用。

所谓"幻设",就是本无其人,本无其事,或本无其地,本无其境,无中生有,凭空编撰,刻意捏造。这是神怪灵异类唐传奇中常用的,构造超现实时空环境和超现实人物形象(或动植物形象)的一种以幻想为主的艺术虚构方法。就唐传奇文本内容来看,幻想虚构的素材或来源,主要来自汉

---

① 洪迈:《夷坚乙志序》,转引自丁锡根编著:《中国历代小说序跋集》(上),北京:人民文学出版社,1996年,第94页。
② 观弈道人:《如是我闻自序》,转引同上,第180页。
③ 观弈道人:《槐西杂志自序》,转引同上,第180页。
④ 胡应麟:《少室山房笔丛》,转引自黄霖、韩同文编著:《中国历代小说论著选》(上),南昌:江西人民出版社,1982年,第151页。

魏至隋唐时期民间佛、道信仰幻想方式(如佛教的地狱说、轮回说;道教的神鬼说、长生说)的影响,也有先秦神话传说幻想方式(如万物有灵论)、巫术幻想方式(如通灵、诅咒)、汉代博物地理幻想方式(如八荒诸国)、方术幻想方式(如隐身、升降)的影响,来源杂糅,令人炫目。

其中,时空环境构造是指无中生有地创设一个超现实的时空环境(如梦境、精怪世界、冥界、鬼宅、地府、仙境、神仙洞府、世外桃源等),将之与现实的时空环境并置(其中的时空速度与现实世界中的时空速度可能是平行的,也可能是不平行的),并将最主要的一部分故事情节安排在其中发生——通常主人公因为某种机缘误入其间,经历了一番奇遇,又因为两种时空环境的阻隔而重新回到现实,并在现实世界思奇忆异,怅叹不已。著名的作品如《南柯太守传》《枕中记》《长恨歌传》《周秦行纪》等。

也有一些作品,将故事设置在现实环境中发生,但却创设出一些超现实的人物(神、仙、鬼)或动植物(妖、精、怪)形象①,使之误入现实世界,与人际遇。这类形象往往具有一些超自然的能力,但在情感层面往往比普通人更为纯粹,因而带有更浓厚的人情味。著名的作品如《离魂记》《霍小玉传》《柳毅传》等。又如沈既济的《任氏传》,把狐精任氏写得"异物之情也有人焉"。洪迈《容斋随笔》也赞,唐人小说"鬼物假托,莫不宛转有思致"。

如果说,唐传奇"设幻"之妙离不开一个"奇"字,更离不开一个"情"字,离不开一种"哀婉欲绝"的诗性,那么到了明代,以《西游记》的出现为代表,"幻"与"奇"的关系得到了进一步的深化。

袁于令评点《西游记》称:"文不幻不文,幻不极不幻。是知天下极幻之事,乃极真之事;极幻之理,乃极真之理。故言真不如言幻,言佛不如言魔。"②在"幻"与"奇"二者中,引入了一个"真"字,将唐传奇"设幻好奇"的虚构观进一步完善为"以幻写真、幻不离真"。

而睡乡居士《二刻拍案惊奇序》则指出:"即如《西游》一记,怪诞不经,读者皆知其谬;然据其所载,师弟四人各一性情,各一动止,试摘取其一言一事,遂使暗中摸索,亦知其出自何人,则正以幻中有真,乃为传神阿堵,

---

① 佛教诸佛、菩萨等超现实人物形象则多见于明清幻想小说中。
② 西阳野史:《新刻续编三国志引》,转引自黄霖、韩同文编著:《中国历代小说论著选》(上),南昌:江西人民出版社,1982年,第171页。

而已有不如《水浒》之讥。岂非真不真之关,固奇不奇之大较也哉!"① 这一"幻中有真、奇在于真"的补充,亦使得"幻"的方法、"奇"的目的有了"真"的标准,也就是有了对现实的关注和关怀,这就使神魔小说、神怪小说能更好地处理幻想与现实的关系,从而矫治那种"但知耳目之外牛鬼神蛇之为奇""必向耳目之外索谲诡幻怪以为奇"的弊病。

三、"历史小说"虚构观:"据史演义"

就虚构观念而言,历史叙事除了影响到杂史杂传和笔记小说的小说虚构观以外,也影响到了宋元讲史话本和明清历史演义小说的虚构观。

史籍修撰要求"实录其事",但在《左传》《战国策》《史记》等备受推崇的史传中,却含有大量"以虚补实"的细节虚构。这是因为,史传作者无论如何真诚,也终究不可能占有全部的历史事实,很多时候也只能"遥想其事",通过个人的理解和想象,在那些实有的、粗线条的"事"之上,补充一些合理化的"细节"。这种"细节虚构"有时会因为事件整体的真实性而受到忽略,甚至被贴上"纪实"的标签,但它实际上来自创作者的想象,本身具有虚构的属性。对于敏锐多思的读者来说,这一点并不难发现。

在史学创作中,想象不可或缺,在文学创作中,亦是如此。钱锺书指出:"史家追叙真人实事,每须遥体人情,悬想事势,设身局中,潜心腔内,忖之度之,以揣以摩,庶几入情合理。盖与小说、院本之臆造人物、虚构境地,不尽同而可相通。"② 的确,从想象和虚构的心理过程而言,宋、金、元时期小说、院本的"敷演故事",与正史的"细节虚构"可谓异曲同工。

罗烨《醉翁闲谈·舌耕叙引》中介南宋的讲史说话艺术:"试将便眼之流传,略为从头而敷演。得其兴废,谨按史书;夸此功名,总依故事","举断模按,师表规模,靠敷演令看官清耳。说收拾寻常有百万套,谈话头动辄是数千回","讲论处不滞搭,不絮烦;敷演处有规模、有收拾。冷淡处提掇得有家数,热闹处敷演得越久长"。③ 这里频频提到的"敷演",是讲史说话的基本方法,是陈述而加以申说、铺叙的意思。以理微义奥的史书

---

① 睡乡居士:《二刻拍案惊奇序》,转引自丁锡根编著:《中国历代小说序跋集》(中),北京:人民文学出版社,1996年,第788页。
② 钱锺书:《管锥编》(第一册),北京:中华书局,1979年,第166页。
③ 罗烨:《醉翁闲谈·舌耕叙引》,转引自黄霖、韩同文编著:《中国历代小说论著选》(上),南昌:江西人民出版社,1982年,第87—88页。

故事为依据,而要说出数千回、万余言,还要对观者产生强烈的吸引力和感染力,必然要进行大量生动可感的细节虚构。

　　作为说话四家之一,当时的讲史说话十分繁盛,内容也十分丰富:"也说黄巢拨乱天下,也说赵正激恼京师。说征战有刘项争雄,论计谋有孙庞斗智。新话说张、韩、刘、岳;史书讲晋、宋、齐、梁。《三国志》诸葛亮雄材;收西夏说狄青大略。说国贼怀奸从佞,遣愚夫等辈生嗔;说忠臣负屈衔冤,铁心肠也须下泪。"①可惜留存下来的讲史话本却寥寥可数,目前可见的仅《梁公九谏》《五代史平话》《宣和遗事》《全相三国志平话》等少数作品。

　　但说话伎艺和讲史话本毕竟大大促进了历史故事的民间传播。关于三国的历史故事,就在数百年中不断累积,除了汇就讲史话本《三国志平话》外,也成为金院本、元杂剧的重要题材,至元末明初,直接促成了罗贯中《三国志通俗演义》的创作。但《三国演义》并非简单地杂取现成的话本、剧本,而是一边回到最初的正史,也就是陈寿《三国志》及裴松之注,一边博采民间传说和金院本、元杂剧、宋元讲史话本《三国志平话》,在这样庞大的基础上编撰而成。

　　《三国演义》的虚构来源是复杂的,既吸收了大量的民间虚构成果,也贡献了罗贯中个人的虚构智慧。巨著煌煌,一经刊行,即风靡天下。它的成功,引起了历史演义小说的繁荣,也引起了一场热烈的虚实论争。

　　早期的一些论者,往往认为《三国演义》最大的特点就是尊重史实而又文字通俗,所谓"文不甚深,言不甚俗,事纪其实,亦庶几乎史"(庸愚子语)②,"羽翼信史而不违者"(修髯子语)③,用晓畅易懂的文词演说言深义奥的正史,使正史的教育意义得到了普及。一些效仿者于是整合某朝某代的正史、杂传,用浅近的文言或白话演为一说,结果却反响平平。这正说明,尽管有《三国演义》的出现,时人对于历史小说虚构艺术的认识仍然比较简单化。

　　随着历史演义小说的发展和传播,《三国演义》的虚构艺术引起了更

---

① 罗烨:《醉翁闲谈·舌耕叙引》,转引自黄霖、韩同文编著:《中国历代小说论著选》(上),南昌:江西人民出版社,1982年,第88页。
② 庸愚子:《三国志通俗演义序》,转引同上,第104页。
③ 修髯子:《三国志通俗演义引》,转引同上,第111页。

多的思考，而那种将历史演义小说附庸于正史的简单思维也越来越遭到批驳。先有熊大木《新刊大宋演义中兴英烈传序》委婉地提出：演史为辞必须"广有发挥"①。他举西施故事为例，指出小说中的历史人物的命运结局若与正史所载的不同，正好可以引起读者更加活跃的思考，产生新的趣味，因此"史书小说有不同者，无足怪矣"。

其后，谢肇淛《五杂俎》（卷十五）更加明确地提出"虚实参半、游戏笔墨"说："凡为小说及杂剧戏文，须是虚实相伴，方为游戏三昧之笔。亦要情景造极而止，不必问其有无也"，"必事事考之正史，年月不合，姓字不同，不敢作也。如此，则看史传足矣，何名为戏？"②他认为较之《水浒传》《西游记》，《三国演义》显得"俚而无味"，因为"事太实则近腐，可以悦里巷小儿，而不足为士君子道也"，要求历史演义小说不要只停留在取悦一般读者的层次上，而要更大胆地摆脱史传的束缚，在虚构创作中注入更深刻的精神内涵，"小说野俚诸书，稗官所不载者，虽极幻妄无当，然亦有至理存焉"。③

谢肇淛对历史小说虚构的看法无疑是深刻的，但他对《三国演义》虚构的评价显然有失公允。其实《三国演义》的成功之处正在于：罗贯中著此作，绝不是为了被动地演史，而是为了主动地传达他对历史正义、朝代兴废的理解。因此，《三国演义》所涉及的虚构，也不仅仅是细节的补充和丰满，而是一种更具有颠覆性和独创性的精神建构。罗贯中通过重写三国故事，使英雄豪杰超越了从前的语境，呈现出新的面貌，建构出新的印象，成为某种精神、某种品格的载体。这才是读者为之痴迷的最根本原因。

也就是说，像《三国演义》这样的历史演义小说，自正史《三国志》之后，在长达数百年的民间集体创作过程中，虽然已经不断地加入了各种虚构的内容，但在罗贯中个人创作阶段，却在历史人物或历史事件的"外壳"中，更自觉地加入了新的虚构因素、注入了新的内涵。无论是相对于正史自带的"细节虚构"，还是相对于以取悦观众为目的而"敷演"的讲史说话，

---

① 熊大木：《新刊大宋演义中兴英烈传序》，转引自黄霖、韩同文编著：《中国历代小说论著选》（上），南昌：江西人民出版社，1982年，第117页。
② 谢肇淛：《五杂俎》，转引自黄霖、韩同文编著：《中国历代小说论著选》（上），南昌：江西人民出版社，1982年，第167页。
③ 谢肇淛：《五杂俎》，转引同上，第166页。

《三国演义》这种"重构性虚构"都更显著地寄寓了作者强烈的精神追求,也更彰显了文学虚构的巨大魅力。

四、"英雄小说"虚构观:"因文生事"

"英雄小说"的源头,似可追溯到《左传》《史记》等史家名著。在《左传》等早期历史叙事作品中,有过英雄豪侠惊鸿一瞥的身影。到了汉代,司马迁更是用《刺客列传》和《游侠列传》将他们请入了正史。他们或身怀绝技,勇猛无畏,或气冲霄汉,嫉恶如仇,或重义轻生,一诺千金,甘为知己者死。降至中晚唐,"豪侠"成为唐传奇的重点题材之一,《聂隐娘》《红线传》《昆仑奴》《虬髯客传》是其中脍炙人口的名篇。陈平原《千古文人侠客梦》指出,从9世纪下半叶的段成式、裴铏、袁郊等人开始,"豪侠小说"真正诞生①。但这些作品都还是站在普通人的视角,看侠客背影、述英雄故事。看那英雄豪侠,行事亦正亦邪,行踪飘忽不定,于红尘若即若离,与被解救者随缘聚散。其作品所体现的虚构技艺,呈现出从"采录异闻"向"叙述宛转"演进的趋势。

进入宋代,英雄豪侠不只活跃在文言传奇之中,也开始走进话本之中。南宋吴自牧《梦粱录·小说讲经史》中记述了都城临安说话四家,分别是小说、谈经、讲史、合生。其中介绍"小说"一家颇为详细:"且小说名银字儿,有烟粉、灵怪、传奇、公案、朴刀、杆棒、发发踪参之事,……谈论古今,如水之流。""但最畏小说人。盖小说者,能讲一朝一代故事,顷刻间捏合。"②"小说"这一当时的说话类别,又名银字儿,有讲有唱,用银字管伴奏,专门演述短篇故事。这些短篇故事也有多种类型:"烟粉",讲述烟花粉黛、佳人才子的故事;"灵怪",讲述妖异鬼怪、神仙道释的故事;"传奇",讲述关于一人一事的逸事奇闻的故事;"公案",讲述断狱勘案的故事;"朴刀""杆棒",讲述英雄好汉的侠义故事;"发发踪参",意为发迹、变泰,讲述由贱变贵、由穷变富的故事。显然,其中的"朴刀""杆棒"故事中应该就有一部分关于英雄的故事。而当时的说话艺人说起这各种短篇故事来,可

---

① 陈平原:《千古文人侠客梦——武侠小说类型研究》,天津:百花文艺出版社,2009年,第27页。
② 吴自牧:《梦粱录·小说讲经史》,转引自黄霖、韩同文编著:《中国历代小说论著选》(上),南昌:江西人民出版社,1982年,第80页。

以做到"顷刻间捏合"。所谓的"顷刻间",就是短时间内即兴发挥,所谓的"捏",就是凭空虚造人物、情节,所谓的"合",就是故事有头有尾,能够自圆自洽。说话艺人即兴创造完整故事,显示了高超的虚构能力。

罗烨《醉翁闲谈·舌耕叙引》中更详细地记载了一些"朴刀""捍棒"故事的名目:"论这《大虎头》《李从吉》《杨令公》《十条龙》《青面兽》《季铁铃》《陶铁僧》《赖五郎》《圣人虎》《王沙马海》《燕四马八》,此乃为朴刀局段。言这《花和尚》《武行者》《飞龙记》《梅大郎》《斗刀楼》《拦路虎》《高拔钉》《徐京落章》(疑为"落草")、《五郎为僧》《王温上边》《狄昭认父》,此为捍棒之序头。"①这些"说话"故事的底本多已不存,但从标题及现存的少量话本内容看,有一些还属于强盗为祸伏法的故事,而非后世英雄传奇小说中那种英雄除暴安良、救国济民的故事。但在虚构艺术方面,按之前所述"讲史"说话的情况,可知说话艺人演说故事靠的是"敷演"的本领。所谓"敷演",乃是铺陈叙说,由简而繁,如水长流。"敷演"与"捏合"虽是关于"说话"艺术的不同表述,但都反映了小说虚构艺术在宋代民间的长足进步。

至此可见,唐传奇、宋话本中已然孕育了后世英雄传奇小说的基因。在收录了较多宋元话本的"三言"中,就有《吴保家弃家赎友》(《喻世明言》)、《杨思温燕山逢故人》(《喻世明言》)、《李汧公穷邸遇侠客》(《醒世恒言》)等有关英雄豪杰的篇章,这些故事直接承袭唐传奇而来,张扬着唐传奇的风采。而宋代"说话"中的那些"水浒"故事,更在由宋至元的数百年间传扬锤炼,最终经施耐庵之手,诞育了说不尽的"奇书"《水浒传》,而《水浒》一出,又开启了明清更多英雄侠义小说的先声。

《水浒传》版本不一而足,作者施耐庵也生平不明,成书过程扑朔迷离。但不论版本繁简,作者其谁,从种种故事素材(如《大宋宣和遗事》所吸收的笔记小说和以"说话"形式流传的"水浒"故事等),到白话章回小说《水浒传》,其间虚构的增加都不可不谓多矣。一如之前所述《三国演义》一般,当是既吸收了民间虚构的成果,更贡献了成书者个人的虚构智慧。

《水浒传》成书之后,至明末已出现了众多评点,评点家除探讨其思想性外,也重点关注了其虚构艺术。叶昼、金圣叹等人,就明确指出了这部

---

① 罗烨:《醉翁闲谈·舌耕叙引》,转引自黄霖、韩同文编著:《中国历代小说论著选》(上),南昌:江西人民出版社,1982年,第89页。

作品的虚构性。他们欣喜地发现,在这部作品的艺术想象中,"假"与"真",或者说虚构性与艺术真实性,已经奇妙地融合在了一起。正如叶昼托名李贽在《水浒》第一回总评中所说的:"《水浒传》事节都是假的,说来却似逼真,所以为妙。"①

而金圣叹的评点更为酣畅淋漓。其《读第五才子书法》将《水浒传》与《史记》相提并论,提出:"其实《史记》是以文运事,《水浒》是因文生事。以文运事,是先有事生成如此,却要算计出一篇文字来","因文生事即不然,只是顺着笔性去,削高补低都由我。"②在此,"以文运事"中的"文"是指历史叙事,"事"是指历史事实;"因文生事"中的"文"则是指文学叙事,"事"则是根据小说中的故事逻辑,随文虚构出来的故事情节。所谓的"因文生事",即是小说作者受创作欲的激发所进行的自由、灵活的虚构创造。

"因文生事"这一提法,指出了《水浒传》的故事情节在很大程度上来自创作者的艺术虚构。它彻底打破了之前"三虚七实""虚实参半""三实七虚"等理论的局限性,给予了小说虚构以极大的自主性和自由度,标志着小说虚构真正开始迈入作者自觉的时代。在金圣叹之前,论者多从读者接受的角度去看待虚构,认为虚构的目的是争奇斗趣,以求取悦读者。而金圣叹则独具慧眼,指出了小说虚构与作者主体精神张扬之间的联系,从而把对作者创作心理的分析纳入了对虚构的探讨中来。在金圣叹看来,虚构与其说是一种被动的策略,不如说是作者主动的追求。

不止如此,金圣叹还指出了艺术虚构与艺术真实之间的辩证关系。在提出"一百八人,七十卷书,都无实事"(贯华堂评本第十三回夹批)③、"一部书皆才子文心捏造而出"(第三十五回夹批)④等侧重虚构性的论断的同时,金圣叹也提出了《水浒传》是"文所本无,事所必有"(第三十四回夹批)⑤的观点。所谓"必有",是指小说的虚构并不能任意妄为,而必须

---

① 施耐庵、罗贯中:《容与堂本水浒传》(上),凌赓、恒鹤、刁宁校点,上海:上海古籍出版社,1988年,第11页。

② 金人瑞:《读第五才子书法》,转引自丁锡根编著:《中国历代小说序跋集》(下),北京:人民文学出版社,1996年,第1488页。

③ 金圣叹:《贯华堂第五才子书水浒传》(上),周锡山编校,沈阳:万卷出版公司,2009年,第196页。

④ 金圣叹:《贯华堂第五才子书水浒传》(下),周锡山编校,沈阳:万卷出版公司,2009年,第504页。

⑤ 同上书,第490页。

符合现实生活的逻辑,让读者觉得真实可信。这既是小说虚构的目的,也是检验小说虚构艺术成就高低的尺度。

那么,如何实现虚构性与真实性的完美结合呢?金圣叹也有高论。在第五十五回回评中,他提出了著名的"亲动心"说。"若夫既动心而为淫妇、既动心而为偷儿,则岂惟淫妇、偷儿而已;惟耐庵于三寸之笔,一幅纸之间,实亲动心而为淫妇,亲动心而为偷儿……"①这段话中,前两处"动心",当理解为作者萌生了创造淫妇、偷儿这等人物形象的创作动机,后两处"亲动心",则是指作者在创作构思时,有意地选择了暂时抛开现实,主动地将自我意识沉入艺术想象的天地中,在想象中化身为笔下的淫妇、偷儿,以淫妇、偷儿的身份去思、去想、去行、去为。这其实是一种角色揣摩、角色体验的创作心理过程,与前引钱锺书所言"遥体人情,悬想事势,设身局中,潜心腔内,忖之度之,以揣以摩"一般无二;但这又比写作史著、历史小说和英雄豪杰故事更为困难,因为体验淫妇、偷儿等角色,需要小说家暂时放下道德责任,去顺应角色的生活逻辑。这对于小说家来说,自然更为不易。而做到了这一点的小说家,其对现实生活的通透观察和对艺术真实的自觉追求,也足以令人敬仰。

要达到"亲动心"的效果,作者就必须很好地把握现实生活,于是金圣叹又提出了"格物说"。其《第五才子书水浒传序三》曰:"《水浒》所叙,叙一百八人,人有其性情,人有其气质,人有其形状,人有其声口。……施耐庵以一心所运,而一百八人,各自入妙者,无他,十年格物而一朝物格。斯以一笔而写百千万人,固不以为难也。"②肯定了作者多年的生活积累对于个性化的人物塑造的重要性。但金圣叹认为"格物"的关键在于秉持"忠恕"之道,了解"因缘生法",又堕入了主观唯心和先验论的窠臼。这是其小说虚构观的一大不足之处,也是其小说虚构观必然被后起之世情小说所超越和完善的方面。

五、"世情小说"虚构观:"据实虚构"

与逸闻小说、神怪小说、历史小说、英雄小说一样,世情小说也不是在

---

① 金圣叹:《贯华堂第五才子书水浒传》(下),沈阳:万卷出版公司,2009年,第785页。
② 金人瑞:《第五才子书水浒传序三》,转引自丁锡根编著:《中国历代小说序跋集》(下),北京:人民文学出版社,1996年,第1484页。

某一个时间突然独立地产生，而是在吸收之前出现的种种叙事文学作品的艺术经验的基础上，既有所融汇也有所突破地逐渐发展而成的。正是从这个意义上说，世情小说虽是最晚熟的小说类型，却早已在其他小说类型中默默孕育着。就其虚构观而言，也经历了一个逐渐完善的过程。

魏晋时期的志人小说，是以"实录"的方式撰录的逸闻小说，其反映对象是社会上实存实有的人物，人物身份多是士族精英，但因为小说内容基本上无关军国大事、历史进程，而只是记述人物日常生活中的言行举止、性情风度，因此也可以看作是世情小说的源头。不过，这些作品刻录世情，崇实斥虚，几乎完全排斥虚构，其虚构观可以说尚未觉醒。

唐传奇四大题材之一的恋爱故事，其中有很大一部分并无多少鬼怪因素，而就是写现实男女的恋爱经历。这类故事的主角一方多是士族，另一方则是平民，故事的主旨是为了反映门第制度对于自由爱情的扼杀。这类故事实际上已是世情小说的雏形。与那些讲神鬼故事的唐传奇有所不同，这类带有世情性的作品的虚构观并非"幻设好奇"，而是深受史传文学的影响，依然以"实录"为规范，只不过比史传更多了"文采和意想"的功夫。

至宋代"说话"中的"烟粉""发发踪参"等故事类型，其市井气息、世俗色彩已是十分浓厚，据此记录或为此创作的话本，以及明人模仿创作的拟话本，则无疑已是真正的短篇世情小说了。但就虚构观而言，宋代世情类话本承袭"说话"伎艺，大抵还是以"捏合""敷演"为主，还称不上真正的成熟。

明清时期，世情小说臻于成熟，出现了世情类拟话本和世情类中长篇章回小说。前者以冯梦龙的"三言"和凌濛初的"二拍"为代表。后者走过四个发展阶段：明末至明清之交，以家庭—社会小说《金瓶梅》为代表；清初年，主要是才子佳人小说；清中叶，以家庭—社会小说《红楼梦》为代表；清后期，变异为狭邪小说。这些世情小说中，拟话本和《金瓶梅》《红楼梦》的虚构观特别值得关注。

（一）明代拟话本世情小说虚构观："事赝理真说"

在"三言""二拍"这两部流行于明末的拟话本小说集中，包含了宋、元、明三代的诸多世情短篇，冯梦龙、凌濛初、睡乡居士等人据此提出了"事赝理真"的世情小说虚构观。这一观点可以从以下几个层面来理解：

一是"人事相分"。在《警世通言叙》中，冯梦龙提出："人不必有其事，事不必丽其人。"①这里的前一个"人"字当指小说中的人物形象,前一个"事"字则指现实生活中的事件;后一个"事"字当指小说中的故事情节,后一个"人"字则指现实生活中的人物。冯梦龙指出,小说中的人物形象或故事情节可以以现实生活中的人物或事件为原型,但小说中的人物形象和故事情节之间又无需存在原型人物和原型事件之间的真实对应关系。这是对小说中的人物虚构及情节虚构的一种粗浅的方法总结,在张扬小说虚构性的同时,也并没有忽略小说的现实性。

二是"真赝并存,赝不可缺"。冯梦龙说:"野史尽真乎?曰:不必也。尽赝乎?曰:不必也。然则去其赝而存其真乎?曰:不必也。"②这里的"真"指的是现实生活,"赝"指的是艺术虚构。冯梦龙认为,小说是一种艺术创造,是作家将现实生活与艺术虚构相结合而成的,小说不一定完全符合现实,也不一定全然出自虚构。一方面,现实生活是小说的基础,小说不能脱离现实生活,另一方面,虚构是小说的本质规定性之一,如果只有现实生活而无虚构,也不足成为小说。

三是"事贵理真"。冯梦龙提出"事真而理不赝,即事赝而理亦真"③,将"理真"而非"事真"作为小说的衡量标准。他认为,对于优秀的小说家来说,无论是写真事,还是写赝事,都可以写出"理真",也应当写出"理真"。所谓的"理真",既包括价值取向的正确,即小说的价值取向应符合封建伦理道德的规范;也包括人物形象和情节走向的合理,即小说中的人物和情节应符合现实生活的逻辑。后一种"理真"标准,正是"艺术真实"的题中应有之义。

四是"真赝并重"。凌濛初要求小说"其事之真与饰,名之实与赝,各参半"④。这是在冯梦龙"真赝并存说"的基础上进行的延伸。从"不必尽真"到"真赝参半",从"并存"到"并重",标准更加明确,可见凌濛初比冯梦龙更加肯定艺术虚构的价值,已经把艺术虚构提高到了与现实生活同等重要的位置。

五是"赝可胜真"。睡乡居士在《二刻拍案惊奇序》中,以栩栩如生的

---

① 无碍居士:《警世通言叙》,转引自丁锡根编著:《中国历代小说序跋集》(中),北京:人民文学出版社,1996年,第777页。
② 同上书。
③ 同上书。
④ 即空观主人:《拍案惊奇自序》,转引同上,第785页。

画作为例,指出"是将执画为真,则既不可,若云赝也,不已胜于真者乎?然则操觚之家,亦若是焉则已矣"①。这里的"赝",其实是指艺术家所创造出来的"艺术真实"。睡乡居士认为,艺术形象有时比现实形象更为逼真,艺术真实有时比客观事物更胜一筹。

六是"奇关乎真"。凌濛初要求小说取材于"耳目之内、日用起居""耳目前怪怪奇奇""闾巷新事"(《拍案惊奇自序》)。他指出身边现实生活中的所见所闻是小说艺术真实性的现成来源,反对脱离现实生活、肆意取奇的创作倾向。睡乡居士也提倡小说要写"目前可纪之事",认为"岂非真不真之关,固奇不奇之大较也哉!"(《二刻拍案惊奇序》)。他们都高度重视小说的艺术真实性,要求把艺术真实性作为衡量作品新奇与否的重要指标,贬斥缺少艺术真实性的荒诞不足信之作。

要之,"事赝理真"是对世情小说本体论和创作论的初步探讨,是在小说叙事虚构理论方面跨出的重要一步,为世情小说的发展扫清了障碍。

(二) 明清章回体世情小说虚构观:"情理说"与"亲历说"

康乾时期,经过张竹坡、曹雪芹、脂砚斋几位大家的努力,世情小说虚构观得到了更为长足的发展,从本体论深入了创作论,对于小说如何创造出艺术真实进行了多方探讨。这一阶段的叙事虚构观主要在于"情理说"与"亲历说":

1. "情理说"

张竹坡、曹雪芹、脂砚斋等人高度重视"情理",不仅突出艺术真实在艺术作品中的重要地位,将符合情理的艺术真实视为世情小说最重要的评判标准,并且还认识到现实生活乃是情理和艺术真实的最终来源,艺术真实必须建立在现实生活的基础上,从而彻底理清了艺术真实、现实生活、艺术虚构三者之间的关系。

张竹坡《批评第一奇书金瓶梅读法》曰:"做文章不过情理二字。今做此一篇百回长文,亦只是情理二字。于一个人心中,讨出一个人的情理,则一个人的传得矣。虽前后夹杂众人的话,而此一人开口,是此一人的情理。非其开口便得情理,由于讨出这一人的情理,方开口耳。是故写十百

---

① 睡乡居士:《二刻拍案惊奇序》,转引自丁锡根编著:《中国历代小说序跋集》(中),北京:人民文学出版社,1996年,第788页。

千人,皆如写一人,而遂洋洋乎有此一百回大书也。"①这段话主要是就人物形象虚构创造方式而言的。所谓"讨出一个人的情理",指的是作家在创作过程中,要进入作品的情境中,站在人物的立场,设想这个人物的具体处境,揣摩其情感和行为。

《红楼梦》作者曹雪芹及主要评点者脂砚斋,继承了"情理说"并对之做了创造性的发展。在《红楼梦》第一回中,曹雪芹借石头之口表明了这部作品虽然出自虚构,但又在"情理"层面具有真实性:"不过只取其事体情理罢了,何必拘于朝代年纪"。其后又批评了才子佳人小说"千部共出一套","自相矛盾、大不近情理"。脂砚斋的评点对"情理"二字更是频频提及。如第一回写丫鬟娇杏,原文用了"仪容不俗,眉目清朗,虽无十分姿色,却亦有动人之处"之语,脂评:"这便是真正情理之文。可笑近之小说中,满纸羞花闭月等字。"②第三回写"因见挨炕一溜三张椅子上,也搭着半旧弹墨椅袱",脂评:"此处则一色旧的,可知前正室中亦非家常之用度也。可笑近之小说中,不论何处,则曰商彝周鼎、绣帷珠帘、孔雀屏、芙蓉褥等样字眼……盖彼实未身经目睹,所言皆在情理之外焉。"③第十六回脂评:"《石头记》一部中皆是近情近理必有之事,必有之言……"④第四十三回脂评:"尤氏亦可谓有才矣。论有德比阿凤高十倍,惜乎不能谏夫治家,所谓人各有当也。此方是至情至理。最恨近之野史中,恶则无往不恶,美则无一不美,何不近情理之如是耶。"⑤

细察他们所谓的"情理",其实包含了两个方面:一是普通人的"常情常理",二是作者个人独特的"情理"。

在曹雪芹和脂砚斋看来,所谓的"情",首先就是指人们正常的心理感受、情感需要、情绪表达;所谓的"理",首先也是指现实世界的普遍逻辑、一般规律,以及人们在社会中自然习得、自然展露的常识、常态、常规、社会评价,等等。这种"情""理"就是所谓的"常情常理"。"常情常理"无处

---

① 张竹坡:《金瓶梅闲话》,转引自丁锡根编著:《中国历代小说序跋集》(中),北京:人民文学出版社,1996年,第1096页。
② 脂砚斋:《脂砚斋重评石头记批语》,转引自黄霖、韩同文编著:《中国历代小说论著选》(下),南昌:江西人民出版社,1985年,第437页。
③ 脂砚斋:《脂砚斋重评石头记批语》,转引同上,第439—440页。
④ 脂砚斋:《脂砚斋重评石头记批语》,转引同上,第444页。
⑤ 脂砚斋:《脂砚斋重评石头记批语》,转引同上,第449页。

不在,它虽然不具备实体,但却是真实的,是生活现象和生活真实的一部分。一个秉性真诚、关注现实的作者,他笔下的文本世界必然会切近"常情常理",遵循现实生活的基本逻辑,考虑一般人的感受,作品才能获得"真实性"的品格,让读者产生认同感。

而作者个人的"情理",则是作者个人在现实世界中形成的思想、态度,带有作者个人独特的人生印记。它与"常情常理"存在很大的交集,但也有可能在一定程度上偏离"常情常理",但只要还在一个可接受的范围内,就还是能得到读者的理解和认同,并与"常情常理"碰撞、对话。于曹雪芹而言,他个人的"情理"由于灌注了他本人独特的生命体验和精神气质,其实已经在很大程度上超越了"常情常理",是一种独一无二、举世独醒的"情理"。这种"情理"虽然只独属于他个人,却也是极为真实的。而这种"情理"一旦通过文本表露出来,又会引起一般读者对"常情常理"的反思,从而为"常情常理"增添新的内涵。

"常情常理"与作者个人独特"情理",构成了曹雪芹及脂砚斋"情理说"的新内涵。由此可见,《红楼梦》及脂评中的"情理说",是对既有的"情理说"的创造性的发展。

《红楼梦》之后,续作迭出,西湖散人所作《红楼梦影》是其中艺术成就较高的一部。作者在序言中提出"情理足信,始能传世",显然接续了曹雪芹和脂砚斋之真传,显示了"情理说"之活力。

2."亲历说"

优秀的明清世情小说体现出强烈的真实性,除了重视情理,还在于小说往往与作者自身见闻、经历相关。在其他几种类型的小说中,作者所写的故事是他本人无法直接见闻或亲身经历的,其虚构故事的方式主要是"遥想事体""敷演故事",而在明清世情小说中,写作素材更多来自作者对现实社会的观察、思考,甚至其自身经历。张竹坡、曹雪芹、脂砚斋等人均强调亲自见闻的、亲身经历的、第一手的现实生活经历和感受对于世情小说创作的重要性。

张竹坡认为"作《金瓶梅》者,必曾于患难穷愁,人情世故,一一经历过,入世最深,方能为众脚色摹神也"[①]。这一"入世说",比之"格物说"

[①] 张竹坡:《金瓶梅闲话》,转引自丁锡根编著:《中国历代小说序跋集》(中),北京:人民文学出版社,1996年,第1100页。

"情理说"更进一步,它打破了小说家与其所摹写的社会现实之间的二元对立,强调了二者之间的鱼水关系。

《满文本金瓶梅序》也说:"《金瓶梅》将陋习编为万世之戒,自常人之夫妇,以及僧道尼番、医巫星相、卜术乐人、歌妓杂耍之徒,自买卖以及水陆诸物,自服用器皿以及谑浪笑谈,于僻隅琐屑毫无遗漏,其周详备全,如亲身眼前熟视历经之彰也。"[1]这一段评论中所列种种,都是现实生活中实有之人、实有之事、实有之物,绝非作者凭空杜撰所能写出。评者指出,正是由于作者对现实生活进行了仔细观察、如实摹写,才使得《金瓶梅》宛如一幅明末社会风情画,生动、逼真、广泛地展现了社会上各行各业、方方面面的风貌。

清代金和在《儒林外史跋》中详细介绍了作者吴敬梓的生平经历。吴敬梓出身名门、少负高才,后来家道中落、饱受炎凉,中年时看透科举弊端,毅然弃绝举业,晚年"卖文为生活,而其乐汤汤然,若不知其先富而后贫者"。这样的人生经历所带来的观察与思考对他的创作产生了直接的影响。金和说:"是书则先生嬉笑怒骂之文也。盖先生遂志不仕,所阅于世事者久,而所忧于人心者深,彰阐之权,无假于万一,始于是书焉发之,以当木铎之振,非苟焉愤世嫉俗而已。"[2]正因为有吴敬梓这样"久阅世事"的现实经历和"深忧人心"的现实责任感,才会有《儒林外史》对当时深陷功名富贵之枷锁而丑态百出的儒林中人的刻画与批判。

在这篇《跋》中,金和还详细地列举了书中人物与作者生活中实际接触的儒林人士的一一对应关系,又以作者亲属的身份确证"全书载笔,言皆有物,绝无凿空而谈者",足见这部作品与现实生活的紧密联系。

曹雪芹写作《红楼梦》时也明确声称自己亲身经历过一段锦衣纨绔的生活。在第一回中,他借"石头"之口,言明《红楼梦》要写的乃是"历尽离合悲欢炎凉世态的一段故事",是"红尘若许年"中的"身前身后事",是"亲自经历的一段陈迹故事",以及"我半世亲睹亲闻的这几个女子"的"事迹原委、歪诗熟话"[3]。《红楼梦》最核心的两方面内容,一是家族的败落,二

---

[1] 佚名:《满文本金瓶梅序》,转引自丁锡根编著:《中国历代小说序跋集》(中),北京:人民文学出版社,1996年,第1108页。
[2] 金和:《儒林外史跋》,转引自丁锡根编著:《中国历代小说序跋集》(下),北京:人民文学出版社,1996年,第1683页。
[3] 曹雪芹、高鹗:《红楼梦》,长沙:岳麓书社,2012年,第2页。

是若干女子的青春凋零,都来自作者所经历的生活。同时他还声明"至若离合悲欢,兴衰际遇,则又追踪摄迹,不敢稍加穿凿,徒为供人之目,而反失其真传",表达了严肃的写实态度。

而脂砚斋的评点,诸如"嫡真实事,非妄拟也"(第二回)①、"非经历过,如何写得出"(第十八回)②、"句句都是耳闻目睹者,并非杜撰而有,作者与余实实经过"(第二十五回)③、"试思若非亲历其境者,如何摹写得如此"(第七十六回)④、"况此亦是余旧日目睹亲闻,作者身历之现成文字,非捏造而成者"(第七十七回)⑤之类的感慨和声明,也都是"亲历说"的注解。

至于其他世情小说,或有佳作,也是多少悟得了"亲历说"之真谛。如嘉庆年间庾岭劳人所撰家庭—社会型世情小说《蜃楼志》,罗浮居士为之作序,称赞其有充分的现实依据:"劳人生长粤东,熟悉琐事。所撰《蜃楼志》一书,不过本地风光,绝非空中楼阁也。"⑥

世情小说发展到清代后期已演变为狭邪小说,而狭邪小说几乎都标举"亲历说"。如道光年间邗上蒙人撰《风月梦》,自言:"及至成立之时,常恋烟花场中,几陷迷魂阵里。三十馀年,所遇之丽色者、丑态者、多情者、薄幸者,指屈难计。荡费若干白镪青蚨,博得许多虚情假爱。回思风月如梦,因而戏撰成书,名曰《风月梦》。"⑦西泠野樵《绘芳录》自称"其中实事实情,毫无假借"。⑧ 邹弢《海上尘天影》由王韬作序,明言此书是作者自叙其真实情感经历⑨。拜颠生为《海上繁华梦》作序,指出孙家振"生于

---

① 脂砚斋:《脂砚斋重评石头记批语》,转引自黄霖、韩同文编著:《中国历代小说论著选》(下),南昌:江西人民出版社,1985年,第438页。
② 脂砚斋:《脂砚斋重评石头记批语》,转引同上,第445页。
③ 脂砚斋:《脂砚斋重评石头记批语》,转引同上,第448页。
④ 脂砚斋:《脂砚斋重评石头记批语》,转引同上,第451页。
⑤ 脂砚斋:《脂砚斋重评石头记批语》,转引自黄霖、韩同文编著:《中国历代小说论著选》(下),南昌:江西人民出版社,1985年,第452页。
⑥ 罗浮居士:《蜃楼志序》,转引自丁锡根编著:《中国历代小说序跋集》(中),北京:人民文学出版社,1996年,第1202页。
⑦ 邗上蒙人:《风月梦自序》,转引自丁锡根编著:《中国历代小说序跋集》(中),北京:人民文学出版社,1996年,第1207页。
⑧ 竹秋氏:《绘芳录序》,转引自丁锡根编著:《中国历代小说序跋集》(下),北京:人民文学出版社,1996年,第1221页。
⑨ 王韬:《海上尘天影叙》,转引同上,第1222—1224页。

沪,长于沪,以沪人道沪事,自尤耳熟能详"①。这些序、跋都强调先有对生活的熟悉,才能撰出笔底文章。

清末狭邪小说中,幻中了幻居士、陈森、韩邦庆这几位论者把"亲历"的现实生活与作品的艺术虚构之间的辩证关系揭示得更加清楚。幻中了幻居士在《品花宝鉴序》中道:"传闻石函氏本江南名宿,半生潦倒,一第蹉跎,足迹半天下,所历名山大川,聚为胸中丘壑,发为文章,故邪邪正正,悉能如见其人,真说部中之另具一格者。"②指出坎坷的经历,丰富的见闻,是作者陈森创作的基础。而陈森自己却毫不讳言他是在有意识地虚构:"所言之色,皆吾目中未见之色;所言之情,皆吾意中欲发之情;所写之声音笑貌、妍媸邪正,以至狭邪、淫荡、秽亵诸琐屑事,皆吾私揣世间所必有之事而笔之。"③合而观之,意味殊明。韩邦庆在《海上花列传例言》中也是如此,一方面自信"形容尽致处,如见其人,如闻其声",另一方面又宣称"所载人名事实俱系凭空捏造,并无所指"④,并指斥那些"强作解"的人是不合格的读者。这说明,清末的一些优秀的世情小说家已经较好地掌握了现实体验与艺术虚构之间的尺度,他们的叙事虚构观回荡"亲历说"之余响,也已经较为成熟。

要之,以个人亲身见闻、经历作为小说重要的素材来源,高度张扬创作主体的精神人格,是世情小说现实性艺术品格的重要保障。如果说,历史小说、神怪小说、英雄小说等"传奇型"小说还主要是以时代久远的史事、荒诞不经的幻想、难以证实的传说作为最基础的素材来源,那么这种"亲历型"世情小说的素材来源与创作方式与之相比已经有了质的变化,呈现出一种近代气息。

而以"情理说"与"亲历说"为代表的"据实虚构"的世情小说虚构观,作为最优秀的明清世情小说的创作指导思想和经验总结,是明清世情小说叙事观最精华的部分之一,是明清世情小说超越其他类型小说的利器之一,也是中国古代叙事思想中最重要的传统之一、最宝贵的财富之一。

---

① 拜颠生:《海上繁华梦追序》,转引同上,第1237页。
② 幻中了幻居士:《品花宝鉴序》,转引自丁锡根编著:《中国历代小说序跋集》(中),北京:人民文学出版社,1996年,第1209页。
③ 石函氏:《品花宝鉴序》,转引同上,第1211页。
④ 花也怜侬:《海上花列传例言》,转引自丁锡根编著:《中国历代小说序跋集》(下),北京:人民文学出版社,1996年,第1227页。

综上，在本节中，我们以内容、题材为分类标准，将中国古代小说划分为逸闻小说、神怪小说、历史小说、英雄小说、世情小说五种类型①，并将它们的虚构观分别表述为采录异闻、设幻好奇、据史演义、因文生事、据实虚构。这几种小说虚构观在历史的长河中渐次脱胎，各擅胜场，但先出现的小说虚构观虽然式微，却仍然辉光不尽，与后出现的小说虚构观并行共存，多种小说虚构观次第花开，最终汇成了中国小说虚构思想的佳园奇景。

具体而言，即是从魏晋逸闻小说的"采录异闻"到唐传奇神怪小说的"设幻好奇"中，见出了（文言）小说虚构意识的觉醒，从宋元明清历史小说的"据史演义"到英雄小说的"因文生事"中，见出了（白话）小说虚构意识的跃进，而从明清英雄小说的"因文生事"和神怪小说的"设幻好奇"双重刺激下催生世情小说的"据实虚构"，又见出了小说虚构意识的成熟。这种虚构意识觉醒、跃进、成熟的过程，是从现实（"异闻""史"）出发，渐渐远离现实（"设幻""敷演""生事"），而又在更高的意义上重新回归现实（"情理""亲历"）的过程。这种更高的意义，就是艺术真实。一言以蔽之，中国小说虚构观的发展历程，就是历史真实逐渐退场，而艺术真实逐渐发展起来的过程。

而不管是逸闻小说所录之"异闻"、历史小说所敷演之"史"、神魔小说所设之"幻"，还是英雄小说所生之"事"，其实都有一个共同的特点，那便是"奇"。若说在世情小说之前，中国古代小说的艺术虚构观虽然也不乏对"真"的追求，但更重视"奇"的趣味，应当并无异议。即便是到了世情小说，虽然重"情理"、重"亲历"，达到了中国古代小说求"真"的最高阶段，却也还力图"以不奇为奇"。因此，从中国古代虚构观中，可以看出中国古人对"奇"的青睐。这是我们在研究中国文学叙事思想传统时，进行中西文学叙事思想传统比较时，需要加以关注的一个问题。

---

① 明清时期，若干小说类型互相结合，产生了一些混合型的子类，如公案小说，和一些难以界定类型的特殊作品，如《绿野仙踪》，但总体上看并不影响本书所述五种基本类型的基础性地位，因此本书不另展开。

第二节　西方古代小说虚构观

梳理西方古代小说虚构观,亦离不开对西方古代小说史的整体把握。从内容与题材的角度来梳理西方古代小说,会发现:第一,西方小说似乎并未发展出逸闻小说这一专门的类型;第二,西方近代小说的前身——古希腊爱情传奇、古罗马冒险传奇、中世纪英雄史诗与骑士传奇,其实兼有历史、英雄、神魔三大元素;第三,自文艺复兴至19世纪的西方近代小说,多摹写现实生活,描绘百样人生,与中国的世情小说有近似之处。如此一来,本节所说的西方古代小说,其实主要有两大部分,一是"古代传奇",二是"近代小说",前者可大致与中国古代的历史小说、英雄小说、神怪小说对标,后者可大致与明清世情小说对标。

而西方近代小说包罗万象,还应继续细分。通常将之分为以下几个阶段:文艺复兴至17世纪的小说为第一阶段,它们被称为"文艺复兴小说"或"人文主义小说",代表作家是意大利的薄伽丘、法国的拉伯雷、西班牙的塞万提斯等;18世纪小说为第二阶段,它们也被称为"启蒙主义小说",包括18世纪早中期英国笛福、理查逊、菲尔丁等的"现实主义长篇小说",18世纪中期法国启蒙思想家伏尔泰、孟德斯鸠、狄德罗、卢梭等的"哲理小说",以及18世纪后期卢梭、歌德等的"感伤小说";19世纪"浪漫主义小说"为第三阶段,代表作家是法国的雨果等;19世纪"现实主义小说"为第四阶段,代表作家是法国的巴尔扎克、英国的狄更斯、俄国的托尔斯泰等。

从上述脉络去把握西方古代小说,可梳理出以下五种基本的小说虚构观:一是古代传奇"奇思幻想"的虚构观,二是文艺复兴至17世纪人文主义小说"摹仿自然"的虚构观,三是18世纪启蒙主义小说"再现私人历史"的虚构观,四是19世纪浪漫主义小说"表现主观"的虚构观,五是19世纪现实主义小说"再现客观、塑造典型"的虚构观。

以下我们就一一细察这几种小说虚构观。

一、"古代传奇"虚构观:"奇思幻想"

西方小说的源头可追溯至西方叙事文学共同的源头:古希腊神话、荷马史诗、古希腊悲喜剧。

公元前1世纪至公元4世纪,古希腊罗马出现了虚构性散文体叙事作品,被视为西方"古小说"或"原始小说"①。如古希腊爱情传奇《凯勒阿斯与卡利罗亚的爱情故事》《达夫尼斯与赫洛亚》《埃塞俄比亚传奇》,以及古罗马冒险传奇《萨蒂利孔》《金驴记》,等等。这类作品虽然也反映了一定的社会现实,但总不乏神力与魔法,情节也无非是主人公为了爱情或冒险,一路奔波游历,与邪恶的力量斗智斗勇,一次次遭逢险境又幸运逃出,具有明显的想象性。

在漫长的中世纪,西方小说的发展也较为缓慢,逐渐成型的欧洲各民族英雄史诗以及流传甚广的骑士传奇是其代表。

中世纪英雄史诗是在欧洲各民族口头流传的民间文学的基础上发展起来的,主要内容是反映民族的重要历史事件、歌颂杰出的英雄人物,一般都以一定的历史事实为基础,但也有很多虚构的因素。早期英雄史诗反映氏族部落生活,代表作品是盎格鲁—撒克逊人的英雄史诗《贝奥武夫》(写于7—8世纪)。其主人公贝奥武夫是一位杰出的氏族英雄,为了保护部族,临危不惧,奋勇当先,不惜入海斩巨怪、登山屠火龙。后期英雄史诗反映封建关系下人民理想的爱国英雄形象,代表作品是法国的《罗兰之歌》(约写于1080年)。该史诗取材于法兰西历史,以公元778年查理大帝远征西班牙,因国内发生叛乱而返回,途中遭遇巴斯克人袭击这一历史事实为依据,歌颂了英明勇武的查理大帝、忠心为国的罗兰等爱国英雄。但诗中也不乏大量的虚构,如把正当盛年的查理大帝写成200岁的老人,把为时数日的战争写成历时7年的大战,把欧洲人的争斗写成征伐异教徒摩尔人(即阿拉伯人)的大战,把罗兰身死魂消写成被天使引入天堂,等等。

中世纪骑士传奇是中世纪骑士叙事诗的散文变体,主要内容是歌颂骑士英勇无畏的精神,赞美骑士与贵族女性的爱情,大都缺乏历史或现实上的根据,具有虚构、幻想的特征。在传奇中,英勇的骑士为了向贵族女性展示自己的英姿,常常单枪匹马历险征战,与荒诞离奇的敌人——恶龙、巨人、精灵、怪物、巫师或强大无比的军队作战,创下惊人的壮举。著名的骑士传奇,有西欧"亚瑟王传奇"和西班牙骑士传奇。亚瑟原是不列

---

① 龚翰熊主编:《欧洲小说史》,成都:四川大学出版社,1997年,第7页。

颠凯尔特人传说中一个不大的封建领主,但在传奇中却成了一个封建大国的国王,麾下云集了四面八方最勇武的骑士。有关亚瑟的传奇,可见于英国马罗礼搜集整理于 1485 年出版的传奇集《亚瑟王之死》。1508 年出版的《阿马迪斯·德·高拉》则是西班牙骑士传奇的代表。主人公阿马迪斯是一个礼让宽容、英勇忠贞、近乎"十全十美"的骑士,他一路锄强扶弱,历经冒险奇遇,成就神奇战功,赢得盖世英名,最终与美貌的公主喜结连理。这部作品荒诞魔幻的背景设定、完美无缺的骑士形象、连战连捷的历险故事、英雄美人的理想结局,被后来的西班牙骑士传奇争相仿效。

在中世纪英雄史诗和骑士传奇中,当然也有较为写实的作品。如西班牙的英雄史诗《熙德之歌》(约成于 1140 年),就没有中古文学中常见的那种奇幻想象和神秘色彩。1490 年西班牙出版的《骑士蒂朗》也具有高度的历史性、真实性。但总体而言,英雄史诗和骑士传奇的突出特点还是荒诞离奇的想象。非现实性因素杂入现实因素之中,形成了这些作品奇异瑰丽、亦真亦幻的风貌。之所以如此,一方面是受认识水平所限,当时的人们还不能正确地解释世界,另一方面则是人们依赖奇异的幻想来表达对英雄的崇敬。而随着生产力的发展和人们认识能力的提高,这种"奇思幻想"的虚构方式也就失去了土壤,取而代之的是近代小说对现实人生的观察与摹写。"在某种意义上,近代长篇小说的产生是散文传奇中非现实的人物、情节被现实的人物、情节取代、置换的结果。"[①]与这一历史趋势相当的是,当西方传奇落幕、近代小说兴起之时,在中国也迎来了历史小说、英雄小说、神魔小说的褪色以及世情小说的独立与成熟。

二、"人文主义小说"虚构观:"摹仿自然"

随着资本主义因素的萌芽,在 14 世纪的意大利率先兴起了一场提倡思想自由和个性解放的"文艺复兴"运动。人文主义者在对封建教会文学的反叛中,积极发展"人"的文艺,人文主义小说随之兴起。有别于古代传奇大谈英雄奇遇,人文主义小说以真实描写现实生活中各个阶层人物的世俗生活为主要内容。从最初的短篇小说集,如意大利薄伽丘的《十日谈》(1348)、英国乔叟的《坎特伯雷故事集》(1387—1400),到后来的长篇作品,如法国拉伯雷的《巨人传》(1532—1564)、西班牙的《小癞子》(1554)

---

① 龚翰熊主编:《欧洲小说史》,成都:四川大学出版社,1997 年,第 16 页。

等流浪汉小说以及反骑士小说《堂·吉诃德》(1605、1615)等,人文主义小说在西方小说的演进中扮演了重要一环,其小说虚构观也有可观之处。

薄伽丘的《十日谈》是意大利文艺复兴时期第一部短篇小说集。在序言中,薄伽丘道:"我要在这本书里,讲一百个故事,或者一百篇传奇,一百则寓言,一百段野史,怎么说都行。""从这些故事中,我们可以看到情场上许多悲欢离合的遭遇,以及古往今来一些意想不到的事迹。""……让她们('害相思的女士们')感谢爱神吧,是他把我从爱的束缚中解放出来,给了我力量,为她们的欢乐而专心写作。"①可见薄伽丘创作这部故事集的目的主要是为了反封建。为此他既对古代的传说、故事、传奇进行了有意识的选择、加工,也对当时意大利尤其是佛罗伦萨的社会见闻进行了忠实的反映。在他笔下,无论是传奇题材还是现实题材的故事,都旨在嘲讽修士、僧侣、贵族、封建家长的愚蠢、狡诈、虚伪、蛮横,赞美小人物的机智勇敢,歌颂青年男女的自由恋爱。

为了讲述一百个互不相关的故事,《十日谈》巧妙地创设了一个由十位青年分十天轮流讲述故事而一位"知情的作者"事后加以记录的情境。也就是说,在知情的作者"我"这个第一人称叙述者之下,还设置了一批下级叙述者(青年男女),他们每个人也都用第一人称"我"讲述了自己见闻的故事。而实际上,在"知情的作者"这个第一人称限知视角之上,也还有一位第三人称全知视角的叙述者在纵观全局,进行总体的叙述和评价。这就形成了三个不同的叙事层次和多声部的叙事声音。通过对所叙的多个故事进行分层控制、逐级控制,作品多次强化了作者反封建、倡人文的叙事意图。这种虚构方式区别于古代传奇,有了明显的近代色彩。而它的写法,也给乔叟的《坎特伯雷故事集》带去了启发。

1554年《小癞子》的发表,宣告了西班牙流浪汉小说的诞生。这部篇幅不长的佚名小说,在西班牙多次再版,并传到英、法、德等国;其开创的流浪汉小说这一经典小说文体,引发当时及后世多人效仿,对西方小说的发展起到了极大的推动作用。流浪汉小说固定的故事模式在于:主人公是流浪汉或流浪女,出身微贱,命运不幸,为了生存或为了向上爬而四处流浪,时而跟随不同的主人,与社会上各色人等周旋,靠欺骗、偷窃、坑蒙

---

① 薄迦丘:《十日谈》,钱鸿嘉等译,南京:译林出版社,1993年,第3页。

等手段为生;典型的文体特征在于:采用第一人称叙事①、缀段式结构、开放性结尾。

西班牙流浪汉小说采用第一人称写作,乍看像是流浪汉"我"在给读者口述自己的一段段经历。但从每一章节前的简短介绍来看,其实流浪汉只能算是第二层叙述者,第一层叙述者是有意把自己隐藏起来的第三人称全知叙述者——作者。他实际上是在进行"假的代言"。《小癞子》序言中,佚名作者引用了古罗马作家普林尼和古罗马哲学家西塞罗的名言,希望作品"无害而有所裨益",最好能引起贵族的反思,对底层施以更多的同情,可见作者本人是一个具有很高文化修养和道德境界的人,绝非流浪者小癞子本人②。另一部流浪汉小说《古斯曼·德·阿尔法拉切的生平》(1599年、1604年)的作者阿莱曼,也是一个在世时很有影响并受到尊敬的人物。而《骗子外传》(1626年)的作者克维多更是出身贵族,是当时著名的学者、政治家、文学家。吴健恒指出:"一般说来,这种小说都是流浪汉本人自述的故事,也就是由文化修养很高的作者代这些目不识丁的流浪汉写的'自述'或'自传',有的作者本人也真有过流浪汉的经历,写的是他自己。不管属哪一种,作者对西班牙当时那产生流浪汉的社会环境都有深切的体会。"③也就是说,流浪汉小说有着深厚的现实基础,作家特意选取"流浪汉"这一人物的角度进行"代言自述",是为了更好地实现其叙事意图。

具体来说,这种虚构方式制造出了一种特殊的双重视角:当写到流浪汉自己的悲惨处境时,主人公在进行"内视",内视自己遭遇的赤贫、饥饿、凌辱,也内视自己尊严被践踏、人格被舍弃的痛苦感受,这就能带来一种强烈的真实感,引发读者深深的同情;当写到其他阶层时,主人公则是在进行"外视",而由于任何一个阶层、任何一个观察对象都比他们所处的阶层高,主人公外视时的见闻和感受中,就必然带有大量羡慕、嫉妒、不平、嘲讽、挖苦的情绪,读者也仿佛戴上了一副特殊的眼镜,一眼就能看出其

---

① 参看李志斌:《论流浪汉小说结构范式的生成动因》,《湖北大学学报(哲学社会科学版)》,2009年05期,"《小癞子》等西班牙流浪汉小说之所以采用第一人称叙事,古希腊的《荷马史诗》、古罗马作家阿普列尤斯的小说《金驴记》和中世纪意大利诗人但丁的长诗《神曲》这三种传统文学中的第一人称叙事的影响都可谓功不可没"。

② 参看佚名:《小癞子》,朱景东译,北京:人民日报出版社,2001年。

③ 克维多:《骗子外传》,吴健恒译,重庆:重庆出版社,1990年。

他人物的恶行和丑态,从而在产生浓烈的讽刺感之余,又促使读者对于社会现状进行理性的思考。总之,西班牙流浪汉小说成功的关键就在于既以第一人称的叙事视角增强了真实感,又通过漫画式的摹写彰显了现实不公。

人文主义小说的巅峰之作当属反骑士小说《堂·吉诃德》。在其序言中,塞万提斯借友人之口说出了自己的创作理念:"(你这部书)它所有的事只是摹仿自然,自然便是它唯一的范本;摹仿得愈加妙肖,你这部书也必愈见完美。"①可见,塞万提斯对于虚构的态度较之同时期的流浪汉小说作者要更为明朗,他毫不讳言虚构,并认为虚构创作的基本手法是"摹仿",摹仿的对象是"自然",摹仿的评价标准在于"是否妙肖"。这一创作理念显然深受亚里士多德《诗学》中"摹仿说"的影响。在《堂·吉诃德》第四十七章中,塞万提斯借人物的议论,再次说明了对艺术的看法:"凭空捏造愈逼真愈好,愈有或然性和可能性,就愈有趣味。编故事编得投合读者的理智,把不可能的写成很可能,非常的写成平常,引人入胜,读来可惊可喜,是奇闻而兼是趣谈。"这一说法无疑更是亚氏"可信说"的翻版:"写诗这种活动比历史更富于哲学意味,更受到严肃的对待,因为诗所描绘的事带有普遍性,历史则叙述个别的事。所谓'有普遍性的事',指某一种人,按照可然律和必然律,会说的话,会行的事。"②但这一说法比亚氏更强调趣味性。

其实,"文艺复兴"本就是对埋藏了十几个世纪的古希腊文艺的重新发现,诗人彼得拉克、但丁,戏剧家莎士比亚,小说家薄伽丘、塞万提斯均从古希腊文艺作品和文艺思想尤其是亚里士多德的文艺思想中获得过启发。亚氏提出的"摹仿说"和"可信说",实际上指明了文艺的本质在于现实性与虚构性的统一,这一思想对文艺复兴及以后的欧洲文艺界影响深远。具体到塞万提斯,他所说的"凭空捏造""编故事""把不可能的写成很可能""非常的写成平常",就是在承认作品的虚构性,而他的虚构创作又力图遵循"逼真""有或然性和可能性""投合读者的理智"这一类的标准,以营造真实感为目标,又使其作品站稳了现实的根基。

然而,塞万提斯并没有做到完全意义上的"摹仿自然"。如前所述,他

---

① 塞万提斯:《堂·吉诃德》,傅东华译,北京:人民文学出版社,1959年。
② 亚里士多德:《诗学》,陈中梅译注,北京:商务印书馆,1996年,第81页。

在序言中反复声称小说应当有"趣味",能"引人入胜""可惊可喜",是"奇闻趣谈"。这就意味着,他所"摹仿"的人和事,是经过了精心选择和小心处理的。从《堂·吉诃德》的文本实际来看,塞万提斯在对当时的西班牙社会现状进行如实的"摹仿"时,其实较少写到普通民众平平常常的一面,而是更偏向于抓住各色人等身上愚昧、鄙俗、丑恶的那一面来进行嘲讽。作为全知叙述者的他,擅长于冷眼旁观,用简练的、白描式的笔法,略带夸张地勾勒出人物最值得讽刺之处。由于作品中汇聚了大量这方面的内容,《堂·吉诃德》中的人物形象就颇具漫画效果,而情节也略有荒唐离奇之处。

总之,上述三种人文主义小说的艺术虚构,都热切地关注现实人生,如实地叙写凡人凡事,呈现出一种朴素的现实主义色彩。而其所写的凡人凡事,主要还是现实中随处可见的、陈腐丑陋的丑角丑态,是站在时代趋势对立面的人和事。为了尽显丑人丑态,薄伽丘、塞万提斯等人文主义小说家一般都采用了如实描摹、重点凸显的方式,从而呈现出一种漫画式的真实感。

然而,在人文主义小说的阵营中,还有一部充满浪漫主义色彩的《巨人传》。在这部作品中,拉伯雷运用夸张的笔法,放大和赞美了资产阶级新人身上巨大的力量、美好的品行、崇高的理想,揭露并讽刺了封建君主、教会人员种种可笑的思想和行径。这实际上是在对现实的某些方面进行特殊的强调,也是一种漫画式的把握现实的方式。因此,说人文主义小说的虚构观在于漫画式地"摹仿自然",是可以成立的。

三、"18世纪小说"虚构观:"再现私人历史"

从17世纪进入18世纪,随着资本主义生产关系和政治制度的进一步发展,个人主义、经验主义、理性主义、启蒙主义逐渐成为西方社会思潮的主旋律。而小说也逐渐超越诗歌、戏剧,成为反映资产阶级社会一般民众政治经济生活、思想意识活动的首选文体。整个18世纪,小说在英、法、德等国获得了长足的发展。但无论是英国的现实主义长篇小说,还是法国的哲理小说、感伤小说,其实都有着一个共同的主旋律,那就是传达个体生命体验、生存经验,精妙地再现一段段"私人历史",以达到启蒙的目的。为此,18世纪小说大量地取材于普通人的自传、新闻采访甚至作家自己的经历,大量地采用自传体、日记体、书信体等形式写作,造成第一人称叙事空前普遍。

18世纪早中期,英国现实主义长篇小说的代表作品有:笛福的回忆录式小说《鲁滨孙漂流记》(1719年)、《摩尔·弗兰德斯》(1722年)、《罗克萨娜》(1724年),理查逊的书信体小说《帕梅拉》(1740年)、《克莱丽莎》(1748—1749年),菲尔丁的"散文体滑稽史诗"(《约瑟夫·安德鲁斯传》)(1742年)、《弃儿汤姆·琼斯的历史》(1749年)等。这些小说在人文主义小说大量叙写凡人凡事的基础上更进一步,把水手、罪囚、侍从、女仆、商人、牧师、医生、穷乡绅等各色人等作为主人公,更加充分地描写这些普通人的性格、经历、生活场景和理想追求,更加真实而广泛地呈现当时的社会面貌。同时,这些非职业小说家也基于个人的创作宗旨和创作经验,在作品的序跋、章节的介绍、人物的对话、友人的书信之中,留下了自己对于小说虚构艺术的不凡见解。

首先来看笛福。笛福小说虚构创作的基础是真实的人物和事件,而他虚构的标准是要让读者像看自传一样信以为真。《鲁滨孙漂流记》第一部序言称:"编者相信,这部自述是事实的忠实记录,其中绝无虚构之处。"第三部序言称:"这个故事,虽然是寓言性的,但同时又是历史性的。它是一种绝无仅有的生活苦难和一种无与伦比的生存方式的精妙的再现。……此外,这个故事,或者说这个故事的大部分,直接暗示了一个至今还活着的,而且是颇有名气的一个人的一生。正是他的经历构成了这几部书的主要内容。"《罗克萨娜》序言也称:"我要说,它同它们(指同时代的其他作品)在这个重要而基本的方面有所不同,即这部书是以真实的事件为基础的,因而它不是一则故事,而是一段历史。"[①]

从塞万提斯的"摹仿自然",到笛福的"某人一生经历的精妙再现",是西方小说虚构观发展历程中的一次跃进。这种进展包含两个方面,一是从"摹仿"到"再现"的跨越,二是从"自然"到"经历"的聚焦。一方面,就"摹仿"与"再现"的区别而言,"摹仿"(mimesis)当然是"再现"(represent)的前提,但"再现"显然是"摹仿"的更高阶段。"再现"一词,比"摹仿得妙肖"一语,更清晰明确地提出了"摹仿"的具体要求——不只是要虚构得"像",而是要虚构得"完全一样",不是要虚构得"类似于"现实,而是要虚构得与现实"难以区分"。另一方面,就"自然"与"经历"的区别而言,"自

[①] 殷企平等:《英国小说批评史》,上海:上海外语教育出版社,2001年,第17页。

然"当然包含了"经历",但"经历"却是对"自然"的细化。"自然"一词,虽然包罗万象,却较为空泛,而"经历"二字,无疑更具体,更集中,突出了对人、人性、人的个人史的关注。正是自笛福在18世纪小说中提出了"再现人的生存经历、生存经验"的虚构方式,西方近代小说的发展才开启了加速度。

笛福用第一人称写作的"自传体小说",与西班牙流浪汉小说一样,属于"假装的自述",但虚构意识的自觉程度、虚构手法的巧妙程度却都显著地增加了。如在《鲁滨孙漂流记》的正文部分,作者、主人公、叙述者的声音几乎完全合一,真实的作者消失于无痕。只是在序言中,真实的作者才把自己伪装成编辑出现,反复声称作品是对"事实的忠实记录",是"生活的再现",是某人的"一段历史"。作品中十分精确的时间、地点、物品,甚至日记原文等等刻意制造的细节,为这位"编辑"的真实性声明提供了有力的支撑。这不单单体现了19世纪初,小说的地位还不够突出,还需要倚仗回忆录等纪实性文体来获取生存地位,更体现出笛福对"再现"这一虚构艺术标准的坚持已经达到了要让读者认为他是在"回忆"、在"纪实"的程度。

而实际上,笛福的虚构力度是十分之大的。他对塞尔柯克的真实事迹进行了大幅度的改写,有调整,有增添,编造出了一段更加新奇也更加励志的个人经历。之所以如此重构,是因为他怀抱一种崇高的创作宗旨,那就是"把人性中最能经久不衰的东西当作自己的创作基础"。从笛福的多处论述来看,他说的"人性中经久不衰的东西"就是指人的生存能力。[①]所以他虚构的鲁滨孙这一人物形象,就比现实生活中的水手塞尔柯克面临了更大的生存考验,也彰显了更强悍的精神力量,是"人的生存能力"的一个范本。可见笛福所写的"经历",已经从单纯的"事件"层面深入了对生存的思考和对人性、对自我的探究这样的思想层面。这与17、18世纪英国哲学家们对"人格""自我"等问题的探讨是一致的,是当时勃发的个性主义、理性精神、启蒙精神的体现。

再来看理查逊。1739年,理查逊对自己曾经听到的一个简略的故事——一位女仆拒绝男主人求爱、在苦恼中写信向父亲求助、最后嫁给了男主人——产生了强烈的探索兴趣,萌生了用信件的形式把它写出来的

---

① 殷企平等:《英国小说批评史》,上海:上海外语教育出版社,2001年,第20页。

想法。他沉浸在对这个故事的具体细节的构想中,很快写出了一本由32封信组成的"书信体小说"《帕梅拉》(又名《贞洁得报》)。这些信件中有女主人公大量烦恼心事的独白,还有人物活动、对话等等十分细致具体的描写,把女主人公在拒绝和接受中徘徊的心路历程写得十分逼真。但其篇幅的冗长、细节的繁多,远远超出信件的常规,又让读者一望而知有明显的虚构痕迹。尽管如此,当《帕梅拉》出版时,理查逊还是以"编者"身份声称"下列书信以真实自然为基础"①。之所以敢于如此"伪装自述",是因为理查逊曾经有过代人写信和教人写信(主要是文化层次不高的妇女)的经历,他对妇女的心理、口吻已经有了很深的了解,这些经验为他的小说虚构提供了丰厚的现实基础。

同笛福一样,理查逊的"伪装自述"也不过是一种意在加强真实感的叙事策略,实际上他的虚构意识十分自觉。《帕梅拉》之后,他也不再讳言虚构了。他声称,自己虚构的目的就是为了展现出不同人物的不同个性、不同情感、不同人生态度:"那些人物是各式各样和自然的,他们具有独特的个性,并且始终如一地忠实于自己的角色";"合理地描绘人物,并使不同人物受到平等的待遇";"使人物痛苦的原因要显得自然,人物的行为动机也要显得合适,并以此博得读者的同情"。② 为此,他乐此不疲地描写人物在一次次微小的生活事件中内心泛起的种种波澜。大量精细复杂的心理变化使得他的作品出奇的长,《克拉丽莎》约有100万字,成了最长的一部英国近代小说。

理查逊小说虚构最重要的价值在于:一,他把恋爱结婚作为小说虚构的主题,把传统文学中很次要的题材移到了小说的中心;二,他采用的书信体,能很方便地从第一人称内视的角度深入人物内心深处,以无比的耐心和细致向我们呈现婚恋中的男男女女"此刻的""瞬间的"心理活动所能达到的细度和深度。换言之,他发现了此前为人们所忽视的那一部分现实,尤其是其中的心理现实,并无微不至地"再现"了出来。(再现的效果如此之妙,以至当作品结局发表,主人公历经心理折磨终于喜结连理时,读者们竟相约到教堂去庆祝。)

接下来再看菲尔丁。菲尔丁把自己的作品命名为"散文体喜剧史

---

① 申丹、韩加明、王丽亚:《英美小说叙事理论研究》,北京:北京大学出版社,2005年,第20页。
② 殷企平等:《英国小说批评史》,上海:上海外语教育出版社,2001年,第30页。

诗",他采取第三人称全知视角,广泛地描写下层社会普通的人、普通的事,将之精巧绵密地组织起来,用戏谑、取笑的语言,写其可笑之处,以达到讽刺的效果。这种创作思路,明显是在效仿塞万提斯。而他对于虚构的看法也与塞万提斯十分接近。他认为,"必须严格地将作品局限于对自然的模仿之中";"书中的一切均是对大自然这部巨著的模仿,所有的人物和行为都取自我自己的观察和经验"。(《约瑟夫·安德鲁斯传》序言)[①]并且他又进一步指出,"作品的真实并不是指作品具体背景的正确性,而是指作品所陈述事实的可靠性。"[②]正因为他既注意到了"自然",也注意到了"可能性、可靠性",所以他认为上乘的艺术应该是一种虚构的真实。这一观点与亚里士多德、塞万提斯可谓一脉相承。

但菲尔丁的不同之处在于,亚里士多德把诗和历史、诗人和历史著述者严格地区分开来,而菲尔丁却把自己的作品主动说成是"传记",把自己的身份说成是"传记作家""纪实史家"。这样做的目的显然是为了要给读者以强烈的真实感。——虽然读者仅仅是从"汤姆·琼斯"这一类人物姓名,以及"滑稽喜剧"这一集中了现实中可笑之人、可笑之事的叙述风格,就能轻易地看出,这种"传记"不过是一种虚构出来的"伪传记"。

菲尔丁之所以如此执着于传记式的真实感,是因为生活在启蒙时代的他,也像笛福、理查逊一样,对"人性"极为重视。他曾说,小说的主要优点在于它能够"大面积地透视人性、极深刻地识别所有的是非曲直"[③]。为此,他十分关注如何用语言和行动去显现现实中存在的种种人物性格。而且,不仅主角,就连出场很少的小人物,他也试图塑造出他身上的某种性格特质。从这一点看,他发展了亚里士多德的观点,也发展了塞万提斯的技巧,在小说的真实性方面做出了自己的探索。如果说亚氏所推崇的艺术之真更靠近哲学之真,艺术容易沦为"真理"的附庸,那么菲尔丁则用"人性"取代了"真理",主张小说的目的就在于展现现实生活中真实、自然的"人性"。而相对于塞万提斯来说,菲尔丁不仅同样追求准确地摹写人物言行,而且试图把人物言行与人性对应起来,给小说中的人物言行提供更加合理的解释。

---

① 殷企平等:《英国小说批评史》,上海:上海外语教育出版社,2001年,第41页。
② 同上书,第41页。
③ 同上书,第41页。

以上,通过对 18 世纪早中期英国三位现实主义小说家的虚构观的分析,我们不难发现,尽管他们的小说题材、叙事视角、语言风格存在差异,尽管他们对虚构的态度或隐晦或坦率,但他们的小说都致力于传达个体化的生命体验,力求塑造出具有高度真实感的小人物的人生轨迹和心路历程。正如伊恩·瓦特所说,他们的小说"是人类经验的充分的、真实的记录"[①]。或者更进一步说,"号称是'私人历史'的小说所展示的,正是男女主人公力图实现某种自我想象或者说'自我塑造'的过程"[②]。

至于 18 世纪中后期法国的"启蒙小说",如孟德斯鸠《波斯人信札》(1721 年)、狄德罗《拉摩的侄儿》(1761—1762 年)、卢梭《爱弥儿》(1762 年),以及法、英、德的"感伤小说",如卢梭《新爱洛绮丝》(1761 年)与《忏悔录》(1778 年)、斯泰恩《感伤的旅行》(1768 年)、歌德《少年维特之烦恼》(1774 年)等等作品,更是大量地采用了书信体、对话体、日记体、自传体、伪自传体、伪传记体,以对思想的表露、对心理的剖析、对情感的宣泄,将 18 世纪小说导向了侧重"心理—情感"的方面,进一步加强了"个人经历""私人历史"的广度和深度。

可见,18 世纪的小说家对现实的人生、平凡的人性、自我的体验的关注,促使他们在进行艺术虚构时,除了如实地摹写外部世界,还将大量的笔墨投注在人的经验、感受、心理、思想等等方面,对人类"自我"这一"第二自然"进行清晰地"再现",从而极大地拓展了小说的表现内容,留下了大量同时代人真实的、独特的、细微的"私人历史"。他们既致力于再现外部世界,更致力于再现人自身,从而将 18 世纪小说的艺术虚构引向了更精微深刻的层面,给后来的西方小说留下了极为宝贵的财富。

四、"19 世纪浪漫主义小说"虚构观:"表现主观"

18 世纪末至 19 世纪上半期,受西方各国资产阶级革命及其导致的社会大动荡、大变革的影响,同时也出于对顽固保守的新古典主义的反叛,西方文学的主旋律从启蒙主义一变而为浪漫主义。浪漫主义文学运

---

① 伊恩·P.瓦特:《小说的兴起——笛福、理查逊、菲尔丁研究》,高原、董红钧译,北京:生活·读书·新知三联书店,1992 年,第 27 页。

② 黄梅著:《推敲"自我":小说在 18 世纪的英国》,北京:生活·读书·新知三联书店,2015 年,第 8 页。

动首先在德国和英国兴起,其主要成就是诗歌,其后波及法国和其他国家,在法国的主要成就则是戏剧和小说。法国浪漫主义小说家有夏多布里昂、雨果、缪赛、戈蒂耶、大仲马、乔治·桑等。甚至现实主义作家巴尔扎克也创作过若干浪漫主义小说。其他国家中,采用浪漫主义的写作过小说的作家还有:英国的司各特、德国的海涅(前期)、俄国的果戈理等。

浪漫主义最突出、最本质的特征就是主观性。正如黑格尔所说:"浪漫型艺术的真正内容是绝对的内心生活,相应的形式是精神的主体性,亦即主体对自己的独立自由的认识。"[①]因此,就浪漫主义与现实主义的区别而言,"如果说现实主义作品是形象化的社会历史文献,是特定时代的人情风俗史,那么,浪漫主义作品就是形象化的社会心理记录,是特定时代的社会心理活动史"[②]。就这一特点而言,17世纪法国拉法耶特夫人的女性心理小说《克莱芙王妃》,以及18世纪后期卢梭等人的感伤主义小说,为19世纪法国浪漫主义小说的出现积累了一定的文学经验。

在此,我们主要以法国浪漫主义小说家夏多布里昂、雨果、乔治·桑为例,对浪漫主义小说的虚构观进行探讨。

没落贵族、王政复辟的鼓手夏多布里昂,是法国早期浪漫主义文学的代表人物。他的小说《阿达拉》(1801年)和《勒内》(1802年),用细腻而华丽的辞藻、充满热情与形象的语言、陌生的异国情调,表现人物内心的忧郁、悲观、颓唐,甚至神经质的癫狂,展现了不甘心退出历史舞台的没落贵族阶级的"世纪病",是那个时代特殊群体的真实心旅。虽然就思想价值而言,夏多布里昂创造的是站在时代潮流反面的"畸零人"形象,是消极浪漫主义的代表,但他靠强烈的情感、情绪来驱动小说的创作,以及对人物心灵世界的繁复浮夸、不厌其烦的表述,在浪漫主义小说艺术发展史上仍有一席之地。

1827年,雨果发表《〈克伦威尔〉序》,针对"古典主义的"文学弊病,集中表达了自己"浪漫主义的"文学主张。在这篇序言中,他基于美丑并存的现实,提出了"美丑对照、美丑平衡"这一具有强烈的主观倾向性的创作原则,表示要"把阴影掺入光明、把滑稽丑怪结合崇高优美而又不使他们相混,换而言之,就是把肉体赋予灵魂,把兽性赋予灵智",认为"滑稽丑怪

---

① 转引自杨江柱、胡正学主编:《西方浪漫主义文学史》,武汉:武汉出版社,1989年,第2页。
② 同上书,第4页。

作为崇高优美的配角和对照,要算是大自然给予艺术的最丰富的源泉","在所谓浪漫主义的时代里,一切都证明它(滑稽丑怪)与'美'之间的紧密的、创造性的结合",宣称"在两种原则之间建立平衡的时候现在已经到来"①。

为此,雨果极力提倡艺术形象的鲜明性。他认为:艺术如果只是刻板地反映自然,那就只能"映照出事物暗淡、平板、忠实却毫无光彩的形象",而真正的艺术应当"是一面集聚物象的镜子,非但不减弱原来的颜色和光泽,而且把它们集中起来、凝聚起来,把微光变成光彩,把光彩变成光明"。在他看来,在强烈的情感和主观倾向下虚构出来的或美或丑的艺术形象,必须恰当地突显其"特征",方能不掩其光芒:"……从舞台的角度来讲,一切形象都应该表现得色彩鲜明、个性突出、精确恰当。甚至庸俗和平凡的东西也应有各自的特点。"②

但这种浪漫主义的倾向又必须与真实性结合起来。在雨果看来,"自然和真实"永远都是不可或缺的,"诗人只应该从自然和真实以及既自然又真实的灵感中得到指点"③。不过文学艺术毕竟不是"自然"的原样复制,艺术真实不等于生活的原生态:"艺术的真实根本不能如有些人所说的那样,是绝对的真实"④,艺术的目的是"要尽力再现事物的真实,特别是再现风俗和性格的真实",那就要"用富有时代色彩的想象填补他们(编年史家)的漏洞","给这一切都穿上既有诗意而又自然的外衣,赋予它们以真实、活跃而又引起幻想的生命",从而达到"比真正的事物更确凿、更少矛盾"的程度⑤。总之,雨果所理解的艺术创作,就是要既立足于"自然",又在诗意、热情、灵感、想象的参与下,创造比真正的"自然"更加集中、更加鲜明的艺术形象。

在小说创作中,雨果忠实地贯彻了上述理念。在他的小说巨著《巴黎圣母院》(1837年)、《悲惨世界》(1862年)中,虚构出来的艺术形象往往特征极为鲜明(如艾丝美拉达的美丽与单纯、克洛德的道貌岸然与偏执),存

---

① 维克多·雨果:《〈克伦威尔〉序》,转引自伍蠡甫、胡经之主编:《西方文艺理论名著选编》(中卷),北京:北京大学出版社,2013年,第127、129、133、134页。
② 同上书,第137—139页。
③ 同上书,第135页。
④ 同上书,第137页。
⑤ 同上书,第138页。

在明显的美丑对照(如克洛德与阿西莫多的对照、阿西莫多的外表与心灵的对照),呈现出鲜明的画面感、浓重的色彩感、强烈的情感性、显著的倾向性,给人一种色彩极浓烈、形象极突出的印象,形成了独具一格的艺术魅力。

与其他浪漫主义小说家相比,雨果更自觉地运用了"集中""对照"的手法来突显艺术形象的鲜明性,彰显作家个人的主观倾向性。因为,在他看来,现实社会是不尽如人意的,文学如果只是予以镜子般的再现,就不足以明辨是非、分别爱憎。只有在真实再现的基础上更进一步,以美丑对照的方式,更清晰、更透彻地烛照社会本相,文学才能触动人心,文学家才能成为美的宣扬者和丑的鞭挞者。从这个意义上说,雨果对"文学真实"的理解已经从"现象真实"的层面深入了"本质真实"的层面。而他认为,"现象真实"并非真正的真实,"本质真实"才是真正的真实。从他的作品实际来看,为了彰显"本质真实",他实际上对"现象真实"做了主观化的处理,致使作品的现实性低于了读者的预期[①]。但他的虚构观不仅不是现实主义虚构观的对立面,反而是他怀抱更崇高的使命感,更深刻地把握现实、更积极地介入现实的体现,是对之前"摹仿""再现"的小说虚构观的大力发展,也是19世纪现实主义小说虚构理论的重要基础。

19世纪法国浪漫主义文学的杰出代表还有著名的女小说家乔治·桑。乔治·桑的创作分为激情小说、社会小说、田园小说三个阶段。三个系列的代表作分别是《印第安娜》(1832年)、《安吉堡的磨工》(1845年)、《魔沼》(1846年)。乔治·桑作品中的主人公通常都遭遇了巨大的不幸,既有生活的、经济的困顿,也有情感的、婚姻的挫折,这些情节来自作家的社会观察,也确实触及了当时的一些阶级矛盾和社会不公。但作家却更倾向于用道义、用战无不胜的"爱"来解决问题,给人物安排一个理想的归宿、美好的结局。在其一生中,乔治·桑先后受到了卢梭的平等思想、夏多布里昂的感伤情绪、缪赛及肖邦的浪漫情调、勒鲁的空想社会主义等思想和情感的影响,她的心灵始终苦苦追寻着"爱"与"平等"的理想,因此她

---

① 参看赵炎秋:《试论现实主义文学的概然律问题——从路遥〈平凡的世界〉现实性的不足谈起》,《学术研究》,2020年第4期。赵炎秋认为,像《巴黎圣母院》这样的浪漫主义作品之所以不如现实主义作品那么有现实感,并不是违反了可然律与必然律,而是因为叠加了一系列概然率较低的人和事。

在自己的小说里为人物提供了"爱"与"平等"实现的场地。从这个方面看,乔治·桑的小说的确给人一种不是不现实,但还不够现实的印象。

或许因此,伊格尔顿才在《文学原理引论》一书中评论说:"到了浪漫主义时期,文学实际上逐渐成了'想象性的'的同义词。……'想象性的'这个词……好像含有这样的看法:它与表示'真正不真实'的形容词'臆造的'相去不远,但同时又显然是个评价的词,表示'幻想的'或者'虚构的'。"①的确,拿19世纪浪漫主义小说与最经典的19世纪现实主义小说相比较,前者的现实性是要相形见绌的,但这并不意味着前者的想象、虚构就是天马行空的凭空乱造,事实上,前者的艺术虚构倒是一种既从现实出发,又侧重于从主观心灵、情感着手的特殊表现方式。

总之,19世纪浪漫主义小说的艺术虚构并不是非现实或反现实,只是比现实主义小说更加强调对主观情感、主观倾向的表现罢了。就其本质而言,这其实仍然是一种"摹仿"与"再现",也同样遵循着"求真"的原则,只不过更多地忠实于作者内心,更多地"摹仿"与"再现"了作家心灵的真实、主观愿望的真实。事实上,很多浪漫主义小说也的确具有强烈的真实感,原因无它,正因为小说中的"主观情感、主观态度"乃是以作者的现实生活体验为支撑的。唯其如此,19世纪浪漫主义小说才能在18世纪小说关注个体、再现经历、塑造自我的基础上走得更远,成为19世纪广阔而深邃的社会心灵史。

而19世纪浪漫主义小说对作家主体情思的重视、对作家创作心理的探寻、对人物心灵世界的关注、对形象特征的强调、对想象的倚重,不仅丰富了当时的小说虚构观,也为19世纪现实主义小说所吸收和借鉴。

五、"19世纪现实主义小说"虚构观:"再现客观、塑造典型"

19世纪30、40年代,随着资本主义政治经济制度的逐渐稳固和资本主义社会内部矛盾的不断上升,作为对浪漫主义文学的反思,主张"研究现实""不美化现实"的现实主义文学蔚然兴起。在半个多世纪的时间里,现实主义小说成就斐然,不仅成为19世纪西方小说的代表,更成为整个近代西方小说的巅峰。法国的巴尔扎克、英国的狄更斯、俄国的托尔斯泰,是矗立在这一巅峰上的三大巨匠。在他们身边,还站立着司汤达、福

---

① 伊格尔顿:《文学原理引论》,刘峰译,北京:文化艺术出版社,1987年,第22—23页。

楼拜、萨克雷、哈代、契诃夫、陀思妥耶夫斯基等一大批杰出的小说大师。

在19世纪西方现实主义小说中,法国现实主义小说更具有理性和科学的色彩,英国现实主义小说更具有道德和伦理的意味,俄国现实主义小说更具有人道主义的倾向,但在现实主义的创作原则上,西方现实主义小说家们无疑保持了一致,都致力于如实地、客观地、细致地、深刻地反映客观现实。他们确立了艺术真实的至高地位,把艺术真实奉为小说的生命;认为艺术真实来源于现实生活,但又高于现实生活;要求艺术真实既具有客观性,是社会生活的如实反映,必须尽量减少作家主观意志的干扰,又具有本质性,要能体现出现实生活现象背后的深刻复杂的社会关系;他们极其重视细节的作用,认为高度的艺术真实必须通过大量具有真实感的细节来体现。

这就意味着,现实主义小说家们的艺术虚构,首先要立足于对现实的深入观察和准确把握,要严格地以现实世界为参照,要符合现实世界的种种规定性,不要人为地扭曲。虚构出来的艺术真实,要经得起现实逻辑的严格检验,不仅要符合可然律或然律,甚至于还要有较高的概然律。不要为了表现"本质真实"而强行改变"现象真实",而是要写出真实可信的"现象真实",从中见出"本质真实"。总之,要创造出一个完全仿真的艺术世界。这其实是对小说家们的虚构能力提出了极高的要求。为此,司汤达声称要"按生活本来的样子去写","作家的心灵像镜子一样反射着现实"①,乔治·艾略特主张"要把人和事物在脑子里反映出来的形象如实地叙述出来",陀思妥耶夫斯基要求自己"任何时候都绝不能离开对生活的现实的观察",托尔斯泰提倡"按照事物的本来面目去看事物"。这些主张,扭转了19世纪浪漫主义小说虚构观的偏颇,也把西方传统的"摹仿"与"再现"的文艺虚构观推到了客观地、细致地、细节化地、全景式地"再现客观现实世界"的程度。

在一大批现实主义小说家的不懈努力下,19世纪现实主义小说的确比以往所有的现实主义小说都更真实、更立体地展现了社会现实的方方面面。作家们细致地描绘外部世界,无论是乡村还是城市,户外还是室内,景观还是陈设,都描摹得纤毫毕现。他们精心塑造人物,无论是外貌

---

① 转引自贺祥麟主编:《西方现实主义文学》,贵阳:贵州人民出版社,1988年,第203页。本段后三处引文分别转引自该书第247页、第486页、第503页。

还是神态,动作还是语言,心理还是灵魂,都刻画得细致入微。存在于他们作品中的"可能世界",几乎与那个时代的现实世界零距离、零差别。存在于他们作品中的那一个个人物,鲜活得就像是读者身边"熟悉的陌生人"。这就是19世纪现实主义小说家虚构的魔力。他们营造出的强烈的真实感,让人误以为他们不是在虚构,而是在偷窥、摄录、照搬现实。读19世纪的现实主义小说,既像在观赏一幅清晰的巨幅油画,又像在观看一段清楚的生活剪影。

在这个虚构创作过程中,细节的作用被推到了无以复加的地步。诚然,任何优秀的文学作品都不会忽视细节的作用,但在18世纪及以前的小说中,还没有建立起这种"细节崇拜",而正是一连串的细节,使得19世纪小说变得更有"画面感"①。詹姆斯·伍德指出:"19世纪的现实主义,自巴尔扎克以降,制造出极大丰富的细节,对现代读者而言,早已习惯了叙述中必带有一些过量,必有一些内置的冗余,即它裹挟的细节多于必要的数量。换言之,小说给自己造出过量的细节正如生活中充满过量的细节。"②从这个意义上说,19世纪现实主义小说家可谓把握住了现实世界的精髓,那些充分到过量的细节,哪怕并不是直接与情节或人物相关,却也并不多余,反而成了现实世界的标志物,因为它们的存在,更好地营造出了一种真实的效果、现实的氛围。

但19世纪现实主义小说"再现客观"之成功,不仅在于充分的细节,更在于自觉地"塑造典型"。巴尔扎克曾说:"'典型'指的是人物,在这个人物身上包括着所有那些在某种程度上跟他相似的人们的最鲜明的性格特征;典型是类的样本。因此,在这种或那种典型,和他的许许多多同时代人之间,随时随地都可以找出一些共同点。"③小说家在塑造人物形象时,要在同一个类型的若干个现实原型中,"取这个模特儿的手,取另一个模特儿的脚,取这个的胸,取那个的肩"④,塑造出一个最集中、最具有代表性的典型。在这一过程中,被作家所捕捉的那若干个人物或事件的原

---

① 詹姆斯·伍德:《小说机杼》,黄远帆译,郑州:河南大学出版社,2015年,第54—55页。
② 同上书,第58页。
③ 巴尔扎克:《〈夏娃的女儿〉和〈玛西米拉·道尼〉初版序言》,转引自丁子春:《巴尔扎克艺术理论初勘探》,《外国文学研究》,1982年02期。
④ 巴尔扎克:《〈古物陈列室〉、〈钢巴拉〉初版序言》,转引自伍蠡甫、胡经之主编:《西方文艺理论名著选编》(中卷),北京:北京大学出版社,1985年,第102页。

型,并不是直接进入了文学作品中,而是要在作者的心灵熔炉中反复锤炼,与作者的主体意识相融合,成为一个既一般又个别,既典型又独特的心理意象之后,才能被诉诸文字。可见,典型化艺术形象的创造过程,也就是虚构的魔棒在作家的心灵中尽情挥舞的过程。

对于"典型",福楼拜也说过:"必须把自己的人物提高到典型上去。伟大的天才与常人不同的特征即在于:他有综合和创造的能力;他能综合一系列人物的特征而创造某一典型。"① 托尔斯泰也说:"假如直接根据一个什么真人来描写,结果就根本成不了典型,只能得出某个个别的、例外的、没有意思的东西。而我需要做的恰恰是从一个人身上撷取他的主要特点,再加上我所观察过的其他人们的特点。那么这才是典型的东西。"② 所谓的撷取、综合、创造,是作家对现实生活素材进行取舍、重组、新造的过程,其中的每一步都需要作家想象力的积极参与,是一种极其复杂的虚构创造。

尤其是,典型化的过程并非纯理性的创造,还有赖于作者主观情感的参与。为了让虚构的典型从纸上活起来,巴尔扎克强调,还要让其成为"我们发自灵魂深处的感情的一个人格化的人物","我们的愿望的产物","我们的希望的体现",要使之具备"生动丰富的色彩"③,也就是要赋予虚构的人物以充沛的情感、生命。这样才能既确保该形象"高于实在的人物",又确保"所再现的实在人物的真实性"。由此可见,19世纪现实主义小说力图"再现客观",却并不排斥"表现主观",只不过这种"主观表现"是在"再现客观"的前提下进行的,不能对"再现客观"起反作用。在尊重客观规定性的前提下,设身处地地揣摩角色,赋予典型人物形象以强烈的情感性,使得典型人物形象具有更真实的生命力,这正是19世纪现实主义小说艺术虚构成功的一大关键。

其实,一切优秀文学作品都需要表现某种典型性,这已为古今文学实践所证明。但只有到了19世纪,典型化的创作方法才得到了如此精准的总结和如此自觉的推崇。正是通过从个别到一般的典型化过程,现实主

---

① 段宝林编:《西方古典作家谈文艺创作》,沈阳:春风文艺出版社,1980年,第397页。
② 同上书,第531页。
③ 巴尔扎克:《〈古物陈列室〉、〈钢巴拉〉初版序言》,转引自伍蠡甫、胡经之主编:《西方文艺理论名著选编》(中卷),北京:北京大学出版社,2013年,第104页。

义小说家们不仅塑造了一个个典型的人物形象本身,同时也不由自主地写出了人物命运的必然走向,也就是,写出了社会环境对人物性格、命运的决定作用,写出了社会历史发展的必然规律。正是基于现实主义小说家们这样的创作实践,恩格斯在《致玛·哈克奈斯》中精辟地指出了19世纪现实主义小说的两大基本特征:"现实主义除了细节的真实性外,还要真实地再现典型环境中的典型人物。"①

在"再现客观"和"塑造典型"的虚构观的共同作用下,19世纪现实主义小说不仅展现了极为广阔的、复杂的社会生活图景和人类心灵轨迹,而且深刻地凸显了隐藏在这一切背后的"生活真实"与"本质真实",或曰,资本主义社会的本质规律。正如巴尔扎克在《〈幻灭〉序言》中所说的:"描写各个时期的服装、家具、屋子、室内景象、私人生活,同时刻画出时代精神,而不必吃力不讨好,讲一些尽人皆知的事实。"或者像他在《〈人间喜剧〉前言》所说的:"只限于严格摹写现实,一个作家可以成为多少忠实的、多少成功的、耐心的或勇敢的描绘人类典型的画家、讲述私生活戏剧的人、社会动产的考古学家、职业名册的编纂者、善与恶的登记员;可是,为了博得凡是艺术家都渴望得到的赞扬,不应该进一步研究产生这些社会现象的这种原因或那种原因,寻出隐藏在无数人物、情欲和事件总汇底下的意义么?"②

也就是说,相对于普通的、表浅的事实,"时代精神""主题"这种更深刻的内容才是19世纪现实主义小说最终想要摄取的对象。正是因此,巴尔扎克们的文学虚构才既告别了浪漫主义作家那样的主观想象,也拒绝了自然主义者那种仅仅停留在生活表层的机械摹写,而力争"如实地反映生活","写出真实的生活",矢志成为社会现象背后的深层次原因的发现者、披露者。即如《红与黑》中小资产阶级青年的野心,《欧也妮·葛朗台》中暴发户的吝啬,《高老头》中小商人的落魄,《大卫·科波菲尔》中孤儿的艰辛,《艰难时世》中工人的悲惨,《卡斯特桥市长》中农民的破落,《死魂灵》中文官的投机,《卡拉马佐夫兄弟》中地主的罪恶,《安娜·卡列尼娜》

---

① 马克思、恩格斯:《马克思恩格斯选集》(第4卷),中共中央编译局编译,北京:人民出版社,1972年,第462页。
② 巴尔扎克:《〈人间喜剧〉前言》,转引自伍蠡甫、胡经之主编:《西方文艺理论名著选编》(中卷),北京:北京大学出版社,2013年,第111—112页。

中贵族的虚伪，无不栩栩如生，但是透过这些逼真的形象，作家的艺术虚构更想表现的是这些形象背后的社会制度的、经济关系的、人性的真实。正是对真实的社会矛盾的勇敢揭露和对真实人性的深刻探察，使19世纪现实主义小说家的艺术虚构有了震撼人心、干预社会的力量。

总之，19世纪现实主义小说的虚构观十分丰富、成熟，"再现客观、塑造典型"之语也许并不足以囊括其全部，仅是突出其要点罢了。秉持这样的创作信念，巴尔扎克、狄更斯、托尔斯泰等一流小说家用现实主义精神烛照浊世，深入了解社会的方方面面，观察各个阶层的芸芸众生，用更犀利的目光、敏锐的洞察力去穿透表象，发现真实，对自己所掌握的大量原始素材进行分析和综合，达到典型化的效果，最终又通过精心的情节安排、丰富的细节描写，精雕细刻、细针密缕，将这一切真实而精彩地转化为虚构的文学形象，这才在西方文学史上留下了19世纪现实主义小说浓墨重彩的篇章。

综上，在本节中，我们沿着古代传奇、14—17世纪人文主义小说、18世纪启蒙主义小说、19世纪浪漫主义小说、19世纪现实主义小说的发展脉络，梳理了西方传统小说最具有代表性的五种虚构观，将之分别表述为"奇思幻想""摹仿自然""再现私人历史""表现主观""再现客观、塑造典型"。

这五种小说虚构观中，从"奇思幻想"到"摹仿自然"是一次重要的飞跃，对应着西方小说从中古到近代的转变。其后的四种虚构观则似异而实同，均含有一个极为稳定的内核，那就是西方文艺理论中备受推崇的"摹仿"与"再现"。"摹仿"与"再现"，是西方近代小说具有强烈的现实关怀的根源所在，也是西方近代小说虚构观几经发展依然不变的核心。至于"摹仿"与"再现"的具体对象，从14—17世纪的"自然"，到18世纪的"私人历史"、到19世纪的"主观""客观""典型"，无非是一个与时俱进，不断充实、细化、深化的过程罢了。

西方近代小说在上述不同的时代，尽管"摹仿"与"再现"的含义有所变迁，但其理性主义与认识论的精神实质却不曾变化，都要求小说家在充分认识现实对象的基础上，以"真"为标准进行虚构创造。可以说，在古代传奇之后，西方6个世纪的近代小说，其虚构观大体上就是以"真"为旨归的。西方近代小说虚构观的发展历程，也就是对"真"的追求一步步趋于极致的过程。——当然,这并不是说中国小说虚构观就只重"奇"而不重"真",或者西方小说虚构观就只重"真"而不重"奇",只不过,双方对"真""奇"二字的确各有侧重。

第三节 中西小说虚构观的差异及其原因

在上两节中,我们从小说题材类型与虚构观念的关系角度,概览了20世纪以前中西小说虚构观各自的历史变迁,这是一种纵的梳理。接下来我们还将进行横的比较,基于中西古代小说虚构观的具体内容,归纳二者的若干差异,并分析导致这些差异的各方面原因。

一、中西小说虚构观的差异

通过前两节的梳理,可以发现,中西传统小说虚构观在发展脉络、内容体系、审美追求、后续影响等方面存在较为显著的差异。

(一)发展脉络面貌不同

中国古代小说虚构观的发展脉络是:在两汉、魏晋时期发展出"采录异闻";至唐代发展出"设幻好奇";至宋代发展出"据史演义";至元、明发展出"因文生事";至明、清发展出"据实虚构"。五条支线陆续出现,渐次共存。

西方古代小说虚构观的发展脉络是:在古希腊罗马时期至中世纪发展出第一条支线"奇思幻想";文艺复兴以后发展出第二条支线"摹仿自然",这条支线至18世纪发展为"再现私人历史",至19世纪更进一步发展为"表现主观"与"再现客观、塑造典型"。总体来看,两条支线先后出现,第二条主线不断深化。

在中西小说虚构观的发展脉络中,都有一个至关重要的转折点,那就是伴随着资本主义因素的萌芽,小说虚构观从中古到近古的转变。这种转变,在中国是发生在明代中后期,在西方则是发生在文艺复兴时期,二者时间大致相当。

以这个转折点为界,比较中西小说的发展脉络,可以发现:中国古代小说虚构观的发展在中古时期明显领先于西方,明末清初时期尚能与西方持平,近古时期则陷于停滞;西方古代小说虚构观的发展在中古时期明显滞后于中国,文艺复兴时期与中国大致持平,近代时期则大幅度领先于中国。

在14世纪之前,漫长的一千多年中,中西小说虚构观虽然都还远未成熟,但西方小说虚构观的发展是远远滞后于中国小说虚构观的发展的,中国小说虚构观呈遥遥领先之势。无论是最初的"采录异闻",还是后来的"设幻好奇""据史演义""因文生事",都比西方的"奇思幻想"来得更丰富,更精细。

在14—17世纪,中国明末清初时期,世情小说的"情理说"与西方文艺复兴时期人文主义小说的"摹仿自然"大致相当。

在18—19世纪,中西小说虚构观虽然都出现了巨大的进步,但中国小说虚构观的发展却显著地落后于西方小说虚构观的发展。清中叶,当中国世情小说在"情理说"和"亲历说"黯然止步时,西方18世纪小说已经在启蒙主义的加持下,从"摹仿自然"快速地跃进到了"塑造自我""再现私人历史"的阶段。而其后的19世纪,当中国小说虚构观的发展趋于停滞时,西方小说虚构观的发展更呈现加速发展、井喷式发展的态势,小说家"摹仿"与"再现"的不再是较为笼统的"自然""个人经验""人性",而是更为深入的"主观情感、倾向",以及更为丰富庞杂的"客观现实社会"和"典型环境下的典型人物"。18—19世纪西方小说虚构观创获之丰,已大大超越同时期的中国小说虚构观,代表了当时世界小说虚构艺术的最高水平。

(二)内容体系局面不同

就内容体系而言,中国古代小说虚构观的五条支线采录异闻、设幻好奇、据史演义、因文生事、据实虚构,有如次第开放的五朵奇花,汇成一园,诸芳并艳,各尽其妍,相映成趣。但实际上,这五种小说虚构观因其本身质素的不同,还应进一步归入两个系统:前四种为第一个系统——中古系统,最后一种则单独成为第二个系统——近古系统。

这是因为,逸闻小说、神怪小说、历史小说、英雄小说这四类较早产生的小说,其采录异闻、设幻好奇、据史演义、因文生事的小说虚构观的共同特点是重视故事情节胜于重视人物性格,鲜有对个体生存状况的关怀和对人物内心世界的探寻,并且也还没有完全摒弃非现实的因素,因而中古气息浓厚;而在明代中后期,随着商品经济的进一步发展和资本主义因素的逐渐萌芽,封建的制度思想受到冲击,个人意识出现觉醒的迹象,关注现实社会人情世态、描写普通民众悲欢离合的世情小说应运而生,才带来一股近代气息。但是,随着明王朝的覆灭和清初年以后封建统治的重新加强,这股近代气息受到压制,而中古气息则强势回流,致使中国的世情小说不仅没有像西方 18 世纪小说那样向着人性、自我等主题继续开掘,反而纷纷趋附于神怪、历史、英雄小说。大量仿红之作以及《绿野仙踪》《蜃楼志》等品类杂糅的作品,就是例证。直到清末,随着封建制度的瓦解,这股近代气息才在世情小说之末流——狭邪小说的某些作品上,有了微弱的回归。

因此,在中国古代小说虚构观中,中古系统的小说虚构观发展得较为充分,在漫长的时间里发展出了各具特色的多种类型,代表作品繁多;而近古系统的小说虚构观虽然也产生了杰出的代表作,但受种种客观因素的影响,其高光时刻十分短暂,还没有来得及充分发展。这样一来,中国古代小说虚构观的内容体系就呈现出中古系统发达而近古系统发育不足的总体局面。

而西方古典小说虚构观其实也包含了两个部分,一是早期的中古系统——"奇思幻想",二是后期的近古系统——从文艺复兴小说的"摹仿自然",到 18 世纪启蒙主义小说的"再现私人历史",再到 19 世纪浪漫主义小说的"表现主观"和 19 世纪现实主义小说的"再现客观、塑造典型"。前一个系统之于后一个系统,恰似一朵纤弱小花之于一棵茂盛大树。可见西方古代小说虚构观的内容体系呈现与中国相反的局面,是中古系统较为薄弱而近古系统极致发达。

(三)审美趣味侧重不同

小说作为一种虚构的叙事文体,天然地追求新奇愉悦的审美趣味。但任何一种虚构的艺术形式都内在地具有一定的真实性,小说也不能例外。因此,中西小说虚构观都一致地既求"奇",也求"真"。但在这两种审美趣味中,中国小说虚构观更多地侧重于"奇",而西方小说虚构观更多地侧重于"真"。

在中国古代小说的发展历程中,对"奇"的追求长期占据主导。逸闻小说津津乐道于搜奇,历史小说和英雄小说沉迷于追奇,神魔小说致力于造奇。慕奇,是中古小说的典型特征。对"真"的思考真正开始抬头,则是明代中后期的事。当时,围绕着《三国》《水浒》《西游》这几部历史、英雄、神魔小说的典范作品与其拙劣仿效者在艺术水准上的巨大差异,批评家们纷纷指出，对"奇"的过度追求，会有损于"真"这一立足之基，从而使作品落入下乘。但这种对"真"的可贵探讨，却始终处在"奇"之美学追求的裹挟中，没有得到充分的展开。换言之，当时的小说家、评点家虽然意识到了"真"的重要，却难以摆脱"奇"的影响，只是竭力在"真"与"奇"之间进行调和。这样做的结果是，"真"的美学追求没有取得压倒性的优势。因此，当摹写现实生活的世情小说兴起之后，其绝大部分作品，如拟话本小说，才子佳人小说，仍然满纸奇遇、巧合，"极摹人情世态之歧，备写悲欢离合之致"，追求"钦异拔新，恫心戒目"的阅读效果①。而在清代中后期的那些世情小说中，若干续红、仿红之作明显趋附神魔小说，《绿野仙踪》《蜃楼志》等作品亦不无英雄传奇小说的痕迹。即使是《金瓶梅》《红楼梦》这样典范的世情巨作中，慕奇的风尚也有所遗存，如《金瓶梅》写西门庆的发迹史、猎艳史，大有耸人听闻之意；《红楼梦》中，宝、黛凤有前缘，宝玉衔玉而诞，黛玉还泪而逝之类的情节设定，亦不能不令人啧啧称奇。总之，中国古典小说与"奇"的审美追求渊源极深，将"奇书"二字作为对中国小说杰作的最高评价，也实在是恰如其分。

西方小说当然也追求新奇有趣的艺术效果，但西方近代小说却以对"真"的严格要求而著称于世。西方古代小说也是从文艺复兴时期，对"真"的追求才开始趋于自觉，但由于古代传奇"奇思幻想"的小说虚构观没有发达到中国中古小说虚构观这样的地步，又由于古希腊文艺思想的影响和近代以来理性主义、科学主义的席卷，西方近代小说十分顺利地确立了"真"的美学追求。从塞万提斯的"摹仿妙肖"，到笛福的"忠实记录"，从雨果的"再现风俗和性格的真实"，到巴尔扎克的"确保所再现的实在人物的真实性"，西方小说家无不把"虚构得真"作为检验文学虚构艺术的最高标准。西方近代小说家对于虚构与真实的关系的探讨，一代比一代更臻于深细，形成了一种普遍的求真氛围、牢固的求真传统。求"真"的美学追求在中西小说中截然不同的两种命运，造成了中西小说虚构观在审美趣味上的不同侧重。

（四）后续发展任务不同

中西古代小说虚构观的差异不仅在于其自身，还在于其对后世小说

---

① 笑花主人：《今古奇观序》，转引自黄霖、韩同文编著：《中国历代小说论著选》（上），南昌：江西人民出版社，1985年，第263页。

虚构观的影响。

中国古代小说虚构观中,近古系统以"情理观"与"亲历观"为代表,鲜有其他的理论建树,于是中国古代小说虚构观近代化的重任,就历史地落到了20世纪前期。在晚清"小说界革命"主将梁启超的《论小说与群治之关系》中,出现了对"理想派小说"与"写实派小说"的明确区分①,而梁启超本人的政治小说《新中国未来记》,显然是一种"理想派"的或曰浪漫主义的启蒙文学。至于李宝嘉的《官场现形记》、吴沃尧的《二十年目睹之怪现状》、刘鹗的《老残游记》以及曾朴的《孽海花》等晚清"谴责小说","揭发伏藏,显其弊恶,而于时政,严加纠弹,或更扩充,并及风俗",则是一种"写实派"的文学,只不过"辞气浮露,笔无藏锋,甚且过甚其辞,以合时人嗜好"②,在客观性方面存在不足。五四时期,鲁迅、冰心、郁达夫、叶圣陶等人的小说,是一次更深刻的启蒙运动的一部分,它们批判封建专制文化,表达对个性解放与个人自由幸福的追求,和对社会底层生活的关注与同情,其"在文学上促生的新意义,是自我的发见"③。这种"人的文学"关注普通人的生存状况,对人的被压抑、被扭曲的精神世界进行了深入的开掘,对人性中挣扎的"情"与"欲"给予了极大的关注。其艺术手法是对西方18世纪至20世纪初期多种小说的复杂借鉴,既有现实主义的清醒,也有浪漫主义的感伤、现代主义的迷惘。进入20世纪30年代,茅盾等左翼小说家、老舍等京派小说家、施蛰存等海派小说家创作的长篇小说作品,描绘半殖民地下中国社会的状况,关注各个阶层人物命运与社会的关联,其反映社会的方式,接近了19世纪西方现实主义小说的程度。由此可见,20世纪早期,中国小说虚构观的发展主要在于补齐短板,在短短的几十年时间里,吸收转化了西方小说18世纪至20世纪初期的创作经验和理论成果。

而在西方,19世纪后期,由于在描写人物心理活动时也严格遵循"真实"的原则,陀思妥耶夫斯基、托尔斯泰等伟大的现实主义小说家写出了偶然的、跳跃的、不规则的、不连贯的人物心理,使心理描写的真实性达到

---

① 梁启超:《论小说与群治之关系》,转引自陈平原、夏晓虹编:《二十世纪中国小说理论资料》(第1卷 1897—1916),北京:北京大学出版社,1989年,第33页。
② 鲁迅:《中国小说史略》,长沙:湖南大学出版社,2014年,第202页。
③ 郁达夫:《五四文学运动之历史的意义》,转引自吴秀明主编:《郁达夫全集》(第11卷文论下),杭州:浙江大学出版社,2007年,第82页。

了全新的高度。这种成就促使人们对传统的心理描写进行反思,认识到那种井然有序、有迹可循的心理描写是不符合人类心理的真实情况的。于是,对于人类心理活动的认识的深化,以及资本主义社会矛盾加剧期所带来的非理性主义的影响,将20世纪的西方小说引向了现代主义的方向。小说家们更看重的不是外部世界的真实,而是人物极其复杂、变化多端、从意识层面到无意识层面的心理真实。他们开始尝试突破传统小说的时间结构和空间结构,淡化作者,甚至淡化故事情节,以呈现人类意识活动的本来状况。这种对于"人的生存真实"的深切关注,使得20世纪的西方现代主义小说取得了不亚于19世纪现实主义小说的成就。

综上可知,中西古代小说虚构观的不同发展历史,给各自以后的小说带去了不同的发展任务。

二、中西小说虚构观差异的原因

中西传统小说虚构观存在上述种种差异,其中有诸多原因。

(一) 社会制度原因

马克思主义政治经济学指出,生产力决定生产关系,意识形态决定上层建筑。影响小说虚构观的第一个因素,就是社会制度的变革。正是由于西方14世纪产生了资本主义的萌芽,人与社会的关系出现了新的调整,文学为了适应经济社会快速发展的需要,积极反映新的社会现实,反映新的"人",西方小说的面貌才会焕然一新。在人文主义时代和启蒙主义时代,小说要为抨击旧制度、传播新思想而发声,在资产阶级革命时代,小说要为资产阶级登上历史舞台而鼓噪,在资产阶级和资本主义制度暴露种种问题的时候,小说要为社会制度的自我调整而疾呼。小说家以如椽之笔承担重大的历史使命,自然不能沉湎于昔日的骑士传奇,也不能满载无稽无聊的幻想,而必须以积极介入的态度,产生其应有的社会影响力,为资本主义社会的建立和发展提供助力。

而当西方社会处于资产阶级社会上升期时,中国仍然处于封建社会的末世。持续了两千多年的封建社会生产关系和政治、文化制度越来越多地暴露出落后性、腐朽性,却还远未瓦解。资本主义的萌芽虽然一度出现,但很快又被重新加强的封建制度所遏制。人们依然延续着古已有之的生产方式、生活方式、思想观念。而小说及小说理论作为现实生活的反映,在这样的现实条件中,虽然有所突破,却难以产生颠覆性的变革。一些具有远见卓识的小说家和评点家虽然在小说理论特别是小说虚构方面提出了难能可贵的创见，却也只能是在传统小说理论内部做出微调，而不可能超越当时的社会条件，提出与还未产生的新的社会关系相匹配的新理论。反之，当封闭、落后的中国封建社会在列强侵略下，演变为半殖民地半封建社会，原有的社会制度、社会关系受到动摇时，小说理论就成了最早进行自我调整的领域之一。晚清的"小说界革命"、"五四"新文化运动时期的小说理论，便是如此。

（二）思想文化原因

在古代中国，儒家思想占据主导，史学是第一等的显学，重视等级秩序、代表封建正统的正史叙事在所有叙事中居于核心地位。经由先秦孔子、汉代司马迁、班固等人的努力，正史叙事很早便确立了"实录"的叙事原则。而先秦两汉时期的史传，又是中国文学叙事的主要源头。这一文史不分的特殊渊源，使得中国小说虚构观从一开始就深受史家"实录"原则的影响。因此，最先产生的小说是逸闻小说，最先产生的小说虚构观是"采录异闻"。而这种小说虚构观之所以能从魏晋时期一直存续到明清时期，正是因为其与"实录"原则渊源深厚。而在"采录异闻"之后，其他几种小说虚构观的发展也一直处在史家"实录"原则的压制之下，每一种小说虚构观从萌生到独立都经过了漫长的探索。例如，唐传奇"幻设好奇"的虚构观，历史演义小说"据史演义"的虚构观，宋元英雄传奇小说"因文生事"的虚构观，都是早有创作在先，但却在数百年后的明代中后期才完成理论提炼。并且，受史学叙事的影响，上述每一种类型的小说，都往往借助各种"拟史化"手段，营造一种所谓的"历史真实感"的外衣。比如，从小说标题上看，即便是到了明清时期，那些带有浓厚虚构意味的文学叙事作品，也仍然如历史叙事作品那样，多以"传""记""志""录"为名，彰显出一种浓郁的历史化色彩，如《水浒传》《西游记》《石头记》等。而从叙事技巧上看，小说的作者往往自觉地取法于历史叙事，而读者（包括评点家）也往往倾向于用历史叙事作品的成就来衡量文学叙事作品的成就。这种种影响汇成了中国古典小说的独特风味，也使得中国小说的虚构之路变得异常曲折。

儒家文化及其所崇尚的文学教化观、史学实录原则、封建秩序观、伦理道德观等，成为桎梏中国小说虚构观发展的思想文化因素，这一情形在明清时期体现得尤其明显。明代中后期，随着商品经济的发展和资本主义因素的萌芽,儒家文化的统治地位受到了一定的冲击,提倡"性灵"、要求个性解放的文化思潮逐渐酝酿,小说开始关注现实人生,小说中的世情因素得到重视,小说理论中越来越多地出现了对于"真"的探讨,最终发展出了"情理说"和"亲历说"这一具有近代气息的小说虚构观。但随着明清易代,儒家思想文化的统治地位重新得以加强,世情小说的生机很快就衰弱下去,《红楼梦》这样的作品也只是昙花一现,更多的小说重新沦为封建道德的传声筒。

反观西方社会,在漫长的中世纪,封建神学是社会上的主导思想。神学对西方人思想有所禁锢,因此,这一阶段的西方小说发展极为缓慢,没有出现中国同时期那样瑰丽多姿的小说作品和小说虚构技艺。但随着资本主义社会取代封建主义社会,人文精神开始成为西方人共同的追求。人文精神倡导人的解放,提倡个性、自由,而科学、民主、法制等思想,经过文艺复兴和启蒙运动两大思想文化运动的大力提倡和资产阶级革命运动的风雨洗礼,在西方深入人心。这就造成了近古西方社会与中国社会迥然不同的思想文化背景,也使得西方近代小说虚构观较之同时期的中国小说虚构观更为积极自由。

不仅如此,西方的文化背景中还有古希腊哲学的影响。哲学,或曰智慧之学,是所有学科之母。古希腊人和古罗马人对哲学的热情推崇,形成了一种寻求真实、探索真理的浓厚氛围。西方人的理性精神和科学思维,正是由哲学造就。古希腊的这种哲思,历经中世纪的黑暗时代,经过了文艺复兴时期的重新找寻和大力提倡,成为新兴的人文精神的一部分,在资产阶级革命时代,又与科学、法制、民主等方面的思想内涵一起,在西方文学实践和文学理论中打上了深刻的烙印。在这一思想背景下,对"摹仿自然"的推崇,也就成为西方小说虚构观一以贯之的主旋律。而在理性精神和认识论哲学的驱使下,西方小说对"自然"的探究层层深入,一步一步地抵达了人类心灵、情感、心理、意识与潜意识的深度,为西方小说虚构观的发展提供了最直接的支撑。

(三)文学自身原因

在文学的发展过程中,小说并非最早产生的类型。中西小说的发展都受到各自文学传统的影响,而中西文学传统则存在显著的差异。

从文学发展演变的进程看,中国是诗歌和散文(史传、诸子散文)发展得早,西方则是史诗和戏剧发展得早。古希腊的史诗、戏剧明显比中国先秦时期的诗歌、诸子散文更具有叙事性，也比先秦历史散文更具有想象性。古希腊的史诗、戏剧，角色多为"神"或半人半神的英雄，人物及故事的虚构性非常明显；并且，为了塑造性格鲜明的人物，常常不厌其烦地进行描写，以强化其某些形象特征或性格特征。西方社会自文艺复兴以后，无论是诗歌、戏剧、还是小说，都从古希腊史诗、戏剧中得到了滋养。而近代诗歌、戏剧方面的辉煌，如但丁、歌德的诗歌，莎士比亚、歌德、席勒、莫里哀、雨果、果戈理的戏剧，又进一步滋养了小说。

在中国文学传统中，先秦诗歌抒发由生活际遇引起的真情实感，诸子散文表达对于社会人生的看法，一般不构造完整、曲折、复杂的故事情节，也不塑造鲜明、具体的人物形象；历史散文记录重要的历史事件，崇尚信实和简要，很少有怪力乱神的因素，也不对人物的外在形象和语言进行繁复的描写。这一主要以文言形式体现的文学传统，使得早期的小说，如逸闻小说、唐传奇等，都呈现言约事简、比附史传的特征。唐以后，随着市民阶层的兴起，以及宗教传播活动下变文、俗讲等讲唱文学的发展，为中国文学带来了另一个重要的传统——白话文学传统。这一文学传统具有显著的民间性、通俗性、现场性，自宋元至明清，演化出了说话、院本、杂剧、南曲等等丰富多样的叙事形式，对演史小说、英雄小说、神魔小说、世情小说这几类白话小说的虚构艺术产生了重要影响，增强了小说的情节化、伦理化倾向和"慕奇"冲动。

但总体而言，秦代以后，晚清以前，两千多年的封建制度下，中国文学传统重诗文（文言）、轻戏剧小说（白话）的倾向始终未能扭转。对民间叙事形式和白话叙事文学的理论总结严重地滞后于对文言诗文的理论总结。到明清时期，虽然出现了一些小说叙事理论，但却是以笔记、评点、序、跋的形式零散地存在，少有系统性的叙事理论著作。可见，小说理论的不发达，也是中国小说虚构观发展滞后的原因之一。

而西方早在古希腊时期，就有了亚里士多德的《诗学》这样专门的、系统的文艺理论著作。这不仅是西方第一部叙事文学理论专著，也是世界第一部叙事文学理论专著。《诗学》中，在总结古希腊史诗、戏剧成就的基础上，亚里士多德既肯定了艺术虚构的重要性，又提出了"把行动摹仿得真"这一创作原则，对西方叙事文学的发展和虚构观的发展做出了重要指导。由此可见，中西小说身处各自不同的文学传统，其虚构观不可能走完全一样的发展道路。

（四）地理环境原因

对中西小说虚构观差异原因的追问，还可进一步追溯到中西地理环境的差异。

华夏民族降生于东方大陆，这里得天独厚的地理条件，养育了中华儿女，孕育了中华文化。在这块土地肥沃、四季分明的温带大陆上，中国人聚族而居、精耕细作，形成了自给自足、安土重迁的农耕文明。这种文化重视血缘的纽带、经验的传承，封建制、宗法制的小农经济长期存续，商品经济的发展相对缓慢。

由于生活环境的相对固定、封闭，中国古人对奇闻异事一般都有着极为浓烈的兴趣，反映在小说虚构观上就是"征奇述异"成为中国古代小说虚构的主要基调。逸闻小说中的奇闻异事、历史小说中的帝王功业、英雄小说中的好汉事迹、神怪小说中的神力妖术、世情小说中的儿女情长，构成了中国古代小说津津乐道的内容。同样，由于农耕文明中社会组织以家庭、家族为单位，个人被牢牢地束缚在家庭、家族中，在长篇世情小说中，主人公的家庭生活，以及包含主人公个人经历在内的家族兴衰史，往往成为小说虚构的主线。

而西方文化的源头——古希腊文化，诞生于地中海区域。那里濒海多山，土地贫瘠，农业生产的条件并不优良，而与之相隔的陆地却又并不遥远，为求生存资源，古代的人们出海远航，形成了一种集贸易、掠夺、殖民于一体的生存方式。并且，这里地处欧、亚、非三个大陆的交会地带，曾经是多个民族多次争战的战场，这就为多种古代文明的碰撞、交融提供了契机。古希腊文化的前身——起源于克里特岛上的米诺斯文明，就融汇了来自西亚的两河文明和来自北非的古埃及文明。在这种更具开放性的地理环境下最终形成的西方文明，就是一种由原始狩猎文化、游牧文化、商品文化、农耕文化杂交而成的海洋文明。

这种海洋文明有巨大的商业活动和远行、远航活动的需要，因此西方人的理性精神、科学精神、求真意识更为突出。这一思想倾向，在古希腊文艺中早已经有所体现。近代以来，当意大利、西班牙、英国等国为了扩大贸易、拓展生存空间而相继开启"大航海时代"，这种倾向就更加得以强化。反映在小说虚构观上，首先是，古希腊文艺中的"摹仿自然说"自文艺复兴以来一直被奉为圭臬，小说不断增强其"求真"的品格。小说家极力摹写现实，读者们也往往希望读到同时代人的真实的生存经历，来满足自己对未知世界的探索欲,甚至是对自己的现实生活提供参考,这正是从17世纪的流浪汉小说,到18世纪的《鲁滨孙漂流记》《帕梅拉》,到19世纪的《人间喜剧》《战争与和平》,都大受读者推崇的原因。其次是,曲折的漫游经历成为西方小说惯常的主题及结构方式。从古希腊小说中的冒险传奇,到中世纪的英雄史诗、骑士传奇,到近代的流浪汉小说或各种以主人公生存经历为主线的小说、个人游历式小说在西方小说中一直占比极重,与中国古代小说多人多事的叙写方式迥然不同。

通过上述比较研究,我们发现,中国古代小说虚构观确有其独到之处,但在17—19世纪,其发展较之西方,也确实存在一定的差距。往者不可谏,来者犹可追,时代在进步,小说及小说虚构艺术的发展也永远在路上。在深刻把握中西文学叙事思想不同传统的基础上,新时代的中国小说亦将继续立足中国现实,创新艺术表现方式,讲好中国故事。

第三章
中西历史叙事思想比较

"历史"一词包括历史实体与历史叙述双重内涵。历史实体是时间之流中无头绪、无结构的一片混沌,它是"巨大的无意义事实、事态与事件的堆积"①,历史叙述则是关于庞大混杂的历史实体的符号再现。刘家和先生指出,历史叙述旨在"探究历史过程的所以然或道理",海登·怀特认为:"对'发生的事情'所做的纯粹字面的记述只能用来写作一部年代纪或编年史,而不是'历史'。"②所以,历史的叙述性"再现"不是对"一度在场或出现(present)而如今已然缺席或不再(absent)的东西的复现(re-present)",而是通过赋予历史实体以秩序和意义而"与历史解释联系在一起"。荷兰学者利斯贝特·科塔尔斯·阿尔泰斯指出:叙事作品中历史文化传统的存在,有助于识别不同叙事作品的"结构、技法、文类和意蕴"。③ 从这个角度来看,中西历史文本"结构、技法、文类、意蕴"的差异可被视为中西不同文化语境下的"历史解释"。奠基于希腊罗马的西方历史学领域总的思想是一种形而上学,正如刘家和先生所指出的:"在古代希腊,是逻辑理性而不是历史理性得到了相当充分的发展"。④ 正因为如

---

① Frank Ankersmit. *Narrative Logic*: *A Semantic Analysis of the Historian's Language*. Den Haag: Nijhoff. 1983, p. 27.
② 海登·怀特:《元史学:19世纪欧洲的历史想象》,陈新译,南京:译林出版社,2013年,第8页。
③ 利斯贝特·科塔尔斯·阿尔泰斯:《文学作品、价值与阐释框架:叙事学面临的挑战》,袁渊译,《中国文学研究》2018年第2期,第13页。
④ 刘家和:《论历史理性在古代中国的发生》,《史学理论研究》2003年第2期,第30页。

此,柯林武德认为希腊罗马史学的思想方法是实质主义的,它建立在一种形而上学的体系的基础之上,"它蕴含着一种知识论,即只有不变的东西才是可知的",①因而对于古希腊罗马而言,"历史学是关于人类活动的一门科学;历史学家摆在自己面前的是人类在过去所做过的事,而这些都属于一个变化着的世界,在这个世界之中事物不断地出现和消灭。这类事情,按照通行的希腊形而上学观点,应该是不能认识的,所以历史学就应该是不可能的"。②"他们(指希腊人)完全肯定,能够成为真正的知识的对象的任何事物都必须是永恒的:因为它必须具有它自己某些确切的特征,因此它本身之内就不能包含有使它自己消灭的种子。如果它是可以认识的,它就必须是确定的;而如果它是确定的,它就必须如此之完全而截然地是它自己,以至没有任何内部的变化或外部的势力能够使得它变成另外的某种东西。"③希腊人看到了世界万物在变,于是在逻辑理性的驱动下转而追求其背后的不变的实质,经过抽象而获得的这种实质本身就是抽象的"一",就是在其内部不能有对立方面的"一"。作为一种确定的、无变化的、永恒的"知识",实质主义观念下形成的西方历史叙事模式不是从历史的多样性本身去寻找历史的内在联系和历史发展的真谛,而只是用复杂的历史现象来证明某种哲学的或政治的或宗教的论题,使得西方历史叙事无法揭示出历史的理性,而只能是理性的历史。与西方实质主义思想方法下建构的历史叙事模式不同,中国古代思想家认为,真理不能在永恒不变中去寻求,而只能从变动不居中去把握。《易·系辞上》:"一阴一阳之谓道",《周易折中》案"一阴一阳"云:"一阴一阳,兼对立与迭运二义。对立者,天地日月之类是也,即前章所谓刚柔也;迭运者,寒来暑往之类也,即前章所谓变化也。"可见由"一阴一阳"构成的"道"或本质,是既相互对立又相互迭运的"变易";但中国古代思想讲"变易"的同时又讲"不易",这种"变易"与"不易"并行不悖的"通变观"折射到史学思想上,是形成了将古今之事联系起来,考察它们兴衰递嬗之间的"变中之常"与"常中之变"的叙述模式。这样,一部中国历史既展示了一种从"时""势""权"

---

① 柯林武德:《历史的观念》,何兆武、张文杰译,北京:中国社会科学出版社,1986年,第22—24页。
② 同上书。
③ 同上书。

等角度来观照历史发展并历史主义地把握它的动态视角,同时又因为其间一以贯之的"道"或"理",历史不再是无常的命运,而被阐释为实现"道"或"理"的必然历程,这就充分显示了中国传统历史叙事的辩证法。中西"理性的历史"与"历史的辩证法"呈现为迥然有异的叙事模式,本章即意在解读中西历史叙事的具体"表现"、话语策略及文化思想的实质。

第一节 线性与"缀段性":中西历史叙事结构思想比较

荷兰史学理论家安克斯密特指出,历史文本在提供"对于过去的叙事性解释"时,首要的是赋予历史实体以叙事结构。[①] 罗兰·巴特也认为,任何叙事作品都必须"具有一个可资分析的结构,不管陈述这种结构需要多大的耐心。因为最复杂的胡乱堆砌和最简单的组合是不可相提并论的。如果不依据一整套潜在的单位和规则,谁也不能组织成一部叙事作品"[②]。叙事结构是叙述者在人类经验的大流上所套上的一个"外形",但这个"外形"不是任意的,"在某一段特定的叙事文的第一句话和最后一句话之间,存在着一种内在的形式规则和美学特征,也就是它的特定的'外形'"[③]。杨义认为叙事结构是"沟通写作行为和目标之间的模样和体制",是"极有哲学意味的构成"。"历史话语中所呈现出的事实之存在及存在的方式是为了对该陈述有意支持的那种阐释给予肯定"[④],作为历史叙述文本中"最大的隐义之所在",中西历史叙事通过赋予历史实体以不同的结构模式或意义秩序,建构了历史学家关于历史陈述的一种"政治",深刻地折射出中西文化的差异。

一、线性结构与"缀段性"结构的意义编码

西方历史叙事结构可以简单概括为时序为表、因果为里的线性模式,

---

① Frank Ankersmit, *Historical Representation*, Stanford: Stanford University Press, 2002, p.45.
② 转引自伍蠡甫等编:《西方文艺理论名著选编》(下),北京:北京大学出版社,1987年,第474页。
③ 浦安迪:《中国叙事学》,北京:北京大学出版社,1996年,第55页。
④ 张京媛主编:《新历史主义与文学批评》,北京:北京大学出版社,1993年,第186页。

清晰地体现了彼得·伯克所概括的西方史学思想中最重要的线性发展观念及用因果关系解释历史的特点。亚里士多德区分"诗"与"历史"说:"诗所描述的事带有普遍性",而"历史则叙述个别的事",故而历史事件之间只存在"偶然的关联",所以"历史"只是一种经验意义上的描述,不具有"普遍性",因此,"写诗这种活动比写历史更富于哲学意味"。根据亚氏的阐释,"诗"(包括史诗和悲剧)所描述的带有"普遍性"的"事",其实质是一种"情节"中心的"故事"。亚里士多德视"情节"为悲剧的灵魂。他认为,"故事"中的情节必须"摹仿一个单一而完整的行动。事件的组合要严密到这样的程度,以至若是挪动或删减其中的任何一部分都会使整体松裂和脱节",并明确规定故事情节的开头、中部和结尾说:"开头指该事与其他事情没有必然的因承关系,但会自然引起其他事情的发生。结尾恰恰相反,是指该事在必然律或常规的作用下,自然承接某事但却无他事相继。中部则既继承前事又有后事相继。"亚里士多德这一段经典性论述,奠定了西方整一连贯的线性叙事结构观,"开头、中腰与结尾三者,强烈暗示一种因果关系"①,"它象征一个有既定方向的序列,一个溯源性的、有目的、有根据的序列",它"始于合理的开头,因果相接连续不断地走向中部,最后到达干净利落的结尾,将所有的线条打成一个漂亮的结"②,"这是一种天衣无缝的理想结构"③。也就是说,"情节"中心的"故事"赋予"诗"以"普遍性"。在西方文化传统中,"故事"与意义建构和理解的共生关系是学术界的共识。叙事学中的"故事","不是被经历的而是被说出来的",它是一种叙述性语言构造,时序、可辨识的开头、中间和结尾、可理解的情节及意义等是构成作为有机整体的"故事"的基本要素,用罗兰·巴特的话来说,故事话语中没有冗余,丝丝入扣,具有在一开端即可瞥见其结局的融贯性。"故事"所特有的内在融贯性使得其中所讲述的事情显得具有不可避免的本然因果性,也就因此获得了"普遍性"。

准确地说,西方历史所讲述的"故事"是"类型学"意义上的。历史叙述总是在一定的理念指引下,将已发生的散乱事件加以整合,"通过逐渐

---

① 卫姆塞特·布鲁克斯:《西洋文学批评史》,颜元叔译,北京:中国人民大学出版社,1987年,第29页。
② J.希利斯·米勒:《解读叙事》,申丹译,北京:北京大学出版社,2002年,第78页。
③ 同上书,第192页。

展开而使其成为一个特殊种类的故事"。按照海登·怀特的看法,历史叙事可供选择的情节框架和故事类型无非是"悲剧、喜剧、罗曼司、讽喻"四种,于是,原本并不具有悲剧或喜剧性的历史变成了所谓历史的悲喜剧(黑格尔语),历史就这样通过"故事"生成了意义,"我们不会'生活'在故事中,尽管我们事后以故事的形式来讲述我们生活的意义"①。而读者"通过识别所讲故事的种类为故事提供'意义'",一旦读者识别出历史所讲述的特定故事类型,也就获得了隐含在这种故事类型之下的历史的"意义"。

故事类型化使得历史叙述必定成为海登·怀特所说的"对于过去的驯化"。近来西方史学界提出了"历史经验"(安克斯密特)、"在场"(鲁尼亚)等范畴,其实是试图超越伴随历史叙述故事类型化必然而来的"对于过去的驯化",试图从理论上把握历史学家所可能达到的对于本真的过去的切身体验。历史学家如何聆听到如赫伊津伽(Johan Huizinga)所说的"过去的呼唤",感受到"如其所是"的过去,成为这类史学理论的核心问题。但是这种致力于阐明历史过程中那些更为复杂而又独具个性色彩的"历史经验"的史学解释,至今尚未得到学术界太多许可,这也从侧面证明了"有见于同,无见于异"的"普遍性"模式依然是西方历史叙事的主流。

相对于西方历史叙事的时间化的线性结构,中国历史叙事主要呈现为空间化的结构模式,学术界通常也称之为"缀段性"结构。亚里士多德在《诗学》中曾指出:"缀段性的情节是所有情节中最坏的一种。我们所谓缀段性的情节,是指前后缺乏或然或必然关系而串连成的情节。"不少现代的批评家认为中国传统叙事大致都可归入缺乏"艺术统一性"的"缀段性"结构范畴。对此,浦安迪认为:"我们应该先对'缀段形式'与'统一形式'作一根本的分辨,以便阐明中国叙事文学结构的全面问题。"②

美国汉学家宇文所安评论《左传》的一段文字提供了观察中西历史叙事结构差异性的好角度:

> 如果我们试图追溯某一故事的线索,它往往消失在另一个故事之中,或者,我们就会看到这一故事中的人物在另一事件里得到极为

---

① 张京媛主编:《新历史主义与文学批评》,北京:北京大学出版社,1993年,第169页。
② 浦安迪:《谈中国长篇小说的结构问题》,转引自李达三、罗钢主编:《中外比较文学的里程碑》,北京:人民文学出版社,1997年,第334页。

简略的提名,仅此而已。有时,这个线索还会指向某些小型的事件,模糊地平衡在大事件的预兆或起因之间。重要的人物或是死了,或是消失了,但故事并不就此结束,而是融入另外的故事。我们可以辨认出一些延续不断的故事,被间隔的年份分成小段,然而就是这些故事也还是缺乏中心,被其他的故事所边缘化或者横插进来。我们当然可以承认:从某种根本的意义来说,这就是历史运作的方式。但是如果我们比较一下欧洲叙事历史的某些熟悉的模式,我们就会注意到,后者其实在很大程度上被故事之外的传统叙事机制之完整统一性所制约。……《左传》的叙事极为复杂,但是其叙事核心都是暂时的,情节也支离破碎,缺乏把整个叙事统一为有机整体的力量。①

《左传》是编年体,叙事学认为历史编纂中的编年仅提供外在的时间标识,不具有结构性功能,故此宇文所安评《左传》的结构为"支离破碎",缺乏"艺术的统一性",这是依据西方整一连贯的时间化叙事结构思想得出的结论。其实不然。汪中指出:"《左氏》所书,不专人事。其别有五:曰天道,曰鬼神,曰灾祥,曰卜筮,曰梦。……《左氏》之言天道,未尝废人事也。……《左氏》之言鬼神,未尝废人事也。……《左氏》之言灾祥,未尝废人事也。……《左氏》之言卜筮,未尝废人事也。……《左氏》之言梦,未尝废人事也。"(《述学·〈左氏春秋〉释疑》)可见,在"支离破碎"的背后,是始终围绕着"人事"而展开的向心式聚合。《史记》亦然。藤田胜久分析《史记》的叙事结构时就指出,只有结合司马迁的编纂意图才能理解《史记》的结构深意,他具体分析说,《史记·秦本纪》和战国各世家在叙事结构上相似:"各篇开头都叙述先祖功绩,说明这个国家为何会走向兴旺,而后面选用的记事资料多为这个国家走向衰退、衰亡之转变时期的故事。其内容有些故事是预言、占卜、梦,有些故事记述一些君主面对紧张的国际关系,却不听从正确的谏言或听信谗言,以表示君主之失德。这部分有时包含着历史矛盾。所以我们要注意,司马迁选用的记事资料大多与他对历史兴亡之评价有关,未必能作为实事加以信赖。"②藤田的研究表明,"历史

---

① 宇文所安:《叙事的内驱力》,《他山的石头记:宇文所安自选集》,田晓菲译,南京:江苏人民出版社,2003年,第69页。

② 藤田胜久:《史记战国史料研究》,曹峰、广濑薰雄译,上海:上海古籍出版社,2008年,第456页。

兴亡"这一编纂"主题"左右了《史记》的史料选择和结构安排,司马迁通过选择、编纂甚至是"虚构"和组接这些类同性的"君主失德"事件系列,使得这些本纪叙事在整体上成为一个政治性的隐喻。《史记·太史公自序》:"余所谓述故事,整齐其世传,非所谓作也。""整齐"即意味着赋予杂乱的原始材料或文献以结构性秩序。黄庭坚评《史记》的结构云:"《史记》长篇之妙,千百言如一句,由来线索在手,举重若轻也。"所谓"千百言如一句",就是对中国传统历史叙事"主题"向心式结构的形象概括。这其实是整部《史记》也可以说是中国传统历史叙事的基本结构模式:有选择地罗列类同性或对反性的事件系列,使其排列成为一个"主题"向心式结构,从而赋予历史以"意义"。

罗兰·巴特认为情节缀合有标志性和功能性两种方式:

> 有些单位与同一层次上的单位相互关联,另一些单位的充实则需要层次的改变;因此我们立即有了两类主要的功能,分布性的(同层的)和整合性的(异层的)。前者相当于普洛普以及后来的勃瑞蒙所说的功能……至于后者,即异层次的单位,它们构成了全部的"标志"(就该词的广义而言),此时单位不再指一个递补的和连续的行动,而是指这样一个多少有些松散但对故事的意义仍然必需的概念……由于标志之间的关系有某种纵向的性质,与"功能"不同,它们与意旨有关,而与操作无关。在高层次上确定标识意义,有时简直是在所有明确横的组合之外,这称为聚合式确定。相比之下,功能意义的确定总是在较远的地方,这称为横组合式确定。因此,功能和标志与另一对传统的概念相对应:功能包含了相互关联的转喻的事物,而标志则包含了隐喻的事物;前者相当于动词的功能性,后者相当于名词或形容词的功能性。①

西方历史叙事结构与巴特此处所言"功能性"缀合结构类似。其中的每一个"单位"都是"相互关联"的,"单位"与"单位"之间是"从属"关系,把所有具有"标识意义"的从属"单位"组合,就会呈现以时序(因果也属于时序)为纽带的将个别"单位"收拢为一个意义完足体的结构效应。中国历

---

① 罗兰·巴特:《叙述结构分析导言》,转引自赵毅衡编选:《符号学文学论文集》,天津:百花文艺出版社,2004年,第413—414页。

史叙事结构与巴特此处所言"标志性"缀合结构类似。其中的每一个"单位"都是相对独立的,"单位"与"单位"之间是"并置"而非"从属",把所有具有"标识意义"的并置"单位"聚合,就会产生超越于个别"单位"的"蒙太奇"般的结构效应,从而赋予历史以整体性("隐喻性")意义,这就是"缀段性"结构所具有的"聚合式确定"功能。以上述《左传》叙事结构而言,宇文所安评为"支离破碎",缺乏"艺术的统一性",伯顿·沃森(Burton Watson)却据"聚合式确定"功能将整部《左传》视为"一本道德因果指南"。正如安克斯密特所言,在历史写作中,"所有根本性而有意思的东西都不是出现在单个陈述的层面上,而是在历史学家选择各个陈述……(以形成他们关于过去的图景)的政治之中"①。中国历史叙事的一个重要特点,在于它通过诸多单个陈述的选择、编排,构成一幅有关过去某个方面的历史图景,其中所蕴含的融贯性和统一性,是单个陈述的总和所无法具有的,它让我们将过去的相关方面有意义地关联起来并领会其中的"隐喻"意义,从这个角度而言,"历史叙事有如观景台,在攀越上其各个陈述的台阶之后,人们所看到的区域,远远超出了台阶修建于其上的那个区域"②。

二、线性结构与"缀段性"结构的文化溯源

首先,线性与"缀段性"(浦安迪称为"统一形式"与"缀段形式")是中西不同叙事原型的结构表征。浦安迪援用弗莱的原型批评理论对中西神话的叙事结构进行对比分析得出结论说:"从原型批评的理论来分析,我认为,中国神话之所以缺乏叙述性,是因为在中国美学的原动力里缺乏一种要求'头、身、尾'连贯的结构原型。这种'头、身、尾'结构的原型在以希腊古代文学为标准的其他的文化传统里却渐渐发展成了一大约定俗成的叙述性范型。而中国神话由于缺乏这种'头、身、尾'结构的原型,则逐渐发展出了一种以'非叙述性'作为自己的美学原则的特殊原型","希腊神话的'叙述性',与其时间化的思维方式有关,而中国神话的'非叙述性',

---

① Frank Ankersmit,"Reply to Professor Zagorin," in Brian Fay, Philip Pomper and Richard T. Vann,eds., *History and Theory:Contemporary Readings*, Malden:Blackwell Publishers,1998, p. 208.

② Ibid.

则与其空间化的思维方式有关。希腊神话以时间为轴心,故重过程而善于讲述故事;中国神话以空间为宗旨,故重本体而善于画图案。"①根据浦安迪的研究,"统一形式"是以西方"时间性模子"为原型的结构模式,而"缀段形式"则是以中国"空间性模子"为原型的结构模式。"在中国古代文化的传统中,史文与神话之间存在着一种特殊的共生关系,恰如希腊神话与荷马史诗。"②中国传统历史叙事"缀段性"结构源于神话的"非叙述性",所以,中国历史叙事整体上缺少"讲故事"的兴趣,"主要是事件性的而不是故事性的",及至司马迁首创、班固所确立的纪传体,其本身似乎就是专门设计出来为了打断事件发展连续性的一种工具,很典型地体现了中国历史叙事的空间化结构特点。从辞源上看,"叙事"与"序事"经常互文换用,《说文解字》训"序":"东西墙也",段注引《释宫》曰:"'东西墙谓之序。'按堂上以东西墙为介。《礼经》谓阶上序端之南曰序南。谓正堂近序之处曰东序、西序。"据此,"序"直接由一个划分区域空间的分界概念转义而来,所以"序事"/"叙事"主要暗示空间的安排。辞义溯源为中国传统历史叙事"非叙述""图案化""缀段性情节"的空间化结构特点提供了依据。

其次,线性与"缀段性"结构是中西不同宇宙观和思维模式的折射。自古希腊以来,西方确立了从流变不居的现象背后找出不变的东西,从千姿百态中找出统一性的传统,也就是德里达所说的西方传统中根深蒂固的逻各斯中心主义。就西方逻各斯中心主义而言,过去/历史"属于一个变化着的世界——在这个世界之中事物不断地出现和消灭。这类事情,按照通行的希腊形而上学观点,应该是不能认识的,所以历史学就应该是不可能的"。然而,从历史中发现线索、模式和意义的努力,却从来就和西方历史意识相伴相随。柯林武德认为自希腊罗马发端的西方传统史学的思想方法是实质主义的,"它蕴含着一种知识论,即只有不变的东西才是可知的"③,现代学者也普遍认为,古希腊人不具备"历史性",他们缺乏对个别事件的兴趣而追求"普遍性",这就意味着历史学家要超越"个别的事"而藉"故事"走向对历史普遍性的"内在真理"的寻求,诚如洪堡所言:"历史的描述和艺术的描述一样,都是对自然的模仿。两者的基础都是认

---

① 浦安迪:《中国叙事学》,北京:北京大学出版社,1996年,第41—42页。
② 同上书,第30页。
③ 柯林武德:《历史的观念》,何兆武、张文杰译,北京:中国社会科学出版社,1986年,第48页。

识真实的形象,发现必然,去掉偶然的成分。"① 伽利指出,传统的历史叙事以讲述让读者可以追根溯源的故事,本身就提供了具有普遍有效性的解释。② 历史是对于过去的理解和建构,历史叙述要揭示过去的意义与"内在真理",总是基于一种逆向的因果关系。分析历史哲学家丹图通过"叙述句"的语言学分析得出历史的故事性属于"过去或完成时态"的结论:叙述句在字面上描述的是一在先的事件,而其成立则参照了在时间上晚于其所描述事件的后来事件。③ "被讲述的最早的事件仅仅是由于后来的事件才具有自己的意义,并成为后事的前因"④,也就是说,构造完好的被赋予了明确意义的、具有"适当的开头、中间和结尾以及一种能够使我们在每一个开头就能看出'结尾'的一致性"的故事性历史,其实是源出于西方文化"普遍性"追求的形式设计。美国学者安德鲁·布莱克认为:"中国人整体主义的有机式的世界观视生命为不断周而复始并内在互相联系的模式,这就不太可能促成西方式的直线性情节结构的发展。"⑤ 这种观察是很到位的。葛兆光先生指出,中国自汉代始形成了气类感应宇宙观。这种宇宙观反映在思维方式上,就是重视整体的把握,反对将事物从整体联系中孤立出来作单独分析,形成李约瑟所谓"关联式思维模式":"概念与概念之间并不互相隶属或包涵,它们只在一个'图样'中平等并置;至于事物之相互影响,亦非由于机械的因之作用,而是由于一种'感应'"⑥。可以看出,气类感应宇宙观下既分类又联类的思维模式不同于西方逻各斯中心主义的"从属式思维模式","平等并置"排除了寻求事件/事物之间的时序、因果、逻辑关系的线性叙事结构观念,表面看来是若干事件/事物的散漫无章的缀合,但事件/事物(更准确地说,应该是"事类"/"物类")以"气"相感、依类"系连",形成"空间化的统一"。林顺夫即明确指出,中国传统叙事中"由不同成分组成的、由松松散散地连在一起的片

---

① 转引自张隆溪:《中国文化研究十论》,上海:复旦大学出版社,2005年,第252页。

② W. B. Gallie, *Philosophy and the Historical Understanding*. New York, Schocken Books, 1968, p.57.

③ 阿瑟·丹图:《叙述与认识》,周建漳译,上海:上海译文出版社,2007年,第242—248页。

④ 华莱士·马丁:《当代叙事学》,伍晓明译,北京:北京大学出版社,2005年,第65页。

⑤ 转引自罗溥洛:《美国学者论中国文化》,包伟民、陈晓燕译,北京:中国广播电视出版社,1994年,第301页。

⑥ 李约瑟:《中国古代科学思想史》,陈立夫主译,南昌:江西人民出版社,1999年,第6页。

段缀合而成的情节",其实是一种联类思维下的结构模式。①

最后,语法学研究所揭示的西语"动"向句特质和汉语"名"向句特质提供了解读中西叙事结构模式的语言学背景。郭绍虞先生在《汉语语法修辞新探》中指出,汉语句型以"名词重点"区别于西语句子的"动词核心"。"动词核心"的句子受限定动词单一视点的限制,重在围绕核心动作构造复杂的关系;"名词重点"句的功能是评论话题,即首先提出一个想要说明的"话题"(可以是一个词、一个词组、一个句子),然后围绕这个"话题"多层次多方面展开评说,形成一种众星拱月的格局。"动词核心"句以时序为表,以因果为里,成分之间具有直接的逻辑连贯性;"名词重点"句则以"话题"(即"主题")为核心形成"形散而神不散"的向心式并置结构。从类比的角度看,西方传统叙事可以被视为"动词核心"句,"真相就是最终被发现了的谓语",叙述过程就是"故事化"展开的主语和谓语被充满的过程,这是一个完整的阐释结构,其间主要是针对谓语(动作性的情节)进行组合、变化和转换,这完全是依循时间和逻辑的程序前行的横组合结构关系。中国传统叙事则可以被视为一种"名词重点"的话题—评论句。中国传统叙事整体结构上较普遍地存在着"一部如一句""一部书总不出开头几句"的现象,其中的"一句"和"开头几句"就是"话题",围绕着这个"话题"而展开的片断系列形成聚合性的结构关系。浦安迪认为"重复"是中国叙事中最重要的修辞,类似性或对反性片断的"复现"打断了事件的线性发展过程,形成"缀段性"结构模式,与此同时,"反复重现"的事件中所蕴含的内在相似性、类同性或对反性,让看似没有多少因果关系的"缀段性"结构获得了向心式的"空间化的统一"。

三、简短的结语:何为"适当的"历史叙事结构?

安克斯密特认为:"一个历史叙事仅只在就整体而论的历史叙事的(隐喻性)意义超出了其个别陈述的总和的(字面)意义之时,才可称其为历史叙事"②,这个概括深刻地揭示了历史叙事的精髓,而要达到这种超

---

① 林顺夫:《小说结构与中国宇宙观》,转引自李达三、罗钢主编:《中外比较文学的里程碑》,北京:人民文学出版社,1997年,第343页。

② Frank Ankersmit, "The Dilemma of Contemporary Anglo-Saxon Philosophy of History," in F. Ankersmit, *History and Tropology: The Rise and Fall of Metaphor*, Berkeley: University of California Press, 1994, p.40.

越性意义,结构模式是最为关键的叙事修辞,此在中西方皆然,但由于不同的文化背景,西方历史叙事旨在揭示时间化叙事结构背后隐含的"普遍性",而中国历史叙事则以空间化的主题聚合完成"隐喻性"的修辞意趣。

　　切近言之,中西历史叙事结构是不同叙事指向的形式表征。就实质而言,中西历史叙事均旨在求"真",然西方之"真"指向"普遍性"的形上追求,而中国之"真"指向"《春秋》以道义"的神圣追求,实际上都可纳入意识形态元叙事的范畴。借线性结构的故事性编码来探求历史演变中的"公理公例",是西方逻各斯中心主义的典型体现,但随着20世纪以降尤其是后现代主义思潮的兴起,这一历史的"主叙述"模式受到了深刻的反思与批判,现代西方历史学所持的历史"非故事性"观点就强调指出历史叙述不局限于"头、身、尾"整一连贯的线性结构。借"缀段性"结构的蒙太奇编码以"原始察终,见盛观衰"的中国传统历史叙事,始终表现出对"人事"的深切介入。王德威指出:在中国历史书写中,"时间的流逝通常并不是最显要的因素。最令史家关心的反而是'空间化'的作用——将道德或政治卓著的事件或人物空间化以引为纪念"。①梁启超指出:"从前史家作史,大率别有一'超史的'目的,而借史事为其手段。此在各国旧史皆然,而中国为尤甚也。孔子所作《春秋》,表面上像一部二百四十二年的史,然其中实蕴含无数'微言大义',故后世学者不谓之史而谓之经。"②从叙事实践来看,中国传统历史叙事以《春秋》述史为鹄的,"史之大原,本乎《春秋》……固将纲纪天人,推明大道"。史家以"《春秋》以道义"自期,围绕明道、经世、纲鉴、善恶褒贬来选择、编排和组接史实,从而建构出关于历史陈述的一种"政治",具有代天下立法的神圣性。但20世纪以降的中国史学界也逐步反思"违经失实"的述史原则,逐步克服历史叙事中道德因果的机械决定论,而使得传统史学对"义""道"的追求部分让位于对历史演变的"公理公例"的探寻,伴随着史学观念变化的,是线性结构得到了一定程度上的重视。

　　现代叙事学认为:"面对一大堆纯粹事实,历史学家就会无从下手。

---

　　① 王德威:《想像中国的方法——历史·小说·叙事》,北京:生活·读书·新知三联书店,2003年,第303页。
　　② 梁启超:《要籍解题及其读法》,载《饮冰室合集》,北京:中华书局,1936年,第18页。

知道什么对人有意义,历史学家就有了一个主题"①,预设了主题之后,处理材料时就会:"1.'精简'手中的材料(保留一些事件而排斥另一些事件);2.将一些事实'排挤'至边缘或背景的地位,同时将其余的移进中心位置;3.把一些事实看做是原因而其余的为结果;4.聚拢一些事实而拆散其余的,这在于使历史学家本人的变形处理显得可信。"②就实际情况而言,在这个处理过程中,历史学家有时采用时间化的模式,有时却遵照某种空间化的形态,二者本无优劣之分。但由于文化中心论的偏见,"人们将线性连贯性视为理所当然,很容易将之强加于一组从另一角度看上去杂乱无章、支离破碎的叙事片断"③。客观而言,将"时间化"结构模式视为所有叙事的范型,本来就存在着以偏概全的问题,不仅在一定程度上遮蔽了中西叙事的差异性,甚至可以被视为西方文化对异族文化的一种"驯化",所以安克斯密特针对西方"故事性"历史叙述传统指出:"历史学在很多时候(如果不是在大多数时候的话),并不具备讲故事的特性;叙事主义可能导致的与讲故事有关的一切联想因而都应该避免掉。叙事主义更应该与(历史)解释联系在一起"④,安氏此言有理。历史叙事不是对历史的"真实性再现",而是历史学家的"想象性再现",作为"意指符号"的叙事结构,是与历史叙事的"解释"指向相应的"充实的形式",故不应拘囿于某种所谓的"适当的"固定模式,自属顺理成章。

第二节 普遍史与循环史:中西历史演化叙事模式比较

对人类历史作出整体描述,这在中西历史叙述史上都是重要的传统,并因文明视域的差异,而形成普遍史与循环史的不同叙述模式。西方普遍史将"非西方"降格为历史总体进程中的低级阶段从而将其纳入以西方为"历史终结"的"普世文明话语"中,其实质是一种殖民与驯化。中国历

---

① 华莱士·马丁:《当代叙事学》,伍晓明译,北京:北京大学出版社,2005年,第64页。
② 张京媛主编:《新历史主义与文学批评》,北京:北京大学出版社,1993年,第190页。
③ J.希利斯·米勒:《解读叙事》,申丹译,北京:北京大学出版社,2002年,第60页。
④ Frank Ankersmit,"The Dilemma of Contemporary Anglo Saxon Philosophy of History," in F. Ankersmit, History and Tropology: The Rise and Fall of Metaphor, Berkeley: University of California Press, 1994, p.45.

史循环观是"天下"观念下"大一统"政治图景的历史表现,建构了历史演进中断裂与连续之间的张力,彰显了传统史学"形而上学"与"实际历史"之间的辩证法。

一、普遍史与循环史:中西历史演化元叙述

客观而论,只要人类历史尚在发展之中,试图描述人类发展总体进程终究只是不完全归纳命题,但将逻辑理性与历史理性相结合,在梳理具体描述及论证逻辑的基础上,概括出历史演化论有其学理可能性。本章即运用此方法将中西历史演化元叙述概括为普遍史模式与循环史模式,并将其特点归纳为"似续而实断"的"非历史主义"与"似断而实续"的"有限的历史主义"。

(一)"似续而实断":西方普遍史模式的"非历史主义"

西方历史演化元叙述可概括为普遍史模式。关于普遍史,刘家和先生曾指出其重"空间之同一"的特点;何兆武译注康德"普遍的世界历史"一词时说道:"'普遍的世界历史'一词……字面上通常可译作'通史';但作者使用此词并不是指通常意义的通史或世界通史,而是企图把全人类的历史当作一个整体来进行哲学的考察,故此处作'普遍的世界历史'以与具体的或特殊的历史相区别。"[①]由此可知普遍史突出的特征有二:一是"空间之同一"所涵蕴的普遍性、整体性;一是"哲学"统摄下的非"实然"历史。学术界一般认为,普遍史是自基督教产生之后才形成的,这一判定主要基于普遍史通常采用线性史观的认知,但本章倾向于认为古典希腊时期的历史循环观同样符合上述普遍史概念范畴,故此处一并论之。

古典希腊时期的历史循环观认为人类事务是永恒的循环,也就是说,这一循环观持"普世同质"的信念,将整个人类进程视为不变实质的同质重复;而随基督教确立的线性进步观则将人类社会视为既定动因和目的推促下的线性进程。按照柯林武德的看法,历史循环观是古希腊实质主义思想方法的历史产物,[②]这一判定也适用于线性进步观,正如刘家和先

---

① 康德:《历史理性批判文集》,何兆武译,北京:商务印书馆,1991年,第18页。
② 柯林武德:《历史的观念》,何兆武、张文杰译,北京:中国社会科学出版社,1986年,第22—24页。

生所指出的,是逻辑理性而非历史理性构成了西方史学的精神气质。①表面看来,线性进步观与历史循环观存在差异性,一是,前者将历史视为"有一个公认的开始,一个确定的过程,一个无可争议的结果"②的封闭性线性结构,后者则将历史视为人类事务永恒轮回的无限循环;二是,历史循环观视历史为无变化的同质体,线性历史观则承认历史的线性"变化"。但二者貌异而实同。以"不变"为实质的历史循环观同样封闭了历史发展的其他可能性,而目的论驱使下的线性进步观,其实质亦为"不易"。就叙述表现来看,历史循环观和线性进步观都建构了历史是连续性进程的表象,希腊人看到了世界万物在变,于是在逻辑理性的驱动下追求其背后的不变的实质,经过抽象而获得的这种内部不存在对立方面的实质决定了人类事务的普世同质及永恒循环;线性进步观将历史视为由确定动因和目的推促的具有延续性的直线发展,其实质均可谓对历史进行"哲学的考察"的"整体历史":"整体历史的设计是,寻求重建一个文明的总体形态、一个社会的物质或精神的原则、一个时代的一切现象所共有的意义、它们凝聚的法则,即可以隐喻地称为一个时代'面貌'的东西。"③历史循环观和线性进步观所展现的,是历史从分散走向统一,从多样的特殊性走向单一的普遍性,从而将异质(不同的地区、民族或国家)的历史纳入一个有意义的整体中来的"整体历史",但显而易见,普遍史模式的化"多"为"一",不是从历史的多样性本身去寻找历史的内在联系,而是将历史视为某种抽象理念的历史"表现",最终建构的是"空间之同一"所涵蕴的普遍性、整体性,呈现出的是"似续而实断"的理性的历史。

从文明论视域而言,普遍史模式最终指向的是汤因比的如下假设:"只存在着一条文明之河,那就是我们自己的,所有其他的文明之河或者从属于它,或者消失在荒漠之中。"④这是文明一元论的假设,"其他的文明之河"隐喻异质文明体,所谓"或者从属于它,或者消失在荒漠之中",概括的正是西方中心主义普遍史进程中异质文明或被"驯化"或被消灭的必然性归宿,而"只存在着一条文明之河"所展现的正是以"文明的"西方为

---

① 刘家和:《论历史理性在古代中国的发生》,《史学理论研究》2003 年第 2 期,第 31 页。
② Polybius. *The Histories*, trans. by Robin Waterfield. Oxford: Oxford University Press, 2010, p. 132.
③ 刘北成:《福柯思想肖像》,北京:北京师范大学出版社,1995 年,第 166—167 页。
④ 汤因比:《历史研究》(上),曹未风等译,上海:上海人民出版社,1997 年,第 230 页。

"历史终结"的普世同质图景。可见,文明论视域下的普遍史模式是一种西方中心主义的意识形态"假定",其实质恰如汤普森所言,至少"不能排除殖民主义",①它是以消解非西方的地方性为前提的"非历史主义"。

(二)"似断而实续":中国循环史模式的"有限的历史主义"

中国传统史学以断代的王朝史为主体,并不直接呈现人类历史发展总体进程,但自《史记》开始,"通古今之变"一直是传统史学的宗旨之一,综合有关王朝更替的天命说、质文循环说、三统说、正统论等观念,可以说在事实上形成了有关历史演化的循环观念。此处举"三统说"以概其余。董仲舒《天人三策》之第三策:

> 故王者有改制之名,亡变道之实。然夏上忠、殷上敬、周上文者,所继之救,当用此也。孔子曰:"殷因于夏礼,所损益可知也;周因于殷礼,所损益可知也;其或继周者,虽百世可知也。"此言百王之用,以此三者矣。夏因于虞,而独不言其损益者,其道如一而所上同也。道之大原出于天,天不变,道亦不变,是以禹继舜,舜继尧,三圣相受而守一道,亡救弊之政也,故不言其所损益也。繇是观之,继治世者其道同,继乱世者其道变。今汉继大乱之后,若宜少损周之文致,用夏之忠者。②

第一,与实质主义思想下的古希腊同质轮回的历史循环观不同,中国历史循环观是"变易"与"不易"并行不悖的"通变观"的历史折射,一方面,循环不已的王朝兴替史展示了一种从"时""势""权"等角度来观照历史发展并历史主义地把握它的动态视角;但另一方面,历史作为研究"圣贤之言行,古今之得失,礼乐之名数,下而至于食货之源流,兵刑之法制"(朱熹《福州州学经史阁记》)的学问,其最终指向在于揭示其间一以贯之的"道"或"理"。在以"仁义"为本的"道"或"理"的统摄下,王朝的更迭循环正是要保证"道"或"理"的常新常在,由此,历史不再是无常的命运,历史长河中的特殊性与偶然性就这样被纳入历史发展的"变"与"常",也就是说,王朝的兴亡、"天命"的得失、"质文"的代变实质上都是"道"或"理"的迭运的历史表征,故而循环史模式发挥的乃是"历史主义"地确证恒久不变的

---

① J.W.汤普森:《历史著作史》(上卷第1分册),谢德风译,北京:商务印书馆,1996年,第279页。

② 班固:《汉书·董仲舒传》(卷56),北京:中华书局,1962年,第2520页。

"道"或"理"的叙述功能。如此,则中国传统历史演化叙述模式可以借用王晴佳"有限的历史主义"来概括。

第二,在"三统说"所建构的历史演化进程中,存在于自然时间夏、商(殷)、周三代的文化特质"忠、敬、文",因各得"道"之一端而被称为"三统",并被提升为王朝循环的历史主体,从而超越了三代的具体时间界限而被描述为一种"超时间",构成人类社会的"起源"性价值,于是,具体的王朝更替被抽象化为"三统"的转易循环,各王朝确实存在自然时间流中的先后之别,却并不构成价值上的高下之别,由此造成历史进程既重复又断裂的表象,但王朝史书写中"回到起源"的自我认同及合法性论证,又构筑了连续性的思想文化共同体,清晰地体现了中国历史循环观"似断而实续"的特点。

中国历史循环观是"天下"观念下"大一统"政治图景的历史表现。梁治平明确指出:"'天下',而非'国家'或其他类似观念,可能是中国古代政治思想中最重要、同时也最具独特性的观念之一了。"可以说,一部中国王朝史就是一部关于施治"天下"的历史,"王的事业即是'一天下'""秦并六国,固然是'一天下'的著例,但是在此之前的'九州''禹迹',以及屡见于先秦诸子历史叙述的三代乃至五帝时的'天下',已经将一个超逾部分的整体性和统一性观念深深植根于华夏族群的心灵之中。"①具有整体性和统一性的"天下"观念推促了中国历史上的"大一统"政治理想,并从文化之根上形塑了中国历史演化论。按照学术界的共识,"天下"观念以及由此衍生的"大一统""三代""三统"等重要概念范畴,均为内蕴理想性和规范性的所谓"垂直式乌托邦"的话语体系。② 而此一"垂直式乌托邦"从不否认历史主义,但更执着于"回到起源"的价值守望,从宏观进程来看,奔腾向前和驻足回溯,构成中国历史演化的二重奏。在中国历史演化叙述中,异质文明的空间多样性被予以关注与书写,比如历代正史中的异族传、夷狄传及四夷传正是"以天下为一家"观念的历史化书写,其中司马迁的《史记》在编次结构上将周边异族与朝臣混编,显示了司马迁视华夷为一家的观念;以《汉书》为典范的正史在编次结构上区辨华、夷,但目的正

---

① 梁治平:《"天下"的观念:从古代到现代》,《清华法学》2016年第5期,第5—6页。
② 陈建洪:《论天下秩序的当代复兴》,转引自程志敏、张文涛:《从古典重新开始:古典学论文集》,上海:华东师范大学出版社,2015年,第716页。

在于建构儒家大一统观念下"三重天下"的差序格局。如果说历史书写在"解释"历史的同时展现了人类的记忆和憧憬,那么与西方普遍史展现的以"西方"为终结的"单线历史"/"整体历史"不同,中国循环史所展现的,是"以天下为一家""王者无外"的渡边信一郎所谓"差别化与同一化被不断反复"①的"复线历史",这是一个既平行又向心、共同奔向"垂直式乌托邦"的"永远在路上"的朝圣之旅。

(三)时间降级与时间断裂:中西历史演化叙述话语策略

普遍史追求化"多"为"一"的"空间之同一",其关键是运用时间降级话语策略将空间并存的异质文明异时化并最终实现西方化;中国循环史追求"天下秩序"下的"大一统"主要运用时间断裂话语策略建构"形而上学"与"实际历史"之间的辩证法,体现出独特的中国通史精神。

1. 东/西=低级/高级=落后/进步:时间降级话语策略解读

空间并存的异质文明是固有的,要实现多元异质文明"空间之同一"的普遍史目标,首要的问题是确定应以何种文明为"普遍的"文明?这显然不是一个自明的命题。探讨这个问题首先要明确两点:其一,历史本不存在"终结"问题,但西方普遍史预设了"一个无可争议的结果",由此引发"历史终结论"。其二,将西方文明视为"普遍的"文明,将历史的普遍化进程等同于异质文明的"西方化",这是西方中心主义及二元对立思维的必然结果,自古希腊开始,西方所秉持的所谓"蛮""我"对立观念,形构了以西方文明为历史终结的信念,所以"空间之同一"的普遍史模式,其实质是一套帝国主义、殖民主义的话语建构,具有强烈的意识形态色彩。那么,非西方如何被纳入"空间之同一"的普遍史进程中?学术界归纳出"二元对立"与"阐明相似性"两种途径,"二元对立"通过"对差异的否定描述"建构"文明——野蛮"二元对立的叙述框架,借此将非西方"野蛮化",从而否定与排斥非西方的异质性;"阐明相似性"则选择符合自我(西方)或与自我(西方)密切相关的特质进行重构,淡化"蛮族"的地方性色彩而模糊"蛮"/"我"界限,从而同化"非西方"的异质性。就西方中心主义立场而言,这两种途径可谓殊途而同归,都意在将"非西方"纳入西方的普遍史话语体系内,建构的是一幅以西方为本体性存在的"单线历史"或福柯意义

---

① 渡边信一郎:《中国古代的王权与天下秩序——从日中比较史的视角出发》,徐冲译,北京:中华书局,2008年,第42页。

上的"整体历史"的静止图景。结合本章论题,此处重点解读这两种途径所共同采用的"时间降级"话语策略的叙述功能。

"空间之同一"是对西方普遍史"终结"状态的描述,其实现则经由一个将空间上并列的异质文明转换为时间上从低级到高级的先后次第的过程,也就是"空间之同一"是经由所有文明体由低到高的归"一"历程而实现。就学理逻辑而论,人类历史是时间之流中无头绪、无结构的一片混沌,它是"巨大的无意义事实、事态与事件的堆积",而自基督教史学开始,这一无序的历史被描述为由过去——现在——未来构成的有序进程,且过去——现在——未来因对应文明高下而同时被赋予了价值意义,如此,非西方与西方的异质性被转换为文明等级上的异时论,这就是本章所谓的时间降级,在这一话语策略中,"非西方"被描述为与文明低级/初级阶段对应的"过去"一极,西方则被描述为与文明高级/终极阶段对应的"未来"一极。"东方专制主义"是这一话语策略的典型个案,这里以此为例稍加展开说明。

"专制"或"专制主义"应该说是人类历史上无论东西的固有政治现象,这已为大量的历史事实所证明,而将其与"东方"相联系并成为一个固定的概念,可以说是西方中心主义语境下的产物。这一建构过程可追溯到亚里士多德对蛮族王制的批评,在讨论中亚氏流露出希腊(西方)中心主义立场,将波斯(东方)与希腊(西方)在政治、军事上的对峙上升为学理上的自由与奴役的文化品质上的对立,并将东方的专制政体溯源归因于蛮族人的天生奴性,这就将实体意义上的政军差异转换为文化、制度的差异且溯源至种族血缘的差异性,文明之间的差异具有流动性,但亚氏将文明差异归因于天生的血缘种族差异性,无疑固化了东/西文明的对立。亚里士多德将专制主义与东方联结,从而形构西方(希腊)自由主义/东方(波斯)专制主义的二元对立观念模式可以说是整个希腊世界的共识,希罗多德《历史》、普鲁塔克《希腊罗马名人传》等历史著述中均有鲜明体现,如希罗多德的《历史》就以大量笔墨从血缘种族、地理环境、习俗文化诸层面分析希波之间"永恒的敌意",其中以血缘种族固化二元对立、以自由/专制解析希波之间的制度文化差异,均与亚氏一脉相承。希腊知识界所建构和阐发的上述观念和模式,实际上潜含了从低级——高级(落后——进步)的异时性差异解释东/西方对立与冲突的视角。随着历史进步观的出现,"人类社会的空间多样性是固有的,而在进化理论(进步主义)中,将空间差异整理为时间（历史）差异，即文明进化程度的差异"，①就逐渐成为固定的思维模式。黑格尔的历史哲学明确并强化了这一话语策略，"世界历史从'东方'到'西方'，因为欧洲是历史的终结，亚洲是起点"。② 黑格尔的历史哲学以绝对精神由低级到高级的展开/实现形式为标准，地理意义上的从东方到西方，与政体意义上的从专制到君主制，被人为重合在一起，其东方专制主义在将东方与专制主义相联结的同时，又将其与历史发展进程中的原始的、低级的阶段相联系，这样，"东方"因其在绝对精神实现链条中的初始位置被转化为历史进程中的原始、低级阶段，多元空间的异质文明体就这样被整合到从"东方"到"西方"的"单线历史"中，此后的理性史、世界史、全球史基本上都是采用同一话语策略，并由此形构了"普世文明话语"的现代神话。

在这个"普世文明话语"建构过程中，"西方"被阐发为自由、平等、民主、理性、进步等思想内生、发展及向外传播的普遍主义话语，"西方"由此代表了人类共有的和不变的文化原质，"非西方"的具体所指因时代语境而有变化，但其共性在于代表了历史线性进程中的低级阶段，"非西方"向西方的皈依，被描述为人类社会从低级向高级、从野蛮到文明的进步过程，可以说，"非西方"皈依"永恒的希腊/西方精神"的过程，也就是逐步丧失自身的特殊性而沦为西方普遍史的组构成分的过程，其实质是一种殖民与驯化。可见，"普世文明话语"的实质是"文明等级论"，其话语策略在于，将"非西方"降格为历史总体进程中的低级阶段从而将其纳入以西方为"历史终结"的普遍化进程中，最终建立的是"文明的"西方作为人类进步顶点的话语，并以此来合法化各种各样的帝国主义活动。这种话语策略也渗透到主张"世界大同主义"的世界史和"文化涵化"的全球史的基本理念中，正如刘小枫针对全球史学者柯娇燕"人类历史在开端之时存在着较大差异，但在人类历史终结之时，（人类之间的）差异（会变得）很小或根本没有差异"的信念时所反驳的："且不问人类历史是否会'终结'，一旦人们问，历史进程中的人类在朝哪个方向趋同以至于最终'根本没有差异'，那么，全球史学者便没法否认，这个趋同的方向或目的地除了是'现代性'

---

① 唐晓峰：《地理大发现、文明论、国家疆域》，转引自刘禾：《世界秩序与文明等级》，北京：生活·读书·新知三联书店，2016年，第20页。

② 黑格尔：《历史哲学》，王造时译，上海：上海书店出版社，2001年，第106页。

'西方化''高科技''工业化'——还必须加上'自由民主化'这个道德价值表述,不可能会是别的什么'化'",①可见,包括全球化论在内的"普世文明话语"与西方中心论是一体的两面,均为世界历史的"西方时刻"的必然结论,其本质恰如亨廷顿所言是一种意识形态。

2. 摒秦论的辩证法:时间断裂话语策略解读

中国循环史模式将王朝兴替史抽象化为"道"的转易循环,由此建构了"似断而实续"的历史演化总体图景,典型地体现了中国史学的规范性特点。与西方借时间降级建构"普世文明话语"不同,中国循环史通过时间断裂构筑"大一统"的理想政治图景。表面看来,"普世文明话语"与"大一统"看似无不同之处,但二者貌同而实异,这在前面部分已多有辨析说明,不再重复。中国循环史模式衍生出许多有意味的书写现象及书法义例,这里且以摒秦论为例对其中常用的时间断裂话语策略予以解读。

从史书文献来看,中国历史叙述中存秦与摒秦二说并存。概括说,当秦被作为"实然"的历史主体时,则有"秦与周俱得为天子"的记述,但当秦被作为"应然"的意义主体时,"实然"的秦朝则被摒弃于"三统"循环的历史过程之外而显现为不存在的性质。雷家骥先生在汉代有关"秦论"的讨论中指出,孟子王政思想的精义在于王天下必须以仁政,行仁政则民心归一,然后始能邀得天命,拨乱反正为一统。②孟子王政学说提出了一套检讨政权是否为"正"的学说,深刻影响了王朝政权合法性的自我解释,也成为历史书写中王朝正统性论述的重要依据。摒秦论当置放于此一语境下予以理解。汉代自贾谊、董仲舒、司马迁等人重新检讨秦朝政权的性质,至刘向父子和班彪父子摒秦继周不承认秦之"王天下"事而有改创史著之举,这是历史书写中摒秦论的发展轨迹。其中,司马迁《史记》一方面从事实上承认秦之一统,另一方面据"以力不以德""无其德而用事"的理则将秦朝排出运序正统之外,这种事实与理论之间的裂痕可被视为中国史学"形而上学"与"实际历史"之间存在鸿沟的典型个案。此后刘氏父子和班氏父子的摒秦继周,则以"彻底的摒秦论"进一步凸显了这一鸿沟,体现的正是经学意识下"大一统"思想的合理推衍。

中国传统历史叙事以《春秋》述史为鹄的,围绕明道、经世、纲鉴、善恶

---

① 刘小枫:《"全球史"与人文政治教育》,《北京大学教育评论》2020年第2期,第103页。
② 雷家骥:《中国古代史学观念史》,北京:北京师范大学出版社,2018年,第96—98页。

褒贬来选择、编排和组接史实，行使的主要是教化和规范功能。徐复观先生曾经发挥孔子"我欲载之空言，不如见之于行事之深切著明也"一语说："孔子把他对人类的要求，不诉之于'概念性'的'空言'，而诉之于历史实践的事迹，在人类历史实践事实中去启发人类的理性及人类所应遵循的最根源的'义法'。"①由《春秋》奠定的"为天下法"的元叙述精神具体到历史演化叙述中，形成了诸如摒秦论及传统史学中屡见不鲜的言正闰、否定特定政权或统治者之统序等可纳入正统论范畴的书写现象与义例，这些现象与书法义例的深意，均宜以上述摒秦论的论述逻辑去体会。事实上，正是这些"似断而实续"的书写构成了中国通史的独特性。按照刘家和先生的理解，通史主要是精神意义上的，与体例（通史还是断代史）并无必然关系，②他特别以《汉书》为例具体阐明这一观点，其论述自成学理。江湄则概括指出构成中国通史精神的是自《史记》开始建构的以"天道—王道"为中心的"大一统"的思想文化共同体。③ 正是基于此一共识，学术界提出宜以"文化中国说"为中国史学的"元叙述"及阐释中国历史演进的基本理念，④根据这一共识，上述摒秦论以及与之类似的诸如言正闰、正统论等其实均可视为中国通史精神的历史"表现"。检视已有研究成果，上述学者的论述均有意避开体例（形式）层面而改从精神层面阐发通史概念，我们充分认同这一从实质层面入手的研究思路，但在此想从体例角度补充说明纪传体（传统史书"正体"）如何体现通史精神，这一方面可以补充刘家和先生关于通史与体例的辩证认识，另一方面也有助于理解"似断而实续"的中国循环史观。

中国传统史书体例繁多，但以纪传体而非编年体、纪事本末体为史书"正体"，确实颇有意味。传统史学始终表现出对"人事"的深切介入，这一视域使历史书写主要注目于历史行为的主体，王德威即指出：在中国历史书写中，"时间的流逝通常并不是最显要的因素。最令史家关心的反而是

---

① 徐复观：《两汉思想史》（卷3），北京：九州出版社，2014年，第239页。
② 刘家和：《论通史》，《史学史研究》2002年第4期，第9页。
③ 江湄：《从"大一统"到"正统论"——论唐宋文化转型中的历史观嬗变》，《史学理论研究》2006年第4期，第38页。
④ 王晴佳：《中国史学的元叙述：以"文化中国"说考察正统论之意涵》，胡箫白译，《江海学刊》2017年第1期，第39页。

'空间化'的作用——将道德或政治卓著的事件或者人物空间化以引为纪念"。① 王德威的观点为理解纪传体的"正体"地位提供了富有阐释力的视角。但王德威此论，主要注目于纪传体以"人"为纲的体例特点，具体到本论题，还可以从"天下秩序"下"大一统"政治理念的结构化表征予以解读。在纪传体结构中，本纪部分位居结构中心，这与传统历史叙事"纲纪天人，推明大道"（章学诚《文史通义》内篇四）的宗旨有关。根据三统说、质文代变说、天命说等循环史观，以"仁义""仁政"为实质内涵的"道"的革故鼎新，构成了历史的兴亡更迭，因此欲探究天人、古今的规律，关键在于探究政权的转移规律，这是落实历史演化规律的根本所在。为了推本而记，司马迁特立"本纪"。"本纪"的意义，按照司马迁的说法，是"科条之矣"，"科条"通常被阐释为提纲挈领，似乎没有完全抉发出"本纪"的深意。张守节释"本"为"系其本系"，释"纪"为"统理众事"（《史记正义》），就是着眼于提纲挈领的功能。刘知几《史通·二体》谓："纪以包举大端"；"盖纪之为体，犹《春秋》之经，系日月以成岁时，书君上以显国统"，则不仅阐明了"本纪"包举大端的纲纪性作用，且将"本纪"与《春秋》相提并论，标明其记正朔、显国统的叙事功能，故"本纪"不得仅视为帝王传记，它还象征天命攸归，如此才能明了《史记》立"本纪"为"十二"的含意。《吕氏春秋》分四时十二纪以记事，《集释》卷十二《序意篇》云："凡十二纪者，所以纪治乱存亡也，所以知寿夭吉凶也；上揆之天，下验之地，中审之人。若此，则是非可不可，无所遁矣。"《史记》十二本纪本此意而立，所以《太史公自序》云："网罗天下放失旧闻，王迹所兴，原始察终，见盛观衰，论考之行事，略推三代，录秦汉，上记轩辕，下至于兹，著十二本纪，既科条之矣。"这就解释了"本纪"非尽录帝王的原因，是因为司马迁意在以"本纪"考察历史盛衰成败之理，而不仅仅是帝王传记。以"本纪"所提领的政权的改易，配合"礼乐损益，律历改易，兵权、山川、鬼神，天人之际，承敝通变，作八书"，也即通过探究文化制度的改易以"略协古今之变"，加上"年表"的纵向贯穿、"志"的横向充填，再以"世家""列传"的人事居其间、贯经纬、会纵横以活动，全部历史的兴亡盛衰遂由此而显现。这一以"本纪"为主干，其他诸体以此为中心、与之相配合的史书体例，在历史的动态描述中自然凸显其政

---

① 王德威：《想像中国的方法——历史·小说·叙事》，北京：生活·读书·新知三联书店，2003年，第303页。

治得失，从而彰明变中所含蕴的盛衰兴坏之常理，这一撰述思路与汉代公羊学所阐发的"大一统"政治思想相契合，而纪传体以本纪为中心的同心圆结构也形象地体现了通过"王道"的不断外推而实现"大一统"的政治图景。《春秋公羊传》成公十五年："王者欲一乎天下，曷为以外内之辞言之？言自近者始也。"何休注云："明当先正京师，乃正诸夏；诸夏正，乃正夷狄。以渐治之。叶公问政于孔子，孔子曰：近者悦，远者来。季康子问政于孔子，孔子曰：政者，正也；子帅以正，孰敢不正。是也。"这里明确指出要实现德化天下的"大一统"，"王者"必须是能推己以及人、正己以正人的仁者，所以承担一统之责的"王者"，不必拘于某一特定所指，甚至不必拘于华夷之限，而在实现"大一统"的循环中可以有中心的转移，有王朝的更替，中心变而一统之趋势则始终不变，因此某一王朝因其不符合"王道"而被人为摒弃于历史发展进程中，实乃中国历史演化叙述的题中应有之义。

综上所述，不论是涉及历史演化叙述宏观层面的王朝兴替史，还是关乎言正闰、论统序等正统论范畴的摒秦/存秦论，抑或史学"正体"的体例、结构等形式修辞，其实质均可视为"天下秩序"话语体系中的合法性论证。就具体的叙述策略而言，传统史学以空间化结构的纪传体为"正体"，所勾勒的正是一幅"王者无外""以天下为一家"的"大一统"理想图景，而摒秦论明显造成历史之"应然"与"实然"之间的矛盾，由此建构了历史演进中断裂与连续之间的张力，从"文化中国"的通史精神而言，这一张力恰恰显示出中国历史循环观"形而上学"与"实际历史"之间的辩证法。

二、"历史的终结"与"回到起源"：中西历史演化叙述指向

就实质而言，中西历史叙事所指均为求"真"，然西方之"真"意在探求历史演变中的"公理公例"，指向的是"普遍性"的形上追求；而中国之"真"以"《春秋》以道义"自期，具有代天下立法的神圣性。"普遍性"的"公理公例"与"纲纪天人，推明大道"的《春秋》义法构成了中西史学的根本性差异，具体到演化元叙述，则潜含着以"历史终结"与"回到起源"的指向歧异，下面对此一差异予以分析。

（一）"结尾的意义"：未来的承诺

"重结尾"是西方普遍史模式的必然结果。彼得·伯克指出："西方历史思想中最重要或至少是最显著的特点在于它对发展或进步的强调，换言之，在于它看待过去的'线性'观点。……'历史'通往某个地方并由天

命或神意引领,这在西方是一个古老而广为流传的假定。历史进程是不可逆的并将迈进一个终点的观念,同样是古老和广为流传的。"①这里概括的正是以线性进步观为核心的西方普遍史模式的重要特点。按照亚里士多德的观点,历史叙述的是"个别的事",历史事件之间只存在"偶然的关联",所以"历史"只是一种经验意义上的描述,不具有"普遍性",但是西方语境下的"历史"本以"探究""发现"为本义,也就是致力于寻求经验现象背后的"普遍性",历史学家在撰写历史时,虽多取材于具体的事件,但总专注于归纳历史的普遍性规律或模式,从而赋予历史以"知识"的身份。这种专注通常会导致一种目的论的探究,但客观而论,目的论其实偏离了历史"探究"的"求智"义,而更近似于利用历史来证明某一特定目的逐步实现的求证史学,伯克所言"假定"即明确指出普遍史利用历史证明某一预设目的(也即"终点")的求证性特点,如此,则构成线性结构的"开头""中部""结尾"三要素中,与"目的"("终点")对应的"结尾"成为最关键的要素。

在西方文明一元论/文明等级论的视域下,普遍史讲述的是人类历史演化的类型化喜剧或壮剧,比如希腊罗马史讲述的是"希腊精神"永恒轮回的历史;教会史将整个人类历史解释为一部正义战胜邪恶的线性历史;理性史视人类历史为一部理性驱动下不断进步的历史;世界史和全球史则讲述了一个"世界大同"和"文化涵化"的历史终结的故事,这些故事,总体上都是以西方文明为中心和终结、以"未来"为指向的喜剧或壮剧。在这部人类历史从落后奔向美好的喜剧或壮剧中,"过去""现在""未来"不只是历史进程中的时间坐标,它们同时被赋予了"落后""进步"的伦理与道德化色彩,从而将整个人类历史整合为以"进化""发展""进步""革命"为主题的宏大叙事,并以对未来和永恒的承诺,构造出一种神圣话语,"基督降临(诞生)与再降临(审判)赋予其间的时间和历史以意义,特别是,末日(终结)的先行给每一个时刻都赋予了'拯救'的意义,拯救恰恰是在未来得以实现的",②这与黑格尔"把历史当做是一种在时间中发展的逻辑过程"的逻辑类似,都认为人类社会是随着时间从低级到高级的进化过

---

① 彼得·伯克:《西方历史思想的十人特点》,王晴佳译,《史学理论研究》1997年第1期,第72页。
② 吴国盛:《时间的观念》,北京:北京大学出版社,2006年,第74页。

程。在这一连续性进程中,"过去"和"现在"因位居其中而被赋予意义,但又仅具"前史"意义而最终必然为历史所抛弃,"未来"则因其所代表的美好、圆满、永恒之义,标志着整个人类历史发展的至高点和终结,所以,西方线性历史观中与"未来"相对应的"结尾",隐喻时间和道德的双重"终结",它的达致,既是人类历史发展的巅峰,又意味着这一进程的终结及此一圆满状态的同质延续与永无止息。

再从西方历史线性结构的学理逻辑而论,按照学术界的理解,"历史"一词包括历史实体与历史叙述双重内涵,历史叙述是关于庞大混杂的历史实体的叙事性解释,历史叙述要揭示过去的意义与"内在真理",总是基于一种逆向的因果关系。分析历史哲学家丹图通过"叙述句"的语言学分析得出历史的故事性属于"过去或完成时态"的结论:叙述句在字面上描述的是在先的事件,而其成立则参照了在时间上晚于其所描述事件的后来事件。① "被讲述的最早的事件仅仅是由于后来的事件才具有自己的意义,并成为后事的前因"②,也就是说,构造完好的被赋予了明确意义的,具有"适当的开头、中间和结尾以及一种能够使我们在每一个开头就能看出'结尾'的一致性"的故事性历史,其实是源出于西方文化"普遍性"追求的形式设计,③ 故此"结尾"不仅是线性结构的终结点,而且事实上是建构历史故事的逻辑起点。

文明等级论视域下的西方普遍史所要达致的是化"多"为"一"的帝国主义"驯化"与"殖民",这一"空间之同一"的历史进程在叙述话语中具象化为线性进步观,上演的是一出以"西方的"文明为终结的类型化喜剧或壮剧。在此一线性结构中,作为"目的"/"终点"的"结尾"虽然位居时间链条的末位,实质上却位居逻辑链条的起点,不仅控制着叙事过程的整体走向,甚至构建或折射出整个"历史的走向",因此具有关键性意义,这就是西方普遍史叙述尤重"结尾"的根本原因。

(二)"重元"论:"垂直式乌托邦"的溯源与循途

与西方历史线性进步观指向未来、终结,故重"结尾"不同,中国史家

---

① 阿瑟·丹图:《叙述与认识》,周建漳译,上海:上海译文出版社,2007年,第242—248页。
② 华莱士·马丁:《当代叙事学》,伍晓明译,北京:北京大学出版社,2005年,第65页。
③ 海登·怀特:《形式的内容:叙事话语与历史再现》,董立河译,北京:北京出版社出版集团,2005年,第32页。

普遍持有崇古、怀古、信古的态度,"回到起源"始终规范着中国历史书写,表现在王朝史书写中就是重视王朝的"开端",当然,这里的"开端"不一定等同于"立朝"时刻,而主要指价值时间意义上的"立教"时刻,它是王朝合法性论证的关键。① "起元"论、"重元"论即为此一观念的产物。有学者指出:

> 如同清人赵翼指出的那样,"古人最重者元","元年"并不能随意置换为"一年"。《公羊传》云:"元年者何?君之始年也。"汉武帝时董仲舒奏对,即专门阐释过"《春秋》谓一元之意",云"谓一为元者,视大始而欲正本也"。稍后司马迁论孔子次《春秋》,亦首重其"纪元年,正时日月",及杜预注释《左传》,同样谓之曰:"凡人君即位,欲其体元以居正,故不言一年一月也。"②

以上所引诸说中首先最为关键者,即《公羊传》释"元年"为"君之始年",那么"起元"也就意味着从何时开始正式承认被书写者"君"的身份,事实上,这同时也意味着"一个王朝的开端"应该从何时开始算起。"起元"之所以成为中国王朝史的典型结构性存在,关键在于"纪年"——也就是对于政治世界时间秩序的控制与支配——在中国王朝合法性论证中的重要地位。③ 而"起元"问题所涉及的王朝合法性问题,追根溯源涉及关乎王朝"立教"之本的"大一统"政治理念,其重要性自不待言。刘家和先生阐释"大一统"时着重指出两点:一是,"一统"不是化多为一而是合多为一,"一"中内在包含着"多"的因素。这涉及不同于西方普遍主义的"大一统"观念中关系主义视角或者说"间性"话语的思想源头,此点与本论题关系不大,不赘论;二是,"一统"中的"一"是要从"头"、从始或从根就合多为一。④ 这个阐释有充分学理依据,如《公羊传》释解《春秋》开篇"隐公元年,春,王正月"时,就从"元"字阐发天人合一说及所包含的"大一统"思想,并明确指出,要实现化大行、一天下的"大一统"理想,就必须始于

---

① 董成龙:《武帝文教与史家笔法:〈史记〉中高祖立朝与武帝立教的大事因缘》,上海:华东师范大学出版社,2019年,第276页。
② 辛德勇:《所谓"天凤三年鄗郡都尉"砖铭文与秦"故鄗郡"的名称以及莽汉之际的年号问题(下)》,《文史》2011年第2期,第85页。
③ 徐冲:《中古时代的历史书写与皇帝权力起源》,上海:上海古籍出版社,2012年,第11页。
④ 刘家和:《论汉代春秋公羊学的大一统思想》,《史学理论研究》1995年第2期,第58页。

"元"。要注意的是,《公羊传》将"大一统"上溯到"元"的逻辑,很大程度上是为求得理论上的彻底性,具有历史哲学的形而上学性,如果具体到王朝"一天下"的历史实践,则还得从"王之政"开始,《春秋繁露·二端》:"是故《春秋》之道,以元之深正天之端,以天之端正王之政,以王之政正诸侯之即位,以诸侯之即位正境内之治。五者具正,而化大行。"这就描述了一幅天人合一视域下由"王道""王政"不断外推而"化大行"的"大一统"历史图景,可见实现"大一统","王政"之"始"极为重要。

另外,"起元"论涉及"王朝的开端"问题,这一问题因涉及王朝合法性或正统论而颇显复杂。简而言之,其实质涉及"大一统"的实现途径这一关键性问题。就学理而言,"一天下"有霸政、王政之别;就实际历史而言,则"以力不以德"的霸政甚至可以说更符合"历史的实然",但正如蒋庆所说:"大一统思想的精髓是以德统天下,以仁治宇内"①,也就是说,"天下秩序"下的"大一统"主张的是德化天下的王政而非霸政,前述历史循环观的"似断而实续"特点、摒秦论及通史精神等问题时已对此有所辨析,此处结合"起元"论再作展开分析,为论述方便,且以西晋国史书写"立《晋书》限断"为例以概其余。西晋国史书写的"起元"问题,当时有"用正始开元""宜嘉平起元""从泰始为断"三种主要意见,最终确定为"从泰始为断",也就是将魏、晋王朝禅让正式完成之后的泰始元年设定为西晋王朝的"君之始年",这看起来是从实而录,无需多论,但仍需注意魏、晋王朝更替及国史书写采用"禅让"模式的深意。新王朝的创立者为前代王朝的末世权臣,当然终究是凭借实力实现王朝更替,但在形式上却是通过前代皇帝将帝位"让"与新朝君主来实现。对于这一更替过程,相关"史实"的历史书写,在处理前朝历史的末代或本朝历史的开端时往往或略而不详,或公然曲笔,其维护本朝"立朝"合法性的用心昭然若揭,由此可推知历史书写中转换权臣"篡位"为权力"禅让"的话语策略在当时的历史世界中具有无可否认的正当性。这一正当性当从上述"元""立朝之始"与"大一统"的内在关联,尤其是其中所蕴含的以仁政为本的"王道""王政"立场去体会。"以泰始为断"意味着将此前的司马懿、司马师、司马昭所谓"三祖"的身份定位为曹魏王朝之臣,并将其塑造为平定前代王朝之末世乱局的"功臣",由此开启王朝更替的契机。这一叙述策略的奥秘,在于将"不臣而君"的霸

---

① 蒋庆:《公羊学引论》,沈阳:辽宁教育出版社,1995年,第294页。

政转换为"应天"的王政,从而为新王朝的合法性及正统性提供了史实依据,所以,中国国史书写中"起元"论与"禅让"模式的接榫,实乃"重元"的必然性结果。

"元"与"大一统"的内在关联,不仅引发了国史书写中有关"起元"的各种争议,而且构成宏观意义上的历史演化元叙述的潜含逻辑。按照伍安祖、王晴佳的看法,中国史家普遍持有崇古的、怀古的、信古的态度,"使得帝制中国的主要价值标准皆来自过去,而非现实经验或对未来理想的预期"①,当下只有在与"古"的对照下才能得到有效定位。不过这个"古"与其说是编年意义,毋宁说是一种价值意义,它形构了历史演化进程中那个"超时间"的"道"(也就是元)。将王朝史与"超时间"的"道"相联结,一方面取消了同质的编年时间(或者年代时间),将线性的时间变成了与"道"相关的瞬间、时刻,历史叙述因此呈现出被截断的非连续性状态,但与此同时,因为在每一个"瞬间""时刻"都能体验到与"道"所隐含的内在一致的价值,也就是在截断时间的连续性的同时,历史叙述反而确证了实质或精神上的"道"的连续性。比如"汉承周制"的历史书写,一方面,否认汉与秦在实然历史中的承继关系,将秦摒出历史的时间链条之外,由此产生时间的非连续性;另一方面,"汉承周制"又在文化精神的整体性层面将汉与周直接联系起来,由此重建了精神意义上的时间连续性。从这个角度来看,王晴佳所谓"形而上学"与"实际历史"之间存在鸿沟的说法倒不那么辩证,因为"非连续性"与"连续性"的对立与并置,恰好构成了中国历史演化模式的辩证性关系。其中的辩证性,清晰地体现了中国循环史所展现的,对"垂直式乌托邦"话语体系的追声与循途,也由此体现了不同于西方认知史学的中国规范史学的独特性。

文明论视域下的人类历史演化究竟该走向何处?内在于西方历史叙事中的"文明等级论"借助历史进步观和时间降级的话语策略,意图书写以自身为历史终点的"普世文明话语",但是"非政治性"的"普世文明话语"并不能掩盖其政治性的意识形态本质,且因其对非西方的支配和殖民意识而引发各大文明主体的抵抗;而建基于"天下秩序"观念下的中国历史循环观始终坚持"大一统"的王道政治,塑造了独特的中国通史精神,因

---

① 伍安祖、王晴佳:《世鉴:中国传统史学》,孙卫国、秦丽译,北京:中国人民大学出版社,2014年,第13页。

此,与西方帝国型"征服王朝"不同,中国的"天下型国家"始终维护着一个"和而不同"的共同体形象,这就为人类历史的未来走向提供了一个颇具参考价值的国际关系理念。

第三节 "它性"与"间性":中西历史"他者"叙事话语模式比较

中西历史叙述都包含"他者"书写。"他者"是相对于"自我"的笼统说法。按照学术界的一般看法,西方历史叙述的"他者"大致指反于"西方"的"非西方"。西方历史"他者"书写奠基于希罗多德《历史》。《历史》花大量篇幅探究"希腊人与蛮族人爆发战争的原因",在追溯战争的源头时,将希腊人描述成具有共同血缘、语言、宗教习俗、政治制度的共同体,而将蛮族描述为希腊世界的"他者",并由此建构了蛮我对立的世界想象。法国学者阿尔托格将《历史》中的"他者"书写概括为"它性的话语体系"。① 在西方历史书写中,古典时期希腊、罗马与非希腊、非罗马(主要是古代的亚洲)的对立、中世纪基督徒与异教徒(主要是东正教欧洲和伊斯兰世界)的对立与文明冲突以及地理大发现时期的欧洲与美洲(新世界)的对立及对其的压倒性文明优势,典型地体现了西方历史"他者"叙述的"它性的话语体系"。综合相关研究成果,"它性的话语体系",其核心在于确立欧洲/西方中心主义的观念,并通过蛮、"我"对立的文化想象完成同/异的话语建构,在此建构过程中,西方"想象的共同体"与非西方"想象的异域"借助"自我认同""文化霸权"及"阐明相似性"等策略同步展开,由此实现萨义德所论述的对非西方的"描述、教授、殖民、统治",建构以西方为判准的普遍史话语模式。② 而中国历史的"他者"叙述,主要是指历代正史中的周边异族传。王明珂指出,纪传体王朝史作为一种文类,所对应的情境规范

---

① Franois Hartog. *The mirror of Herodotus: the representation of the other in the Writing of History*. Los Angeles and London: University of California Press, 1988, p.23—24.
② 本尼迪克特·安德森:《想象的共同体——民族主义的起源与散布》,吴叡人译,上海:上海人民出版社2005年,第38—47页。福柯:《词与物——人文科学考古学》,莫伟民译,上海:上海三联书店,2001年,第27页。爱德华·W.萨义德:《东方学》,王宇根译,北京:生活·读书·新知三联书店,1999年,第4页。

便是"华夏帝国"结构。① 从分析历代异族传、夷狄传及四夷传,尤其是其中关于司马迁《史记》周边叙事部分的编次的讨论、《汉书》对《史记》周边叙事编次的调整及其典范化、元修三史中立"外国传"所引发的质疑及重修风潮等问题,可以看出正史"他者"叙述,体现的是华夏帝国华夷之间的差序格局,其叙述模式可概括为"间性的话语体系"。综合相关研究成果,"间性的话语体系"以"天下"观念下的华夷之辨为核心。梁治平、王柯、安部健夫、渡边信一郎等人的研究都指出,"天下"这一观念从一开始就是作为一个超越特定部族与地域的概念被提出和想象的内聚性概念,具有华夷共包、"天下一家"的整体性;同时"天下"观念中所包含的"五服制说""内服"/"外服"说,则体现了"天下"所涵括的上/下、内/外有别的差序格局。② 在历史书写中,四夷、异族的周边化即是这种既整一又等级化的"中国中心的天下型国家"的形象体现。

一、"同/异"与"内/外"的叙述立场修辞

在西方历史"它性的话语体系"中,非西方被描述为以血缘种族为根源,辅以宗教信仰、语言文化、政治制度等迥异于西方的"倒错"式存在;而中国历史的"间性话语体系"则藉"共同血缘"将华夷整合为族群共同体,同时以"内诸夏而外夷狄"的书写原则,区辨华夷文化、道德上的高下,建构具有内外差序的天下秩序。

(一)"同/异":西方历史"它性的话语体系"叙述立场

阿尔托格"它性的话语体系"是在解读希罗多德《历史》关于"蛮族人"的"它性"书写的基础上提出来的。根据《历史》的自述,"历史"一词意味着"探究",其中包含"探究"希腊人与"蛮族人"的冲突与战争之根源,"从这个根源,他们(波斯人)相信希腊世界对他们怀有永恒的敌意:波斯人拥有亚细亚及其蛮夷诸族,而在他们看来,欧罗巴和希腊世界则殊异于他们。"为凸显希波之间"永恒的敌意",希罗多德的《历史》建构了一个以血

---

① 王明珂:《英雄祖先与弟兄民族:根基历史的文本与情境》,北京:中华书局,2009 年,第 57 页。
② 梁治平:《"天下"的观念:从古代到现代》,《清华法学》2016 年第 5 期,第 5—31 页。王柯:《民族与国家——中国多民族统一国家思想的系谱》,北京:中国社会科学出版社,2001 年,第 5—30 页。渡边信一郎:《中国古代的王权与天下秩序——从日中比较史的视角出发》,徐冲译,北京:中华书局,2008 年,第 124—152 页。

缘为基础,涵括地理、气候、习俗、文化多方面结构要素的"蛮族"观念,以从外部建构希腊人与"蛮族人"对立的方式强化希腊共同体的自我认同。在结构"蛮族"观念的诸多要素中,"血缘"居于首位:"全体希腊人在血缘方面有亲属关系","血缘"构成了希腊人内部聚合的基础,也构成希腊与异族区分的根本性标志。这一源于血缘的蛮、"我"区分标准奠定了西方"他者"叙述的基调。相对于文化所具有的流动性,基于生物性特征的血缘和种族是固化的。文化虽然同样具有遗传性,但在种族或民族交往过程中,文化可以进行有效的交流和融合,从而实现文化的流动性甚至形成一种新文化,而血缘的生物性界分则取消了蛮、"我"之间的边界流动性,甚至把血缘间的生物性差异扩大为文化间的不可通约性,这都导致了"他者"叙述中非此即彼的对立性立场。

由血缘种族延伸至于语言、宗教信仰、生活习惯、政治制度等各方面对立的"它性"书写体现在题材内容上,主要就是凸显"非西方"与"西方"的对立或"倒错"。在《历史》中,语言成为希罗多德区分民族并证明希腊人优越性的标准。"蛮族"（barbaroi）一词最早指那些说不好希腊语的人。① 希罗多德用"barbaroi"指称非希腊人,很显然沿用了此词所内含的使用语言的维度及由此引申的相对于希腊文明的"非文明"。《历史》对于波斯、埃及等异族的宗教祭祀、生活习俗、政治制度等详加介绍,但并非中立式的"描述",而是带有特定视角的掺杂价值判断的"叙述",介绍通常是以如下模式进行:"波斯人所遵守的习惯,据我所知是这样的:他们没有设立神像、神庙和祭坛的习惯,而认为做这些东西的人们是愚蠢的。在我看来,这是因为他们不像希腊人那样相信神和人是相似的。"诸如"他们没有……""他们不像……"的句式是相对于预设标准的否定式描述,匮乏的背后蕴含的是希腊人的优越性。这种叙述逻辑是西方历史"它性"书写的典型模式。中世纪宗教史的代表作如尤西比乌斯的《编年史》和《教会史》、奥古斯丁的《上帝之城》、奥罗修斯的《反对异教徒的历史七书》等在建构基督教化的普遍史图景的同时,也擅长以"他们没有……""他们不像……"这样的句式将不信基督的异教徒（主要是伊斯兰世界和东正教欧洲）描述为与正义、崇高的基督徒相对立的邪恶、丑陋和令人恐怖的"他者"。16世纪对于美洲新世界的描述中所充斥着的"他们没有……"的叙

---

① 斯特拉博:《地理学》,李铁匠译,上海:上海三联书店,2015年,第301—305页。

述背后,美洲被呈现为一个有待西方人垦殖的"没有历史"的野蛮世界。在这种以西方为范式的思维模式中,"非西方"的种种特殊性,都可宽泛地描述为希罗多德所谓的"倒错"范畴:"不仅埃及的天气奇特,尼罗河和其他地方的河流不同,而且他们所有的举止和习俗都和其他的人完全倒错。例如,女人外出买卖,男人则在家纺纱织布;纺纱的通常方式是线头朝上拉,埃及人则朝下拉;……""倒错"的叙述逻辑是"他们有……,但是和希腊/西方相反",其实质和上述"他们没有……""他们不像……"的句式所意图表达的内涵完全一致。

西方历史"他者"叙述在题材内容上所凸显的对反于西方的"非西方"的"倒错",其真实性值得怀疑。日本学者高木智见认为,从古代文献领会的,不应该仅拘泥于其中所记载的具体内容是否真实,而应该重点把握存在于所记载的具体事实背后的,让事实表现为事实的思想上的或者观念上的事实。[①] 高木智见所谓"让事实表现为事实的思想上的或观念上的事实"是什么呢?马丁·贝尔纳针对"以希腊解释希腊"的西方古典学原则指出,所谓西方文明实质上是有着浓厚的亚非文明因子的。[②] 而"非西方"的所谓"倒错",借用萨义德《东方学》中的说法,是"通过作出与东方有关的陈述,对有关东方的观点进行权威裁断,对东方进行描述、教授、殖民、统治等方式来处理东方的一种机制;简言之,将东方学视为西方用以控制、重建和君临东方的一种方式。"[③]也就是说,观念史上的"非西方"是为凸显西方中心主义,甚至是为西方征服"非西方"所进行的"它性"话语建构而成的"想象的异域"。

(二)"内/外":中国历史"间性的话语体系"叙述立场

中国正史"间性的话语体系"的叙述立场主要可以从两个方面观察。

其一,与西方"他者"叙述以血缘作为区分的根本标准从而导致西方与非西方不可通约不同,中国古典文献致力于华夷同源共质的族群建构。这一建构过程,按照王明珂的观点,主要是通过"华夏心目中的异族概念

---

① 高木智见:《先秦社会与思想:试论中国文化的核心》,何晓毅译,上海:上海古籍出版社,2011年,第51页。
② 马丁·贝尔纳:《黑色雅典娜:古典文明的亚非之根》,郝田虎、程英译,长春:吉林出版集团有限责任公司,2011年,第1—57页。
③ 爱德华·W.萨义德:《东方学》,王宇根译,北京:生活·读书·新知三联书店,1999年,第4页。

向外漂移的过程"及"华夏边缘人群假借华夏族源记忆成为华夏的过程",其实也就是"夷变华"的历史过程来实现。① 在具体的"他者"书写中,历代正史将林立部族归入单一族源,同时建构族源与华夏先祖的血缘关系来构筑华夷一家的谱系。这一谱系化工作是由《史记》奠定的。于逢春指出,《史记》通过纵向和横向两方面构造"华夷同源""天下一统"的族群谱系框架,其中尤其讨论到《史记》将匈奴、南越、东越、朝鲜、西南夷等蛮夷纳入列传部分,以"共同血缘"的意识将华夷整合为具有族群认同性质的共同体的意义。② 下面以《东越传》和《匈奴列传》为例简要讨论《史记》具体的编码模式。《东越传》追溯东越族源:"闽越王无诸及越东海王摇者,其先皆越王句践之后也。"将东越勾连上越王句践。联系《越王句践世家》:"越王句践,其先禹之苗裔,而夏后帝少康之庶子也。封于会稽,以奉守禹之祀。……后二十余世,至于允常。……允常卒,子句践立,是为越王。"则越国之祖可上溯至禹,如此则东越实与华夏共祖。然"越为禹后"说,后世多有怀疑。《汉书·地理志》注引臣瓒曰:"自交趾至会稽七八千里,百越杂处,各有种姓,不得尽云少康之后也。"清人梁玉绳据《墨子》、韦昭《吴语》注、《韩诗外传》等典籍质疑说:"盖六国时有此谈,史公谬取入史,后之著书者,相因成实,史并谓闽越亦禹苗裔,岂不诞哉。"《匈奴列传》追溯族源云:"匈奴,其先夏后氏苗裔也,曰淳维。唐虞以上有山戎、猃狁、荤粥,居于北蛮。"清人梁玉绳指出:"然言夏后苗裔,似夏后之先无此种族,安得言唐、虞以上有之。而《五帝纪》又云'黄帝北逐荤粥',服虔、晋灼亦皆云'尧时曰荤粥'。是知夏后苗裔之说不可尽凭,而乐彦所述者妄也。夫自天地即生戎狄,殷以前谓之獯鬻,周谓之玁狁,汉谓之匈奴。莫考其始,孰辨其类,相传有所谓淳维者,难稽谁氏之出,未识何代之人,而史公既著其先世,复杂取经传,合并为一,无所区分,岂不误哉。"《汉书》、梁玉绳的质疑可证明司马迁《史记》华夷"源出于一"的建构性,探究司马迁此一建构目的,大概是想通过"杂取经传"以构筑华夷同源的历史谱系。此一建构应该说是成功的,此后"华夷一家"的观念被广泛接受,并成为历代王朝史追溯族群来源的编码范式,如此则使得中国历史的华夷书写从根

---

① 王明珂:《华夏边缘:历史记忆与族群认同》,北京:社会科学文献出版社,2006年,第163页。
② 于逢春:《华夷衍变与大一统思想框架的构筑——以〈史记〉有关记述为中心》,《中国边疆史地研究》2007年第2期,第26—34页。

本上避免了西方因血缘、种族的异质性导致的"它性话语"而呈现出鲜明的"间性"特征。

其二,中国历史"他者"书写在明确华夷一家的谱系依据的同时,又主张"内诸夏而外夷狄"的书写原则。"内"与"外"可以视为"中心"与"边缘"的等级秩序,表现在题材内容上就是凸显异族文明相对于华夏文明的劣位性:"利则进,不利则退,不羞遁走";"故其战,人人自为趣利,善为诱兵以冒敌。故其见敌则逐利,如鸟之集。其困败,则瓦解云散矣"(《史记·匈奴列传》);"夷狄之人贪而好利,披发左衽,人面兽心……圣王禽兽蓄之"(《汉书·匈奴传赞》)。此处要强调的是,正史中的华夷之别主要是指文化上的区别。《公羊传》曾列举了春秋时期诸侯国中出现的十种"失礼"行为,并直斥为夷狄,而做出此等行为的既有一向被斥为夷狄的吴、楚、秦,也有位居华夏中心的晋、郑、卫,还有建有"尊王攘夷"大功劳的齐,甚至还有号称礼义之邦的鲁,可见华夷内外之辨的标准是"文化"(尤其是道德)而非"种族"。"文化"或"道德"的区判标准使得华夷之间的内外界限可以流动,甚至成为王朝正统性辩护的话语方式。《后汉书·东夷列传》中有"故孔子欲居九夷"的说法,原因就在于"言忠信,行笃敬,虽蛮貊之邦行矣","所谓中国失礼,求之四夷也",所以夷狄与"中国"的界分是相对的,"夷狄入中国,则中国之,中国人夷狄,则夷狄之",这就为"夷变夏""夏变夷"的"间性话语"提供了判准依据及表述空间。中国历史关于王朝正统性的辩护大体上有种族、地域和文化三种话语类型,其中最主要的是文化正统说,秦、元、清等边陲蛮夷之邦国即据此理论变"夷"为"夏",而南北朝、南宋与辽金等的正统辩论,表现在当时的史书中均以指斥对方为"蛮夷"作为理论武器,其理由均可据上述"内诸夏而外夷狄"的书写义例予以解读。

二、线性与同心圆的叙述结构编码

西方历史叙述可称为普遍史或普世史模式,这一话语模式在结构上具有典型的"线性"特点,在这一以西方为皈依为终点的直线进化过程中,"非西方"沦为西方普遍史的组构成分。中国史书中异族诸传居于类传较末位则是纪传体结构所彰显的传统政体以"天子"为中心、众臣民辅弼而成的同心圆式差序格局的功能性表征。

(一) 线性:西方历史"它性的话语体系"结构编码

西方历史叙述可称为普遍史或普世史模式。何兆武译注康德"普遍的世界历史"一词时说道:"'普遍的世界历史'一词……字面上通常可译作'通史';但作者使用此词并不是指通常意义的通史或世界通史,而是企图把全人类的历史当作一个整体来进行哲学的考察,故此处作'普遍的世界历史'以与具体的或特殊的历史相区别。"① 也就是说,普遍史是在一定的哲学理念提领下,将时间之流中无头绪、无结构的混沌历史实体规整到由一个统一的主题、一条单一的线索建构而成的有意义的整体中。这种将"多"规整为"一"的普遍史编织出一套西方的普遍主义话语,这一话语典型地体现了西方历史书写中的"线性"结构特点:"西方历史思想中最重要或至少是最显著的特点在于它对发展或进步的强调,换言之,在于它看待过去的'线性'观点。……'历史'通往某个地方并由天命或神意引领,这在西方是一个古老而广为流传的假定。历史进程是不可逆的并将迈进一个终点的观念同样是古老和广为流传的。"② 在这个普遍史建构过程中,西方历史"他者"叙述以"它性的话语体系"野蛮化或同化一切"非西方"的异质性存在,从而形构被德里达称作"白人的神话学"(white mythologies)的普遍主义话语:"白人的神话学,它重新整合和反映西方文化:白种人把他自己的神话,印欧神话,他自己的逻各斯,即表现他自己特征的神话,看作一种普遍形式"。③ 在此"白人的神话学"中,"西方"被阐发为自由、平等、民主、理性、进步等内生、发展及向外传播的普遍主义话语,西方由此代表了人类共有的和不变的文化原质,人类历史被设定为以西方为皈依为终点的直线进程,"非西方"在向西方学习以获得进步与发展的历史进程中,逐步丧失了自身的特殊性而沦为西方普遍史的组构成分,其实质是一种殖民与驯化。这在希腊罗马史、中世纪宗教史及地理大发现时期历史的"他者"叙述中均清晰可见,希腊代表了人类的普遍精神,"蛮族"则是与希腊对立或"倒错"式的存在;异教徒被描述为与基督徒相对立的邪恶的"他者";美洲被呈现为一个"没有历史"的野蛮世界。"非

---

① 康德:《历史理性批判文集》,何兆武译,北京:商务印书馆,1991年,第18页。
② 彼得·伯克:《西方历史思想的十大特点》,王晴佳译,《史学理论研究》1997年第1期,第72页。
③ Jacques Derrida. *The margins of philosophy*. Chicago: University of Chicago Press, 1982, p. 5.

西方"的具体所指因时代语境而有变化,但"他者"的共性在于代表了历史线性进程中的低级阶段。在人类通往"进步"的终点的过程中,推促人类历史发展的动因或为天命或为神意或为理性,均可归入"永恒的希腊/西方精神",而"非西方"向西方的皈依,实质上也就是人类社会从低级向高级、从野蛮到文明的线性进步观的历史书写。按照福柯的说法,这是西方著史者运用"自己的思想"整合散乱史料而建构的"整体历史"的一部分。① 在建构这个关于人类整体历史线性发展的形而上学的"假定"过程中,"非西方"的特殊性被同化,从这个意义上而言,西方历史的"他者"叙述是"非历史主义"的历史"表现"。

(二)同心圆:中国历史"间性的话语体系"结构编码

从史书文献来看,正史中有关周边异族的系统书写始于《史记》,奠定于《汉书》,此后历代正史几乎都沿袭《史记》《汉书》的书写范式。在这一书写范式中,最引人注目的是周边异族传在整体结构中的编次位置。按照杨义的说法,中国纪传体史书结构中,历史人物所处的位置本身具有明确的叙事功能。② 观察由《汉书》所奠定的王朝史的排序规律,周边异族传被连成为一个单元,统一置放于类传,《汉书》以下的纪传体正史均将夷狄异族传放到类传之中,且在类传中所处位置一般靠后。这一编次结构至少暗示两点:异族诸传的稳定存在表明异族在华夏帝国秩序中是不可或缺的存在;位居较末位则隐喻着异族在帝国秩序中若即若离的边缘地位,或在道德光谱上恶多善少的地位,其实这两者并无本质区别。班固《匈奴传赞》对此有明确表述曰:"夷狄之人贪而好利,披发左衽,人面兽心……圣王禽兽蓄之",毫不隐讳他在道德上对异族的鄙夷,并且强调"《春秋》内诸夏而外夷狄",所以主张将周边异族合为类传,且立于类传之末,以显示其伦理道德之低下。当赵翼批评《史记》编次淆乱时说:"朝臣与外狄相次,已属不伦",王若虚说"然凡诸夷狄,当以类相附"时,他们心中奉为圭臬的,正是《汉书》以人物身份为中心,旨在展现理想状态下的帝国结构的体例义法。鱼豢《魏略》、谢承《后汉书》、司马彪《续汉书》借用经学中蛮夷戎狄的框架编撰"四夷传",这一趋向至范晔《后汉书》臻于成熟,至唐初官修诸史出现形式完备的"四夷传",恰与新华夏帝国秩序的确立

---

① 刘北成:《福柯思想肖像》,北京:北京师范大学出版社,1995年,第166—167页。
② 杨义:《中国叙事学》,北京:人民出版社,2009年,第39页。

同时，这恐怕不只是巧合。可以说，史书中异族诸传居于类传较末位正是纪传体结构所彰显的传统政体以"天子"为中心、众臣民辅弼而成的同心圆式差序格局的功能性表征，此后"四夷传"在历代正史中的位置固定化与体例格式化，更是将"四夷传"的叙事从"内容"或叙述的"对象"层面完全转到了"形式"或"结构"层面，"四夷传"所处"位置"由此更多地发挥了叙事的结构性功能。

同心圆结构形象地表征了"内诸夏而外夷狄"的差序格局，这是因为中国历史中的华夷书写从属于天下秩序话语的缘故。梁治平明确指出："'天下'，而非'国家'或其他类似观念，可能是中国古代政治思想中最重要，同时也最具独特性的观念之一了。"可以说，一部中国王朝史就是一部关于施治"天下"的历史，"从一开始，'天下'就是作为一个超逾特定部族与地域的概念被提出和想象的"，"王的事业即是'一天下'"，"秦并六国，固然是'一天下'的著例，但是在此之前的'九州''禹迹'，以及屡见于先秦诸子历史叙述的三代乃至五帝时的'天下'，已经将一个超逾部分的整体性和统一性观念深深植根于华夏族群的心灵之中"。① 具有整体性和统一性的"天下"观念推促了中国历史上的大一统观念，大一统的观念表现在中国历史"他者"叙述中，是形塑了不同于西方历史"它性话语"的"间性话语体系"。司马迁的《史记》在编次结构上将周边异族与朝臣混编，显示了司马迁视华夷为一家的观念。以《汉书》为典范的正史虽然区辨华、夷，但其旨在于建构儒家大一统观念下"三重天下"的差序格局。这一格局以中国传统文化基本因子的方位意识为基础，通过将四夷周边化，直观呈现中心与边缘的等级差序，这其实可视为经学"五服""九服"的历史化。《说文解字》："服，用也。古人服从人"，《礼记》中有服问篇，论述应该如何依据血缘关系之亲疏穿上适当的服装举行丧仪，即"服丧"之事，可知，"天下"分为"五服"或"九服"，就是依据亲疏关系以表现"天下"内部的政治关系，血缘关系有亲有疏，政治关系自然也是有远有近，但是，"四夷"的周边化，只是说明四夷在天下秩序的差序格局中所处地位最低，并不等于从天下秩序中被排除，事实恰恰是很早以前四夷就被视为天下秩序不可分割的一部分。李学勤先生曾经通过对《竹书纪年》的研究，得出"如何对'诸

---

① 梁治平：《"天下"的观念：从古代到现代》，《清华法学》2016年第5期，第5—6页。

夷'进行统治,是夏王朝的一大工作"的结论。①《尚书·尧典》的"蛮夷率服"、《尚书·禹贡》的"西戎即叙"等,记载了蛮、夷、戎、狄加入由"中国"的王朝创造的"天下"系统的事实,周朝的"天下"同样网罗了众多的异民族,这都以史实印证了《礼记》"以天下为一家"、《春秋》"王者无外"的中华帝国的大一统观念。日本学者渡边信一郎提出中国古代的国家形态应该称为"天下型国家",其不同于西方如古罗马帝国这样的帝国型国家的关键点就在于,组构成为"天下秩序"的"中国"与"夷狄"是"差别化与同一化被不断反复"的共同体而非异质性的对立存在。②

要注意的是,同心圆这个说法只是华夷关系的一个符号性象征,并不意味着历史上的华、夷依照同心圆的模式严格排列,其实同心圆的结构模式就像"五服"或"九服"的经学设计一样,是"天下秩序"观念下衍生的"天下型国家"及"大一统"政治理念的历史化表征,既是描述性的,又内含强烈的规范性,正如渡边信一郎所指出的,中国古代形成的"天下即世界""天下即中国"的两种天下观,其区别在于,在以华夏为中心的前提之下,是将周边的蛮夷戎狄都统摄于理想化的"天下",从而"德化被于四海",还是以现实统治地域为"天下"空间范围,在华夷之间划分一条明确的边界的问题。③ 不管哪一种观念,都不否定华夷之间因为"中心"与"边缘"这一方位意识而衍生的内外、主从、上下乃至"文明"与"野蛮"的区别,这些区别,其实质正如王珂所指出的是天下体系中的等级差别,所以,同心圆模式与正史所采用的纪传体结构所内蕴的观念相同。

三、"例外主义"与"关系主义"的叙述视角策略

西方历史是例外主义视角下自足的趋向于进步终点的线性进程,"非西方"是迥异于西方并以西方为皈依的"他者";中国历史则是关系主义视角下华夷一家共建天下秩序的交互过程。

(一)"例外主义":西方历史"它性的话语体系"视角类型

学术界普遍认为,"西方"是一个立基于自我认同意识的建构性观念。

---

① 李学勤:《李学勤文集·古本〈竹书纪年〉与夏代史》,上海:上海辞书出版社,2005年,第72—81页。
② 渡边信一郎:《中国古代的王权与天下秩序——从日中比较史的视角出发》,徐冲译,北京:中华书局,2008年,第42页。
③ 同上书,第124—152页。

这种自我认同意识不仅要界定"西方是什么?"同时需要建构"西方应当是什么?"按照美国学者大卫的看法,"认同的生成是通过边界的表述来实现的,这种边界是从'外部'来划分'内部',从'他者'来界定'自我',从'国外'来界定'国内'"。①那么,将西方设定为普世文化与价值的体现者,以一种否定或同化"非西方"的策略,从反方向深化西方的自我认同,历史叙述中的"他者"话语就这样被编织进入西方自我认同的普遍主义话语中。这样的理论出发点已经预设了一个将西方历史的发展解释为内生的驱动力的例外主义视角。

根据例外主义叙述视角,西方历史经历了希腊时代、罗马时代、基督教的欧洲、文艺复兴、宗教改革、地理大发现、启蒙运动、政治革命、工业革命和现代化道路这样几个阶段,这个线性历史进程同时也是诸如自由、民主、平等、科学、个人主义、资本主义这些"西方"观念中特有的理性事物在西方历史中内生、发展、复兴及向外传播和让渡的历史。希罗多德《历史》的"他者"书写即具有例外主义视角特征:《历史》对于"蛮族人"的习俗、文化、政治制度等的叙述,是以希腊为基准的主题先行式的"想象"与虚构。《历史》具有示范性意义,并形构了有关希腊历史与西方文明的整体解释范式。现代意义上的西方古典学,其学术基石即在将特定的文明传统标示为具有绝对意义的经典,并在此基础上确立该传统之于"他者"的卓然地位,比如在希腊历史解释中盛行的将希腊视作仅属欧洲或雅利安的"雅利安模式"就是典例:它极力强化某种纯粹、独立、特异、不受他者影响的希腊精神与希腊性,并将之标示为希腊文明或西方文明的根本特征。

例外主义视角下的"他者"叙述主要采用两种叙事策略。一是通过"对差异的否定描述"建构"文明—野蛮"二元对立的叙述框架,借此将非西方"野蛮化"。"文明—野蛮"对立模式的背后,是对非西方的异质性的否定与排斥。二是借助"叙事认同"或福柯所谓"阐明相似性"的话语策略实现对"他者"的话语驯化。根据"叙事认同"或"阐明相似性"的原则,叙述者可以按照叙述宗旨重组叙事情节,选择符合自我或与自我密切相关的特质进行重构,从而同化"非西方"的异质性。上述两种叙事策略殊途同归,都意在将"非西方"纳入西方的普遍史话语体系内。玛格丽特·霍

---

① David Campbell. *Writing Security: United States Foreign Policy and the Politics of Identity*. Minneapolis:University of Minnesota Press, 1992, p.9.

金在分析了16、17世纪大量涌现的关于美洲的地理学、人类学、民族志等著作后精辟地指出:"他们选择他者文化中与自己文化相似的那些特征进行描述;他们对之加以阐释,并根据自己的经验和教育背景向其他人传递经由他们的语言所构造的关于他者文化特征的概念。他们面对的问题与钦定《圣经》译本译者所遇到的相似。译者们为了使古代近东闪族人民的宗教观念和实践能够被翻译成为英国人所理解东西,不得不将之想象为17世纪英国语言和文学中流行的东西。……当相似性被注意到时,就需要新的能够指出它们的方法;而如果相似性没有被发现,描述依然是可行的,只不过要借助否定或显示差异的评论。"①玛格丽特·霍金这一观察适用于整个西方历史"他者"叙述。从本质上说,西方对非西方的认识和叙述并没有从文化多元主义立场出发,而是试图在西方普遍主义的框架内为之定位,这样,西方与非西方之间的差异消融于西方所预想的相似性之中,"他者"的特殊性被源自西方的文化原质所取代而同化于"西方"。可以说,例外主义视角所建构的是一幅以西方为本体性存在的"单线历史"或福柯意义上的"整体历史"的静止图景。

不过学术界已经有不同的声音了。布莱恩·莱瓦克等几位学者编写的《西方世界——碰撞与转型》试图改变例外主义叙述视角,从副标题"碰撞与转型"即可看出视角的转换,论述从惯常的西方内在的自足发展转换为分析"碰撞"与西方社会变迁的密切关系。作者自述其旨说:"我们将西方作为源于其一系列内部与外部文化碰撞的产物来审视",文中用大量篇幅叙述西方内外之间的文明碰撞,对西方历史进程中的外部因素给予高度的关注。例如,上古史时期的历史有近一半的篇幅叙述西方文明的母乳——北非和中东的文明遗产;中世纪的历史充分阐述伊斯兰世界对于基督教欧洲的形构意义;始于公元1500年前后的海外扩张部分则既充分肯定了这一历史活动对于世界的影响,同时也中肯地论述了欧洲社会由此所产生的深刻变化。② 可以说,关系主义的叙述视角大概更真实地触及了"实然"的西方历史。

---

① Hargaret T. Hodgen. *Early Anthropology in the Sixteenth and Seventeenth Centuries*. Philadelphia:University of Pennsylvania Press,1964, p.194.
② 布赖恩·莱瓦克等:《西方世界:碰撞与转型》,陈恒等译,上海:格致出版社,2013年,第32—146页。

(二)"关系主义":中国历史"间性的话语体系"视角类型

中国历史中的华夷书写可借用与上述"雅利安模式"相对的"古代模式"来概括。"古代模式"指将希腊视作处于埃及与西亚的影响之下生长并不断与其发生交互作用的模式。借用"古代模式"概括中国历史中的华夷书写,意在强调,共处"天下秩序"下的华夷被描述为既存在等级秩序又同源共质的共同体,故采用与例外主义视角不同的关系主义视角。

《史记》的编次结构呈现出华夷关系的动态历史图景。与以《汉书》为典范的王朝史将夷狄异族传位列类传较末位置以彰显"天下秩序"下的差序格局和大一统观念有所不同,《史记》中的周边异族传没有放在全书某个特别的位置上,也没有连缀在一起,中间还穿插了许多华夏大臣、诸侯的传记,关于这一编次结构的本意及其意义,司马贞、王若虚、赵翼等史学家多有讨论。近年来有研究者总结《史记》的编次规律是以历史活动时间为根本,而在同一时期的则同类相从、同事相从,时间相同者以影响或功劳的大小排序。① 胡鸿进一步指出,《史记》中的列传同事相从的原则说明,《史记》编次列传以事件而非人物身份为中心。胡鸿引用逯耀东早已指出的《史记》"列传并非专为叙人物,而是以人系事,如编年以时系事一样,而且所叙的事不是孤立的,和其生存时代的历史发展与演变息息相关,和个人独立的传记完全不同"作为佐证,因此《史记》中的"异族传"与朝臣混编在一起,实际上是呈现了一种华夷关系的动态历史图景,非常明晰地显示了华夷之间的互动。② 以《汉书》为典范的历代王朝史的"四夷传",因其编次位置及叙述策略彰显的华夷之间既区辨又和合的共同体式关系,其实质可谓"三重天下"的差序格局而非西方历史"他者"叙述的二元对立,在"四夷传"中描述的华夷边界的流动性,其实就是关系主义视角下"差别化与同一化被不断反复"的历史图景。

在这种关系主义视角下,中国历史的"他者"书写呈现为杜赞奇所谓"复线历史"的动态图景。关于这一动态历史图景尤为值得注意的是:首先,中心与四夷之间是渡边信一郎所谓"差别化与同一化被不断反复"的共同体式的存在。在这一共同体中,华、夷边界可流动。如春秋战国时期

---

① 杨光熙:《谈〈史记〉的篇章排列顺序》,《史学月刊》2002年第12期,第111页。
② 胡鸿:《中古前期有关异族的知识建构——正史异族传的基础性研究》,《中国中古史研究(第四卷)》,北京:中华书局,2014年,第18—22页。

南方的吴、楚、北方的秦，最初被中原的鲁、晋等诸侯国视为蛮夷，但在其政治实力不断壮大并主动融入中原文化且有意识地制造出其国君为黄帝后裔或者与当时的周天子同祖的政治形象叙事之后，吴、楚、秦等蛮夷之国获得了中原诸侯国的认可，甚至成为一方霸主而变"夷"为"夏"了。①同时，华夷之辨具有相对性。当汉族政权处于弱势或者未能成为统一中国的中央王朝时，往往通过强调华夷之辨来整合政治力量，并借此申辩其政权的正统性。但在"协和万邦""蛮夷率服"的中央王朝统治时期，所谓华夷之辨的意识则会相对淡化。

另外，在华、夷的中心与边缘差序格局中，中心对边缘的支配具有相对性，而边缘对于中心则常常具有历史长时段的结构性影响。日本汉学家内藤湖南指出："中国的论者，尤其是最近的论者，总是将外族的侵略看成是中国的不幸，其实中国悠久的民族生活之所以经久不衰，正是因为有这样多次的外族侵入。"②王明珂以汉代华夷关系为例强调边缘对"中国"身份认同的作用说："汉代中国人调整、确立其边缘，也就是不断调整、强化并确定'中国人'的范围。""事实上，'中国人'并不完全依赖内部的文化一致性来凝聚，凝聚他们最主要的力量来自华夏边缘的维持。"③美国学者拉铁摩尔明确提出"边疆中心论"突出边缘对于中心的重要性，他指出在汉末的时候，"中国及其长城边疆历史的特征已经形成了一种相互影响的确定模式"，④中国农业和社会的进化，促成了边境草原社会的形成，"所以游牧循环至少有一部分是中国循环的结果……一经形成之后，游牧循环所造成的力量使它能够以独立的形式，影响中国的历史循环"。⑤ 上述诸论均从边缘对中心的影响角度佐证了华夷之辨的相对性，这种关系主义视角深入论述了华夷之间复杂的动态历史。

综上，中西历史的"他者"书写在叙述立场、结构编码及视角策略等方面都存在话语差异。追根溯源，这种话语差异可视为中西不同文化背景

---

① 平势隆郎：《从城市国家到中华：殷周 春秋战国》，周洁译，桂林：广西师范大学出版社，2014年，第125—158页。
② 日本内藤湖南研究会：《内藤湖南的世界》，马彪译，西安：三秦出版社，2005年，第226页。
③ 王明珂：《华夏边缘：历史记忆与族群认同》，北京：社会科学文献出版社，2006年，第204—205页。
④ 拉铁摩尔：《中国的亚洲内陆边疆》，唐晓峰译，南京：江苏人民出版社，2005年，第12页。
⑤ 同上书，第352页。

的历史折射。西方历史"他者"叙述的"它性的话语体系",其方法论与认识论的基础是西方特有的本质主义。本质主义排斥异质性,借助自我/他者、西方/非西方、先进/落后的二元对立框架,运用"叙事认同"或"阐明相似性"的叙述策略所建构的以西方为判准的"它性的话语体系",在很大程度上遮蔽了非西方的特殊性,因而无法揭示出历史的理性,而只能是理性的历史。中国历史"他者"叙述的"间性的话语体系",可视为气化宇宙观下既分类又联类的"关联式思维模式"的历史表征。不同于西方本质主义下对立式、从属式思维模式,"关联式思维模式"重视整体的把握,反对将个体从整体联系中孤立出来作单独分析,因而倾向于从关系主义视角描述和建构"天下秩序"下既同源又有内外差序的华夷关系,因此,与西方帝国型"征服王朝"不同,中国的"天下型国家"始终维护着一个"和而不同"的共同体形象。

第四章
中西叙事伦理思想比较

叙事在讲故事的同时，还包含着价值判断和伦理选择，布斯所说的"讲述故事就是一个道德探究行为"[①]虽然有些夸张，但道出了叙事与伦理之间不可分割的关系。随着后经典叙事学的出现和叙事观念的发展，任何研究（过程）都可以被看作是一种叙事，所以出现了美学的叙事转向和文论叙事转向等说法[②]。在叙事转向的背景下，伦理学研究也从叙事中寻找帮助。纳斯鲍姆在1990年出版的《爱的知识》中认为，"虚构叙事以其具体性和感性力量为伦理研究提供了一般哲学研究中无法找到的有价值的工具"[③]。或许是巧合，差不多在叙事转向的同时，学界也出现了伦理转向。列维纳斯的"他者伦理"和弗莱彻的"境遇伦理"都给伦理学研究注入了新鲜血液。在叙事转向和伦理转向的背景下，将叙事和伦理这两个本来不相关的研究领域结合起来加以研究似乎是顺理成章的事情了。

叙事伦理思想可以表现在多种叙事活动和各种文学体裁中，描述中西叙事伦理思想因而成为一个非常庞大、复杂的系统工作，不可能面面俱到。就目前叙事伦理的研究看，最集中的领域的当数小说，因此不妨以小

---

① 韦恩·布斯：《修辞的复兴：韦恩·布斯精粹》，穆雷等译，南京：译林出版社，2009年，第264页。
② 参见刘阳：《美学的叙事转向》（《文艺研究》2014年第11期，第21—29页）、《理论的文学性与文论的叙事》，《文艺研究》2012年第7期，第19—26页。
③ 唐伟胜：《文本 语境 读者 当代美国叙事理论研究》，上海：上海世界图书出版公司，2013年，第217—218页。

说叙事为代表,来比较中西叙事伦理思想的差异。

对中西小说的叙事伦理思想展开比较,首先要选择有各自特色的小说。五四以后,中国小说受西方小说影响,在审美倾向上和西方小说靠近。比较中西小说的叙事伦理,中国小说最好选择自身特色明显的古代小说,西方小说不妨选择欧美后现代之前的小说,前者大约止于西方小说对中国产生影响之前的19世纪末,后者大约止于卡尔维诺《宇宙连环画》和马尔克斯《百年孤独》问世的20世纪60年代,二者时间上虽有差异,但就叙事伦理研究而言,更符合实际情况。其一,西方后现代之前的小说一般有完整的情节,和中国古代小说类似;其二,后现代小说秉持的宗旨是违反现有的规则(包括道德规则),甚至为了反规则而反规则,虽然可以对其进行伦理阐释,但小说本身或许并无明确的伦理目的,和中国古代小说形成强烈反差,硬性比较意义不大。

小说叙事固然包括故事和叙述两个方面,但是谁叙述故事、为何叙述故事以及故事叙述出来以后的接受情况如何,都应该是叙事伦理考虑的问题。这样看来,叙事伦理就可以包含四个层面:一是考察叙事主体的意图伦理,二是分析小说内容的故事伦理,三是探究小说形式和伦理之间关系的叙述伦理,四是接受者在接受中体现出来的接受伦理。故事伦理和叙述伦理目前研究较多,中西小说叙事伦理比较中的故事伦理和叙述伦理,需要阅读大量的中西方小说,比较它们的故事模式、人物角色、情节类型以及叙事视角、时空安排等方面的异同,在本章有限的篇幅内,对此只好付诸阙如,本章只集中比较中西小说叙事的意图伦理和接受伦理。在比较之前,先需要明确一个问题:中西方小说中的伦理,总体上看,存在着伦理维度的差异,这样,本章的论述就可以分成三个部分对中西小说的叙事伦理展开比较:伦理维度、意图伦理、接受伦理。

第一节 规范伦理和德性伦理:中西小说伦理维度之比较

中西学界在20世纪80、90年代,不约而同地开始了针对小说的叙事伦理研究,刘小枫的《沉重的肉身》和纽顿的《叙事伦理》可为代表,尤其是后者,首次标举了"叙事伦理"这一概念。但细究之,刘小枫和纽顿所说的"叙事伦理"差别很明显。刘小枫认为叙事伦理学是相对于理性伦理学而言的,前者"关心道德的特殊状况",后者"关心道德的普遍状况"①,由此他展开对人民民主伦理和个人自由伦理之间关系的思考。而纽顿所说的叙事伦理,可同时被理解为两种含义:一是通过叙事讨论某种伦理状态,二是伦理表达的方式依靠叙事结构②,这显然是伦理转向和叙事转向共同作用的结果。就刘小枫所说的"叙事伦理"来看,他虽然讨论《丹东之死》《牛虻》《生命中不能承受之轻》等西方作品,和纽顿《叙事伦理》对具体作品的分析路径大体一致,但在叙事伦理中区分出人民伦理的大叙事和自由伦理的个体叙事还是显示出和纽顿的区别:纽顿只是针对具体作品来展开叙事批评,刘小枫则有将人民伦理的大叙事和自由伦理的个体叙事相比较的用意。人民伦理的大叙事将民族、国家和历史目的置于个人命运之上,自由伦理的个体叙事主要表现个人的生命感觉和伦理意识,前者接近于规范伦理,后者接近于德性伦理,规范伦理和德性伦理可以体现出中西小说叙事中伦理维度的不同,中国古代小说主要是规范伦理,西方小说主要是德性伦理。

一、中西小说中规范伦理和德性伦理的渊源

中国古代小说注重规范伦理,以规范伦理来考量小说情节和人物形象,可说是古代小说作者和研究者的首要任务,这与史传传统的影响有关。

在古人"以史为贵"观念的影响下,史传传统对古代小说产生了直接影响。就叙事观念而言,史传叙事的一个重要目的在于通过对史事的实录,显示出其中的善恶道理,给后人以借鉴。孔子修《春秋》,便有强烈的"劝善惩恶"意图:"上明三王之道,下辨人事之纪,别嫌疑,明是非,定犹豫,善善恶恶,贤贤贱不肖。"③司马迁撰《史记》,其志在继《春秋》,"《春秋》者,礼义之大宗也"④,《史记》也"记述历史的治乱之变,载其恶以诫世,书其善以劝后"⑤。庸愚子《三国志通俗演义序》将史书的作用概括为:"昭往昔之盛衰,鉴君臣之善恶,载政事之得失,观人才之吉凶,知邦家

---

① 刘小枫:《沉重的肉身》,北京:华夏出版社,2007 年,第 4 页。
② Adam Zachary Newton, *Narrative Ethics*. Cambridge: Harvard University Press. 1997, p8.
③ 司马迁:《史记》卷一百三十《太史公自序》,北京:中华书局,1959 年,第 3297 页。
④ 同上书,第 3298 页。
⑤ 张大可:《史记研究》,兰州:甘肃人民出版社,1985 年,第 356 页。

之休戚"①,"鉴君臣之善恶"的伦理功用居于显要位置。读者阅读史书,也自觉地以其为借鉴,将"劝惩"内化于心。《国语·楚语上》记载申叔时语:"教之《春秋》,而为之耸善而抑恶焉,以戒劝其心"②。史传的伦理规劝传统对古代小说产生了深远影响。李公佐《谢小娥传》结尾说小娥的故事"足以儆天下逆道乱常之心,足以观天下贞夫孝妇之节",作者为其作传,是出于"知善不录,非《春秋》之义"的考虑③。《三国演义》中的人物,无论"遗芳遗臭",在庸愚子看来,其要义在于表达"君子小人,义与利之间而已"这样一种伦理判断④。

就叙事特点而言,史传叙事主要表现为实录原则、春秋笔法以及"典型化"特征、寓论断于序事、假论赞而自见,前二者侧重史家的叙事意图,是史传叙事观念在叙事中的具体表现。后三者侧重史传叙述的策略,是史传在叙事形式方面呈现出来的特点。实录原则,不仅包含班固所说的"不虚美、不隐恶",还包括刘知几所说的"史德"和"史识"⑤,这意味着,真正的实录,是以史德为根基、以史识为条件的"善恶必书",实录在如实记录的同时,也显示出作者对记录对象的善恶评判。春秋笔法,其要内涵在于"微而显、志而晦、婉而成章、尽而不污、惩恶劝善",春秋笔法可看作是一种价值评判(包含伦理评判)方式,其特征在于尚简用晦⑥。至于"典型化"特征、寓论断于序事、假论赞而自见,固然不局限于伦理范围,但"典型化"的结果,又往往能使人物的伦理形象更为鲜明,《左传》在一定程度上可说是将《春秋》加以"典型化",这让《左传》中的人物形象比《春秋》中的人物形象鲜明生动得多,它所传达出来的伦理观念因为形象性的原因,给人留下的印象更为深刻。顾炎武赞扬司马迁的"寓论断于序事",揭示出史传叙事的一个特点:叙事同时也是评论。在史传中,隐含于叙事中的评论往往涉及伦理道德问题。假论赞而自见,更是直接将作者对史传中人事的看法表达出来,这些看法中有很多与伦理相关。史传叙事特点的这

---

① 黄霖、韩同文选注:《中国历代小说论著选》(上),南昌:江西人民出版社,2000年,第108页。
② 左丘明:《国语》,韦昭注,上海:上海古籍出版社,2015年,第349页。
③ 张友鹤选注:《唐宋传奇选》,北京:人民文学出版社,1964年,第99页。
④ 黄霖、韩同文选注:《中国历代小说论著选》(上),南昌:江西人民出版社,2000年,第109页。
⑤ 傅振伦指出:"知几既以史之所贵,在于写真,求为实录,因力倡叙事以时事为转移、时言记事、史德、阙疑诸说,更有史识良难之叹"(傅振伦:《刘知几年谱》,北京:中华书局,1963年,第104页),这意味着,"叙事以时事为转移、时言记事、史德、阙疑"乃至"史识",都是实录的具体表现。
⑥ 李洲良:《春秋笔法的内涵外延与本质特征》,《文学评论》2006年第1期,第91页。

五个方面,在古代小说中形成合力,五个方面所包含的伦理要求,通过合力而得以强化,导致古代小说中呈现出鲜明的伦理说教色彩。不妨以《三国演义》为例稍加分析。《三国演义》号称"悉本陈志、裴注,绝不架空杜撰……语皆有本"①,自然以实录为主,但如何实录,作者有其伦理立场。《三国志》以魏为正统,《三国演义》则以蜀汉为正统,这样一来,所谓"悉本陈志、裴注",也只是为了增加小说的史传分量而已,章学诚所说的"七分实事,三分虚构"应该更为公正。《三国演义》中的"三绝",诸葛亮之贤、关羽之义、曹操之奸,都是"典型化"的结果。同时,塑造"三绝"的过程中,也不乏春秋笔法,如关羽义气之中不时表现出傲气,这造成了失荆州这一严重后果。关羽生前,小说对此不加评判,关羽死后,才借诸葛亮之口,道出这种傲气的危害。至于寓论断于序事和假论赞而自见,小说中比比皆是,无须赘言。史传叙事的伦理立场对《三国演义》的接受者也有影响。毛宗岗《读三国志法》,便自觉地以"紫阳《纲目》"来纠正"《通鉴》之误",弃"以正统予魏"之《通鉴》,取"以正统予蜀"之《纲目》②。

和中国古代小说受史传影响而重视伦理不同,西方小说关注伦理与西方的哲学传统和修辞学传统有关。就哲学传统看,伦理学和道德哲学激发了人们对小说叙事伦理研究的兴趣。亚里士多德在《尼各马可伦理学》中指出意愿或意志在伦理学中的重要性,这就在苏格拉底所说的"知识即道德"之外,开启了另一扇道德之门,他区分了"理智德性"和"道德德性"③,详细讨论了由"意愿行为"带来的勇敢、节制、慷慨等"具体的德性",让后人明白了意志在伦理中的重要性,意志自由由此成为西方伦理学关注的重心之一。康德的道德哲学的根基在于知、情、意三分,与亚里士多德对意愿或意志的重视不无关系。伦理学和道德哲学不仅关注"善",也关注"公正"。个体的自由意志如何保证"公正"? 这就需要个体不能只从自身出发来考虑问题,列维纳斯的"他者伦理"由此获得广泛认同,德里达将"他者伦理"思想吸收进解构主义思想之中,强调自我对他者的伦理责任。"列维纳斯和德里达为他者的伦理辩护开启了哲学的伦理

---

① 清溪居士:《重刊三国志演义序》,见丁锡根编著:《中国历代小说序跋集》,北京:人民文学出版社,1996年版,第906页。
② 黄霖、韩同文选注:《中国历代小说论著选》(上),南昌:江西人民出版社,2000年,第342页。
③ 亚里士多德:《尼各马可伦理学》,廖申白译注,北京:商务印书馆,2003年,第35页。

转向"①。在这样的背景下,保罗·利科、玛莎·纳斯鲍姆等人借助文学来讨论伦理学问题,哲学传统直接催生出文学叙事伦理。保罗·利科在《作为一个他人的自身》中指出:"文学是一个巨大的实验室,其中,各种期望、评估、赞同与谴责的判断都被尝试过,叙述性就通过它们承担了伦理的预备教育。"②纳斯鲍姆认为,文学及文学理论可以丰富传统哲学的伦理研究。小说可以利用情感的认知力量,呈现出人物的具体伦理困境,讲故事的伦理和所讲故事的伦理由此可以有机地结合在一起。③哲学传统催生出来的文学叙事伦理研究,一个特点是研究者往往结合具体作品来讨论叙事伦理问题。巴尼斯在分析亨利·詹姆斯的小说《地毯上的人物》时发现,小说叙述者总在思考一个问题:婚姻是否提供了解开文本秘密的钥匙,引发了他用"文本—读者"恋爱来思考叙事伦理:阅读仿佛恋爱,是读者和文本之间一对一的交流,小说叙事伦理就像是读者在和文本谈恋爱一样,用想象的方式来了解它。特拉维斯在讨论莫里森和库切的小说时指出,他们的小说都反映了自我无力理解他者意义的伦理问题,由此得出结论:文学中最富伦理性的行为是清晰地表达有关自我和他者之间的不均衡关系这样的伦理问题,要解决这样的伦理问题,只有向他异性开放。④

就修辞学传统看,古希腊雄辩术的流行,让修辞学大放异彩。就小说叙事伦理而言,修辞学传统的影响比哲学传统的影响更为直接和深远。按照亚里士多德的说法,"修辞学可界定为在任何场合通过观察发现适当的说服别人的方法的能力"⑤,表面上看,修辞学所依赖的修辞术是一种纯粹的技巧,但无论是柏拉图的反对修辞还是亚里士多德的赞同修辞,都认为修辞学超越了技巧而上升到伦理的高度。柏拉图认为修辞可以将不好的东西说得很动听,引诱人喜欢它,这是不道德的行为,所以应该将运用修辞的诗人赶出"理想国"。亚里士多德则认为,修辞通过技巧,可以让

---

① 程丽蓉:《中西叙事伦理理论研究之辨析》,《浙江工商大学学报》2018年第4期,第39页。
② 保罗·利科:《作为一个他者的自身》,佘碧平译,北京:商务印书馆,2013年,第172页。
③ 参见程丽蓉:《中西叙事伦理理论研究之辨析》,《浙江工商大学学报》2018年第4期,第39—40页。
④ 转引同上,第42页。
⑤ Edited by Jonathan Barnes: *The Complete Works of Aristotle*, 1984. Princeton University Press, p2155.(罗念生译为:"修辞术的定义可以这样下:一种能在任何一个问题上找出可能的说服方式的功能。"《罗念生全集》(第一卷),上海:上海人民出版社,2016年,第145页。

人们掌握知识、信服正义、信仰真理，走向理智德性和道德德性，修辞正是因为其伦理维度而不再是单纯的技艺，而具有哲学意味。修辞学有令人恐怖的"劝说"力量，修辞技艺可以让"劝说"成为"威胁"或"引诱"，从而具有伦理价值。为了避免修辞学沦为纯粹的形式暴力，亚里士多德将修辞学诉诸哲学反思。只有将修辞学视为哲学反思的智性探索，视为有助于弘扬真理、抵制罪恶的方法，才能让修辞学免受话语暴力的支配，从而具有一定的伦理意义。这样，亚里士多德通过哲学反思，从正反两方面将修辞学和伦理联系起来，从根本上纠正了修辞只是单纯技艺的观念，保罗·利科赞叹："亚里士多德的修辞学构成了从哲学出发将修辞学制度化的最辉煌的尝试。"①经过长时间的沉寂后，到 20 世纪中叶，修辞学迎来了布斯所说的"复兴"②。布斯说修辞学"复兴"，与"新亚里士多德修辞学派"及此后的新修辞学密切相关。20 世纪初兴起的"新亚里士多德修辞学派"重新重视修辞，不仅对话语行为的修辞本质有新的认识，同时也复活了亚里士多德关于修辞存在伦理维度的观点，甚至开启了修辞学批评的伦理转向。唐纳德·C.布赖恩特认同亚里士多德的观点，"认为修辞的功能是'使观念适应人，使人适应观念'，最终使真理战胜邪恶"③，进而认为修辞"研究的对象是价值观"④。"新亚里士多德修辞学派"对古典修辞的挪用引起了新修辞学的不满，肯尼斯·博克将修辞界定为"一些人对另一些人运用语言来形成某种态度或引起某种行动"⑤，只要人运用语言，就进入修辞情境，修辞行为就不再像古典修辞学所说的那样发生在某一个特定修辞情境下，而是存在于普遍的人的生存环境之中，他由此提出了修辞学界的"认同"观念：在人类的生存环境中，人是象征性地对环境做出反应，这个反应过程其实是一个"认同"过程："每一个处于分离状态的人体的确认都要经历不同形式的认同。"⑥"认同"有其伦理目的，因为人类总是自觉或不自觉地处于某种寻求认同的情境中，寻求认同中包含着伦

---

① 保罗·利科：《活的隐喻》，汪堂家译，上海：上海译文出版社，2004 年，第 5 页。
② 韦恩·布斯：《修辞学的复兴》，《修辞的复兴：韦恩·布斯精粹》，穆雷等译，南京：译林出版社，2009 年，第 51 页。
③ 肯尼斯·博克等：《当代西方修辞学：演讲与话语批评》，常昌富、顾宝桐译，北京：中国社会科学出版社，1998 年，第 10 页。
④ 同上书，第 101 页。
⑤ 同上书，第 16 页。
⑥ 同上书，第 159 页。

理认同。博克虽然反对古典修辞,却强化了修辞学的伦理转向。

在修辞学伦理转向的背景下,布斯的《小说修辞学》打上了浓厚的伦理烙印。在布斯那里,小说的伦理目的或许才是小说修辞的意义所在。他从叙事主体、叙事形式、叙事交流等方面探讨小说形式的伦理意义,将小说技巧和伦理分析结合起来,认为非人格化叙述、议论、距离控制等诸多修辞技巧都与道德相关,"把技巧和伦理分析相结合"①成为布斯修辞学的显著特色。即使后来他跳出小说修辞的技巧分析,从读者的角度提出"求同修辞"时,也仍然强调其中的伦理维度。"求同修辞"大致可分为两个层面。第一个层面是读者领悟故事时的交流层面。任何一个读者,"不管他多么杰出,都不可能通过个人探究得出关于故事的值得信赖的道德判断",因而"他们不仅倾听故事,还倾听朋友对故事的反应,并且在听的时候不断交换他们的思想",形成"共导"②。第二个层面是不同领域的人之间需要求同存异,尽量寻找共同点而彼此包容。显然,与小说叙事伦理有关的是第一个层面,但第二个层面显示出布斯多少受到新修辞学派的影响,不再将修辞局限于文本交流,而是将不同领域之间的沟通也看作修辞。就"求同修辞"的第一个层面看,布斯拓展了他在《小说修辞学》中的观点,《小说修辞学》主要研究叙述技巧和文学阅读效果(包括道德效应)之间的关系,总体上可将之归结为作者和读者之间的交流,"求同修辞"则侧重于读者和读者之间的交流。这影响了后来詹姆斯·费伦从修辞学角度切入的叙事伦理研究(下文详说)。无论是布斯探讨小说修辞和阅读交流的伦理效应,还是费伦的叙事伦理研究,都有一个特点,他们的结论都是结合具体作品的分析总结出来的。

综观中西小说叙事伦理研究的传统,中国的史传传统让中国的古典小说有一种似乎与生俱来且有规可循的劝惩观念,西方的哲学传统和修辞学传统让西方学者在谈到小说叙事伦理时,一般没有什么道德观念先行的问题,而是很自然地结合具体的作品分析来寻找其中的伦理效应。

---

① 周宪:《布斯文学研究的伦理关怀》,见韦恩·布斯:《修辞的复兴:韦恩·布斯精粹》,穆雷等译,南京:译林出版社,2009年,第1页。

② 韦恩·布斯:《修辞的复兴:韦恩·布斯精粹》,穆雷等译,南京:译林出版社,2009年,第254页。

二、规范伦理和德性伦理在中西小说中的表现

中西方小说的不同传统导致各自的叙事伦理研究都形成自己的路径特色。中国强大的史传传统,让儒家道德观念深入人心,内化为大多数人的道德准则,无论是小说作者还是读者,首先看重的便是小说的伦理道德效应是否符合儒家的道德观念,于是很自然地联系到作者写作时的道德动机,叙事伦理研究的切入点是真实作者的生活遭际及道德水平,小说体现出来的伦理内容和价值追求与作者的生活遭际和道德水平直接相关。西方伦理学对意志的强调以及修辞学对具体情境的关注,影响到西方小说的叙事伦理研究形成自己的特色:小说不是为了满足某种道德观念,道德观念需要通过具体的小说人物和情节才能体现出来,要想知道小说表达了什么样的道德观念,首先需要阅读小说。叙事伦理研究因而和中国的形成鲜明对比:其切入点是小说文本本身,它甚至可以忽视真实作者的生活遭际和道德水平。

史传传统的影响,让中国古代小说的作者首先将目光投向历史小说领域。史学为宗的思想,让小说只能是不入流的"小道"。史书中的"劝惩"成为人们日常生活中根深蒂固的观念,小说作者很难突破史书的伦理观念而结撰小说,最方便的做法就是选择史书中的人和事来进行小说创作。郑振铎说:"在小说艺术未臻完美之前,长篇著作是很难着手的,只有跟了历史的自然演进的事实写去,才可得到长篇。"[①]于是"按鉴"演义成为历史小说的当然选择,不少历史小说通过摘抄重要史实,勾连成文。《大宋中兴通俗演义》《唐书志传通俗演义》《东西晋演义》均如此。作者"按鉴"演义,不仅能保证小说有史书的"实录"精神,更重要的是保留了史书的教化功能,这既是小说作者的创作动力的一个方面(另一个方面是为了牟利),也是统治者没有阻止历史小说刊行的原因之一[②]。历史小说之后,神怪小说、世情小说、侠义小说相继出现,但作者(刊刻者)在经济利益之后,首先要考虑的就是小说的伦理效应,甚至通过竭力宣扬自己小说的

---

① 郑振铎:《中国小说的分类及其演化的趋势》,载《郑振铎文集》(第七卷),北京:人民文学出版社,1988年,第114页。

② 朱元璋"圣训"云:"致治在于善俗,善俗本于教化。教化行,虽闾阎可使为君子;教化废,虽中材或堕于小人",巨大的压力迫使小说创作走上"教化为先"的道路。参见陈大康:《明代小说史》,上海:上海文艺出版社,2000年,第126页。

伦理效应来引人关注，以提高经济效益。对颇有狭邪色彩的《花月痕》，栖霞居士也称其宗旨之一是"有关风化，辅翼世教，可以惩善劝恶，可以激浊扬清"①，色情小说也在"劝百讽一"模式下被贴上道德教化的标签，其他类型的小说关注伦理效应更是理所当然的事情，熊大木甚至将刊行小说与宣扬纲纪看作同一件事情："武穆王《精忠录》，……纲由大纪，士大夫以下遽尔未明乎理者，或有之矣……使愚夫愚妇亦识其意思之一二……于是不吝臆见，以王本传行状之实迹，按《通鉴纲目》而取义。"②

作者重视小说的伦理效应，使中国古代小说体现出来的伦理观念总体上呈现出规范伦理的特点。规范伦理一般与德性伦理相对而言，"是以原则、准则、制度等规范形式为行为导向并视其为道德价值之根源的伦理"③，它设定的是伦理底线，以这一底线来评判具体行为是否符合伦理规范的要求。德性伦理则"着眼于作为行为主体的人、以对人的道德品质、品格和习惯的培养或培育为核心和目标的道德建构"④，它是以人内在的精神品质为依托，来追求完善的道德理想。如果说规范伦理关注的是某一行为是否符合规范，德性伦理则通过这一行为来关注行为者本身的道德品质。作为底线伦理，规范伦理所要求的是"必须"不能做什么，作为至善伦理，德性伦理所追求的是"最好"怎么样。当然，规范伦理可以照顾到人自身的德性要求，但其侧重点在其"规范"上，规范会约束一些德性要求；德性伦理也有其规范的一面，个体德性不是天生的，而是养成的，有一种麦金太尔所说的"获得性的人类品质"⑤，这种养成和获得，只能在既定的社会规范中完成。个体德性一旦养成作为"个体"存在，它就和作为群体的社会规范既有一致的地方，也有不一致的地方。

儒家伦理思想本来以圣人的至善理想为旨归，总体上应该归为德性伦理，但圣人为社会立法，其至善理想对普通人而言就成为一种道德规范。儒家的"仁义礼智信"本来是圣人自我修养的内在要求，孟子所谓"恻隐之心，仁之端也；羞恶之心，义之端也；辞让之心，礼之端也；是非之心，

---

① 陈大康：《明代小说史》，上海：上海文艺出版社，2000年，第124页。
② 黄霖、韩同文选注：《中国历代小说论著选》（上），南昌：江西人民出版社，2000年，第121页。
③ 吕耀怀：《规范伦理、德性伦理及其关联》，《哲学动态》2009年第5期，第29页。
④ 聂文军：《论规范伦理与德性伦理的复杂关系》，《吉首大学学报》2014年第1期，第37页。
⑤ A.麦金太尔：《追寻美德：伦理理论研究》，宋继杰译，南京：译林出版社，2003年，第242页。

智之端也"①,董仲舒在《春秋繁露》中将仁义礼智和孟子所说的"朋友有信"②之"信"合在一起,提出"五常"之说,原本圣人自我修养的道德要求就成为普通人需要遵守的伦理规范。"五常之目"就成为儒家关于做人的基本德目:"仁"成为处理人际关系的情感要求,"义"成为处理人际关系的价值准则,"礼"成为处理人际关系的行为模式,"智"成为处理人际关系的知性原则,"信"成为处理人际关系的精神纽带③。朱熹将三纲五常和天理联系起来,三纲、五常都是天理体现于社会规范的产物。"存天理,灭人欲"更是直接扼杀了不合天理的出自个人德性的情欲要求。朱熹在理学界的崇高地位以及他所编撰的《通鉴纲目》对小说的直接影响,使得小说作者不自觉地将"仁义礼智信"作为衡量小说人物的道德尺度,"仁义礼智信"在明清小说中有时是人物自觉的道德追求,但更多的是社会对人物强制性的伦理要求。

由于中国古代小说中的伦理主要是规范伦理,这导致三方面的情况出现。第一方面的情况是小说以宣扬和巩固伦理规范为己任,总体上流露出"善恶书于史册、毁誉流于千载"④的济世情怀。托名钟惺的《盘古至唐虞传》《有夏志传》《有商志传》三部小说,是整体规划的产物,由于所写内容于史无凭,"事无足徵",作者就用当时社会的伦理规范来摹拟小说中的人物言行,并用"理有固然"将自己虚构的小说冠以"按鉴演义帝王御世"的名目,通过"以今而见古"来显示规范伦理的力量不仅作用于当下,也可以回溯到以前⑤。第二方面的情况是伦理规范在当时的社会中几乎是不变化的,朱熹称其为"天理",也暗示了它的恒久性,小说要表达体现天理的规范性伦理,很容易导致一种情况的出现,即不同小说之间虽然有具体情节人物的差异,但在伦理旨趣上基本一致,都以"仁义礼智信"中的某一点或几点作为评判人物的价值标准,这导致了古代小说千人一面的伦理说教情形,但当时的小说家却乐此不疲。古代小说中,即使偶尔出现

---

① 《孟子·公孙丑上》,杨伯峻译注:《孟子译注》,北京:中华书局,2010年,第72—73页。
② 同上书,第114页。
③ 唐凯麟、张怀承:《成人与成圣——儒家伦理道德精粹》,长沙:湖南大学出版社,1999年,第168—208页。
④ 李康:《运命论》,见严可均辑:《全上古三代秦汉三国六朝文》(第3册),石家庄:河北教育出版社,1997年,第433页。
⑤ 参看钟惺:《盘古至唐虞传·序》,载钟惺编:《盘古至唐虞传 有夏志传 有商志传》,北京:群众出版社,1997年。

人物冲破规范伦理的情况，最终仍然让个体德性回归到伦理规范之中，这导致古代小说中一再出现"悔悟式"或"果报式"的结构安排。《警世通言》卷二十五《桂员外途穷忏悔》中的桂迁忘恩负义，遭报应而妻、子亡命，于是痛改前非，持斋悔罪。桂迁当初没有伸出援手，是怕于自己有恩的施家败落后成为无底洞，抱着"接人要一世，怪人只一次"①的想法，对施家母子置之不理，这是以个人德性为出发点的，在桂员外看来，他并没有做什么坏事，只是没有帮助曾经帮过自己的人而已。但当时的伦理规范却是"有恩必酬者，亦匹夫之义"②。他最终的悔悟还是让个人德性服从了社会的伦理规范。第三方面的情况是小说主要写人物的行动，很少写人物的内心活动，这与规范伦理注重个体行为是否符合伦理规范相一致。古代小说中人物的外在活动表现得比较充分，人物的内心活动往往也通过人物的语言行为来表现。《西游记》非常重视"修心"，取经的过程其实是"修心"的过程，但小说展示出来的是一个个降魔除妖的故事。对孙悟空来说，他必须彻底断绝早年的叛逆之心，他的"修心"首先要做到真心尊敬自己的师父。但这个修心过程鲜少触及人物的内心活动，孙悟空的修心本来应该是一个德性伦理的问题，在《西游记》中却表现为他为了换取自由而不得不接受的一个条件，观音菩萨等人对他的要求，让他的行为时时处于规范伦理的监督之下。

　　和中国不同，西方小说的叙事伦理研究首先关注的是具体作品所呈现出来的道德内容和表现形式。詹姆斯·费伦的修辞性叙事伦理研究可为代表。作为布斯的学生，费伦在老师的基础上将叙事伦理研究向前推进了一步。

　　第一，在《作为修辞的叙事》中，他从修辞的角度将叙事定义为"某人在某个场合出于某种目的对某人讲一个故事"③，叙事不仅是讲故事，更是一种有目的的交流，其中包含有伦理目的。与布斯重视隐含作者的引导作用相比，费伦更重视主体间的交流："修辞是作者代理、文本现象和读者反应之间的协同作用"④。布斯试图通过隐含作者的引导来显示小说某

---

① 冯梦龙编撰：《警世通言》，北京：中华书局，2009年，第253页。
② 同上书，第83页。
③ 詹姆斯·费伦：《作为修辞的叙事》，陈永国译，北京：北京大学出版社，2002年，第14页。
④ 同上书，第5页。

一确切的伦理目的,在费伦这里却落空了。由于注重交流和协同,而交流和协同是无止境的,"作者、文本和读者处于一种无限循环的关系中……任何一篇特定文章都应该既具有潜在的实用性,而其推论又不是终极的"①,这样就不可能有什么确切伦理目的,即使小说有什么伦理目的,这一伦理目的也只是交流过程中暂时存在的情况。以此看来,费伦重视主体间的交流和协同不是为了得出某个具体结论,而是提供一种方法或途径。费伦从具体作品入手,通过《海浪》来探讨叙事进程,通过《永别了,武器》说明小说中的"双声"技巧对读者的影响,而"双声"技巧又是由读者推断出来的,由此形成循环往复的情形,等等。

第二,在《活着就是讲述:人物叙述的修辞与伦理》中,他视生活为讲述的故事,由于生活包含有伦理,叙述因而也成为各种伦理相遭遇的场所。与布斯的《我们所交的朋友:小说伦理学》主要从理论上阐发小说伦理不同,费伦在《活着就是讲述》中通过对20世纪六部小说的分析,详细讨论了叙事形式和伦理之间的关系。费伦对小说的伦理分析总是从具体的作品出发,这自然受到叙事学重视文本的影响,与修辞交流重视修辞情境(文本)也有关系。费伦这种从具体文本出发而展开的叙事伦理研究,是承续西方悠久的德性伦理传统。

亚里士多德的伦理学追求至善的道德理想,属于德性伦理学范围。自文艺复兴以来,宗教律法逐渐被自然法所取代,"伦理道德的规范化、制度化"受到重视②。17—18世纪,随着启蒙运动的兴起,德性伦理学开始转向规范伦理学。亚当·斯密在《道德情操论》中将正义作为社会得以正常运行和维系的基础,正义不仅是一种德性,它首先是社会的伦理规范;《国富论》中认为社会可以通过"看不见的手"来实现主观上利己而客观上利他,从而让"一切社会中的以利他主义为导向的协调人与人关系的德性伦理便从根本上失去了存在的土壤"③。以斯密为标志,德性伦理转向规范伦理④。到20世纪初,随着分析哲学的兴起,"分析伦理学"(元伦理

---

① 詹姆斯·费伦:《作为修辞的叙事》,陈永国译,北京:北京大学出版社,2002年,第6页。
② 徐宗良:《德性与伦理规范刍议》,《伦理学研究》2009年第3期,第78页。
③ 聂文军:《试论西方伦理学中规范伦理与德性伦理的关系演变及其意义》,《伦理学研究》2014年第2期,第43—44页。
④ 参看崔宜明:《论亚当·斯密问题》,载华东师范大学中国现代思想文化研究所:《思想与文化》(第一辑),上海:华东师范大学出版社,2001年,第269页。

学)的势头盖过了规范伦理学。由此,大致可以说,西方古典小说时期(尤其是古典小说兴盛的 18 和 19 世纪),伦理学界以规范伦理为主。但与之形成悖论的是,从文艺复兴时期开始,小说就有反对教会禁锢、张扬个体感情的追求,到 18 世纪,"情感个人主义"大行其道,"私人领域"形成,弗莱因此将 18 世纪称为"感性年代"。有论者指出:"欧洲小说主流并非特罗洛普、菲尔丁和巴尔扎克这样长于描写类型人物的作家,而是深入刻画'个人意识'——也就是具体人物的内心情感——的作家"[①]。人物的内心情感,或许多少受到伦理规范的影响,但内心情感毕竟是个人的情感,和规范的伦理道德情感的差异才是个人情感能打动读者的原因。以此观之,西方小说中的情感表现和当时社会上占主流的规范伦理之间形成张力。从个人情感出发,可能会无视规范伦理对情感的基本要求,小说中经常出现浪荡子对女性的欺骗(如洛弗莱斯),也经常出现女性听从自己内心的情感诉求来行事(如苔丝),社会的道德标准和伦理规范在强大的内心情感面前显得微不足道。不同的人物的情感世界是不同的,对人物情感的重视,其实意味着尊重情感的个性,这种情况下,很难要求人物遵从某一特定的伦理规范,读者必须在看完小说后才知道人物的道德诉求和作者的伦理目的,这些道德诉求和伦理目的又是千差万别的,不好简单地归于仁、义、礼、智、信等德目之中。对小说的叙事伦理研究首先要做的是了解作品中的伦理表现,而不是某种外在的伦理规范。

第二节　中西小说叙事意图伦理之比较

由于叙事学理论源自西方,学界在讨论叙事伦理时,多以纽顿等人的叙事伦理研究为依据。纽顿的叙事伦理研究是在西方叙事学发展的基础上提出来的,与西方叙事学的文本中心一脉相承,因而得出一个结论:伦理的表达方式依靠叙事结构[②]。同时,他将叙事伦理分为三重结构:"(1)叙述伦理(这种情况下,意味着紧迫的形势和叙述行为自身的重要性);(2)再现伦理(指将'个人'转化成'人物'这种虚构自我和他者的行为所招

[①] 参看金雯:《情感与形式:论小说阅读训练》,《外语教学理论与实践》2016 年第 2 期,第 38 页。
[②] Adam Zachary Newton. *Narrative Ethics*. Cambridge: Harvard University Press. 1997, p8.

致的代价);(3)阐释伦理(即阅读活动让读者担负的伦理批评的责任)"①。纽顿用力最多的是阐释伦理,阐释伦理以叙事文本为基础,但纽顿并没有忽视文本背后的叙事主体,他援引列维纳斯的"言说"(saying)来解释"叙述伦理"。"言说"意味着"作用于说者、听者和见证者之间交换对话系统以及跟随讲故事而来的主体间的责任和要求"②,"对话系统"着眼于文本,"主体间的责任和要求"则涉及叙事主体,只不过纽顿的叙事主体是跟随故事而来的叙事主体,主要是文本中的隐含作者和叙述者,正因为如此,他将主体责任纳入"叙述伦理"之中。对叙事伦理研究而言,叙事主体的意图不可忽视似乎是自然而然的事情,但由于西方叙事伦理研究从文本出发,所以有意无意地忽略了主体意图,或者像纽顿这样,将主体意图纳入叙述伦理之中。如果考虑到中国古代小说研究对真实作者的关注,叙事伦理研究有必要将包含真实作者在内的叙事主体单独提出来。马克斯·韦伯曾在伦理导向意义上提出"意图伦理",将其作为和责任伦理截然对立的一种伦理导向③,我们不妨借用"意图伦理"这一概念,来表达主体叙事时想要达到的伦理意图,从而对中西小说叙事的意图伦理展开比较。

一、真实作者意图伦理之比较

叙事主体指叙事作品中具体叙事活动的实施者,一般包含四个层面:真实作者、隐含作者、叙述者、人物。人物作为叙事主体有其特殊性,它可以开展叙事活动,但同时又是隐含作者和叙述者创造出来的叙事载体,它一般被认为是叙事内容的一部分,它的主体引导功能一般也让位于它的故事行动功能,鉴于此,此处讨论的叙事主体,不考虑人物,只考虑真实作者、隐含作者和叙述者。

真实作者指写作时的那个真人,他在现实生活中所受到的伦理熏陶,他由生活触发而来的所感所想,都在其创作中留下一些痕迹,对中国古代小说和西方20世纪之前大多数的浪漫主义、现实主义小说来说,真实作

---

① Adam Zachary Newton. *Narrative Ethics*. Cambridge: Harvard University Press. 1997, pp.17—18.
② 同上书,第18页。
③ 参见 G.恩德利:《意图伦理与责任伦理——一种假对立(上)》,王浩、乔亨利译,白锡校,《国外社会科学》1998年第3期,第13页。

者的创作动机和伦理处境对小说会有直接的影响。中国古代小说研究盛行考证之风、法国圣伯甫等人提倡传记批评，均与此有关。总体上看，由于二者研究路径的差异，中国古代小说研究从作者出发，西方小说研究从文本出发①，导致叙事主体的意图伦理各有侧重：中国侧重对真实作者伦理意图的把握，西方侧重对文本所体现的伦理意图的解读。

需要说明的是，中国侧重对真实作者伦理意图的把握，并不意味着对小说文本中的主体意图漠不关心，相反，它往往将真实作者的伦理意图和小说文本的伦理表现结合起来，来探寻叙述者和隐含作者的伦理意图。同样，西方侧重对文本所体现的伦理意图的解读，主要是受叙事学研究以文本为中心的影响，也没有完全忽视真实作者的伦理意图，尤其是在亨利·詹姆斯之前，小说研究中对真实作者的伦理处境和伦理意图多有关注。亨利·詹姆斯将小说定义为"个人的、直接的对生活的印象"②之后，西方小说研究才普遍重视"展示"而忽视"讲述"，进而漠视真实作者。作者是否现身，在亨利·詹姆斯看来，是"新旧小说的明显分界线"③。

中国古代小说研究对真实作者的重视，似乎是天然的：孟子的"知人论世""以意逆志"为小说研究重视作者提供了理论基础；史传"春秋笔法"对小说叙事的影响，让寻找故事背后的作者意图成为小说研究的应有之事。叙事主体的意图伦理首先需要考察的是真实作者的身份以及这一身份所可能有的伦理意图。

不少古代小说被多次翻刻而形成不同的版本，不同版本一般都有不同的序跋、凡例等，宽泛地看，这些序跋、凡例也可以看作是真实作者的心声（否则就可以用其他的序跋或凡例）。这样一来，古代小说的作者就可以包含两类人：一是编创者，二是参与者。编创者包括以熊大木、余象斗为代表的书坊主、以锺惺为代表的上层文人、以蒲松龄为代表的下层文人④。参与者一般是为小说撰写序跋的文人墨客、社会名流，他们往往是作者的知音，个别参与者甚至直接影响到小说的创作。他们既以读者身

---

① 江守义：《中西小说叙事伦理研究路径之比较》，《中国文学研究》2019年第2期，第1页。
② 亨利·詹姆斯：《小说的艺术，亨利·詹姆斯文论选》，朱雯、乔佖、朱乃长等译，上海：上海译文出版社，2001年，第10页。
③ 雷内·韦勒克：《批评的概念》，张今言译，北京：中国美术学院出版社，1999年，第239页。
④ 很多隐姓埋名的作者当为下层文人，像王世贞这样的上层文人一度被认为是《金瓶梅》的作者，毕竟是极少数。

份阅读小说,又以序跋形式参与对小说的理解和解释,从而补充和发挥小说的伦理寓意。

这些编创者和参与者,他们有时候署真实姓名,但大多时候隐藏自己的真实姓名。真实作者署名,研究者可以联系其人生经历,对其小说意图进行探究,自不待言。真实作者隐姓埋名,对叙事伦理研究而言,则是一个有趣的现象。真实作者隐姓埋名的情况主要有三种,第一种是不署名,如《梼杌闲评》《锋剑春秋》就没有署名作者。第二种是化名,化名有可考者,如冯梦龙写《古今小说序》《警世通言叙》《醒世恒言序》,分别化名绿天馆主人、无碍居士、可一居士;化名有不可考者,作者身份至今不明,如《三国志后传》的作者酉阳野史。第三种是托名,如韦瓘托名牛僧孺撰《周秦行纪》。这三种情况的出现,都与真实作者的伦理考量有关。第一种情况,不署名可以因为小说是"小道"而不屑于署名,也可以因为小说是"小道"或其他原因而不敢署名,不屑于署名可以理解,无需赘言,不敢署名一般与当时的社会伦理环境有关。不敢署名或是因为写堕入"小道"的小说而不被认可,或是因为小说内容为时人所不认同。宣德八年,李昌祺的《剪灯余话》成书十三年后被友人刊行。据《明史》记载,李昌祺"预修《永乐大典》","廉洁宽厚",颇受朝野好评①,这样一个公认的好官,由于写了《剪灯余话》这样一部本意用来教化的小说,就被拒绝列入乡贤祠②。有李昌祺这样一个二品大员的先例,读书人不敢在自己的小说中直接署名就不难理解。第二种情况,化名或是因为身份,或是为了宣扬作品。冯梦龙用不同的化名写序,让小说似乎得到参与者的一致认同,有利于推销自己的小说并宣传自己的小说观念。第三种情况,像《周秦行纪》这样的托名,被公认为是党争的产物,比较特殊;一般的托名主要是借助别人的大名和影响,来提高小说的身价,它折射出当时社会上的一种趋利之风。明末经济之风盛行,围绕能否致富,有人将传统的仁义礼智信区分为"富之贼"与"富之翼":"为富不仁,为仁不富,诚可去也。义则多廉洁,多慷慨,有碍于富,诚可去也。礼则多辞让,多仗义,有碍于富,诚可去也。惟智与信则不可去。征贱征贵,知取知予,至于趋利避害,偎炎附热,非智其何以知之?凡富家,必有任用之监奴,凡巨贾必有行财之小商,非信其何以御

---

① 张廷玉等:《明史》卷一百六十一《李昌祺列传》,北京:中华书局,1974年,第4375页。
② 叶盛:《水东日记》卷十四,《四库全书》第1041卷,上海:上海古籍出版社,1987年影印,第66页。

之?故前三者,实富之贼;而后二者,乃富之翼也。求富者去其三贼,存其二翼可也。"①商业社会中,可以不要仁、义、礼,但一定要智和信。假托名人来推销小说,既是用名人信誉来担保小说质量,也体现出真实作者的智慧。

古代小说的真实作者无论是否隐姓埋名,都有强烈的伦理说教意图,其突出表现是劝善惩恶的伦理动机,在一般的作者看来,惩恶劝善这样的规范伦理是小说基本的伦理要求,所以像《梼杌闲评》这样虽然标榜"惩恶"而事实上以刻画人物复杂性为主的小说,真实作者索性隐身。真实作者强烈的劝善惩恶动机,与他们的慕史情结有关。小说作者从小接受的是儒家教育,儒家那一套伦理说教在史书之中已经有了艺术化的表现。古代小说蔚为大观的是历史小说,直接反映出作者借史书通俗化来"有裨风化"的伦理动机。史书中有实录,也有想象。小说家追慕史家,小说中实录和想象的背后同样有惩恶劝善的伦理期待。《列国志》系列小说罗列"国家之兴废存亡,行事之是非成败,人品之好丑贞淫",以期"引为法诫"②,以"信实"为宗;《梼杌闲评》将人事纳入因果报应框架之中,虽然标榜"安捽奸邪尊有道,赞扬忠孝削馋人"③,却多有虚构。

和中国古代小说的真实作者相比,西方小说的真实作者则体现出较为复杂的面貌。其复杂之处主要体现在两个方面:(一)真实作者现身的方式多种多样,不同于中国古代小说相对单一的"序跋""凡例"以及小说结尾处程式化的"异史氏曰";(二)真实作者的小说观念多种多样,不同于中国古代小说相对单一的劝善惩恶的伦理说教。

就第一个方面看,西方自"小说兴起"时起,真实作者就可以现身(当然也可以不现身),且形式多样。真实作者可以在小说正文之前现身。伊恩·瓦特《小说的兴起》中提及的笛福,在《鲁滨孙漂流记》"序言"中多次以"编者认为"的方式表达自己对这部小说的理解;菲尔丁以"献辞"的方式表达自己对《汤姆·琼斯》的看法;《白鲸》正文开头借助两种形式的"语源"和两种形式的"选录"表明真实作者麦尔维尔对小说写作的准备工作

---

① 转引自陈宝良:《明代社会转型与文化变迁》,重庆:重庆大学出版社,2014年,第243页。
② 可观道人:《新列国志叙》,见丁锡根编著:《中国历代小说序跋集》,北京:人民文学出版社,1996年,第865—866页。
③ 刘文忠校点:《梼杌闲评》,北京:人民文学出版社,1983年,第1页。

和良苦用心;纳博科夫在《洛丽塔》风行后,写了一篇后记《谈一本名叫〈洛丽塔〉的书》,作为此后《洛丽塔》版本的组成部分。真实作者也可以在小说正文中现身。司汤达《红与黑》在每章开头都引用一段历史或现实中人物说过的话,以暗合本章内容,也侧面体现出真实作者的对本章内容的理解;司汤达《意大利遗事》以在正文中穿插故事来源的说明以及对正文加注的方式①,体现出真实作者的存在;托尔斯泰《战争与和平》不仅有类似《名利场》那样在叙述过程中让真实作者现身的情况,小说结尾的"尾声第二部",其全部内容是真实作者对历史、自由、必然等问题的议论,这些问题游离于小说之外,小说完全可以没有这些议论,但这些议论让真实作者的相关看法得以明确。

和中国古代小说真实作者强烈的伦理说教意图不同,西方小说真实作者在正文之前现身,可以是对道德寓意的理解(但未必是单一的劝善惩恶的道德说教),也可以与道德无关。前者比比皆是,无需多言,后者如《白鲸》开头在"语源"中征引韦氏字典和理查逊字典对"鲸"的释义。即使是在小说中现身,西方的真实作者也不只是像《聊斋志异》"异史氏曰"那样,针对小说内容发表道德感慨,他可以是发表道德感慨,也可以是像《名利场》那样就小说内容进行提醒,还可以像《战争与和平》那样游离于小说之外来发表真实作者对一些问题的看法。所有这些,说明西方小说作者创作小说的意图是多样的,虽然如布斯所言,从根本上说,小说创作最终离不开伦理②,但真实作者创作小说的直接动机可以不是伦理说教,这和中国古代小说真实作者在规范伦理作用下不约而同地走向伦理说教形成对照。

就第二个方面看,西方小说真实作者的小说观念,基本上因人因时而异,很难像中国古代小说那样有一个总体性的劝善惩恶的教化观念。丹尼尔·笛福心目中的小说,就是赚钱的工具,他本人在1709年对主要社

---

① 文中说明故事来源,如第一个故事《卡斯特卢的女修道院院长》第一节最后一段,"这个故事是我从两部很厚的写本译出来的,一部是罗马写本,一部是佛罗伦萨写本。"(司汤达:《意大利遗事》,李健吾译,上海:上海三联书店,2014年,第11页);文中加注,如《卡斯特卢的女修道院院长》第一节,正文"在九世纪大乱之后,人们在意大利写的最早的历史的已经提到强盗了,而且说起他们来,像是古已有之。"此后加括号标注"参看穆拉陶理的辑录"。(第7页)

② 布斯在《小说修辞学》中指出:"当给予人类活动以形式来创造一部艺术作品时,创造的形式绝不可能与人类意义相分离,包括道德判断,只要有人活动,它就隐含在其中。"(布斯:《小说修辞学》,华明、胡晓苏、周宪译,北京:北京大学出版社,1987年,第441页。)

会集团的平均收入做过估测,觉得小说价格适中,一些并不富裕的读者可以承受,《鲁滨孙漂流记》"也曾以廉价的十二开本和小故事书的形式发行过"①。笛福对经济的热衷,让他"把所有的文学问题都降格为商业问题"②。在托尔斯泰看来,作为艺术的小说,是人与人之间交际的一种手段,艺术的特色在于"作者所体验过的感情感染了观众或听众"③,因而小说就是感情传达的媒介。亨利·詹姆斯则认为小说"是一种个人的、直接的对生活的印象"④,"予人以真实之感(细节刻画得翔实牢靠)是一部小说的至高无上的品质",小说的道德目的等都要依存于这一品质⑤。当然,西方也有像菲尔丁这样秉持"严肃的道德观"⑥来看待小说的作者,他坚持亚里士多德和贺拉斯的准则,坚持小说的道德意义。

西方小说作者形形色色的小说观念,都难以完全避免道德在该小说观念中的地位问题,毕竟小说无法完全抛弃道德。这里,中西方也表现出巨大的差异。中国古代小说一切以道德说教为旨归,即使直接的创作动机各有不同,但最终都跳不出道德说教这一窠臼。郭勋编撰《英烈传》的直接动机是想让祖上郭英入享太庙,但小说本身只能是对本朝开国君臣"忠义"之举的褒扬,同时视本朝开国君臣的对手为奸恶而加以贬斥。

和中国古代小说作者将各种创作动机最终都引向伦理说教不同,西方小说作者则在各自的小说观念中来理解道德问题。笛福在追求经济利益的同时,"把日常生活中的每一事件看作是提出了一个内在的道德问题"⑦;托尔斯泰在肯定艺术传达情感的同时,将善恶的道德问题和浓郁的宗教情怀联系在一起;亨利·詹姆斯心目中小说的道德已不再是小说所表现出的善恶问题,而是作者能否很好表现的问题。菲尔丁虽然秉持"严肃的道德观",但绝对不是像中国古代小说那样的道德说教,相反,其

---

① 伊恩·P.瓦特:《小说的兴起》,高原、董红钧译,北京:生活·读书·新知三联书店,1992年,第38—40页。
② 同上书,第277页。
③ 列·托尔斯泰:《艺术论》,丰陈宝译,见伍蠡甫、胡经之主编:《西方文艺理论名著选编》(中卷),北京:北京大学出版社,1986年,第413页。
④ 亨利·詹姆斯:《小说的艺术,亨利·詹姆斯文论选》,朱雯、乔佖、朱乃长等译,上海:上海译文出版社,2001年,第10—11页。
⑤ 同上书,第15页。
⑥ 伊恩·P.瓦特:《小说的兴起》,高原、董红钧译,北京:生活·读书·新知三联书店,1992年,第293页。
⑦ 同上书,第88页。

道德观很有个性色彩,甚至和一般的劝善惩恶相反,"他相信道德绝不是根据公众舆论而对本能进行压抑的结果,道德本身乃是一种向善或仁爱的自然的倾向"①,从而表现出对恶的包容和理解。由于不同小说的作者有各自的道德观念,每部小说都可以展示人物的道德品性和自身的伦理品格,但就整个小说而言,却没有某种同一化的伦理说教,这和中国古代小说形成鲜明对比。

二、隐含作者意图伦理之比较

真实作者很好理解,隐含作者则难以理解。隐含作者这一概念是布斯在《小说修辞学》中提出来的。按照布斯的说法,隐含作者是隐含在文本中的作者,说白了,通常所说的某部作品的作者一般就是指隐含作者,这个作者是通过文本建构起来的,离开文本,这个作者的形象就不存在,这也是隐含作者和真实作者的区别所在。真实作者有没有文本,都是生活中的那个人,隐含作者依托文本而存在,它所展示的只能是文本中隐含的作者形象,同一个真实作者,可以在诸多作品中表现出不同的隐含作者面貌。

从中国传统的小说理论来看,"隐含作者"这一概念纯属多余。传统小说理论讲究"知人论世",讲究"文品如人品",讲究小说作者的"教化"意图,如果完全切断真实作者与小说之间的联系,小说就失去了生活的源泉,读者与小说家之间也无法进行心灵交流。这样一来,实际生活中的真实作者和隐藏在小说中的作者形象,就没有区分的必要,小说中隐含作者的观点,往往直接置换为真实作者的观点。换句话说,隐含作者和真实作者高度一致,小说如果被认为有问题,就不仅仅是被禁止刊印(这主要是扼杀隐含作者),还会被置入文字狱(这直接将真实作者当作因文犯案的罪犯)。在叙事理论传入中国以前,古代小说研究界还没有自觉的隐含伦理意识,即使在叙事学已经盛行的今天,古代小说研究界仍往往将真实作者和隐含作者裹在一起而不加区分。

从已有的叙事学成就出发,仍有区分真实作者和隐含作者的必要。因为小说毕竟是具体的文本,即使不知道真实作者是谁,读者仍可以从文

---

① 伊恩·P.瓦特:《小说的兴起》,高原、董红钧译,北京:生活·读书·新知三联书店,1992年,第325页。

本出发来解读小说的意图,这个意图只能是隐含作者的意图。对具体的小说文本来说,隐含作者比真实作者更加重要应无疑问,隐含作者是叙事文本真正的写作者,对作品的伦理定位产生直接影响,是真正的伦理主体,是作品价值呈现的决定性因素。如果将小说的伦理责任归于隐含作者而不是真实作者,小说可以被禁止,但真实作者不会被连累。

作为小说的伦理主体,隐含作者的伦理意图在中西方小说中大致形成以下两方面的对比:(一)中国古代小说是伦理先行,西方小说是兼有伦理先行和道德后觉;(二)中国古代小说是用伦理来规范人物,西方小说是用人物来显示伦理。

其一,就隐含作者伦理意图的形成来看,中国古代小说的隐含作者一般带着某种伦理规范来写作,由于真实作者和隐含作者的高度一致,真实作者深受儒家规范伦理的影响,自然将这种影响带到小说创作中去,使得小说始终处于隐含作者先入为主的伦理观念的控制之中,可谓"伦理先行"。"伦理先行"的具体表现主要有二:一是以某种伦理观念作为小说内在的整合之道。不少研究者从西方的小说观念出发来批评中国古代小说结构松散显示出"缀段性"特征,典型者如《儒林外史》,鲁迅说它"全书无主干……虽云长篇,颇同短制"[1],胡适说它"全是一段一段的短篇小品连缀起来的;拆开来,每段自成一篇;斗拢来,可长至无穷"。[2] 但整个《儒林外史》又始终笼罩在一种伦理氛围之中,这种氛围就是儒家之礼,用读书人所应当秉持的儒家之礼来衡量小说中形形色色的儒林人物,是隐含作者的伦理意图所在。不论小说有多少片段,不论片段之间有无关系,它们都用儒家之礼这一把尺子来衡量。这把尺子在第一个片段出现之前就已经存在,即使再多出现一些片段,也仍然用这把尺子来衡量。蒋瑞藻在《小说考证》中引"缺名笔记"称《儒林外史》"动称礼法,俨然以道学自居"[3],钱玄同称《儒林外史》的一大特色是"没有一句淫秽语"[4],都暗合隐含作者以儒家之礼来统率一切的伦理意图。二是将小说纳入某种伦理色

---

[1] 鲁迅:《中国小说史略》,上海:上海古籍出版社,2006年,第143页。
[2] 胡适:《五十年来中国之文学》,见朱一玄、刘毓忱编:《儒林外史资料汇编》,天津:南开大学出版社,2003年,第471页。
[3] 蒋瑞藻编:《小说考证 附续编拾遗》,北京:商务印书馆,1935年,第178页。
[4] 钱玄同:《儒林外史新叙》,见朱一玄、刘毓忱编:《儒林外史资料汇编》,天津:南开大学出版社,2003年,第458页。

彩明显的结构之中。《说岳全传》第一回先虚构一个"佛谪金翅鸟降凡"的故事,女土蝠在大雷音寺听如来妙法真经时忍不住放了一个臭屁,被大鹏金翅明王啄死,女土蝠转世后嫁秦桧为妻,大鹏鸟投胎后为岳飞。这样一来,岳飞精忠被害的故事,在小说第一回就被纳入一个因果报应的框架之中。

和中国古代小说隐含作者的"伦理先行"相比,西方小说的隐含作者在不同时期的表现不一样。比奇考察了从菲尔丁到福特的英国小说家,认为让人"感受最深的就是作家的消失"[①]。20世纪以后的小说,受到亨利·詹姆斯的影响,隐含作者有意从小说中"淡化"出去,因而无法"伦理先行",只能随着故事进展让其中的伦理意味逐渐地呈现出来,即"道德后觉";20世纪之前的小说,则兼具"伦理先行"和"道德后觉"。明白了后者,也就知晓了前者。

说20世纪之前的西方小说的隐含作者兼具"伦理先行"和"道德后觉",是指他们既从总体上为人物的行为确立了大致的伦理规范,又能从自己的情感体验出发,对个性强烈的人物冲破这些规范表示理解。"伦理先行",先行的一般是被普遍接受的伦理规范,"道德后觉",后觉的往往是随着小说进展而来的个性化的道德感知。英国小说在维多利亚及其以前的时代有明显的"伦理先行"倾向,理查逊、菲尔丁、狄更斯、萨克雷、哈代、乔治·桑,他们的小说总体上看,可以说是在一种善恶分明观念引导下完成的作品,何谓善恶,在隐含作者心目中早有标准,而且这一标准基本上也是当时社会认可的标准。具体而言,"伦理先行"的表现大致有:(一)很多小说都将社会等级秩序和道德修养联系在一起,人物的品行和他所处的阶层似乎要有天然的对应。麦基恩在《英国小说的起源》中指出,早期现代欧洲美德观的核心是社会等级对应"某种近似的内在道德秩序"[②],小说的隐含作者总体上认同这种美德观。(二)不少小说对女性的认知基本上和社会对女性的要求一致,既在意女性的贞洁,将女性的美德和情感纯洁联系在一起,同时又觉得女性能力不如男性,其行为领域应该有一定

---

① 雷内·韦勒克:《批评的概念》,张今言译,北京:中国美术出版社,1999年,第240页。
② 迈克尔·麦基恩:《英国小说的起源 1600—1740》,胡振明译,上海:华东师范大学出版社,2015年,第211页。

规约。理查逊在《克拉丽莎》中"将克拉丽莎塑造成一种妇道的楷模"①,总体上呈现出道德说教家的面貌。(三)隐含作者将自己对作品的道德评判先说出来,但这种道德评判和社会的伦理规范不一致。《德伯家的苔丝》有一个副标题"一个纯洁的女人",对照人物的行为和当时的社会习俗,这个副标题显然是隐含作者的个人判断。同为"伦理先行",西方20世纪之前的小说和中国古代小说仍有差异,后者基本上以儒家的伦理规范来衡量一切,仁、义、礼、智、信等伦理德目几乎成为放之四海而皆准的真理;前者则不然,它基本上是认同当时的社会伦理规范,而社会伦理规范又总是有变化的,有时候还打破当时的社会伦理规范,隐含作者以自己的伦理判断来引导叙述,小说中的"伦理先行"因而也面貌各异。

在"伦理先行"的同时,西方小说的隐含作者还体现出"道德后觉"的一面。"道德后觉"的表现大致有:(一)隐含作者违背伦理规范的引导可视为一种特殊的道德后觉。表面上看,隐含作者将自己的道德评判先说出来是"伦理先行",但这种道德评判和一般的伦理规范不同,读者必须看完小说之后才明白。依此类推,隐含作者的道德评判也是以整个小说为保证的,小说如有变化,这种评判就靠不住(这和以规范伦理为基础的"伦理先行"不同),这样一来,隐含作者的道德评判本身也是"后觉"的,只不过将"后觉"的内容先说出来而已。将苔丝看作"一个纯洁的女人",显然是隐含作者"道德后觉"的结果。(二)隐含作者在局部进行伦理引导,但从小说整体看,又是"道德后觉"。乔治·艾略特的小说有强烈的道德呼求,但有时候,小说局部的道德呼求比较明显,但总体上小说的道德呼求究竟是什么,又需要看完小说后才知晓。其代表作《米德尔马契》即如此。小说中诸多的局部伦理引导相互之间并不一致,小说以"米德尔马契"这样一个城市为名,写这个城市中的世态人生,局部的伦理引导无法得出小说的道德寓意,只有看完整个小说,综合众多的局部伦理引导,才得知小说要表达两层意思:一是"个人生活,无一不受到更为宽广的公共生活的影响"②,婚姻生活也是如此;二是借助婚姻来表达"社会挫败人"的(道德

---

① 伊恩·P.瓦特:《小说的兴起》,高原、董红钧译,北京:生活·读书·新知三联书店,1992年,第325页。
② F.R.利维斯:《伟大的传统》,袁伟译,北京:生活·读书·新知三联书店,2009年,第82页。

理想)幻灭主题①。(三)小说没有伦理引导,其道德寓意在故事展示中显示出来。《包法利夫人》这样一个不带任何褒贬色彩的人名,以及其中的局部叙事,都没有明显的伦理引导,小说对爱玛这样一个"社会道德犯的典型形象"②充满同情,对爱玛反感的包法利也表示理解,小说总体上体现出对当时社会的多方面(包括道德)抨击。(四)小说中多种道德感知交织在一起,最终也没有形成某种主导性的道德力量。《战争与和平》中描绘了形形色色的人物和事件,宫廷的争斗、战斗双方的算计和道德说辞、皮埃尔的宗教情怀、安德烈的庄园改革、娜塔莎的纯真和任性、海伦的放荡和矜持……诸多事件和人物都可从道德方面加以解读,但所有这些解读最终也无法形成一个统一的道德认知。

其二,就隐含作者对人物与伦理关系的把握来看,中国古代小说一般是用社会的伦理规范来衡量人物。具体表现有:(一)用伦理规范给人物贴标签,人物不仅有善、恶这样的道德品性,还有忠、奸这样的伦理认知,人物的善、恶和忠、奸联系在一起,有时忠、奸代替了善、恶,这体现出古代小说深入骨髓的历史意识。善恶既有公认的标准,但不排除境遇伦理情况下的个性化感受,忠奸则是以儒家的规范伦理为标准,一般是经过时间检验后的对人物的历史评判。忠奸善恶交织在一起,不仅是对历史小说中人物的评判,也是隐含作者的一个意图:将善恶这样的德性伦理问题和忠奸这样的规范伦理问题裹在一起,多少有些德性伦理规范化的意味。如《大宋中兴通俗演义》中将对岳飞之忠和秦桧之奸相对照,忠奸和善恶高度一致。小说开篇第一幅画像上的题词:"生既无怍死亦何愧,万古长存惟忠与义"③鲜明地表达出隐含作者对岳飞人格魅力的推崇。(二)用人物的伦理定位来统率人物行为。古代小说强调人物的道德姿态,隐含作者习惯于对人物进行伦理定位,人物行为基本上被纳入伦理定位之中。即使在宣扬个性情感的才子佳人小说中也不乏其例。《金云翘传》中的王翠翘因救父不得已而入娼门,历经磨难后终与恋人金重破镜重圆。王翠

---

① 苏福忠:《米德尔马契·前言》,乔治·艾略特:《米德尔马契》,项星耀译,北京:人民文学出版社,1987年,第2页。
② 李健吾:《包法利夫人·译本序》,福楼拜:《包法利夫人》,李健吾译,杭州:浙江文艺出版社,1992年,第336页。
③ 熊大木编:《大宋中兴通俗演义》,《古本小说集成》编委会编:《古本小说集成》第四辑,上海:上海古籍出版社,2017年,第1页。

翘经历了被骗进妓院、给束生做小妾、被贩子所卖、后托身徐海、徐海被害后又被送给酋长为妻、投水自尽后被觉缘所救、最后与金重重逢。翠翘所经历,可谓尝遍世态人情,但小说始终将其行为归于伦理定位之中,她开始被骗,是由于为父尽孝,她最后和恋人完婚,但不愿行夫妻之实,是由于自己已失身于多人,并在给金重的题诗上说"卖身为救亲,亲救身自弃。若更死此身,知节不知义"①,金重也以"贞烈之情"对翠翘表示欣羡②。

与中国古代小说相比,西方小说的隐含作者对人物与伦理关系的把握有所不同,不再重视伦理规范,而是重视人物性格。具体表现有二:(一)如果说中国古代小说是用伦理来规范人物,西方小说则是通过人物来显示伦理。小说中人物虽然难以完全逃离伦理规范的约束,但有时候人物个性还是冲破了这一约束,"冲破"过程既显示出约束人物的伦理规范,也显示出人物新的伦理诉求。《克拉丽莎》的隐含作者对克拉丽莎这个人物的伦理态度很好地显示了这一点。克拉丽莎在自己家庭和父亲对自己的经济婚姻的约束中,为反抗"一切否定女性正当的与男性平等之权利的势力的压抑"③,选择和洛弗莱斯私奔。她骄傲地以为,可以通过自己来感化洛弗莱斯,她恪守一种清教徒式的伦理规范:性爱比婚姻的地位更高,这和洛弗莱斯那种"低劣的浪漫爱情"格格不入,当她认清洛弗莱斯的卑劣嘴脸和邪恶欺诈后,她没有认同在被强暴后只能和对方结婚这一社会习俗,而是选择死亡来进行抗争。在她看来,她"自己的荣誉感比她在世人眼中的声誉重要得多"④。她当初为反抗家庭和父亲对她的女性身份的不平等选择私奔,现在为反抗洛弗莱斯强加给她的男女不平等选择自杀。她的行为,体现出既有的伦理规范对她的约束乃至摧残,但在隐含作者看来,她值得赞扬的既有她对既有伦理规范的挑战,又有她在爱情过程中对感情的严格要求以及由此而来的对一种新的清教徒式的伦理规范的遵守和始终如一。她用自己的死来捍卫自己心目中的伦理规范,既宣告传统伦理规范歧视女性的失败,也宣告一种新的、个人主义的内在

---

① 大连明清小说研究中心校点:《才子佳人小说集成》(四),沈阳:辽宁古籍出版社,1997年,第841页。
② 同上书,第842页。
③ 伊恩·P.瓦特:《小说的兴起》,高原、董红钧译,北京:生活·读书·新知三联书店,1992年,第253页。
④ 同上书,第258页。

道德戒律的胜利。对克拉丽莎,隐含作者有明显的善恶观念,但却无忠奸意识。前者只要有一个基于个人的道德出发点就可以得出,后者却需要一个普遍的伦理规范为出发点才能得出。(二)如果说中国古代小说用人物的伦理定位来统率人物行为,人物行为被纳入伦理定位之中,西方小说总体上看则重视人物性格,人物性格千差万别,性格可以有道德寓意,但难以有伦理定位。西方小说对人物性格的重视,与叙事理论对人物性格的关注不无关系。小说重视人物性格,自然会重视表现人物性格的具体事件的发展过程,对过程的重视意味着不能同时重视事件的伦理寓意,更不会刻意对事件中的人物进行伦理定位。相反,重视人物性格,是为了显示该人物的与众不同的个性,而不是为了显示该人物与其他人物共有的某种伦理品格。对人物性格的关注,可以折射出隐含作者对人物的某种伦理姿态,但由于人物性格的个性化和复杂性,难以对人物进行统一的伦理定位。左拉《戴蕾斯·拉甘》中的戴蕾斯和罗朗为了爱情,谋害了戴蕾斯的丈夫格弥尔,但二人结婚后,杀人的阴影始终挥之不去,他们一直为此备受折磨,最终以共同服毒自尽的方式结束折磨。隐含作者在谋杀格弥尔之前,对二人的真挚的感情表示认可;在谋杀结束不久,对二人表示谴责;在他们的婚事因谋杀阴影而踟蹰不前时,和他们一道表示纠结;对他们婚后为了向格弥尔母亲隐瞒谋杀真相而备受折磨乃至互相猜忌,最终以死解脱,又给予同情。对男女主人公而言,通过他们的行为和心理,隐含作者在不同阶段表现出不同的伦理姿态,但始终没有给他们进行伦理定位。隐含作者对男女主人公不同阶段表现出来的伦理姿态,折射出人物身上伦理色彩的复杂性,这和中国古代小说人物所体现出来的伦理的相对单一性形成对比,也让伦理定位显得没有必要。

三、叙述者意图伦理之比较

叙述者是叙述行为的直接发出者,和隐含作者相比,叙述者直接可感,不像隐含作者那样隐含在文本之中;小说以什么样的面貌出现,小说如何叙述,都是叙述者直接作用的结果。就叙述者的伦理意图而言,中西小说的差异可从小说的外在面貌、叙述介入和叙述可靠性等方面展开,限于篇幅,此处只讨论小说的外在面貌。

所谓小说的外在面貌,是指小说呈现出来的整体的外在样貌,包括小说的题名、章节编排以及版本形态。版本形态主要体现了出版者在商业利益下的审美思考,题名和章节编排则体现了叙述者如何叙述的思考,如何叙述故事不仅是一个技巧问题,也是一个叙述者如何表达其伦理意图的问题。

就题名而言,有论者指出,中国古代小说的命名与小说的创作观念有关,主要有补史说、劝诫说、娱乐说三种①。就叙述层面看,小说命名与叙述意图有关,三种观念可以转换为三种意图。从三种意图来看,中国古代小说的命名带有比较明显的伦理色彩。就补史说而言,叙述者一方面承认小说是"小道",另一方面,又通过"史补""阙史""外史""野史""艳史""逸史""后史""史遗文"②等命名,在小说名称中将小说和"史"联系起来,暗含小说有补史之功能,借此来抬高小说地位。就劝诫说而言,叙述者在小说名称中就透出明显的劝诫意图。《喻世明言》《警世通言》《醒世恒言》《警世阴阳梦》明确指出小说有"喻世""警世""醒世"之功用;《鉴诫录》"多载可笑诗文""多诙嘲神怪之谈,实无关于鉴戒"③,但仍以"鉴诫"为名。叙述者的劝诫意图导致直接以"善恶"来命名的《善恶图全传》的出现。浮槎使者《善恶图序》云:"《善恶图》一书,所以劝善惩恶者也。"④就娱乐说而言,有些小说名称中就有"笑""谐""乐""快""如意""滑稽"等与娱乐直接相关的字眼,有些小说名称中出现"异""耳"等表示奇异或道听途说并指向娱乐的字眼,给人一种探寻奇异从而满足好奇心的感觉,满足好奇心也是一种娱乐。娱乐本来和伦理教化没必然关系,但古代小说的娱乐,又没有完全摆脱伦理教化。羊朱翁《耳邮序》云:"其用意措词,亦似有善恶报应之说,实则聊以遣日,非敢云意在劝惩也"⑤,即使意不在劝惩,仍有善恶报应之痕迹,善恶报应本身即是一种劝惩,换言之,即使作者本意不在劝惩,但叙述中仍透出劝惩之意。

就章节编排而言,古代小说的突出之处在于章回体。章回体与叙述者意图伦理相关处主要有三点:一是章回体是史传叙事影响的结果,章回体背后潜藏着叙述者的崇史意识;二是章回体所呈现的外在面貌的模式

---

① 程国赋:《中国古代小说命名刍议》,《文艺研究》2011年第11期,第45页。
② 除了明确带"史"的命名,其他如"志""录""传""书""外传""内传""遗事"等命名,也可从"补史"角度解读其叙述意图。
③ 丁锡根编著:《中国历代小说序跋集》,北京:人民文学出版社,1996年,第328页。
④ 同上书,第1537页。
⑤ 同上书,第507页。

化营造了一种伦理氛围；三是回目的具体内容往往在直白叙事中夹带着伦理倾向。就第一点看，章回体的初衷是为了让小说眉目清楚，章回小说中最早的历史小说，叙述者以节录史书、自成段落、再立标题的敷演形式为主，主要还是受朱熹《通鉴纲目》的影响所致①。就第二点看，章回体一般在正文之前，就将回目的次序和内容罗列出来，让小说呈现出一种外在结构的模式化。章回小说总体倾向无非上文所说的补史、劝诫、娱乐三种，如上文所言，由于强烈的伦理教化意图，这三种倾向都指向伦理说教。将有伦理倾向的小说梗概先通过回目形式展现出来，就容易营造出一种伦理氛围。章回小说的盛行，又将这种伦理氛围普泛化。就第三点看，综合李小龙等人的研究，晚清"小说界革命"之前，从内容上看，章回小说的回目经历了直白叙事目和逞才目两个阶段②。总体上看，直白叙事目"对人物和事件只作最基本的概括，几乎不出现含有感情色彩的字词"③；逞才目的特点是在对偶句中恃才逞气，甚至出现《麟儿报》第十四回"你为我奔我因你走同行不是伴，他把谁呼谁将他唤事急且相随"这样的回目，叙述者在恃才逞气时偶尔会在不经意间透露出鲜明的伦理取向，《两交婚》第十六回回目"为辞婚触权奸遭显祸，因下狱感明圣赐归婚"可为代表。

　　西方小说的题名和章节编排则体现出另一番面貌。西方小说叙述者的主要意图在于"传达对人类经验的精确印象"④，这种传达以个人经验为依据，因而反传统似乎是叙述者不约而同的选择，这就从根本上保证了西方小说不会出现中国古代小说由史传传统而来的千篇一律的伦理说教。这在小说命名和章节编排上都有所体现。就小说命名看，西方小说首先是用完全中性的人名、地名或物品来命名，其次是用小说所包含的某种倾向来命名，再次是用带有比喻性的词语来命名。（一）就人名、地名或物品的命名看，戴维·洛奇指出："英国最早的小说书名用的都是书中主要人物的名字，如《摩尔·弗兰德斯》《汤姆·琼斯》《克莱丽莎》。"⑤按照

---

① 纪德君：《从历史演义看古代小说章回体式的形成原因及成熟过程》，《西北师范大学学报》1998年第3期，第15—17页。
② 参看李小龙：《中国古典小说回目研究》第三章、第四章，北京：北京大学出版社，2012年。
③ 刘骏勃：《依旧窥人有燕来——章回体小说回目的诗句化变革》，《唐都学刊》2018年第6期，第78页。
④ 伊恩·P.瓦特：《小说的兴起》，高原、董红钧译，北京：生活·读书·新知三联书店，1992年，第6页。
⑤ 戴维·洛奇：《小说的艺术》，王峻岩等译，北京：作家出版社，1998年，第215页。

瓦特的说法,"摩尔·弗兰德斯是一个窃贼……汤姆·琼斯则是一个私通者"①,克拉丽莎是"妇道的楷模"②,这些人名都带有强烈的道德寓意,但从书名中,既看不出"喻世""醒世"这样的劝诫意味,也看不出"滑稽列传"那样的娱乐意味。以具体的人名来命名在中国古代小说中极为罕见,《韩湘子全传》等是极个别的例外;《痴婆子传》可算是以人名来命名,它是以主人公上官阿娜的称呼来命名,而不是直接以上官阿娜来命名,称呼中已暗含世人对主人公的伦理印象。有论者指出,就人名书名而言,中西方小说命名的主要差异在于"个人与集体"③。对个人的重视,让叙述者从个人经验生发出对具体人物的感觉,这些感觉中即使有一些伦理意味,也融于个人感觉之中,只能是个人化的道德规劝,而不是社会化的伦理说教;对集体的重视,让叙述者自觉遵从集体的伦理规约,小说呈现出来的只能是社会化的伦理说教,而不是个人化的道德规劝。(二)就倾向性命名看,它首先是对小说内容的概括,在概括的基础上显现出倾向,有些甚至暗示出小说的主题,《战争与和平》《傲慢与偏见》《理智与情感》《死者无言》《迟迟未开的花》《热爱生命》《很久以前》,这些小说或侧重于对内容的概括,如《战争与和平》,或侧重于主题的揭示,如《热爱生命》,更多的是在内容概括的基础上显示出某种倾向,如《傲慢与偏见》《死者无言》。用小说倾向来命名,有一个特点,即这种倾向是一种中性化的概括或一种个人性的感觉,而不是追求社会认同的伦理说教,这和《辽海丹忠录》《平虏传》等中国古代小说往往在名称中就贴出忠奸善恶的标签形成鲜明对比。(三)就比喻性命名看,《远离尘嚣》《丧钟为谁而鸣》《喧哗与骚动》《长日留痕》《永恒的瞬间》《时运不济》《艰难时世》《悲惨世界》《远大前程》这些小说命名,大致可分为两种情况:一是名称中透露出对小说内容的定性,如"艰难""悲惨""骚动"等,这类命名表面上看,和上文所说的倾向性命名相同,实则不然,"傲慢与偏见""理智与情感"等倾向性命名可说是对小说内容的一种写实性概括,而"艰难""悲惨""骚动"在写实性概括的同时,更体现出叙述者对小说内容的理解和定性。这种比喻性的定性命名,和《照世杯》

---

① 伊恩·P.瓦特:《小说的兴起》,高原、董红钧译,北京:生活·读书·新知三联书店,1992年,第3页。
② 同上书,第241页。
③ 李小龙:《必也正名:中国古代小说书名研究》,北京:生活·读书·新知三联书店,2020年,第410页。

《醒世姻缘传》《糊涂世界》等中国古代小说的比喻性定性命名不同，前者的定性标准是叙述者个人的，后者的定性标准则是社会流行的伦理价值标准。二是对小说内容的诗性化表达，如"远离尘嚣""永恒的瞬间"，这类命名完全是由内容生发出的感慨，从命名中看不出内容是什么，也无法对内容定性。这种命名在中国古代小说中极少，《歧路灯》《明月台》勉强可算是诗性化命名，但"歧路""明月"中多少还是蕴含着叙述者的价值取向，多少有点定性的意味。

就章节编排看，西方小说远没有中国章回小说那么讲究外在的结构安排。不少西方小说都按照叙述的自然顺序给小说区分章节，如第一章第二章，有些干脆用一、二、三这些表示次序的数字，或者像《战争与和平》那样在"第一卷第一部"……"第四卷第四部"之后，用"尾声"来表示小说结尾部分。西方小说也有在章节编排时写上目录的情况，哈代的《枉费心机》《无名的裘德》《远离尘嚣》都有章节目录，且各具特色。《枉费心机》"尾声"之前的二十一章，都突出时间，除第一章"三十年的变迁"外，都以"某个时间段里的事件"来命名，第二章叫"两个星期里的事件"，第四章、第五章、第十三章、第十七章都叫"一天里的事件"，第七章、第八章都叫"十八天里的事件"，显然这样的章节只起到简单的区分作用，比标注一、二、三这样的次序具体一点而已，章节安排中看不出具体的情节进展。《无名的裘德》共"六部"，全以地名来命名，"第一部 在玛丽格伦""第二部 在基督寺""第三部 在梅勒塞""第四部 在沙氏屯""第五部 在奥尔布里坎和别的地方""第六部 重回基督寺"，章节安排中能看出故事发生地点的变迁，较之《枉费心机》全用时间来安排章节，更贴近小说内容，但仅此而已，目录中仍看不出故事的具体情形。《远离尘嚣》则采用情节梗概的方式来安排章节，小说共五十七章，都按照情节发展的线索来命名："第一章 牧主奥克——巧遇""第二章 夜晚——羊群——屋内——另一间屋内"……"第五十六章 孤独的美人儿——一切过后""第五十七章 雾蒙蒙的夜晚和清晨——尾声"，章节目录将小说快速地粗略地翻演一遍。狄更斯的《雾都孤儿》以介绍推荐的方式来安排章节目录（类似的有亨利·菲尔丁的《弃儿汤姆·琼斯的历史》），很有特色，如"第一章 谈谈奥立弗·退斯特出生的地点和他降生时的情形""第九章 本章进一步详细介绍有关那位可亲的老先生及其大有希望的高足们的一些情况""第十章 奥立弗对他的新伙伴们有了更深一层的了解；他花了很高的代价取得经验。

这一章虽短,但在本书中至关重要",这样的章节目录沿袭了作者赖以成名的《匹克威克外传》的做法,显然有推销小说的用意。除了这些各具特色的章节目录外,单纯以各部分内容为章节目录的小说更多一些,如丹尼尔·笛福的《鲁滨孙漂流记》、刘易斯·卡罗尔的《爱丽丝漫游奇境记》、乔治·艾略特的《米德尔马契》、狄更斯的《荒凉山庄》。就小说回目中能看见故事进展而言,无论是《远离尘嚣》《雾都孤儿》这些有特色的目录还是像《鲁滨孙漂流记》这类普通的目录,和中国章回小说的回目相比,都有一个显著的不同:西方小说的目录,都是就小说内容进行提炼或加以推荐,提炼或推荐时也是就事论事、就人论人,中国章回小说则在回目中经常对小说涉及的人事进行道德评判。

第三节 中西小说接受伦理之比较

小说叙事伦理研究的一个重要维度是读者之维,这不仅因为小说产生伦理影响直接作用于读者,还因为小说本身的伦理阐释也需要读者。在西方的叙事伦理研究中,从读者角度切入伦理研究似乎是再自然不过的事情。希利斯·米勒、韦恩·布斯、亚当·纽顿都不约而同地从读者角度来对小说展开伦理阐释。米勒的《阅读伦理》共六章,除了第一章的引言式论述和第二章对康德伦理思想的分析外,剩下四章从阅读角度分别对德曼、艾略特、特罗洛普、詹姆斯、本杰明等人的作品展开伦理分析,在他看来,阅读伦理是一种伦理的阅读,它要对叙事中的语言负责,通过伦理的阅读,可以发现,作品主人公的伦理行为与阅读文本所产生的伦理行为并不一致。首次提出"小说伦理学"的布斯,虽然重视小说隐含作者的伦理引导,但并不忽视读者在小说伦理中的作用。《我们所交的朋友:小说伦理学》中,专门讨论"读者伦理"问题,将读者的主体性纳入他的小说伦理学的建构之中。纽顿的《叙事伦理》不仅首次将"叙事伦理"作为一个概念提出来,他的叙事伦理"三分法"(叙述伦理、再现伦理、阐释伦理)也成为后来叙事伦理研究绕不开的话题,其中用力最多的是阐释伦理,该书的主体是对约瑟夫·康拉德、舍伍德·安德森、亨利·詹姆斯、克莱恩、麦尔维尔、狄更斯等人的小说的伦理解读。就米勒、布斯和纽顿的论述看,将叙事伦理研究的读者之维界定为"阐释伦理"并无不妥,但他们主要是从读者阅读的角度来思考这一问题,并没有顾及读者其他行为可能带来的叙事伦理问题。考虑到读者对中国古代小说伦理说教意图的认同,以及为伦理说教而做出的种种努力,"阐释伦理"已无法涵盖叙事伦理的读者之维,它充其量只是读者在进行小说接受时的一个重要方面。为全面考察读者在叙事伦理中的情况,不妨从读者接受的角度,以"接受伦理"来取代"阐释伦理"。就小说的接受伦理而言,大致可以从三个方面展开:一是读者的接受语境,二是读者对小说的伦理阐释,三是后续创作对某部小说的伦理接受。从这三个方面出发,可以对中西小说的接受伦理展开比较。

一、接受语境之伦理比较

读者接受离不开接受语境,接受语境直接影响到读者的接受心理,接受语境和接受心理对读者的接受伦理可以产生直接的影响。由于接受心理是具体的,只能针对具体接受情况加以分析,任何不同的接受都可以进行接受心理的比较,在中西小说接受比较这样的框架中,展开这样的比较既失之琐碎,也由于中西语境的差异而没有多少意义。因而,此处只比较中西小说接受的伦理语境对各自接受的影响,一些个别的接受心理可以作为伦理语境的具体例证。为增强可比性,我们不妨以16世纪明中后期古典小说的兴起和18世纪英国古典小说的兴起为例。

就中国古典小说的接受而言,明中后期到清中期以前,是最兴盛的时期,这一时期也是小说创作繁荣的时期,以此言之,古典小说的创作和接受相伴相生,其突出表现在于多数古典小说刊行时都有评点。明代小说刊刻对评点的重视,"居然造成了这样一种局面:凡当时推出一部小说,如果要让它出名,或有点品位和上点档次,似乎就必须要有评点,最好是名家的……有些小说初版时无评点,再版时硬加也要加上去。所以,对小说的评点,在当时不仅是一种文学批评,而且成了一种时髦,一种包装,一种难以言喻的广告效应"。① 这样一来,"如果某部小说在印行的时候没有评点,那才是不正常的"。② 就明中后期的情况看,评点的兴盛主要是为了经济利益,这与当时的商人伦理和商业伦理都有关系。如果说评点体

---

① 孙琴安:《中国评点文学史》,上海:上海社会科学出版社,1999年,第114页。
② 高日晖:《〈水浒传〉接受史研究》,复旦大学博士学位论文,2003年,第70—71页。

现出读者对小说的接受,商人伦理和商业伦理则可以看作是接收者的伦理语境。

　　就商人伦理看,明中后期,随着商业的兴盛和士商合流的发展,传统的"士农工商"的社会等级划分,已不能满足商人群体与财俱增的对社会地位的要求。社会上形成一种士人重商和商人自重的潮流。明代士人对商人的看法较之宋元时期,已发生根本变化,这与当时阳明心学的广泛影响有直接关系。王阳明指出:"古者四民异业而同道",士农工商在"道"面前完全平等,排在最后的"商"并不比排在最前的"士"要低一些。王阳明去世前三年作《节庵方公墓表》,对商人的社会价值给予充分肯定:"古者四民异业而同道,其尽心焉,一也……其归要在于有益于生人之道,则一而已……四民异业而同道。"① 士、农、工、商阶层只要能"尽心"于其所"业",那么他们的社会地位就没有什么不同。归有光所说的"古者四民异业,至于后世,而士与农、商常相混"②,当是明中后期的一种社会现实。士人对这种现实的承认,是商人伦理形成的重要条件。到明后期,新安商人汪道昆在《诰赠奉直大夫户部员外郎程公暨赠宜人闵氏合葬墓志铭》中说:"大江以南,新都以文物著。其俗不儒则贾,相代若践更。要之,良贾何负闳儒!"③"良贾何负闳儒"说得大气磅礴,商人的自信溢于言表。这种自信在儒商那里体现得非常明显。明代小说及评点的兴盛,与书坊主的积极参与密不可分。书坊主虽然从事商业谋利活动,但商人伦理并非唯利是图,而是在牟利的同时不忘士人的伦理教化职责。熊大木作为书坊主,刊行了不少小说,在《新刊大宋演义中兴英烈传序》中,他将刊行小说和宣扬纲纪视为同一件事:"武穆王《精忠录》,原有小说,未及于全文。今得浙之刊本……然而意寓文墨,纲由大纪,士大夫以下遽尔未明乎理者,或有之矣……使愚夫愚妇亦识其意思之一二……于是不吝臆见,以王本传行状之实迹,按《通鉴纲目》而取义。"④新刊《大宋演义中兴英烈传》的目的,不仅可以让"愚夫愚妇亦识其意思之一二",也可以弘扬朱熹《通鉴纲目》中的纲常名教。

---

　　① 吴光等编校:《王阳明全集》卷二十五,上海:上海古籍出版社,2015年,第776—777页。
　　② 归有光:《震川先生集》,周本淳校点,上海:上海古籍出版社,1981年,第319页。
　　③ 转引自余英时:《士与中国文化》,上海:上海人民出版社,2003年,第459页。
　　④ 黄霖、韩同文选注:《中国历代小说论著选》(上),南昌:江西人民出版社,1982年,第121页。

就商业伦理看,商人的首要目的是赚钱,为了赚钱,就会将畅销小说反复刊刻。想让自己的刊本在同行竞争中脱颖而出,就需要在刊本形式上做文章,或者对小说内容加以评点,让读者更容易明白小说的寓意;或者在刊本中加上插图,力求做到图文并茂;或者采用小字本,节约成本;或者采用两本书合刊的形式(如《英雄谱》《国色天香》),以满足读者的多样需求。与此同时,为了推销自己的刊本,书坊主一般还请人或自己出面,给自己的刊本作序,说明自己的刻本对伦理教化的意义,将商业伦理和伦理教化结合在一起。余象斗于万历二十年弃儒从商,万历二十二年,刊刻《全像忠义水浒志传评林》,"全像"与"批评"兼具,正文页面分三栏:上评、中图、下文,"评林"体显然是为了更好地竞争。正文前有《题水浒传叙》,高度评价《水浒》的"忠义"主旨:"有为国之忠,有济民之义"①,并在《叙》之眉栏写有《水浒辨》,概括此书特色:"《水浒》一书,坊间梓者纷纷,偏像者十余副,全像者只一家……今双峰堂余子,改正增评,有不便览者芟之,有漏者删之,内有失韵诗词,欲削去恐观者言其省漏,皆记上层,前后廿余卷,一画一句,并无差错。士子买者,可认双峰堂为记。"②这显然是在为自己的刊本做推销。推销而不忘小说的"忠义"主旨,让人有理由相信标举"忠义"也是推销的一个手段。

无论是商人伦理还是商业伦理,就书商而言,都需要考虑读者的需求,这些需求既包括阅读需求,也包括伦理教化的需求。明中后期,儒家伦理教化仍然是老百姓日常生活中遵循的准则,阳明心学兴盛,只不过是改变程朱理学的刻板教条,是一种新的伦理教化方式。此时社会的商业氛围浓厚,但也没有完全抛弃儒家基本的伦理德目,相反,为了适应现实,对仁、义、礼、智、信等伦理德目进行有目的的取舍,在将商业行为和伦理挂钩的同时,还希望借助儒家伦理为商业行为张目。随着商品经济的兴起,儒家的"五常"仁、义、礼、智、信,也出现了不同的解释,它们不再被认为是人们必须遵守的伦理德目,或从正反两方面认为它们是"能生人,亦能杀人"的"天之五材"③,或从商人伦理角度审视它们,"家有仁义道德,

---

① 《水浒志传评林》,刘世德、陈庆浩、石昌渝主编:《古本小说丛刊》第十二辑,北京:中华书局,1991年,第4页。
② 同上书,第1—3页。
③ 转引自陈宝良:《明代社会转型与文化变迁》,重庆:重庆大学出版社,2014年,第256页。

则其富不骤,其贫不促,自然气象悠长。若无仁义道德,则其富也勃焉,其贫也亦忽焉"。① 将仁义道德和经济直接联系起来,这无疑是在商业社会思潮影响下的伦理变化。但无论社会思潮如何变化,无论对儒家的伦理德目如何理解,小说接受者都是以儒家的伦理德目说事。即使像李贽这样特立独行的人,即使他对具体人物的理解与众不同,在评点时他也往往使用忠、奸等伦理色彩强烈的词语来评价人物,这意味着,儒家的忠、奸等伦理德目已成为小说接受者深入骨髓的评判标准。小说中的人物和事件,不论具体情形如何,接受者最终都可以用儒家的伦理规范来加以评判。

就英国18世纪古典小说的接受而言,对读者的重视几乎是天然的。18世纪"是现代小说兴起的世纪,这个时期阅读观念的变化与小说地位的上升有着直接的关联。"② 当时的名人爱迪生"就直接把小说的原义拿出来解释这种新体裁对读者的认知和情感世界所产生的功能:'一切有新意、不同寻常的东西都会在想象中激起快感'。"③ 18世纪的英国,和此前相比,其显著特点在于个人主义的兴起和经济主导生活。这两方面的情况对当时的小说读者都有影响。

就个人主义的兴起看,哲学思潮的影响是直接的。笛卡尔的理性主义特别重视个人意识中的思维过程,"人的心灵反观自己,见到自己无非是一个在思想的东西"④,人的特性乃至个性由此得到持久的关注。从个性出发,洛克撇开笛卡尔的理性,转而关注个体经验,关注特殊的时空环境。洛克心目中的"个性化原理","是时空中某一特殊点上的存在"⑤,人的个性是长时间获得的一种意识的一致性。这种一致性的根源在后来的休谟那里,与个人记忆和因果关系结合在一起:"如果没有记忆,我们就永远不会有因果关系的概念,因而原因和结果的链条也将不复存在,而构成我们的自我和个性的正是这个链条。"⑥ 17、18世纪英国经验主义的盛行,

---

① 李乐:《见闻杂记》卷八,上海:上海古籍出版社,1986年,第711页。
② 金雯:《18世纪小说阅读理论与当代认知叙事学》,《文艺理论研究》2015年第4期,第156页。
③ 同上书,第156页。
④ 笛卡尔:《谈谈方法》,王太庆译,北京:商务印书馆,2000年,第76页。
⑤ 伊恩·P.瓦特:《小说的兴起》,高原、董红钧译,北京:生活·读书·新知三联书店,1992年,第15页。
⑥ 同上书,第15页。

为个人主义的兴起提供了坚实的哲学基础,在这样的氛围中,"一种用个人经验取代集体的传统作为现实的最权威的仲裁者的趋势也在日益增长"①,小说家和读者,不约而同地将个性探索看作小说的主要任务。从笛福的《鲁滨孙漂流记》开始,英国小说家就一改以往对历史人物和宏大主题的关注,转而关注个人生活,开启了"私人历史"的书写。"私人历史"可以说是个人主义和写实主义相结合的产物。"小说的基本标准对个人经验而言是真实的"②,写实主义是以个人主义为前提的。就个人主义而言,读者将作家是否有个性和独创性作为评论小说的主要尺度。爱德华·扬格在《论独创性作品》中,在对理查逊赞赏的同时,对作品的独创性展开集中论述。在他看来,要做到独创性,一是不能因袭前人,"只要你对自然和健全的理性的尊重允许你离开伟大的前辈,你就要雄心勃勃地离开他们;在相似方面你与他们相距越远,在优美方面你就与他们相隔越近;你由此上升为一个独创性作家,成为他们高贵的支亲,而非卑微的后裔"。③ 二是重视自己,"第一,知道你自己;第二,尊重你自己"④,这是针对作者而言的。从读者角度看,就需要发现每个作者的独特性。个人主义的兴起不仅让读者关注作者的独特性,也让读者关注作品人物的个性。莎拉·菲尔丁在给理查逊的信中,称克拉丽莎"是一个故作正经的女人——一个卖弄风情的女人……这些都是对她的指控。她是一个不孝之女——过于严格地按照顺从父母的原则来说——她的内心像坚固的大理石,是一种顽固的、不受任何影响的情感。"⑤对克拉丽莎的不同理解正反映出读者对人物个性的关注。

读者对人物个性的理解显然是结合小说内容对人物加以解读的结果,和明代古典小说从小说外部的规范伦理来衡量人物截然不同。换言之,明代的心学虽然重视个人的内心修养,但内心修养是为了"致良知",说明其背后还是有一个社会普遍认同的伦理标准,小说中总有一个既定

---

① 伊恩·P. 瓦特:《小说的兴起》,高原、董红钧译,北京:生活·读书·新知三联书店,1992年,第7页。
② 同上书,第6页。
③ 锡德尼:《为诗辩护》,扬格:《试论独创性作品》,袁可嘉译,北京:人民文学出版社,1998年,第87页。
④ 同上书,第100页。
⑤ Cheryl nixon ed. *Novel Definitions*: *An Anthology of Commentary on the Novel*, 1688—1815. Toronto: Broadview Press Ltd, 2009. P. 186.

的道德规范在牵引并衡量着人物;18世纪的英国,其个人主义则是遵从个人情感,小说中"道德的叙述模式不再是个人领悟的既定的德性准则,而是通过人物的个人认识过程来建构新的道德意识"。① 同时,英国18世纪的个人主义对小说读者来说,还带来一个明代中后期不曾存在的现象:读者可以寻找真实作者的身体状况和他所塑造的人物之间的关系。作为理查逊的朋友,唐纳兰夫人将理查逊生理上的忧虑症和他作为一个作家的敏感性联系起来,并用作家自身状况与人物之间的关系来安慰理查逊:"那些笔法纤细的作家,其感情也必定同样的纤细;那些能够描绘忧伤的作家,必须能够感受这种忧伤;由于精神和肉体是如此的统一,使得它们互相影响,那种纤细的气质被传送着……性格温存柔和的人,其肉体也往往同样明显地拥有那样的特征。汤姆·琼斯能喝得酩酊大醉,并在为他叔叔的康复而欢乐至极时干下了种种坏事。我敢说菲尔丁是个粗鲁而强健的汉子。"②这种将作家的身体特性和精神特性与人物的个性联系起来的做法,在明代小说接受者那里是不存在的,其原因既在于中国古代小说作者身份有时不可知,也在于小说接受者主要用力于对小说伦理主旨的解读上,更在于人物的个性最终总是能被归结为忠孝节义等伦理德目。众多小说人物的"千人一面"和反复的伦理说教意图让作家精神特性与人物个性之间失去联系的根基。

就经济主导生活而言,18世纪的英国,资本主义已然兴起,由于"政府以殖民制度、保护关税制度和近代课税制度促进工商航海业发展",同时,建立大英银行、实行国债制度,尤其是18世纪中期以后,随着蒸汽机的发明,工业革命来临,英国率先进入工业化时代。③经济在社会生活中的作用压倒了身份意识,身份甚至可以通过经济来获得,"对某些伦敦商人而言,如果他不能找到自己的绅士祖先,他会开创一个新家族,会与他们之前任何一位那样是高贵绅士"。④ 就小说的接受看,经济主导生活体

---

① 周雨馨:《重审十八世纪中期英国"写实"小说的缘起——以理查逊和菲尔丁小说的形式特征与阅读史为例》,华东师范大学硕士学位论文,2019年,第24页。
② 转引自伊恩·P.瓦特:《小说的兴起》,高原、董红钧译,北京:生活·读书·新知三联书店,1992年,第207页。
③ 参看李赋宁总主编:《欧洲文学史》(第一卷),北京:商务印书馆,1999年,第411页。
④ 迈克尔·麦基恩:《英国小说的起源 1600—1740》,胡振明译,上海:华东师范大学出版社,2015年,第343页。

现在方方面面。其一,经济发展让小说的消费群体增多。就当时人们的经济状况看,真正有购买能力的人主要是中产阶级,"在整个18世纪中,店主、独立的零售商和行政事务机关的雇员的数目以及他们的财产却骤然增多……购买书报的人数的最实际增加或许是他们促成的"①。希利斯·米勒认为,特罗洛普保证他的读者购买他的《典狱长或奥利农场》时物有所值,这个保证依靠这样一个事实:"小说将拥有一个建设性的社会功能,也就是说,强化心目中的中产阶级读者群的伦理价值。"②其二,小说要考虑到读者的购买能力。读者并非都很富裕,大部头的精装史诗往往超出他们的购买能力,小说则价格适中,为了照顾购买力较差的读者,小说的廉价版本也经常出现,甚至也可以将小说在报纸上连载;其三,随着工业化的发展,城市人口增多,公用图书馆或流通图书馆的出现,让人可以花很少的钱来享受阅读,从而让读者大众显著增多,图书馆中最吸引人的书籍就是小说。其四,因为工业化的发展,人们有了闲暇时间,尤其是女性的闲暇时间日益增多,"旧日的家务……以及其他许多职责,已不再是必需了,因为绝大多数生活必需品都已由机器制造,可以在商店和市场中买到"。③ 同时,有钱家庭的佣人也因为机器替代了部分工作,闲暇时间也增多了,"他们构成了一个相当之大而且非常引人注目的阶级,在18世纪,他们或许构成了国民中一种最大的职业集团"。④

　　无论是16—17世纪的明代中后期还是18世纪的英国,经济因素都对小说读者产生影响,当明代市民阶层兴起后,市民成为小说读者的主体时,小说已成为市民茶余饭后的谈资,这和18世纪英国的中产阶级读者有类似之处。但总体上看,明代中后期和18世纪的英国,经济因素对读者的影响还是存在着较大的差异。主要表现为两点:其一,18世纪的英国是经济主导,明代中后期仍是伦理主导,经济只是起辅助作用。由于经济主导和个人主义兴起,18世纪的英国,形成了一种"个人的以自我为中

---

① 伊恩·P. 瓦特:《小说的兴起》,高原、董红钧译,北京:生活·读书·新知三联书店,1992年,第39页。
② J. Hillis Miller. *The Ethics of Reading*. New York: Columbia University Press, 1987, P.85.
③ 伊恩·P. 瓦特:《小说的兴起》,高原、董红钧译,北京:生活·读书·新知三联书店,1992年,第43页。
④ 同上书,第45页。

心的精神生活"①,社会的蓬勃发展,将人们引向未来,而不是回到过去,人们不再恪守传统,而是对新生活充满新奇,对金钱的追求直言不讳,在这样的情况下,不可能以过去已有的伦理规范来衡量普通人的行为,只能以社会当前的标准来衡量人物的德性,即使这些德性违反已有的伦理规范,一般也能得到社会的认可。明代中后期,虽然有商品经济,但高度的中央集权和儒家精神仍普遍存在,伦理道德仍是人们日常生活的行为准则,阳明心学虽将人们从程朱理学的桎梏中解放出来,但仍要求人们从内心深处"致良知",经济利益的诉求不能越过儒家伦理的一些基本规范,有时还打着伦理说教的旗号来获取经济利益。其二,18世纪的英国,个人主义让小说成为"个人生活的一种延伸"②,读者倾向于从自己切身的感受出发,来理解小说中的人物行为和小说主旨,小说中的同一人物,可以得到不同的伦理解读,"一千个读者有一千个哈姆雷特"的现象在西方小说的接受中经常出现。明代中后期的一些世情小说,也涉及人物的一些经济行为,但这些经济行为始终笼罩在伦理规范之中,即使一些张扬情感的小说,接收者也用"情教"之类的词语突出起教化功用,小说中的人物在接受者眼中,主要是某种伦理德目的活的样板,对同一小说,接受者的解读总体上看大同小异,即使观点对立,主要也体现在对小说伦理寓意的理解上。

二、读者阐释之伦理比较

接受伦理最直接的表现是接受者对小说的伦理阐释,中西小说的伦理阐释,在阐释形式和阐释关注的侧重点两方面都存在着差异。

就阐释形式看,中国古代小说最常见的是将接受者对小说的解读和小说融为一体的"评点",小说评点可谓中国古代小说阐释形式上的一大特色。从形式上看,评点常常与作品融为一体,包括眉批、旁批、夹批、总批、圈点和总评等,这几种评点形式往往随文"寄生",短小精炼,因此需要紧扣作品才能理解,否则便是隔雾看花。序跋、读法、题辞、凡例等与小说正文不在一起,可以将其与小说分离当做批评专论来读,如蒋大器的《三

---

① 伊恩·P. 瓦特:《小说的兴起》,高原、董红钧译,北京:生活·读书·新知三联书店,1992年,第199页。
② 同上书,第222页。

国志通俗演义序》、李贽的《忠义水浒传序》等,但它们也需要结合文本,经过比对才能获得更完整的理解,同时它们一定都和小说刊印在一起,以帮助读者更好地理解小说。在这些评点形式中,伦理阐释最集中的当数序跋和读法。庸愚子(蒋大器)《三国志通俗演义序》认为作者写曹操、孙权和刘备,其伦理用心有别:"曹瞒虽有远图,而志不在社稷,假忠欺世,卒为身谋,虽得之,必失之,万古奸贼,仅能逃其不杀而已,固不足论。孙权父子,虎视江东,固有取天下之志,而所用得人,又非老瞒可议。惟昭烈汉室之胄,结义桃园,三顾草庐,君臣契合,辅成大业,亦理所当然。"①最早标明"读法"的《阅东度记八法》(崇祯八年刊本)所说的"不厌伦理正道,便是忠孝传家。任其铺叙错综,只顾本来题目"②,已明确小说评点需要兼顾"错综铺叙"的文法和"伦理正道"的宗旨。随文"寄生"的几种评点形式也往往在不经意间涉及伦理。《警世阴阳梦》"阳梦"第四回,魏忠贤向兰生借五十两银子,兰生表示:"要我性命倒肯的,要我银子是没有的。"此处眉批:"轻命重财,是个贪梦。"③虽然兰生并没有贪财,评点却以"轻命贪财"将其夸张为"一个贪梦",以显示人在财欲面前应有的态度。

中国的评点和小说是一体的,西方小说的阐释一般则和小说是分离的。和中国古代小说花样繁多的评点相比,西方小说的阐释形式显得既简单又多样,说其简单,是就阐释类型来说的,它几乎没有随文评点,主要就是一种阐释和正文分离的类型;说其多样,是就这种类型的具体形式来说的,它既有针对具体小说的序文,也有关于小说的专论,还有书评以及读者和作者之间的通信,等等。亨利·詹姆斯曾就他自己的小说写了不少评论作为小说的序言,这些序言主要是谈自己对这些小说的人物及情节的理解,尤其是对一些相关艺术技巧的理解,以便读者能更好地理解这部小说。这些理解中只偶尔涉及伦理阐释,而且一般是在分析人物时顺带提及的,伦理并不是这些序言的重点。亨利·詹姆斯的《使节》,斯特瑞塞充当使节去劝说他心仪的女人的儿子查德,希望他能迷途知返,尽快从巴黎回到美国继承家业。斯特瑞塞到巴黎后,发现查德是因为情人德·

---

① 丁锡根编著:《中国历代小说序跋集》,北京:人民文学出版社,1996年,第888页。
② 转引自谭帆:《中国小说评点研究》,上海:华东师范大学出版社,2001年,第63页。
③ 长安道人国清编次:《警世阴阳梦》,《古本小说集成》编委会编:《古本小说集成》第一辑,上海:上海古籍出版社,2016年,第78页。

维奥内夫人而不愿意离开巴黎,在和德·维奥内夫人接触后,他反而认同了查德的选择,希望他能尽情地享受人生。这是一个涉及爱情、亲情的伦理故事。但亨利·詹姆斯的"自序"中,却不考虑爱情、亲情等伦理因素,而是对斯特瑞塞的感悟情有独钟,然后,就具体分析其人物形象和写作技巧,压根不再提小说主题中的道德内涵。在亨利·詹姆斯看来,小说关键在于对人物的刻画和对生活的描写,因而主张"把关于'不道德'主题和道德主题的无聊争论一笔勾销"①,这和中国古代小说的评点形成强烈反差。就小说专论看,有涉及伦理阐释的,但这些伦理阐释不是像中国古代小说那样以规范伦理作为阐释标准,而是对人物的善恶交错的复杂性加以分析。萨缪尔·约翰逊在1750年3月31日《漫谈者》杂志上所说的话具有代表性:"出于遵从自然的动机,许多作家将他们主要角色的好坏品质掺杂在一起,结果好的品质和坏的品质都一样明显。"②至于书评以及读者和作者之间的通信,更是就具体问题进行分析或交流,一般没有溢出小说之外的内容,即使其中涉及伦理,也是就小说中的人物的伦理表现展开讨论。

就小说阐释而言,无非有两方面,一是内容,二是形式。这两方面,中西小说的伦理阐释均有涉及,但总体上看,中国小说内容方面的伦理阐释远多于形式方面的伦理阐释,西方小说二者大致均衡。具体说来,内容方面和形式方面的伦理阐释,中西小说也存在一些明显的差异。

先看内容方面的伦理阐释。中国古代小说接受者对内容方面关注较多,且不约而同地以伦理教化为宗旨对小说进行分析。无论是序言中对小说的理解,凡例中对小说的说明,还是回评、眉批、夹批中的随文点评,点评者似乎在点评前就有一个说教的标准,小说中的人物和情节只是伦理教化的例证。栖霞居士《花月痕题词》的说法很有代表性:"此书写韦、刘、韩、杜四人,浅者读之,不过是怜才慕色文字……作者亦何暇写之乎?……是必归其说于本。何谓本?君之仁也,臣之忠也,父子之慈与孝也,兄弟之友也,夫妇之和与顺也,朋友之信也"③,小说中所写的具体人物和

---

① 亨利·詹姆斯:《小说的艺术,亨利·詹姆斯文论选》,朱雯、乔伽、朱乃长等译,上海:上海译文出版社,2001年,第284页。
② Cheryl nixon ed: *Novel Definitions: An Anthology of Commentary on the Novel*, 1688—1815. Toronto: Broadview Press Ltd, 2009. P.151.
③ 朱一玄编:《明清小说资料选编》,济南:齐鲁书社,1990年,第790页。

事件,最终都可归于仁忠慈孝等伦理之本,正是这些伦理之本,才让小说的存在有了意义。小说的主要目的就在于基于伦理之本的说教:"说部虽小道,而必有关风化,辅翼世教,可以惩恶劝善焉,可以激浊扬清焉。"①凡例本来是对某部小说内容安排的说明,但古代小说的凡例也常常出现序言中类似的伦理说教。《隋炀帝艳史》凡例首先强调的是该小说虽写帝王荒淫之事,却内含讽喻:"著书立言,无论大小,必有关于人心世道者为贵。《艳史》虽穷极荒淫奢侈之事,而其中微言冷语,与夫诗词之类,皆寓讥讽规谏之意,使读者一览知酒色所以丧身,土木所以亡国。则兹编之为殷鉴有裨于风化者岂鲜哉!方之宣淫等书,不啻天壤。"②至于回评、眉批、夹批中的随文点评,无论小说内容是否与伦理说教有关,评点者都可以将其与伦理说教联系起来。张竹坡在《金瓶梅》第三十三回回评中说:"夫韩道国妻王六儿,于财色二字,不堪而沉溺者也。爱姐于财色二字,不堪而回头者也。……然则财色二字,人自不能忘情,相引而迷其中耳。"③由小说人物的相关行为引申到世道人情,将其中的伦理说教明晰化。《于少保萃忠传》第二回,于公向范布政求米赡养双亲,评点者眉批:"于不羞贫,范不挟贵,今为绝响。"④于谦求米,只是小说中一个情节而已,是人物在特定情况下的正常行为,评点者却由此对人物品性发表感慨。事实上,无论是不羞贫还是不挟贵,历代都不乏其人,评点者以"今为绝响"赞叹之,无非是为了表达对于谦的敬仰之情,为其后来的忠勇行为张目。《隋史遗文》第三十五回,叙叔宝、罗士信、张社长三人对话,罗士信对张社长说:"咱老子原把我交与你老人家,怎又叫咱随着别人来?"此处,评点者夹批:"死忠死节之概,尽此二语矣。"⑤本来只是人物之间的正常对话,压根没有什么"死忠死节"的意图,评点者硬是从平常话语中读出"死忠死节"这样的伦理意味。

相较之下,西方小说接受者对内容的关注,主要是着重分析人物或情节,如果这些人物或情节中有伦理意蕴,一般也是结合人物或情节来进行

---

① 朱一玄编:《明清小说资料选编》,济南:齐鲁书社,1990年,第791页。
② 齐东野人:《隋炀帝艳史》,长沙:岳麓书社,2004年,第1页。
③ 朱一玄编:《金瓶梅资料汇编》,天津:南开大学出版社,2002年,第492页。
④ 《于少保萃忠传》,《古本小说集成》编委会编:《古本小说集成》第二辑,上海:上海古籍出版社,2017年,第21页。
⑤ 袁于令评改:《隋史遗文》,宋祥瑞校点,北京:北京大学出版社,1988年,第287页。

伦理分析,这种分析往往从具体情境出发,谈论的是人物的德性伦理,伦理规范往往被淡化或忽视。布斯在《我们所交的朋友:小说伦理学》中指出:"伦理批评是一种显示与个人德性、社会德性如何关联的叙述德性的努力,或者显示故事品质与任何指定读者品质——所有德性的总和——之间影响或被影响的关系。"①"德性"在"传统意义上意味着人类范围内像'能力''力量''性能''行为习惯'之类的东西,这样一来,'道德的'作为一个前现代术语,适用于'德性'的任何增强或削弱,包括我和你所认为的不道德的东西;一种给定的'德性'可以被恶意地使用。"②这意味着,"这些'德性'没有先在的善恶之别,它们从风俗习惯沿袭而来,因此伦理批评也不应该对这些德性本身进行抽象的善恶评判,而是应该从风俗习惯的角度,去探讨这些德性之间的异同,去研究那些增强或削弱'德性'的伦理效果,而不是去要求小说遵循怎样的道德准则,或是要求小说完全'客观地'呈现事实。"③布斯对人物德性的关注在詹姆斯·费伦那里得到延续。费伦在分析石黑一雄《长日留痕》时延续布斯的路径,"把焦点放在阅读伦理上,研究阅读行为如何引起伦理思考和回应",进而对读者的伦理取位展开分析,指出:"阅读的伦理维度涉及我们的价值观和判断,同时也与认识、情感以及欲望错综交织:我们的理解影响着我们对文本所要激活的那些价值观的感觉,那些价值观的激活影响着我们的判断,我们的判断影响着我们的情感,而我们的情感影响着我们的欲望。也可以反过来进行。"④很显然,读者的认识、情感和欲望是千差万别的,不可能以某种外在的伦理规范来加以衡量。《长日留痕》中的史蒂文斯,因对主人的忠诚而放弃了个人的情感,他在晚年讲述自己的故事时,其讲述的内容与其行动的脱节,体现出他在"以尊严压抑真情"⑤,这固然是一个错误的选择,但符合其管家身份,不能因为他的忠诚压倒情感而去用某种爱情之上的道理去谴责他。

为了更好地区别中西小说伦理阐释在内容方面的差异,不妨以爱情

---

① Wayne C. Booth. *The Company We Keep: An Ethics of Fiction*. Berkeley, Los Angeles & London: The University of California Press, 1988, p.11.
② Ibid., p.10.
③ 周莉莉:《韦恩·布斯小说伦理学研究》,江西师范大学博士学位论文,2018年,第40页。
④ 戴卫·赫尔曼主编:《新叙事学》,马海良译,北京:北京大学出版社,2002年,第48页。
⑤ 同上书,第49页。

故事为例稍加分析。中国古代小说中的爱情,基本笼罩在规范伦理的氛围之中,爱情故事的推动,与外在的伦理规范或多或少都有一些联系,往往是先冲破伦理规范的枷锁,最后又屈服于伦理规范的威力。爱情无论成功与失败,都与伦理规范最终是否许可有关。阐释者在对爱情故事进行阐释时,也很自然地用外在的伦理规范来理解爱情故事。《北史演义》中娄昭君和高欢的爱情即为一例。娄昭君主动追求高欢,有违世风,但婚后的昭君"亲操井臼,克遵妇道,不以富贵骄人"[1],又回归伦理规范之中。高欢成功后,多有艳遇,昭君均以高欢为念,从不计较。小说中的昭君,除最初的主动追求外,可谓是妇德的楷模。卷四末尾评云:"女子自己择配,原非正理,但有识英雄俊眼,而适遇英雄,情何能已?且非慕私情,惟求正配。昭君其乃权而不失为正者欤?"[2]昭君从权,仍不失为正。昭君的完美形象,卷前"娄妃昭君"图,副图为九峰逸人的"图题":"预识英雄,兼通经济,度量能容,忠孝弗替,巾帼独尊,须眉有愧。"[3]对这个女追男的爱情故事,这里不仅以"慕私情,惟求正配"来加以解释,并以"忠孝弗替"来加以赞扬。即使像《聊斋志异·聂小倩》这样的另类爱情,小倩和宁采臣的人妖之恋,又有燕生所赠革囊来镇妖,小倩最终战胜革囊的威胁,二人终成正果,"宁果登进士",爱情的成功最后还要附上功名的光环。对这个故事,何守奇仍用"妖不胜正"[4]评之,评者心中的正、邪之分,可谓深矣。

西方小说的爱情故事,注重的不再是人物行为是否符合伦理规范的要求,而是其行为和个人意志之间的关系。"爱情的力量使一切善行和罪恶产生,并且加速或推迟了每一个行动"[5],爱情显示出超越世俗伦理的强大力量。菲尔丁《弃儿汤姆·琼斯的历史》中,琼斯和苏菲亚之间一波三折的爱情,完全是围绕人物自身的意愿和行为展开的,外在的道德规范(如私生子之禁忌)已限制不了人物的行为,琼斯和苏菲亚一开始恪守各自的道德原则而没有相互表白,都显示出人物自身的道德要求已压倒当

---

[1] 杜纲编次:《北史演义》,《古本小说集成》编委会编:《古本小说集成》第二辑,上海古籍出版社,2017年,第99页。
[2] 同上书,第75—76页。
[3] 同上书,第8页。
[4] 朱一玄编:《聊斋志异资料汇编》,天津:南开大学出版社,2002年,第388页。
[5] 约翰孙:《〈莎士比亚戏剧集〉序言》,李赋宁、潘家洵译,见易漱泉等选编:《外国文学评论选》(上册),长沙:湖南人民出版社,1982年,第7页。

时的世俗伦理;经过各自的冒险式游历,人物的道德有了升华,人物对自身内心的需求有了更清醒的认识,对自身行为的衡量基本上不再考虑世俗的眼光,而是遵从内心对美德的认可。类似琼斯这样的外出游历行为,在丽兹·博拉米看来,意味着"流浪汉式的英雄已经发生了改变。他不再是一个积极活跃的人物,而主要表现为被动,不断地被欺骗、戏弄和蒙蔽。小说里的英雄们从他们的旅行和冒险经历中获得了某种关于世界的知识,而不是与他们对应的流浪汉角色所追求的财富或权力。这种知识使他们得以锤炼个人美德,这种个人美德被清楚地描绘为对于在复杂状况下本质上软弱的个体来说可能是唯一的德行"。[①] 在西方小说阐释者那里,对个人美德的重视远远超过对世俗伦理的关注。

再看形式方面的伦理阐释。相对于将内容和伦理之间自然而然地联系起来,20世纪前中国古代小说的形式阐释和伦理之间的关系并不多(20世纪80年代以后形式方面的伦理阐释多一些,但这是受西方影响,总体上看并没有多少自己的创造),但也有一些,主要体现在结构、文法、修辞三个方面。

结构涉及小说的整体布局。评点者的相关评点,表明小说如何布局,不仅是小说自身的艺术问题,有时也是小说伦理表达的问题。惺园退士《儒林外史序》指出稗官小说"其结构之佳者,忠孝节义,声情激越,可师可敬,可歌可泣,颇足兴起百世观感之心"[②]。评点者对历史小说结构布局方面的评点,主要有首尾照应和前后对照。就首尾照应看,评点者指出历史小说首尾内容之间的内在联系及其伦理意义。这涉及对叙事结构的理解,清人毛宗岗的评点最具代表性。《三国演义》第一回开头"推其致乱之由,殆始于桓、灵二帝"处夹批:"《出师表》曰:'叹息痛恨于桓、灵。'故从桓、灵说起。桓、灵不用十常侍,则东汉可以不为三国;刘禅不用黄皓,则蜀汉可以不为晋国。此一部大书前后照应处。"[③]第一百二十回"回前评"云:"三国之兴,始于汉祚之衰。而汉祚之衰,则由于阉竖之欺君,与乱臣之窃国也。一部大书,始之以张让、赵忠,而终之以黄皓、岑昏,可为阉竖

[①] 转引自杜娟:《亨利·菲尔丁小说的伦理叙事》,武汉:华中师范大学出版社,2010年,第95页。

[②] 朱一玄编:《儒林外史资料汇编》,天津:南开大学出版社,2003年,第284页。

[③] 陈曦钟、宋祥瑞、鲁玉川辑校:《三国演义会评本》,北京:北京大学出版社,1986年,第2页。

之戒。首篇之末,结之以张飞之欲杀董卓;终篇之末,结之以孙皓之讥切贾充,可为乱臣之戒。"①这非常突出地显示了《三国演义》的首尾照应及其伦理劝诫意义。前后对照一般存在于具体的细节描写上,有时也存在于小说的结构布局中,《警世阴阳梦》由"阳梦"和"阴梦"前后两部分构成,"阳梦"和"阴梦"的对照便是一种宏观的结构布局,为何如此布局?元九《警世阴阳梦·醒言》有所说明:"一转瞬间,历尽荣华寂寞,生杀烦恼,出尔反尔诸业报。"②这里指出小说写阴阳二梦,阴梦即阳梦之业报。小说通篇以果报来构思,善恶有报的意图非常明显。

文法是评点者对小说手法的总结,评点对具体人物和事件的伦理解读暗通文法。文法的具体情形多样,如《隋史遗文》第三十八回之"对比"和第十一回之"逆转"。第三十八回"总评"云:"要报子仇,便有通夷一说。然则从来以通夷见戮者,岂尽此类耶?妄谓真通夷者,断不被祸。外交足以应手,重赂可以结援。其被祸者,大都敌国所忌,奸徒所憎耳。叔宝已蹈危机,辄幸获免,所云后福方大非耶?"③该回记叙宇文述因报秦琼杀子之仇,便栽赃秦琼通夷,要屈杀秦琼,幸得来总管及时赶到才救下秦琼。评点者就此事对"通夷者"与"被祸者"的关系进行分析,指出"通夷不被祸""被祸不通夷",实乃对举"通夷"与"被祸"关系的两种情形,暗合文法之"对比";又因为"奸徒所憎","对比"文法和伦理有所关联。第十一回"总评"云:"数百金值甚?叔宝便尔惊喜感动!有此无端之喜,所以有无妄之灾。如叔宝英雄,横得数百金,便招奇祸;今之庸妄人,却动希非分,安得令终?"④该回写秦琼因携带单雄信所赠银两而被误认为是响马,不仅失去银两,还失手杀人,被众捕快当作响马抓起来。"无端之喜"中隐藏着"无妄之灾",既含有文法之"逆转",也含有远离横财之伦理规劝。

修辞是说叙述者通过表面的言辞来表达某种意趣,评点通过对小说修辞的解读,可以挖掘出叙述者的意趣。需要说明的是,上文所说的"文法",有些也可以归入修辞之中,不过,"文法"侧重叙事技法本身,修辞则

---

① 陈曦钟、宋祥瑞、鲁玉川辑校:《三国演义会评本》,北京:北京大学出版社,1986年,第1444页。
② 长安道人国清编次:《警世阴阳梦》,《古本小说集成》编委会编:《古本小说集成》第一辑,上海:上海古籍出版社,2016年,第7页。
③ 袁于令评改:《隋史遗文》,宋祥瑞校点,北京:北京大学出版社,1988年,第319页。
④ 同上书,第98页。

侧重某种修辞手法背后的"意趣"。对小说隐喻的解读似乎是评点者最为用心之处,他们往往就小说中的某个场面、物件、人物发掘其背后潜藏的隐喻意义,评点者所谓的"作者婆心",很多是借助隐喻的解读来实现的。对隐喻而言,评点者往往从喻体出发,进行阐释,最终归结到某种伦理意义。《三国演义》第二十一回,曹操煮酒论英雄,"酒至半酣,忽阴云漠漠,骤雨将至。从人遥指天外龙挂",此后曹操便问刘备"知龙之变化否?"刘备推说不知,曹操表示:"龙之为物,可比世之英雄。"此处,曹操已然将英雄比喻为龙。评点者对此加以进一步揭示。李贽在"天外龙挂"后评云:"妆点得有光景",李渔在"知龙之变化否"后评云:"渐渐论到英雄,曲致。"毛宗岗在曹操将龙"比世之英雄"后评云:"从龙说起,渐渐说到英雄,又渐渐说到当世人物,亦如雨之将至而先有雷,雷之将至而现有龙挂也。"①如果说曹操以龙来比英雄是明喻的话,李贽所言"妆点得有光景"、毛宗岗所言"亦如雨之将至而先有雷,雷之将至而现有龙挂"则可看作隐喻,李贽没有说出隐喻,但暗含有隐喻,毛宗岗则将李贽没有说出的隐喻含蓄地说出来了(毛宗岗说的表面上是明喻,以"说话"式渐渐引入的方式来比如雨前的天气变化,暗含的隐喻为:打雷是泛泛地论说英雄、下雨则相当于当世英雄出现)。人物所明喻、评点所隐喻的英雄本身,又多少带有点伦理意味。

西方小说的伦理阐释,20世纪前侧重于内容方面的阐释,20世纪后,将形式和伦理联系起来则是常态。内容方面的伦理阐释如上文所述,此处集中谈形式方面的伦理阐释。20世纪以来,也许是俄国形式主义、结构主义和新批评的影响,让小说的伦理阐释倾向于寻找叙事形式与伦理之间的关系。主要表现在两个方面:

一是强调语言和伦理之间的紧密关联,米勒可为代表。他的《阅读伦理》从语言出发,阐述语言和伦理之间的关系。首先,伦理离不开语言:"伦理本身和我们称作叙述的语言形式之间有特殊的联系。叙述中伦理主题的主题戏剧化就是对这种语言必然性的间接寓言化。"②小说中伦理的呈现自然离不开语言的表述,小说主题对伦理的戏剧化描写得益于语

---

① 陈曦钟、宋祥瑞、鲁玉川辑校:《三国演义会评本》,北京:北京大学出版社,1986年,第257页。

② J. Hillis Miller. *The Ethics of Reading*. New York: Columbia University Press, 1987, p. 3.

言的讽喻性功能。其次,援引德曼对寓言的分析,说明"寓言总是伦理":"伦理范畴是语言范围内而不是主题范围内不可避免的(与其说是价值,不如说是范畴)",在德曼看来,伦理是语言必然性的产品,他为此拒绝将伦理和主题、自由、人际关系等概念联系在一起,这样一来,阅读伦理如何进行? 只能求助于语言自身,道德判断和道德命令是人类语言必不可少的特征,也是关于阅读不可能性的叙述(德曼称之为寓言)的必要组成部分[①]。"叙述首先是自我阅读的寓言""阅读的寓言叙述着阅读的不可能"[②],德曼这些基于解构而来的话语,被米勒用来解释语言和伦理之间的联系。再次,在具体的阅读过程中,要求阅读对叙事中的语言负责,并充分释放语言的潜在意义。在从"阅读写作"角度分析艾略特时指出:"正是这些语言、这些词语,带来了小说家所能说的关于内在感觉和外在事实的确切的真理"[③];在从"再次阅读"角度分析詹姆斯时指出:"写作是使用词语让某些东西出现,这些东西是作家承认自己是必须或可能承担责任和持续承担责任的'连接物',就像一个父亲要邻居承认他的私生子一样。"[④]和中国古代小说的形式阐释相比,这种将语言和伦理联系起来的路径无疑是新颖独特的。

二是强调各种叙事技巧和伦理之间的关系。伊格尔顿说:"一部作品的道德观……不仅隐含于内容,也可以隐含在形式里,认识到一个文学文本的语言与结构或许就是所谓的道德内容的母体和源头。"[⑤]形式技巧和伦理之间的关系在布斯的《小说修辞学》之中,得到较为详尽的阐释。小说中的人称、叙述类型、叙述方式、距离控制,等等,都与道德有关。在分析阿兰·罗布—格里耶的《嫉妒》时,布斯细致地分析了那种不动声色的人物视角所带来的伦理效果:小说"仅仅把我们限制在只能接触那个颓唐丈夫的感觉和思想……就能使我们体验到一种浓缩的感觉……我们越来越深地沉浸到产生了冷漠观察的受着磨难的意识中去",从而"接受要命

---

① J. Hillis Miller. *The Ethics of Reading*. New York: Columbia University Press, 1987, pp. 46—47.

② Ibid., p. 47.

③ Ibid., p. 62.

④ Ibid., p. 101.

⑤ 特里·伊格尔顿:《文学事件》,阴志科译,陈晓菲校译,郑州:河南大学出版社,2017年,第52页。

的嫉妒气质和感觉"①。布斯对形式的伦理阐释在叙事学界产生了深远影响,因为叙事学侧重于叙事形式分析,叙事学打破结构主义藩篱后,形式分析自然和各种其他的理论结合起来,叙事形式和伦理的结合就是其中之一。纽顿在《叙事伦理》中,对亨利·詹姆斯的《真品》进行了细致的形式分析后,总结道:"詹姆斯让自己和第一人称叙述的故事保持足够的距离……在他们角色的坚持中对连续性的干扰……当然,在极端简化的标准上,詹姆斯保持着作者沉默的私密性;他的沉默是一个列维纳斯描述为无政府主义的表象背后的世界。"②詹姆斯花样繁多的形式背后仍掩盖着艺术家的道德感。西方对形式与伦理关系的关注在2017年还催生了一本专谈小说形式与伦理关系的专著《好的形式:维多利亚小说中的伦理经验》③,对维多利亚小说中的幽默、悬念等形式进行伦理解读。西方对技巧和伦理关系的阐释与中国对古代小说结构、文法、修辞的伦理阐释有类似之处,但也有明显的差异:西方是从理论建构出发的,作品形式的伦理分析只是建构理论所使用的例证;中国则是立足于作品,对形式的伦理阐释只是形式分析中的一部分内容,其用意在于对具体小说的理解,而不在于理论的建构。

为了更好地区别中西小说伦理阐释在形式方面的差异,不妨以果报模式为例稍加分析。中国古代小说中果报模式很多,既有像《说岳全传》《梼杌闲评》那样的前后世轮回的果报结构,也有像《三国演义》那样在局部形成的果报情形,还有像《王娇鸾百年长恨》那样对人物结局的果报性解读。这些果报模式,一般都是以儒家的伦理德目来评价人物的行为和最终的报应。对小说中的果报模式,接受者表现出两方面的特点:一是从既有的规范来解读果报情形。《三国演义》第一百十九回,李贽"总评"云:"老瞒奸如鬼蜮,济以曹丕小奸,做成受禅之台,仿佛唐虞故事,欲以欺诳天下后世也。谁知四十年后,乃为司马炎作一榜样乎?山阳、陈留,毫发不差,谓无天理否也?读史者至此亦可回头作好人矣。你想乱臣逆子,有

---

① W. C. 布斯:《小说修辞学》,华明、胡晓苏、周宪译,北京:北京联合出版公司,2017年,第66—67页。

② Adam Zachary Newton. *Narrative Ethics*. Cambridge: Harvard University Press. 1997, pp. 144—145.

③ Jesse Rosenthal. Good Form: *The Ethical Experience of the Victorian Novels*. Princeton and Oxford: Princeton University Press. 2017.

何利益乎哉？"①司马废魏一如当年曹魏废汉，不能不说是天理轮回之报应。李贽虽然独立特行，还是以"乱臣贼子"之类的话语来加以评判。二是和叙述者保持一致。《于少保萃忠传》第九回，年近七旬尚无子的河南富民赵首贤，捐资救济灾民，"活数万之民"，于公感其"尚义"，"劝其纳妾衍嗣"，赵首贤听命谢恩。就此事，此处有"按语"云："后赵首贤将及一年，果生一子，弥月，遂抱至院中叩谢于公。公心甚喜，以为天之报施善类……后赵老……子孙蕃盛，至今不衰。亦赵老尚义济活之功所致，可见天之报复，昭昭不爽矣。"②"按语"用果报观念来旌扬赵首贤的善举，与叙述者本意一致。

相较之下，西方小说接受者对果报模式的理解，呈现出不同的特点。其一，从人物内心来理解果报。理查逊自己对《克拉丽莎》相关内容的理解可为代表："何为善恶有报？……上帝借此通过启示让我们知道他已想好针对人类的恰当安排。他在此处只是把人类放在一个试炼状态，并将善恶相混，从而使我们感到有必要期待更公正的善恶有报。"③将果报模式和上帝牵扯在一起，既无视人物世界既有的伦理规范，又指向人物内心的信仰或信念，要言之，善恶有报在西方小说接受者那里，不再是规范伦理使然，而是德性伦理作用的结果。《摩尔·弗兰德斯》的主人公是令人不齿的小偷，却被写成一个内心有道德感的人，瓦特对该小说的解读是"邪恶必受报应，而犯罪却未必"④，违背社会规范乃至法律遭到惩罚都不算是报应，只有内心邪恶才遭受报应，对人物内在德性的强调远远超出对人物外在行为的关注。西方小说对人物美德的叙述以及小说接受者对人物美德的分析比比皆是，人物美德不是依据世俗的伦理规范，而是基于人物内心高尚的道德情操。其二，接受者可以和叙述者不一致。笛福在《摩尔·弗兰德斯》中给予女主人公以同情与理解，她的恶行也被认为是善意的，但在瓦特看来，"从语言和事件到全书的基本道德结构，他对他的作品

---

① 陈曦钟、宋祥瑞、鲁玉川辑校：《三国演义会评本》，北京：北京大学出版社，1986年，第1442页。
② 孙高亮纂述：《于少保萃忠传》，《古本小说集成》编委会编：《古本小说集成》第二辑，上海：上海古籍出版社，2017年，第136页。
③ 转引自迈克尔·麦基恩：《英国小说的起源 1600—1740》，胡振明译，上海：华东师范大学出版社，2015年，第204页。
④ 伊恩·P.瓦特：《小说的兴起》，高原、董红钧译，北京：生活·读书·新知三联书店，1992年，第125页。

的道德态度像他的女主人公一样浅薄、晦涩、易于改变"①,所谓"全书的基本道德结构",就包括善恶有报。

三、后续创作之伦理比较

小说的接受伦理除了小说的伦理阐释外,还可以通过后续创作所体现出来的对原作的伦理姿态来加以表现。中国古代小说的后续创作大体可以分为同一小说的不同版本和同一故事的不同续写两种情况。

就同一小说不同版本的情况看,不同版本的序跋、识语、凡例等体现出对小说主旨和刊刻目标理解的差异。不妨以《列国志》系列版本为例稍加分析。朱篁《列国传题词》云:列国纷争,"今天下车书大同,属宫府之体,峻贡市之防,神州赤县,鞏于磐石,秉笔君子,综古今得失之林,悼列国之纷争若彼,喜一统之恬熙若此,不惜编摩,惩往毖来,勒为炯鉴。昔孔子作《春秋》……功高素王……列传虽稗官野史,未经圣裁而旁引曲证,义足千秋,未必非素王之功臣也。经世者请以斯言为公案"。②明言在当下的"车书大同"之世,《列国》"义足千秋",可为"素王之功臣"。可观道人《新列国志·叙》指出《列国》中所罗列的"国家之废兴存亡,行事之是非成毁,人品之好丑贞淫……若引为法诫,其利益亦与六经诸史相埒"③。表面上看,二者对"列国"主旨的解读并无差别,但细究之,仍有不同:《春秋列国志》"勒为炯鉴"是为了激发忠义;《新列国志》则通过罗列国家废兴、行事是非、人品好坏之事让后人"引为法诫",《列国》主要是为后人提供"法诫",而不是激发忠义。二者对编写目标的理解差异更大:《列国传题词》认为《春秋列国志》可谓"素王之功臣",自信满满;《新列国志·叙》只是指出《列国》中所记载的"往迹种种,开卷瞭然"④,《列国传题词》中所显示出来的那种"素王功臣"的自信荡然无存。

就同一故事不同续写的情况看,小说家对故事的选材和理解,既表现

---

① 伊恩·P.瓦特:《小说的兴起》,高原、董红钧译,北京:生活·读书·新知三联书店,1992年,第136页。
② 陈继儒重校:《春秋列国志传》,《古本小说集成》编委会编:《古本小说集成》第三辑,上海:上海古籍出版社,2017年,第3—9页。
③ 墨憨斋新编:《新列国志》,《古本小说集成》编委会编:《古本小说集成》第二辑,上海:上海古籍出版社,2017年,第10—19页。
④ 同上书,第18页。

出小说家接受时的伦理境况和伦理取向的差异,也折射出读者伦理偏好的差异。对同一故事的不同续写,续写者的关注点能体现出某种伦理偏好。不妨以《水浒传》的两本续书《水浒后传》和《结水浒传》(《荡寇志》)为例。陈忱的《水浒后传》接《忠义水浒传》而敷演成书,叙梁山幸存者李俊、燕青等人继承梁山遗志,与官府争斗,逢金兵南下,攻陷汴京,掳走二帝,于是以报国勤王为己任,后迫不得已,聚集海岛,建"暹罗国"。俞万春的《结水浒传》接金圣叹删改的《水浒传》七十回本而来,开卷便是第七十一回,宋江等人是地地道道的强盗,最终被官军一一正法。作为《水浒后传》和《结水浒传》的作者,陈忱和俞万春首先是《水浒传》的读者,作为读者,他们对《水浒传》的主旨有不同的理解,两部《水浒传》续书的宗旨也截然对立。《水浒后传》正文前,有题名"樵馀偶识"的《论略》,集中道出了此书的主旨:"后传为泄愤之书。愤宋江之忠义而鸩于奸党,故复聚余人而救驾立功,开基创业;愤六贼之误国,而加之以流贬诛戮;愤诸贵倖之全身远害,而特表草野孤臣,重围冒险;愤官宦之嚼民饱壑,而故使其倾倒宦囊,倍偿民利;愤释道之淫奢诳诞,而有万庆寺之烧、还道村之斩也。"[①]表达出和《水浒传》同样的"替天行道"的意味。《结水浒传》卷一开篇,在第七十一回正文之前,俞万春也道出了自己了用意:"这一部书名唤作《荡寇志》,看官你道这书为何而作?……《水浒传》……真是邪说淫辞,坏人心术,贻害无穷……这部书既已刊刻行世,在下亦不能禁止他。因想当年宋江并没有受招安、平方腊的话,只有被张叔夜擒拿正法一句话。如今他既妄造伪言,抹煞真事,我亦何妨提明真事,破他伪言?使天下后世,深明盗贼忠义之辨,丝毫不容假借",此后夹批:"炎炎大言,振聋发聩,真是关系世道人心不浅。"[②]俞万春的用意深得其友人赏识。《结水浒传》卷首有三篇序言,分别是古月老人的《序》、陈奂的《俞仲华先生荡寇志序》和徐佩珂的《序》。古月老人的《序》称"《结水浒》,盖是书出而吾知有心世道者之所共赏"[③],徐佩珂的《序》称"《荡寇志》,盖以尊王灭寇为主,而使天下后世晓然于盗贼之终无不败,忠义之不容假借混朦,庶几尊君亲上之心油然而

[①] 陈忱:《水浒后传》,《古本小说集成》编委会编:《古本小说集成》第四辑,上海古籍出版社,2017年,第1—2页。

[②] 俞万春:《结水浒全传》,《古本小说集成》编委会编:《古本小说集成》第四辑,上海古籍出版社,2017年,第1—3页。

[③] 同上书,第8—9页。

生矣"。①

朱篁认为《春秋列国志》可"激发忠义",可观道人强调《新列国志》可"引为法诫",陈忱称《水浒后传》为"泄愤之书",俞万春作《荡寇志》,是为了"深明盗贼忠义之变",都是以儒家一些基本的伦理德目为标准,不管接受者表面上的有多少差异,但骨子里都浸透了儒家的伦理规范。

或许由于版权意识较强,西方小说的续书中间,很少出现不同作者对同一小说的改写,主要是对同一故事的不同书写。这些不同书写,可以是对原故事中人物的不同处理,也可以是受原故事启发而重新立意写一个新故事。就前者看,对理查逊《帕梅拉》的续写可为代表。《帕梅拉》是书信体故事,以信件方式来呈现叙述内容的真实性,信件看起来似乎是真实文献。该小说1740年出版,当时,英国的道德改良运动高涨,《帕梅拉》(又名《美德有报》)因契合当时人们对道德状况的关心而引起轰动,它既折射出当时社会上的等级地位,更反映了个人对这种社会地位的抗争。作为女仆,帕梅拉和地位高贵的B先生之间的感情纠葛,不仅涉及双方对各自社会地位的理解,更涉及对"荣誉"和美德的理解,而且社会地位和"荣誉"、美德紧紧联系在一起。在B先生看来,帕梅拉引诱了自己,但在书信中却假装称无辜的受害者,他抵制结婚,是认为婚姻"与自己的荣誉不相符"。② 在帕梅拉看来,B先生真正与其荣誉不相符的是其强奸行为和假结婚的计划。但帕梅拉不拒绝结婚,相反想办法促成自己的婚姻,意味着她在"借助贞节确保高贵出身与财产在男性血统中得以传递的女性能力"③,她有自己的算盘,但又借助书信中流露出来的道德善良来掩盖她的算盘。她内心深处是认可"外在地位反映内在美德"这个贵族格言的④,但她对B先生的针锋相对的行为又显示出她可以借助自身的贞洁和善良而蔑视出身。对B先生而言,"帕梅拉既指向道德善良,又指向贞洁的美德双重性,的确对他的地位构成双重威胁。帕梅拉的美德既是与

---

① 俞万春:《结水浒全传》,《古本小说集成》编委会编:《古本小说集成》第四辑,上海古籍出版社,2017年,第12—13页。
② 迈克尔·麦基恩:《英国小说的起源1600—1740》,胡振明译,上海:华东师范大学出版社,2015年,第535页。
③ 同上书,第533页。
④ 同上书,第534页。

进步个人相异的'真正高贵',又是贵族荣誉的残留剩余"。① 帕梅拉最终如愿结婚,她一方面显示出女性的贞洁和道德善良,另一方面又显示出自己的心机。帕梅拉因而被一部分人看作是淑女的典范,被另一部分人看作是计谋多端的伪善女子。无论是淑女的典范还是伪善女子,其根据都是帕梅拉本人的美德和行为之间的对照。根据对帕梅拉的不同理解,很快出现了众多仿作和续作。"其中弘扬帕梅拉的有《帕梅拉在上流社会中》《帕梅拉传》《H夫人回忆录》及《著名的帕梅拉》等;而抨击的一方除了有菲尔丁的重磅炸弹《莎梅拉》以外,还有《反帕梅拉》《真正的帕梅拉》等。"②这些仿作和续作让帕梅拉在伊格尔顿眼中,成为"浩大道德论战的工具和进行对话、缔结盟约和展开意识形态战争的象征符号空间"③。这样的道德论战不是基于某种既有的伦理规范,而是基于人物行为和心理之间的张力以及由此体现出来的道德色彩。

就后者看,西方小说可以是续写原故事,如亚历山德拉·里普利的《斯佳丽》是玛格丽特·米切尔《飘》的续集,风格和《飘》接近,主要写主人公感情的感情经历,和《水浒后传》接续《水浒传》类似。除此之外,西方的续写还可以是受原故事启发而来的创造,主要有两种情况:其一,从原故事不注意的地方入手,从新的视角来更新原故事,接受者有感于故事中不为人留意的一面而加以发挥,从而得出和原故事不一样的主旨,如米·图尼埃的《礼拜五——太平洋上的灵薄狱》对丹尼尔·笛福的《鲁滨孙漂流记》的补充和颠覆。其二,取原故事相近的主题,但采取不同的处理方式,此时接受者关注的重点已不再是小说的主旨,而是小说中人物的表现以及由此折射出来的道德感,如菲尔丁的《弃儿汤姆·琼斯的历史》和理查逊的《克拉丽莎》对人物的不同处理。第一种情况有明确的续写痕迹,续写并非只是"接着写",也可以是对原故事的重新理解或另辟蹊径,续写的目的不是为了展示故事如何发展,而是为了展示原故事可能存在的另一面。第二种情况没有明确的续写痕迹,但情节的类似又可以看出后写者

---

① 迈克尔·麦基恩:《英国小说的起源 1600—1740》,胡振明译,上海:华东师范大学出版社,2015年,第534页。
② 黄梅:《推敲"自我":小说在18世纪的英国》,北京:生活·读书·新知三联书店,2015年,第163页。
③ 转引自黄梅:《推敲"自我":小说在18世纪的英国》,北京:生活·读书·新知三联书店,2015年,第164页。

对原故事的套用,套用的目的不在于说明新故事的主题和原故事有什么不同,而在于说明同类故事中人物的表现可以有巨大差异。

就第一种情况看,米歇尔·图尼埃的《礼拜五——太平洋上的灵薄狱》正是有感于《鲁滨孙漂流记》的"不足"而创作的。小说作者从《鲁滨孙漂流记》所取材的现实故事出发,从与《鲁滨孙漂流记》不一样的角度来重新审视这个故事,发现该故事中隐藏着《鲁滨孙漂流记》中所没有的东西。图尼埃本人在其自传性的散文《圣灵之风》中,将自己作为《鲁滨孙漂流记》的接受者,在原作已取得巨大成功的基础上另立主旨:"我的这部小说真正的主题……是两种文明的对抗和融合;这种对抗和融合,我是通过在试瓶——荒岛——中对两个当事人进行观察来加以阐述的。鲁滨孙是18世纪初期一个有一定社会地位的英国人。礼拜五则是同时代的阿劳干人——这是生活在智利的一种印第安人。这两种文明冲突从一开始就表现于方方面面……我们要观察它们的相遇、斗争、融合,还要观察一种新的文明是怎样从这种融合中脱胎出来的。丹尼尔·笛福并没有涉及这个主题,因为在他看来,只有鲁滨孙才有文明可言,在这一点上他对礼拜五是不屑一顾的。我的整个想法不仅更哲理化,而且是与笛福背道而驰的。使我感兴趣的,并不是两种文明如何在某个发展阶段相互融合,而是在一个人身上,一种文明的痕迹如何在常人无法想象的孤独环境中消失殆尽,是一个全新的世界怎样在这块白板上,经过尝试、探索直到建立起来的过程……我的小说我想是会有新意的、向前看的,而笛福的小说则纯粹是向后看,仅仅局限于描述丧失的文明如何重建的。"[1]显然,《礼拜五——太平洋上的灵薄狱》和《鲁滨孙漂流记》是同一种素材写出的两个故事,图尼埃直言不讳地表示自己的著作不应该归功于丹尼尔·笛福[2],同时表示自己写这个故事深受斯宾诺莎《伦理学》中关于认知三阶段的影响[3],小说的主旨最终还是落实到人在实际生活中的伦理行为。像图尼埃这样在接受某部小说时,发现其"不足"而加以重新创作,并另立新意,在西方小说中不是孤例,简·里斯的《藻海无边》也是在接受《简·爱》的

---

[1] 米歇尔·图尼埃:《礼拜五——太平洋上的灵薄狱》,王道乾译,上海译文出版社,1997年,第279—280页。

[2] 同上书,第286页。

[3] 同上书,第285页。

过程中诞生的,以原作中不受关注的"疯女人"为中心来构造故事。但这样的重新创作在规范伦理主导下的中国古代小说那里是难以想象的,因为中国古代小说的外部伦理环境的一致规范性,让小说的接受者很难突破自身的伦理定势,从同一个故事中发掘出不同的伦理意蕴。曹雪芹作为才子佳人小说接受者,认识到才子佳人小说的不足,从中汲取经验,提炼出新的伦理意识,写出了《红楼梦》,但《红楼梦》已是一个新的故事,后来的众多《红楼梦》续书,也没有出现像《礼拜五——太平洋上的灵薄狱》和《鲁滨孙漂流记》那样的情况。《金瓶梅》借助《水浒传》中的人物生发出新的故事,表面上和这种情况有些类似,但最终展示的是另一个故事,而不是原故事可能存在的另一面。

就第二种情况看,对某种故事类型的认可,让接受者在写自己的故事时基本上承续了原故事的主题,甚至部分情节也有类似之处,但在艺术手法的处理上,二者显示出巨大差异,从而显示出作品之间在伦理表现上的差异,也间接反映出接受者接受伦理的差异。比较菲尔丁的《汤姆·琼斯》和理查逊的《克拉丽莎》,不难发现,二者主题极为相似,都涉及由男女的阶级出身、情感交往所引发出来的关于荣誉和美德等问题,甚至二者的情节也有类似之处,两部作品都描绘了"女主人公被迫接受她们的父母为其选择的而她们本人非常厌恶的求婚人的求爱;两部作品又都描绘了后来由于女主人公拒绝与这一求婚者结合而引起的父女之间的冲突。"①但二者在相似情节的处理上,则表现出明显的差异,瓦特对此有较详细的分析:菲尔丁在描绘索菲亚和布力菲会面的场景时,"作为一个无所不知的作者,菲尔丁让我们进入布力菲的思想之中,进入支配着思想的种种卑鄙的考虑之中",布力菲对索菲娅沉默的误解让韦斯顿误以为女儿已经同意了布力菲的求婚,接下来的父女之间的对话几乎"脱离了人物的性格",这是为了加强后文的喜剧性的逆转。"菲尔丁使我们相信,我们所看到的不是真实的苦恼,而只是旨在增强我们最后看到幸福结局时的愉悦的那种通常的喜剧纠葛,从而必然减轻我们对索菲娅命运的忧虑";与菲尔丁相对照,理查逊在处理类似情节时,则是精细地、忠实地描绘当时所发生的场景,这一场景出现在克拉丽莎给安娜的信中,"描绘得就如安娜所希望

---

① 伊恩·P.瓦特:《小说的兴起》,高原、董红钧译,北京:生活·读书·新知三联书店,1992年,第302页。

知道的那么精细入微",从而给读者营造出一种"客观的"感受,这种感受"是与克拉丽莎在其神经仍然由于对当时场景的回忆而颤动、其想象力已不敢回想她自己在无意识的反叛和无可奈何的屈从之间紧张的交替时的那种精神状态的完全合一"。对相似情节的不同处理方式,显示出二人文学宗旨的差异:菲尔丁拒绝进入人物内心,"对于特定人物在特定时间中的动机的确切的形态不感兴趣,而只专注于那些对于将他们归到各自道德和社会类别之中所必不可少的个性特征",这意味着,菲尔丁对人物个性不感兴趣,对人物身上所依附的道德内涵感兴趣。理查逊则相反,他深入人物内心,详尽展示人物的内心生活,他对表现"个体精神和道德结构中的稳定成分"不感兴趣,他通过书信体完全介入人物的生活从而理解了人物的道德选择。在菲尔丁那里,人物是屈从于环境的,在理查逊那里,人物是凌驾于环境之上的。① 作为稍微晚出的《汤姆·琼斯》的作者,菲尔丁被认为是《克拉丽莎》的接受者。在处理同样主旨和类似情节时,作为接受者的菲尔丁,可以通过艺术上的手法,避免自己的创作和接受对象的雷同。相反,在中国古代小说中,类似情节经常出现,但结果是千人一面的伦理说教,其原因既在于规范伦理对接受者的影响,也在于接受者沿袭已有的叙事技巧。

  本章从伦理维度、意图伦理、接受伦理三个方面对中西小说的叙事伦理思想进行粗略的比较。需要说明的是,小说中的伦理,是一种虚构伦理,不能简单地将其和现实中的伦理等同,不能将其混为一谈,否则容易发生"文字狱"等以文害人的现象;同时,考虑到小说叙事的伦理影响,也要注意小说叙事有其伦理底线,不能因其是虚构伦理而肆意妄为,随意发挥,这样小说才能有效地发挥其道德效益,引导读者走向健康的生活。

---

① 伊恩·P. 瓦特:《小说的兴起》,高原、董红钧译,北京:生活·读书·新知三联书店,1992年,第302—315页。

第五章
中西身体叙事思想比较研究

身体叙事思想既指理论形态的观念体系,也指具体文学作品与文学实践中的身体叙事思想。不同于文学叙事思想,身体叙事思想是一个相对较新的学术研究对象。在中西思想文化传统中,有关身体哲学、美学的探讨较为充分,有大量理论资源,而对身体叙事的理论探讨则是晚近的事。相对成熟的身体叙事理论形态是身体理论话语与叙事学交汇融合的产物,并与以客体化身体为话语对象的身体叙事研究(查特曼意义上的有关存在物的静态陈述是非叙述的)相区分。身体叙事理论形态强调身体的叙事学意义以及以身体为契机的叙事学重构。尽管中西文学传统中包含有丰富的实践形态身体叙事思想,但因理论形态的晚育,这些实践形态的思想长期处于待发掘的潜隐状态。对理论形态身体叙事思想的探讨与重构是介入实践形态身体叙事思想的观念前提。本章在比较分析中西理论形态身体叙事思想之后,再致力于运用相关理论思想阐发中西具体文学作品与文学实践中的身体叙事思想之异同。或者说,比较分析并重构中西理论形态身体叙事思想,也就是要寻求一种有效的认知装置,据此再与文学作品中的身体叙事话语构成对话并互为发明。

第一节 中西身体叙事思想比较研究的
理论基础与认知装置

尽管在中西传统文学作品中蕴含有大量实践形态身体叙事思想,但在前现代思想文化领域,并无体系性身体叙事话语。也就是说,不同于中西文学叙事思想,中西身体叙事思想并没有成体系的古典或近代理论形态。身体叙事思想的理论形态是身体话语与当代叙事学两个维度交汇融合的产物。理论形态的晚育对中西身体叙事思想比较研究的思考路径有着根本性影响。要比较研究中西传统身体叙事思想,就需对其理论形态进行反思与重构。这是中西身体叙事思想比较研究的理论前提,也是更具本体性的比较研究对象。本土与西方在身体叙事理论形态的建构层面表现出鲜明的殊异性。自20世纪90年代以来,"身体叙事"成为中国当代文化与文学批评中一个关键词,但它主要是一个当代文化实践的功能性泛化概念,而非立足叙事学本身的理论范畴。这一概念是身体话语在文学领域的延伸,是对象化"身体"的文学呈现。它与"战争叙事""乡村叙事"近似,而与叙事学缺乏本质性关联。可以说,本土"身体叙事"依旧是身体叙事的前理论形态。潘代(Daniel Punday)等人倡导的身体叙事学遵循后经典叙事学发展理路,是身体话语与当代叙事学有机结合的产物。身体叙事学关涉身体、叙事、历史等关键维度,它以传统叙事学为基础,在"身体"与"叙事"、形式"如何"(how)与内容"是什么"(what)、文本与历史之间组构起全新的理论形态。这一理论是历史性的,它对身体的历史语境以及西方文学中实践性身体叙事话语的历史演变有深入的研究;同时,它又是理论的,它建基于对传统叙事学的反思与批判基础上。正因此,这一新的叙事学形态是身体叙事思想带有体系性的较成熟的理论形态。

本土"身体叙事"概念缺乏叙事学维度,局限于特定话语场域,无法有效应对跨时空文学身体叙事实践经验。丹尼尔·潘代等人重构的身体叙事理论兼顾"要素"与"形态",是有效介入身体叙事思想实践形态的理论认知装置。

一、中西身体话语:身体叙事思想的前理论形态

有关身体叙事的研究是身体话语理论发展的历史产物。在一些理论家那里,身体叙事就是有关"身体"的文学呈现,是身体话语理论在文学领域的拓展与延伸。尽管有关身体话语的研究并未形成严格意义的身体叙事理论形态,但学界已从哲学、社会学、美学等多个维度涉及文学叙事中的身体话语问题。可以说,身体话语理论为探讨身体叙事问题提供了最基本的学理基础与思想资源,是身体叙事思想的前理论形态。简略考察

中西身体话语学术史对于认知身体叙事理论发展源流是必要的。

"身体"成为西方文化理论研究的一个聚焦点与现代以来西方哲学界对身体的发现与关注息息相关。在前现代哲学中,身体是完全边缘化的,是意识哲学全力防范与压抑的对象。尼采完全颠覆了这一哲学传统,使得身体成为现代化话语体系中一个相当活跃的研究对象。尼采之后的身体话语主要从哲学、美学、社会学、思想史等几个维度展开。哲学方面,哈贝马斯在《现代性的哲学话语》中指出,尼采对现代性的批判沿着两条道路被继承着:一是怀疑论者的尼采,其继承者是巴塔耶、拉康、福柯;二是作为对形而上学最早批评者的尼采,这方面的继承者是海德格尔和德里达。无疑,其身体哲学在这一过程中也得到了发扬光大。无论是随后的存在主义、现象学,还是结构主义、后结构主义理论思潮,都在一定意义上继承了尼采这方面的思想遗产。尤其在福柯、德勒兹等尼采主义者那里,这种继承与发扬达到了极致。在现象学、存在主义那里,身体和意识、灵魂还处于一种交融、纠合的缠绕状态。心灵化的肉身和身体的灵性化是此一哲学思潮的显著特征。到了福柯、巴特,以及德勒兹等后现代哲学家那里,身体开始倾向于或完全否弃意识的进驻,成为哲学考察的真正核心。"欲望机器"概念的提出,无疑是尼采"权力意志"的当代拓延,也表明身体真正走出传统哲学赋予的消极形象,成为生产性的、能动的主体[①]。

美学意义上的身体话语延续了既有哲学传统,同时又有着很大不同。它更关注身体的处身性,更执着于个体肉身的美学体验和实践。身体感性与美学学科之产生形影相随。伊格尔顿在考察美学史的基础上指出,美学是作为有关肉体的话语而诞生的[②]。因为,在鲍姆嘉通有关美学的最初阐述中,美学所指涉的主要不是艺术,而是充斥着我们全部感性生活的一个极端拥挤的领域。伊格尔顿并未留意鲍姆嘉通对于感性的复杂态度,即感性学的确立相当必要,但其目的主要在于消除感性领域的混乱。身体美学的出场与对鲍姆嘉通美学观的反思密切相关。舒斯特曼在《实用主义美学——生活之美,艺术之思》一书中尝试性地建议:应当将身体美学建构成一个学科。他肯定了鲍姆嘉通的理论远见,鲍氏"最初的美学方案比我们今天认作美学的东西,具有远为广大的范围和远为重要的实

---

① 廖述务:《身体美学与消费语境》,上海:上海三联书店,2011年,第29—30页。
② 特里·伊格尔顿:《审美意识形态》,王杰等译,桂林:广西师范大学出版社,2001年,第1页。

践意义,它涉及在生活艺术中的哲学自我完善的总体方案"①。但鲍氏的理性主义立场使其美学方案中隐含有去身体的思想维度,进而将美学狭隘化为专门的理论学科。因而,身体美学意味着对鲍氏以来的美学的重构:一、应当复兴鲍姆嘉通的感性美学观。它超越美和美的艺术问题,成为涵括理论和实践两个方面的改善生命的认知学科。二、要终结鲍姆嘉通否定身体向度的美学理念。三、身体美学的提出,将成功恢复哲学最初作为一种生活艺术的角色②。舒斯特曼所倡导的身体美学与晚期福柯自我技术观以及中国修身传统有着深层次理论关联,已开始展现出顽强的理论生命力。

还有一些理论家从社会学、思想史角度对身体做了十分深入的专题研究。约翰·奥尼尔在《身体形态——现代社会的五种身体》一书指出,人类是以身体为模型来构想社会和自然的,身体就是社会的肉身。拟人论的消退是现代社会一个重要后果③。托马斯·拉克尔走了一条与奥尼尔近似的路径,即着力于发掘身体中的生理因素包含的文化与社会内涵④。马克·勒伯考察了身体的艺术表征:各种象征意义是如何依据身体得以体现的⑤。乔治·莱考夫和马克·约翰逊在写作《我们赖以生存的隐喻》⑥一书的基础上,又从身体隐喻角度对哲学史进行了彻底重构。在《肉身哲学:具身化心灵及其对西方思想的挑战》一书中,他们认为,笛卡尔、康德以及现象学式的人是不存在的。思想是无意识的,我们无法直接有意识地接触到思想和语言的机制。抽象概念大多是隐喻性的,哲学的许多主题,如时间的本质、道德、因果关系、心灵和自我,都严重依赖于来自身体经验的基本隐喻。也就是说,推理的结构本身来自我们具身化的细节。让我们感知和活动的神经和认知机制创造了概念系统和推理模式。因此,要理解理性,我们必须了解我们的视觉系统、运动系统的细节

---

① 理查德·舒斯特曼:《实用主义美学——生活之美,艺术之思》,彭锋译,北京:商务印书馆,2002年,第348—349页。
② 同上书,第353页。
③ 约翰·奥尼尔:《身体形态——现代社会的五种身体》,张旭春译,沈阳:春风文艺出版社,1999年。
④ 托马斯·拉克尔:《身体与性属》,赵万鹏译,沈阳:春风文艺出版社,1999年。
⑤ 马克·勒伯:《身体意象》,汤皇珍译,沈阳:春风文艺出版社,1999年。
⑥ George Lakoff and Mark Johnson. *Metaphors We Live By*. Chicago:University of Chicago Press, 1980.

以及神经结合的一般机制①。丹尼尔·潘代认为,没有其他理论比这一隐喻理论更能说明身体形象之于表征及思想的重要性了②。

身体话语的研究很快蔓延到汉语学界。日本学者对中国传统身体话语的研究起步早,水准高。因身处中西交汇点,日本学界的研究带有很强的中西文化比较的色彩。较早对中国古代身体话语进行系统而深入研究的是日本学者汤浅泰雄。他写于1977年的《灵肉探微——神秘的东方身心观》一书认为,东方肉身观最突出的特点就是提倡"身心合一"。个人修行是东方哲学的基础。石田秀实的《气·流动的身体》主要从中医角度来探讨中国传统身体观。在中国古人那里,循环流动的气是身体的本质。而气的观念又和道教的有关思想密切相关。知名汉学家池田知久《马王堆汉墓帛书〈五行篇〉所见之身心问题》一文认为,中国古代思想史中的"身心问题",实际上是人主体性问题的一个表现。栗山茂久的《身体的语言——从中西文化看身体之谜》一书从"触摸方式""观看方式""存有方式"等多个层面比较了中国传统身体话语与古希腊身体论述的不同。西方学界不少学者在研究中国传统身体话语方面亦着力甚多。著名汉学家施舟人的《道体论》③认为,人类身体就好比一幅国家图。身体是外部世界的对应物,而且是对其真诚的反映。道家将身体与环境相关,将内部世界与外部实践相连。美国学者资托和巴娄合编的《中国:身体、主体与权力》④一书对中国传统医学、绘画、仪式中的身体都有关注,并将研究与政治权力规训联系起来。美籍华裔学者吴光明的专著《论中国的身体思维:一种文化阐释学》⑤将中国身体思维与西方抽象思维进行对比研究,以建构一种建基于身体的文化阐释学。

从学术史来看,国内港台地区的身体话语研究相比内地(大陆)起步早一些。台湾出版的会议论文集《中国古代思想中的气论及身体观》(巨

---

① George Lakoff and Mark Johnson. *Philosophy in the Flesh*: *The Embodied Mind and Its Challenge to Western Thought*. New York: Basic Books, 1999.

② Daniel Punday. *Narrative Bodies*: *Toward a Corpreal Narratology*. New York: Palgrave Macmillan, 2003, p. 1.

③ Kristopher Schipper: *The Taoist Body*, Berkeley: University of California Press, 1993.

④ Angela Zito & Tani E. Barlow, eds., *Body, Subject and Power in China*, Chicago: University of Chicago Press, 1994.

⑤ Kuang-Ming Wu: *On Chinese Body Thinking*: *A Cultural Hermeneutics*, Netherlands: Brill Academic Publishers, 1997.

流图书公司1993年版)极大推动了中国传统身体话语研究。随后杨儒宾的《儒家身体观》以孟子学为中心,对春秋以降身体话语的主流脉络进行了透彻的分析与把握,于诸多源流中归纳出"三源二派"说,并在义理构架层面概括出传统身体话语"形—气—心"的整一结构。近年大陆学界有关身体话语的研究日趋增多。周与沉的《身体:思想与修行——以中国经典为中心的跨文化观照》一书梳理了中国传统思想中身体话语与修身实践话语的流变,并与域外思想比较,凸显传统身体话语的当代价值。张再林的《作为"身体哲学"的中国古代哲学》等文章,将"身体哲学"当成一种中国哲学的研究范式,以区别于西方的意识哲学传统,并希图借此告别以西方哲学为元话语的庞大叙事。

虽然中西身体话语发展路径殊异,但内在的关联依旧清晰可寻。汉语学界身体话语研究受到西方相关学术话语的深刻影响,具有后发、应激等特征。这一研究凸显了自身特色,它与中国文化哲学传统密切相关,并深入具体的中国文化实践当中。而且,多数研究已经内蕴了中西比较的维度。可以说,有关中西身体叙事思想的比较研究,最终要与对身体话语的理论探讨深度交织在一起:其一,潘代等人建构身体叙事学较多地借鉴了与身体话语相关的理论资源。其二,汉语学界有关中国传统身体话语的认知,对于把握传统文学身体叙事思想之特征具有重要理论启示。其三,中西身体叙事思想之分殊建基于以中西身体话语为中介的更深层思想文化土壤中。身体话语层面有关身/心关系、理性/感性关系、隐喻、修身等问题的探讨,在多个层面已经辐射到有关身体叙事思想的研究中。这些都为研究中西身体叙事思想之异同提供了观念前提。

二、搁置与重构:中西身体叙事理论形态的演进逻辑

尼采以来的身体话语研究围绕哲学、社会学、美学等进路展开,有较为清晰的学理演进逻辑。可以说,它是西方文化思想演进的必然产物。有关身体话语的讨论,西方是理论生产主场,汉语学界立足中国文化经验,以借鉴、消化、吸收为主要介入方式。而本土"身体叙事"概念的出场则呈现出一定程度的错位与混乱,在概念之厘定、体系之建构以及话语内部逻辑的自洽等方面留下诸多语义疑点与空缺。

身体叙事在国内是作为文学创作与批评概念登上历史舞台的。20世纪90年代,在批评家笔下,"身体写作"与身体叙事被赋予近似的语义

规定性。两者互为生发,成为几近混同的理论称谓。与此相关的学术话语构成"身体叙事"狭义的批评性内涵。谢有顺的《身体修辞》围绕当代文学生产探讨身体叙事与道德、政治伦理的辩证法。葛红兵等人的《身体政治》阐述生理身体在传统视域中的处境,进而讨论身体叙事在现代文学中的历史变迁(从近代政治场域的"身体""五四"身体观念到阶级的身体、身体写作)。相关的代表性文章还有陶东风的《中国当代文学中身体叙事的变迁及其文化意味》等。在这一阐释视域中,身体叙事亦即有关身体的写作与叙事。这一界定以书写客体化"身体"的属性为概念核心语义,进而考察其在创作场域中的复杂内涵与多重关系。随后,这一概念在当代知识语境中流传甚广,在批评性意涵之外衍生出溅漫状态的文化性意涵:不少学者关注身体叙事的女性主义之维,他们借助对埃莱娜·西苏、露西·伊丽格瑞等西方学者理论的工具性挪用,围绕消费时代女性欲望化躯体展开批评性阐发实践;有些学者关注身体叙事、身体镜像与消费文化的关联,如钱中文的《躯体的表现、描写与消费主义》、周宪的《视觉文化的转向》等。

部分本土学者对身体叙事有较为深入的反思。王晓华认为,当代身体叙事中显身的并不是本真的身体。这里的身体被呈现为审美的对象(启蒙主义的身体叙事)、欲望和消费的对象(消费主义的身体叙事)以及解构的对象(解构主义的身体叙事),几乎总是被当作客体。真正的身体在身体叙事中是缺位的。他借用尼采的理论指出,灵魂是身体某一部分的名称,身体才是主体。身体在创造世界时也在创造自身,其所有活动都最终回到自身,落实为身体的自我创造。身体同时是自己的作者和作品,是主体和客体,这就是身体的神秘处和神奇处。认识不到身体的这种神秘和神奇品格,就会把本属于身体的主体性归结为他者的属性,阻碍身体——主体在文学艺术中的出场:此乃身体在当代身体叙事中缺位的根本原因[①]。王晓华将身体问题哲学化,并未涉及身体叙事的叙事学维度。南帆有关身体叙事的讨论呈现出一定的复杂性与悖论性。他一方面详尽梳理了奥尼尔、马尔库塞、伊格尔顿等人有关身体的理论话语,同时又稍稍涉及叙事学层面的身体叙事问题。他认为,身体在许多时候隐蔽地形成了叙事的强大动力。罗兰·巴特的叙事学是一种横向组合(纵向组合

---

① 王晓华:《主体缺位的当代身体叙事》,《文艺争鸣》2008年第9期。

仅存在于几个层次之间),而身体对于事件的推动逸出了几个层次而投射于另一根纵轴之上(从社会生活的外部事件进入无意识的区域)。也就是说,叙事已非巴特意义上的纯粹系统。叙事内部具身性(性或暴力)的段落往往过度膨胀,以至于超出了叙事结构的负担①。南帆已经清醒认识到身体叙事的叙事学维度,但他过多专注于非常态身体(性或暴力)在文本叙事系统之外的意识形态功能,而忽视了作为叙事"要素"的常态性身体之叙事"形态"问题。

总体而言,本土有关"身体叙事"的话语实践经历了从批评形态到文化形态的过渡,但两者都不是在严格的叙事学层面展开的。因而,这一层面的"身体叙事"与"革命叙事""乡土叙事""知青叙事""女性叙事"等有着近似的构词特征与语义逻辑。也就是说,它以文本指涉对象为叙事分类依据,而并未涉及叙事学理论形态本身。相较而言,在西方,有关身体叙事的文学批评形态或文化形态并不多见。但有为数不多的理论家尝试通过有关"身体"的叙述来重构叙事学传统。这与本土"身体叙事"话语类型构成意味深长的对照。

后结构主义叙事学的代表人物丹尼尔·潘代在重构一种理论形态的身体叙事学上用力甚勤。在他看来,"尽管身体在文学和文化批评中引起了兴奋,但它对叙事学几乎没有影响。这是令人惊讶的,因为在许多方面,叙事学是文学批评的领域,传统上最关注的是文化和民间表达的文学之外的形式。叙事学尤其容易受到图画小说、电视和电影等媒介的欢迎。作为文化的一个基本元素,我们可以预期,身体的具象动态会对所有形式的故事讲述产生深远的影响。然而,我们没有'身体'叙事学——没有认真或持续的尝试在叙事中赋予身体一个中心的角色"②。尽管批评家对身体话题兴味盎然,但叙事学形态的"身体叙事"是一个长期以来被搁置的理论议题。这种情形与本土相关研究有类似之处,一些批评文章都在一定程度上利用身体作为一种社会文化元素来展开主题化研究。然而,快速浏览一下任何经典的叙事学介绍(如巴尔、查特曼、马丁)或最著名的综合性研究(斯科尔斯、凯洛格、斯坦泽、科斯特)就会发现,它们对作为叙

---

① 南帆:《身体的叙事》,《天涯》2000年第6期。
② Daniel Punday. *Narrative Bodies：Toward a Corpreal Narratology*. New York：Palgrave Macmillan,2003,p. 2.

事学范畴的身体几乎完全缺乏兴趣。在这类研究中,身体通常被描述为许多"事物"之一,与椅子、桌子和石头属于同一类别。

在经典叙事学中,西摩·查特曼(Seymour Chatman)的观点具有代表性。其著作《故事和话语:小说与电影中的叙述结构》对文本中存在物之于叙事学的意义展开了深入探讨。叙述中的身体属于文本存在物,但在查特曼的论述中,这一要素是缺失的。在他看来,叙事是一种交流。被交流的东西是故事,即叙述的形式内容元素。它通过话语来交流,即形式表达元素。话语是对故事的"陈述",可分为动态与静态两种类型(对应某人做了某事或某事发生;某物简单地存在于故事中)。动态陈述表现为"做"(do)或"发生"(happen)的模式,这不是英语或任何自然语言中的实际词汇(它们构成表达的物质材料),而是更为抽象的表达范畴。英语句子"他刺了自己"和哑剧演员把一把假想的匕首刺进他的心脏都体现了同样的叙述动态陈述。静态陈述表现为"是"(is)的模式。文本中的一个存在,要么是一个角色,要么是一个背景元素,区别就在于它是否执行了一个具有情节性意义的动作。静态陈述可以传达两个方面中的一个或两个方面:一个存在者的身份或它的特性之一[①]。针对这种区分,潘代指出,"一切有关人物的材料(非活动的)仅仅是用来定义事件的背景,这严重低估了身体在赋予人物意义和确定叙述者在故事中的地位方面的作用"[②]。

查特曼的重点显然在与"事件"相关的动态陈述上。在他看来,有关存在物本身的陈述是"非叙述的"[③]。这种等级化的区分影响深远。为此,潘代认为,叙事学没有被身体的理论兴奋所吸引的原因很多,其中重要的原因与叙事学关于理论话题的建构方式有关。叙事学与身体脱离的最广泛的原因可能是它偏爱杰拉尔德·普林斯(Gerald Prince)所称的"如何"(how)问题,而非"是什么"(what)的问题[④]。这种偏爱在米克·巴尔的《叙事学:叙事理论导论》中就有突出表现。米克·巴尔认为,事件、

---

① Seymour Chatman. *Story and Discourse: Narrative Structure in Fiction and Film*. Ithaca and London: Cornell University Press, 1980, p. 32.

② Daniel Punday. *Narrative Bodies: Toward a Corpreal Narratology*. New York: Palgrave Macmillan, 2003, p. 3.

③ Seymour Chatman. *Story and Discourse: Narrative Structure in Fiction and Film*. Ithaca and London: Cornell University Press, 1980, p. 33.

④ Daniel Punday. *Narrative Bodies: Toward a Corpreal Narratology*. New York: Palgrave Macmillan, 2003, p. 3.

行动者、时间和地点一起构成了寓言的素材。为了将这一层的各组成部分与其他方面区别开来,他将它们称为叙述"要素"。按照结构主义理论的顺序,这些要素以某种方式组织成一个故事。将各种要素排序到一个故事中涉及几个过程,这些排序原则只有一个假设的状态,它们的目的是使内容材料在故事中呈现的方式成为可能,通过排序原则形成一个不同于其他故事的特殊故事。而特定于一个故事的特征即为"形态"[1]。巴尔的这一区分颇类似于查特曼就"故事"与"话语"在叙事功能上的不同分工。杰拉尔德·普林斯对这一偏重形式的区分有深入的剖析,在最常见的叙事批评类型中,叙事学家很少或根本不关注故事本身(如被叙述与被表征的内容),而是集中于话语、叙述,以及"什么"被表征的方式[2]。在潘代看来,这一形式主义倾向早在美国叙事学奠基者布斯那里就已经确立了基调。布斯将叙事学的重心放在修辞手法的运用而不是对故事元素的关注上。而这一倾向形成的更内在原因在于,叙事学研究者并不知道如何去研究这些要素。对于这些研究者来说,理解叙事是作者为达到某种效果和意义而做出的系列选择比较容易,但若要去探究"事件"或"行动"的构造却要困难得多[3]。

在这样的话语背景下,潘代的身体叙事学建构就具有格外重要的理论意义。值得注意的还有文论家彼得·布鲁克斯,他的《身体活:现代叙事中的欲望对象》一书详尽梳理了18世纪以来西方文学中的身体叙事史。他认为,现代叙事产生了身体的符号化,而这与故事的躯体化相匹配。身体是意义的来源和场所,如果身体不成为叙述意义的主要载体,故事就不能被讲述[4]。在严格的叙事学意义上,西方身体叙事理论才刚刚起步,而上述两位理论家为其奠定了初步的学理基础。相较而言,潘代的论述更具体系建构性。潘代从女性主义叙事学入手探讨叙述之"如何"(how)与"是什么"(what)的问题。较旧的女性主义批评更多关注叙事文

---

[1] Mieke Bal. *Narratology: Introduction to the Theory of Narrative*. University of Toronto Press, 2009, p. 8—9.
[2] Gerald Prince. *On Narratology: Criteria, Corpus, Context*. Narrative 3(1995), p. 75.
[3] Daniel Punday. *Narrative Bodies: Toward a Corpreal Narratology*. New York: Palgrave Macmillan, 2003, p. 3—4.
[4] Peter Brooks. *Body work: Objects of Desire in Modern Narrative*. Massachusetts: Harvard University Press, 1993.

本中描述女性的方式或隐含的社会秩序,比如朱迪斯·费特丽(Judith Fetterley)的《抗拒的读者》就是如此。她研究的重点不是这些叙事文本如何控制视角或声音,而是研究文本中女性自身的表现。这种研究方式与中国当代身体叙事话语有近似之处。晚近的兰瑟和沃霍尔等人则更关注叙述技巧方面的问题,将重心转移到如何以叙事的方式呈现女性主义问题。在谈到苏珊·苏莱曼 1985 年编辑的《今日诗学》特刊时,潘代引用巴尔的论述,强调一种能调和"如何"与"是什么"的身体叙事理论的重要性:"当然,这个文集谈论的很多内容都有关'叙事'与'身体',但两者很少以一种已产生的身体叙事学的方式结合在一起讨论。"[①]显然,潘代的身体叙事理论是建立在"如何"(how)与"是什么"(what)有机结合的基础之上的。

在上述讨论基础上,潘代从身体出发重新定义"叙述",建构起了兼顾"要素"与"形态"的身体叙事学。潘代认为,叙述作为一种批判性概念的出现需要被历史化,潜伏其中的现代身体观念,以历史、特殊的方式(非普遍原则的)处理人物、事件和情节[②]。有几条探究路径贯穿身体叙事研究。

其一,考察身体是如何被用作故事的组成部分的,并通过使用传统叙事要素如情节、角色和背景来达成这一点。身体叙事学这一路径丰富了传统叙述术语,并提供了对故事进行分类和分析其效果的实用分析工具。借此,可以看到在故事元素中身体如何发挥作用。

其二,身体叙事学可以质询身体如何影响我们谈论和分析叙述的方式。身体不仅对讲故事有用,而且对讨论故事的重要性和描述阅读体验也很有意义。在这个意义上,身体叙事学自然地从对叙述术语的分析转向叙述解释学理论——故事如何变得对读者有意义。不同文化和时期对身体的不同想象方式所产生的历史比较会促使我们思考叙述解释学的历史条件。潘代围绕这两条路径来展开身体叙事理论的反思与重构。首先,分析身体在人物塑造中的叙事运用。为此,可以提出通过叙述来直接或间接地定义的四种基本关系类型:身体必须与文本中的其他物体区分;必须分类;必须与自身外部的世界相关联;必须被赋予一定程度的具身

[①] Daniel Punday, *Narrative Bodies: Toward a Corpreal Narratology*, New York: Palgrave Macmillan, 2003, p. 6.
[②] Ibid., p. 186.

化。这一图解提供了区分不同形式人物刻画的方法。其次,叙事情节与身体的二重性问题。赋予叙述秩序的叙事结构,如诺斯罗普·弗莱的宇宙学模式、女性主义批评家的社会轨迹模式,均与身体有关。从更广泛的意义上讲,身体似乎为对叙事事件的思考提供了两种矛盾的东西:一方面,身体代表了所有那些粗笨的物理事件,这些事件与包罗万象的模式背道而驰;另一方面,身体提供了叙事给予事件的顺序。

其三,身体与叙事空间、背景理论的关系。背景总是通过参考人物身体可以进入的其他地方来组织——身体上、想象上和感觉上。这种区别提供了一种复杂而又非常灵活的思考叙事背景的方式。利用这种由身体性构成的场景总超越自身的想法,可发展出一种"动力学"叙事理论,它既基于空间的不稳定性,也基于时间的持续运动。叙事身体挑战了既有模式,在故事中创造了"扩张",同样,身体也使背景变得不稳定,迫使其不断运动。因此,我们可以把叙事看作是一个空间运动问题,而不是一个时间变化问题。

其四,与身体有关的定位问题。通过定位,身体叙事学最终变成了文本解释学的问题。早期小说的历史表明,叙事权威性是通过操纵叙述中的具身性而建立起来的。18世纪小说批评家注意到不同人物具象化的运用——创造出中心的、相对非具象的男女主人公,以及更具象化的外围人物。对他们来说,外貌是一个重要得多的人物形象塑造要素。据此,可以进一步讨论在情感小说和现代主义叙事中如何运用具身化来创造叙事权威,以及如何从一个角度来看待叙事[1]。

三、中西身体叙事思想:分殊与比较之维

潘代在反思传统叙事学的基础上提出了身体叙事理论的总体框架,确立了研究的基本对象。他不仅关注有关身体叙述要素"是什么"(what)的问题,还对这一叙述形态之"如何"(how)展开深入探讨。而与此相关的研究方法尤其值得留意。潘代特别注意身体叙事的历史性。如他所言,著作中引用的林奇(Lynch)、阿姆斯特朗(Armstrong)、加拉格尔(Gallagher)等人的创作或论述都强调叙述的特定历史条件,甚至都是反

---

[1] Daniel Punday. *Narrative Bodies: Toward a Corpreal Narratology*. New York: Palgrave Macmillan, 2003, p. 12—15.

叙述(anti-narratological)的。这不意味着进入彻底的历史主义状态。潘代认可一种具有混杂性(hybrid)的结合了叙事普遍原则与历史性的中间状态。他将历史主义的话语分析与普遍的理论诉求有机结合,在语境与文本、历史与理论之间保持动态平衡。这意味着可以将叙事(包括身体叙事)看作是一个适度的历史概念:尽管叙事反映了特定的历史条件(比如它是如何成为研究对象的,在不同的时期又是如何被赋予文化意义的),但它仍然描述了一种超越了从文艺复兴后期到今天的一些特定历史表现的话语类型。这就将叙事学家归因于叙述的特质与特定历史时刻出现的想法和信念关联起来[1]。有意味的是,布鲁克斯也强调要将身体嵌入叙事历史中,关注身体的叙述和叙述的身体所体现的具身化意义[2]。由此可见,有关身体叙事的两个代表性理论家既构造了叙事性理论形态,也呈现了更具拓延性与适应性的身体叙事研究方法论。

潘代等理论家在立足叙事学之聚焦"如何"(how)这一形式层面的同时,又深入历史内里,展现出对叙事学形式倾向的适度节制与超越。借此,他们以历史为视界,以"身体"为话语轴,完成了对叙事学阐释机制的深层转换。也就是说,可以历史、身体、叙事为关系项,围绕"身体"这一语义核心,组构出一个更具普泛效能的有机阐释体系。布鲁克斯就说,文学中的身体问题之所以特别有趣,是因为两者之间存在着明显的距离和张力,一种"自然"和"文化"之间不可消减的张力,两者相互依存的感觉并存。在充满想象力的文学作品中,身体是引人入胜的对象,同时又是另一种物质之外的具有形式区分性的意义投射[3]。潘代认为,身体的塑造不仅受到主题或文化的影响,而且还受到作者表达身体的特定叙事术语的影响[4]。由此可见,这一阐释体系包括叙事形式与文化历史两个基本维度,而有关身体的文化观念就刻写在叙述结构、句子样式、叙述视角等修辞形式中。

如前所述,本土身体叙事话语更侧重批评与文化研究维度(从文学蔓

---

[1] Daniel Punday. *Narrative Bodies: Toward a Corpreal Narratology*. New York: Palgrave Macmillan, 2003, p. 185.

[2] Peter Brooks. *Body work: Objects of Desire in Modern Narrative*. Massachusetts: Harvard University Press, 1993, p. xi.

[3] Ibid., p. 1.

[4] Daniel Punday. *Narrative Bodies: Toward a Corpreal Narratology*. New York: Palgrave Macmillan, 2003, p. 57.

延到电影、广告、体育学、短视频、绘画、当代艺术、民俗学等领域),在叙事学层面则着力甚微。而且,本土相关论述较多局限于特定时段(尤其是20世纪90以来的文学创作),无法呈现身体叙事的时空广度。甚至可以说,本土传统身体叙事资源一直以来被轻忽与遗忘。已有研究多从美学、社会学角度研究传统身体话语,如刘成纪的《形而下的不朽——汉代身体美学考论》、方英敏的《修心而正形:先秦身体美学考论》、张艳艳的《先秦儒道身体观与其美学意义考察》等。为数不多的几篇文章从神话、中唐诗歌、柳永词、六朝志怪等角度切入传统身体叙事问题。这些研究表明,有关本土身体叙事的研究已经起步,但在研究的深度与广度上依旧有诸多不足。最显在的问题在于,这类研究往往将"身体"处理为纯粹的叙述"要素",未能以已有叙事学理论为认知装置,进而构造起潘代式的体系性理论话语。也就是说,潘代等人着力解决的"身体"与"叙事"结合问题在本土相关研究中并未得到应有重视与有效解决。因而,在部分学者那里,传统身体叙事是一个难以获得学术合法性的理论命题。

  本书意在比较研究中西身体叙事思想。若延续本土既有学术路径,这一研究将面临巨大挑战。首先,本土注重身体话语研究,并未构造体系性身体叙事理论形态。其次,本土身体叙事资源多为实践形态,是隐性而有待开掘的。在传统哲学与文论典籍中,与身体相关的论述多与宇宙论、身心关系、修身等议题有关,而甚少涉及身体叙事方面。在潘代之前,西方也面临与本土近似的研究境况。如前所述,潘代是在批判性反思传统叙事学的基础上完成身体叙事学之重构的,其理论兼顾"身体""叙事"两个维面,是叙述之"是什么"(what)与"如何"(how)的有机结合。在一定程度上,其理论内涵与外延已经溢出传统意义上的身体"叙事学"(聚焦"如何"(how),局限于结构形式层面)之边界。在《叙述身体:走向一种身体叙事学》中,他曾反复言及玛丽·道格拉斯(Mary Douglas)的"自然符号"(Natural Symbols)概念。这一概念暗示了身体变得有意义的方式中的一个悖论:自然必须用符号来表达,自然是通过符号来认识的,这些符号本身是经验的构建,是思维的产物,是技巧或惯例的产物,因而是自然的反面。身体能够提供一个自然的符号系统,因为身体为思考"反映了事物之间逻辑关系原型的人类社会关系"提供了第一个也是最简单的类比。潘代将这一悖论转化为一种生机勃勃的理论张力,在叙事中不可能不借助身体,从而将肉身卷入叙事之中,但这些身体必须通过文本的特定选择塑造成有意义的文本对象。关注身体在叙事中是如何被赋予意义的,通常会触及远远超出文本本身的意义体系①。潘代的思维路径兼及身体叙事形式与文化历史观念两个维度,与本研究所涉主题具有内在一致性。身体叙事思想应为叙事形式与文化历史观念的结合体:它以一定的叙事形式为载体,将身体塑造为有意义的文本化对象,而这一对象又通过更为深广的历史来赋值。

中西身体叙事思想的比较研究,应在历史、身体、叙事的动态关系中呈现中西间的微妙异同。身体叙事思想这一表述本身就带有一定的复合性与悖论性,是形式与意识形态的混合体并隐含两者间复杂的互动。在此意义上,这一范畴既包括身体叙事形式及其带来的意识形态效果,也包括身体文化观念对叙事形式的相关影响。这互动的两个层面在中西叙事传统中呈现为相对稳定的身体叙事思想形态。在此语义背景下,单方面讨论中西身体叙事形式的差异或相关意识形态的异同,其有效性均是可疑的。本研究将结合丹尼尔·潘代构造的理论体系着重阐述中西身体叙事在形式与观念层面的互动及其差异性。相关讨论将回到叙事理论传统中,去探讨身体复杂的文化意涵。这主要涉及两个维度:其一,考察作为叙事元素的身体形象在文化观念影响下是如何被用作故事之组成部分的。我们将围绕中西传统叙事(主要是小说)中身体形象的塑造问题来切入这一论域。其二,结合潘代所谓身体叙事的第二个层面讨论身体如何影响叙事方式及其功能。悲剧是西方经典文类,并在美学与文论话语中与本土文类形态有着大量交集。立足悲剧具身性问题,可以深入考察中西悲剧叙事结构、功能与身体的复杂关联。

第二节 中西身体叙事传统中的身体形象比较研究

身体形象是身体叙事思想最常见与显在的载体。它是身体叙事最基本的"要素"。身体形象描绘在中西传统叙事中俯拾即是,是最为常见的身体叙事话语资源。但理论家往往将其视为如同桌椅、风景一样的叙事

---

① Daniel Punday. *Narrative Bodies: Toward a Corpreal Narratology*. New York: Palgrave Macmillan,2003,p.57.

背景,而忽略了其隐含的丰富的叙事学意义。被忽视的原因有二：一者,作为叙事的对象与内容,它与叙事学的关联是晦暗不明的。在潘代看来,这类叙事内容与要素,在形式主义的叙事学传统中,是一个不易处理的理论对象。二者,中西身体形象有较大的分殊,不易找到恰切的比较分析切入点。

中西身体叙事传统中的身体形象有明显差异,具体表现为常态性与非常态性两种形态。中国叙事传统中的常态性身体形象经过了一重"形"的抽象,强调传神写照,具有重"比德"、类型化、静态性等特点。这种形象书写易程式化,进而影响人物的个性化呈现。而这方面,西方尚实,人物身体形象个性特征鲜明。中西差异之缘由在于身体哲学观念与人伦观念的不同。建基于中国文化精神的传神写照是身体叙事的大传统。同时,还并存有一个"形"不为"神"所完全宰制的小传统。非正常人、边缘人或妖魔鬼怪自然与德性无缘,而他(它)们恰恰是中国身体叙事传统中最栩栩如生的一个族类。这一小传统又分两种情形：一种情形依旧以常态性身体形象为主要书写对象。而另一情形值得关注,它以非常态性身体形象为主要书写对象,其源流蔚为大观。在非常态性身体形象塑造方面,西方拘于写实,形式略显单一;而中国之叙事则动静相宜,形式变幻多样,展现出丰沛的想象力。值得注意的是,《红楼梦》中多数常态性身体叙事局限于既有传统,也带有类型化、静态性等特点,但对王熙凤的绘形不自觉地继承了非常态身体形象叙事中的动态化写形摹态传统。它是动态且虚实辩证的,是写意与写实的完美结合。不过,这在《红楼梦》中也是不多见的个例。

一、中西叙事传统中常态身体形象塑造之异同

传统叙事学更乐意处理文本内部的形式结构问题,而对很多时候被简单曲解为叙事内容的身体了无兴致。其实,"身体"在传统叙事学中亦事关重大,是叙事事件最为常见的构成要素之一。一次纯粹的身体行动甚至可以构成功能性事件,成为叙事基本的组成部分。这类身体叙事在中国传统叙事语境中并不鲜见,如《山海经·海外北经》载："钟山之神,名曰烛阴,视为昼,瞑为夜,吹为冬,呼为夏,不饮,不食,不息。"这些身体行动均可视为功能性事件。当然,还有更多有关"身体"的叙事(如外貌描写、身体变形、怪诞风格、身体观念等)溢出叙事学范畴,成为形式理论尚

难触及的盲点,而这些恰恰是"身体叙事"最意味深长的地方。"身体叙事"与叙事学相关,但更是文化研究勃兴的产物。这意味着它往往带有如玛丽·道格拉斯所言的复合性与悖论性。作为身体叙事最基本维面的身体形象自然也具有类似属性。若要有效研究身体形象问题,就有必要跳脱出传统叙事学或文化研究的单一框架。

话语分析可成为介入身体形象问题的有效手段。在巴赫金、福柯等人那里,话语分析之目的在于考察话语是如何组织和结构起来的,并考察这些形式与手段所产生的意识形态效果。有关身体形象的叙事话语也是如此,生产这些叙事本文的文化观念就刻写在叙述结构、句子样式或叙述角度的运用等修辞手段里。在此意义上,要比较中西叙事传统中的身体形象之异同,就需兼及修辞手段与文化观念两个层面,进而深入探究两者间的互动与影响。中西身体叙事传统中身体形象之差异是显见的。结合中西志怪志人的身体形象书写传统,可将这一差异区分为常态性与非常态性两种形态。

我们先探讨中西常态性身体形象及其隐含的文化观念的异同。中西叙事传统在这方面表现出鲜明的差异性。同样写女性的美,中西叙事有很大不同。《诗经·卫风·硕人》写美人:"手如柔荑,肤如凝脂,领如蝤蛴,齿如瓠犀,螓首蛾眉,巧笑倩兮,美目盼兮。"在这里,形体的形象都是通过譬喻的方式间接委婉道来,而且要着重烘托出美人"巧笑倩兮,美目盼兮"的神态。宋玉《登徒子好色赋》云:"东家之子,增之一分则长,减之一分则短,著粉则太白,施朱则太赤,眉如翠羽,肌如白雪,腰如束素,齿如含贝;嫣然一笑,惑阳城,迷下蔡。"这与《诗经》写美人有明显的近似性,亦好用譬喻(喻体略有不同,宋文更强调"比德"传统),且注重拟态传神。这里,有关长、短、白、赤的描述是含混的,既无确数,也无定性分析。看完这段描述,美人具体形象若何,依旧是未知的。西方第一部长篇《金驴记》在女性形象描写方面开始凸显出写实风格,甚至与西方近现代身体书写已无太大差异。鲁巧眼中的福娣黛美丽且充满肉欲气息:"她穿着一件麻布紧身衣,十分合身,一条鲜红色的腰带以挑逗的方式将胸部束得很紧。她用胖乎乎的手搅拌着锅中的食物,时而将锅子摇晃几下,自己的躯体也随着扭动起来,呈现出一种软绵绵而且肉感的姿态,屁股也在微微颤动着;

她还故意摆动腰肢,动作挺美。"①《金驴记》等早期小说开创的这一写实性常态身体形象塑造传统延续至今。意味深长的是,部分中国传统叙事在言及男性形象时在用词上与描绘女性并无明显不同。《世说新语》多有这类人物品藻:"时人目夏侯,太初朗朗,如日月之入怀。李安国颓唐如玉山之将崩。"(《容止》)"嵇康身长七尺八寸,风姿特秀。见者叹曰:'萧萧肃肃,爽朗清举。'或云:'肃肃如松下风,高而徐引。'山公曰:'嵇叔夜之为人也,岩岩若孤松之独立,其醉也,傀俄若玉山之将崩。'"(《容止》)"斐令公有俊容仪。脱冠冕,粗服乱头,皆好。时人以为玉人。见者曰:'见斐叔则如玉山上行,光映照人。'"(《容止》)"有人叹王恭形茂者云:'濯濯如春月柳。'"(《容止》)到古典小说时,性别之区分方渐趋明朗。《三国演义》写刘备,"生得身长七尺五寸,两耳垂肩,双手过膝,目能自顾其耳,面如冠玉,唇若涂脂"②。关云长,"身长九尺,髯长二尺;面如重枣,唇若涂脂;丹凤眼,卧蚕眉,相貌堂堂,威风凛凛"③。孔明,"身长八尺,面如冠玉,头戴纶巾,身披鹤氅,飘飘然有神仙之概"④。

值得注意的是,西方常态身体叙事在其源头处呈现出一定的复杂性。"荷马史诗"有时在描绘常态女性身体形象时也具有写意传神的特征。海伦"看起来像永生的女神"(3.158),"妇人中神样的女人"(3.171)。荷马这样描绘奥德修斯坚贞的妻子佩涅洛佩的形象:"这时女神中的女神赐给她神妙的礼物,令阿开奥斯人惊异。她首先用神液为她洗抹美丽的面容(就是发髻华美的库特瑞娅经常使用的那种神液),去参加卡里斯们动人的歌舞。她又使她的体格显得更高大、更丰满。"(18.190—196)佩涅洛佩的美源自神赐。荷马时代,丰满是带有神性的最高形态的女性美⑤。在《伊利亚特》中,"丰满"属于美神阿芙洛狄特,她有"滑润的脖子,丰满的前胸,闪亮的眼睛"(3.399—400)。再如,写公主瑙西卡娅时,说她"容貌和身材如不死的神明"(6.15—16)。用神的美或属性类比凡人,是《荷马史诗》刻画人物常态形象较常用的手法。《荷马史诗》还善用美好的事物譬

---

① 阿普列乌斯:《金驴记》,刘黎亭译,上海:上海译文出版社,1988年,第32页。
② 罗贯中:《三国演义》,长沙:岳麓书社,2001年,第2页。
③ 同上书,第3页。
④ 同上书,第200页。
⑤ 潘道正:《论〈荷马史诗〉中的女性美观念》,《河南师范大学学报》(哲学社会科学版)2007年第4期,第119页。

喻女性的美。奥德修斯见到瑙西卡娅时，惊叹她的美貌："我一看见那棕榈，心中惊愕不已，从未有如此美丽的树木生长于大地。姑娘啊，我一见你也如此愕然惊诧，不敢抱膝请求你，虽然已遭遇不幸。"(6.166—169)在《奥德赛》中还运用了类似中国传统的"比德"法："美丽窈窕的女神则穿上一件雪白的曳地长袍，细腰之上束着一条美妙无比的黄金腰带，她将一条闪亮的头巾高雅地裹在头上。"(5.240—242)《荷马史诗》这一塑造常态身体形象的方式可能与其叙事诗体裁相关。叙事诗逐渐在西方文学演进中为其他叙事文学样式所替代。其塑造常态身体的写意传统也就慢慢中断了。有趣的是，《荷马史诗》在书写动态身体行为（如具身性的战场厮杀）时，又表现出鲜明的写实特征。

　　总体而言，中国叙事传统中的常态性身体形象表现出"形"淡"神"浓、拟态以传神的特点。此处的"形"并非物质肉体形式本身，而是程式化的，是对肉体形式的一重抽象。宗白华先生关于中西人物画形式的讨论虽然不是针对身体叙事问题展开的，但对我们阐释这一问题依旧具有启发性。呈现身体形式的艺术领域不同，但其背后隐含的身体文化观念是共通的。宗白华就商周钟鼎彝器上的花纹图案发表的看法别有意味："在这些花纹中，人物、禽兽、虫鱼、龙凤等飞动的形象，跳跃宛转，活泼异常。但它们完全溶化浑合于全幅图案的流动花纹线条里面。物象融于花纹，花纹亦即原本于物象形线的蜕化、僵化。每一个动物形象是一组飞动线纹之节奏的交织，而融合在全幅花纹的交响曲中。它们个个生动，而个个抽象化，不雕凿凹凸立体的形似，而注重飞动姿态之节奏和韵律的表现。这内部的运动，用线纹表达出来，就是物的'骨气'（张彦远《历代名画记》云：古之画或遗其形似而尚其骨气）。骨是主持'动'的肢体，写骨气即是写着动的核心。中国绘画六法中之'骨法用笔'，即运用笔法用把捉物的骨气表现生命动象。所谓'气韵生动'是骨法用笔的目标与结果。"[①]"花纹"是物象形线的蜕化，灵动的线纹构成了物的"骨气"。这"线纹"正是对物之真实外形的一重抽象。东晋顾恺之的绘画就是以线纹流动之美组织人物衣褶，构成全幅生动的画面。绘画是借由"线纹"来完成对真实外形的抽象的。这一抽象的目的在于表达物的"骨气"。也就是宗白华先生说的，"形式之

[①] 宗白华：《论中西画法的渊源与基础》，《宗白华全集》（第二卷），合肥：安徽教育出版社，1996年，第100—101页。

最后与最深的作用,就是它不只是化实相为空灵,引人精神飞越,超入美景;而尤在它能进一步引人'由美入真',深入生命节奏的核心。世界上唯有最生动的艺术形式……乃最能表达人类不可言、不可状之心灵姿式与生命的律动"①。那么,在身体叙事中,外形的抽象(即具有绘画中类似"线纹"的功能)是借由什么来完成的呢?综合来看,其抽象手段大概有两种:一是通过"比德"式譬喻,这也是最常见的手段。如前文之"日月""玉山""松下风""孤松""玉山上行""春月柳""冠玉",均是以自然物的某些特性比附于人的德性,从而使自然属性人格化。《周易》《诗经》多有"比德"。《周易·坤卦·象传》:"地势坤,君子以厚德载物。"以"地"喻君子之厚德。《诗经·秦风·小戎》:"言念君子,温其如玉。"《诗经》中类似例子还有很多。至于《离骚》,几乎通篇"比德"。在这样的修辞传统下,"比德"渗入身体形象描写再自然不过。借由譬喻,"比德"也就成为形体抽象的一个重要中介。二是通过辞藻华美且类型化的辞赋体修辞来达成形体抽象。如"手如柔荑""肤如凝脂""面如冠玉""唇若涂脂"之类皆是如此。上述两类抽象手段往往结合在一起,"比德"式譬喻在修辞层面大多是程式化、类型化的。这种类型化的譬喻手段往往铺排成篇,围绕一个身体形象形成静态的、不及物的外围性能指链条。这与宗白华强调的"流动""飞动""跳跃宛转"有质的差别。宗白华认为,在点线交流的律动的形象里面,立体的、静的空间失去意义,它不复是位置物体的间架。画幅中飞动的物象与"空白"处处交融,结成全幅流动的虚灵的节奏。空白在中国画里不复是包举万象位置万象的轮廓,而是融入万物内部,参加万象之动的虚灵的"道"②。而中国叙事传统中的常态身体形象则过于拘泥于抽象手段,静态的描摹有余,而动态的节奏不足。因而,这种身体形象在经过一重"形"的抽象后,具有重"比德"、类型化、静态性等特点。

西方叙事传统中的常态性身体形象往往没有一重对"形"的抽象。前面提及的福娣黛就是女性形象描绘方面的一个代表性例证,作家对其手、腰、胸、躯体乃至屁股都有具体而微的描述。这里又涉及《荷马史诗》写实的维面。在《奥德赛》中对奥德修斯身上伤疤的描绘可能是西方早期叙事

---

① 宗白华:《论中西画法的渊源与基础》,《宗白华全集》(第二卷),合肥:安徽教育出版社,1996年,第99页。

② 同上书,第101页。

中写实化常态身体形象的一次隆重出场:"老女仆伸开双手,手掌抓着那伤疤,她细心触摸认出了它,松开了那只脚,那只脚掉进盆里,铜盆发出声响,水盆倾斜,洗脚水立即涌流地面。老女仆悲喜交集于心灵,两只眼睛充盈泪水,心头充满热切的话语。她抚摸奥德修斯的下颌,对他这样说:'原来你就是奥德修斯,亲爱的孩子。我却未认出,直到我接触到你主人的身体'。"① 显然,这里开启的身份确认的文学叙述母题、对身体准确客观的描摹与认知密切相关。而西方长篇的发端之作《金驴记》也有多处涉及男性形貌的描绘。鲁巧途中偶遇远房姨妈。文本透过他姨妈的视角全方位叙述鲁巧形貌:"身材高大但并不过分,体态轻盈却一身肌肉,面色微带红润,一头金发天生就带着鬈儿,淡蓝色的眼睛炯炯有神,目光犹如鹰眼一样敏锐,脸蛋儿漂亮得像一朵花儿,一举一动都讨人喜欢,毫无矫揉造作。"② 作品如是描绘一个土匪:"他除了拥有那个大个儿外,还长着一个无与伦比的大脑袋,两颊连着初生的络腮胡子。不过他身穿一件破褂子,上面满布形形色色、歪歪扭扭的补丁,与其说躯体将能被其遮住,倒不如说从上面随处可见胸脯和腹部的壮实肌肉。"③ 一个悍匪的形貌非常逼真地呈现在我们面前。这种客观写实倾向到自然主义、现实主义阶段发展到了新的高度。人们对巴尔扎克笔下的葛朗台形象耳熟能详:"至于体格,他身高五尺,臃肿,横阔,腿肚子的圆周有一尺,多节的膝盖骨,宽大的肩膀;脸是圆的,乌油油的,有痘瘢;下巴笔直,嘴唇没有一点儿曲线,牙齿雪白;冷静的眼睛好像要吃人,是一般所谓的蛇眼;脑门布满皱褶,一块块隆起的肉颇有些奥妙。"④ 热衷写人之病态与生理性的左拉也擅长书写身体形象:"他身材矮小,长着金黄色头发,额宽脸窄,小鼻子尖下巴,一对讨人喜欢的灰眼睛,有时发出呆滞的光芒。"⑤ 在常态身体形象书写方面,西方叙事力求客观逼真,不轻易漏掉身体的每一个有特征的细节,注重呈现与其性格相关的个性化身体形象。在修辞层面,西方叙事没有一个类型化、程式化的传统,每个作家都有体现自身创作特点的身体修辞方式。中西有一点类似,即都在一个凝固的时空中描写身体,叙事情节戛然而止。

---

① 荷马:《荷马史诗·奥德赛》,王焕生译,北京:人民文学出版社,2008年,第366页。
② 阿普列乌斯:《金驴记》,刘黎亭译,上海:上海译文出版社,1988年,第27页。
③ 同上书,第171页。
④ 巴尔扎克:《欧也妮·葛朗台 高老头》,傅雷译,北京:人民文学出版社,1983年,第10页。
⑤ 左拉:《崩溃》,华素译,北京:人民文学出版社,1959年,第7页。

也就是说，两者都是一种偏于静态化的身体描写。

二、身体形象叙事的观念基础与两类传统的分殊

显然，形体抽象之有无对中西身体叙事形态影响甚大。中国叙事传统中的形体抽象，形同绘画中的"线纹"，其目的在营造人物的骨气，在传达形上之精神。因此，其叙事往往是不及物的。西方身体叙事无一重"形"的抽象，直面物质形体，因而具有写实性、及物性。在谈到《荷马史诗·奥德赛》中奥德修斯身上疤痕的身份确证意义时，布鲁克斯说："标记身体意味着它进入书写，它成为一个文学性身体，通常也是一个叙述性身体，因为标记的文字依赖并产生一个故事。"[①]这种及物性深度镶嵌在一个独特的故事中，甚至能生成与推动叙事本身。宗白华先生谈到中西的不同，在中国艺术传统中，"气韵生动"乃艺术创造的终极目的，"骨法用笔"为其手段。而"应物象形""随类赋彩"之模仿自然，"经营位置"之和谐秩序，都只有三四等之地位。在西方，这三四等的却是最中心的。[②]

中西常态身体形象叙事之差异的根源首先在于身体哲学观念的不同。在中国传统思想看来，心、形皆由气生。心、形对于生命整体而言异形而同质。杨儒宾就认为，早期汉语思想构造了独特的"形—气—心"一体的身心结构："儒家身体观的特征是四种体的综摄体，它综摄了意识的主体、形气的主体、自然的主体、文化的主体，这四体绵密地编织于身体主体之上。儒家理解的身体主体只要一展现，它即含有意识的、形气的、自然的、文化的向度。这四体互摄互入，形成了有机的共同体。"[③]这显然不局限于儒家，是中国传统身体哲学的总体性特征。这样，中国就以神、形对应西方之灵、肉。中国传统之"形"是对肉的抽象与节制，进而与"神"构成生命共同体关系。西方之身体哲学与中国有很大不同。在西方哲人那里，灵魂与肉身构成一种复杂的二元对应关系。在柏拉图看来，肉身与灵魂严重对立，身体体验和感官所得的知识是不可靠的，而且肉身是灵魂进行思考时最大的障碍物。尼采是柏拉图主义坚定的反叛者。他将理性主

---

① Peter Brooks. *Body Work: Objects of Desire in Modern Narrative*. Massachusetts: Harvard University Press, 1993, p.3.
② 宗白华：《论中西画法的渊源与基础》，《宗白华全集》（第二卷），合肥：安徽教育出版社，1996年，第103页。
③ 杨儒宾：《儒家身体观》，台北："中央研究院"中国文哲研究所，1996年，第7页。

义有关灵魂与肉身的关系完全颠倒过来：肉身才是本体性的，才是意识的真正本源。柏拉图与尼采都强调灵魂与肉身的二元对立，而黑格尔则强调两者的辩证统一：生命就是一个灵魂与肉身、主观与客观统一的概念。总而言之，在西方哲学传统中，灵魂与肉身之间并无一个过渡的中介，两者构成一种对立或辩证统一的关系。另外，中西人伦观念的不同也强化了中西写态摹形上的分殊。相对而言，中国文化重群体，西方重个体。梁漱溟在《中国文化要义》中就指出："在中国没有个人观念；一个中国人似不为其自己而存在，然在西洋，则正好相反了。……于是在中国弥天漫地是义务观念者，在西洋世界上却活跃着权利观念了。在中国几乎看不见有自己，在西洋恰是自己本位，或自我中心。"①"看不见自己"，当然包括看不见自己的身躯。中国叙事传统中塑造的夏禹形象，为民劳身焦思，居外十三年，三过家门不敢入。要突显他的为民忘"我"，叙事文本中当然就唯剩"腓无胈，胫无毛"（《庄子·天下》）之类能传达忧思劳苦观念的身体符号。这一符号是从属性的，是某种文化观念的形象表征。在后来的戏曲中，这种类型化、脸谱化的人物身体刻画就更趋明显了。红脸、黑脸、白脸严格对应相应的人格特征，身体表征已经内化为群体性文化意象。希腊悲剧塑造的普罗米修斯、俄狄浦斯等具身性人物，其身体表征与人物塑造、叙事进程高度契合，是特定人物、情节的产物。

  两片树叶决然有异，毋论人之身体。身体形象是人物形象的生理前提。有关人物形象的个性化、典型化理论其实很大部分建基于身体的生理差异上。或者说，身体形象的差异性与可区分性必然会影响个性化、典型化人物的塑造。丹尼尔·潘代认为，叙事选择的区分方式，很大程度上取决于它所处的历史和文化背景。叙事常常从生命力的角度来区分身体和非身体——身体不同于桌椅等物体，因为它作用于环境并对环境作出反应。同样，叙事通常将身体定义为意识的依托。在一个身体被赋予意义之前，它必须与所有其他不被认为是身体的物体相比较。这种区别通常是看不见的，特定的身体个性化方式的含义在整个故事的叙事结构中产生关联性联想。潘代认为，除了与非身体性对象的区分，每个叙述都隐式或显式地定义了一定范围的身体类型。正是在这一点上，人物的身体进入语义关系。通过将身体分类，叙事定义了主题、象征和心理模式下的

---

① 梁漱溟：《中国文化要义》，上海：上海人民出版社，2005年，第82页。

对比。将人物划分为这样的身体类型，是身体进入叙事语义学的一种方式，有助于支持个性化人物的塑造①。西方叙事有很自觉的身体形象区分意识。福楼拜的观念具有代表性，他如是教导莫泊桑："当你走过一个坐在自己店门前的杂货商面前时，走过一个吸着烟斗的守门人面前，走过一个马车站面前时，请你给我描绘一下这个杂货商和这个看门人，他们的姿态，他们整个的身体外貌，要用画家的手腕传达出他们全部的精神本质，使我不至于把他们和任何别的杂货商人、任何别的守门人混同起来。还请你用一句话让我知道马车站有一匹马和它前后五十来匹是不一样的。"②这里的身体具有较高区分度，并通过潘代意义上的身体类型体现出人物的"精神本质"。比之于西方传统身体叙事，中国传统之"形"的抽象总体上不利于个性化人物形象的生成。程式化、类型化的辞赋体修辞甚至使得男女之性别都显得含混不清。《诗经》、楚辞、乐府诗里的女性形象大多面目模糊。直至"有意为小说"的唐传奇，这一状况也无多大改观。《莺莺传》之莺莺："常服晬容，不加新饰。垂鬟接黛，双脸销红而已，颜色艳异，光辉动人。"《霍小玉传》之霍小玉："但觉一室之中，若琼林玉树，互相照曜，转盼精彩射人。"《长恨歌传》之杨贵妃："鬒发腻理，纤秾中度，举止闲冶，如汉武帝李夫人。……光彩焕发，转动照人。"唐传奇明显延续了先秦两汉以来的文人辞赋传统，语言华丽，在人物描写上更喜铺排叙述。即便崇尚秉笔直书的历史叙事在当时也多有这一弊病，"其立言也，或虚加炼饰，轻事雕彩；或体兼赋颂，词类俳优"（《史通·叙事》）。华丽铺陈的文人辞赋传统推波助澜，使得"形"之抽象程度愈演愈烈。即便随着叙事形式的成熟，明清小说在事件叙述层面已分外圆熟，但依旧热衷于辞赋体的形貌描写。《红楼梦》对黛玉、王熙凤身体形象的塑造堪称典范。但在写其他人物时也留有些许遗憾。第三回写黛玉初见迎春、探春等，那迎春"肌肤微丰，合中身材，腮凝新荔，鼻腻鹅脂"，又写初遇宝玉，见他"面若中秋之月，色如春晓之花，鬓若刀裁，眉如墨画，面如桃瓣，睛若秋波"。显然，这类写法都还留存唐传奇程式化摹形写态的遗痕。可以说，常态身体形象书写的程式化在中国叙事传统中是一以贯之的。

---

① Daniel Punday. *Narrative Bodies: Toward a Corpreal Narratology*. New York: Palgrave Macmillan, 2003, p.58—61.

② 段宝林编:《西方古典作家谈文艺创作》,沈阳:春风文艺出版社,1980年,第396页。

修辞程式化与"形"之抽象都为传达形上之精神,常态性身体形象描绘之不足,归根结底在于"神"为"形"之宰,"形"为"神"所累。值得注意的是,建基于中国文化精神的传神写照算是身体叙事的大传统。同时,我们也不应忽视还并存有一个"形"不为"神"所完全宰制的小传统。是否需要以及能否传"神"很大程度上取决于叙事对象的属性。前面提及,为达致"形"之抽象,往往需借助"比德"式譬喻。若对象无德性可言,此类譬喻也就无从谈起。非正常人、边缘人或妖魔鬼怪自然与德性无缘,而他(它)们恰恰是中国身体叙事传统中最栩栩如生的一个族类。

这一小传统又分两种情形:一种情形依旧以常态性身体形象为主要书写对象。这一类显然为数不多。摹形写态的对象往往是叙事作品中的主角,但中国传统叙事作品之主角以帝王将相、才子佳人(多为传神写照的对象)居多,较少以非正常人、普通人为主角。这也是"五四"时期启蒙主义者大力倡导"平民文学"的历史根由。这类作品中,《儒林外史》是最引人注目者。吴敬梓是站在更高的位置来俯瞰文本中那些可悲、可叹复可怜的儒林人物的。这帮人物自然无德性可言。即便偶涉王冕等正面人物,《儒林外史》也较少程式化书写,甚至有意识规避辞赋体身体修辞。故吴敬梓之身体形象书写已颇具现代形式意识。鲁迅称赞道:"敬梓多所见闻,又工于表现,故凡所有叙述,皆能在纸上见其声态;而写儒者之奇形怪状,为独多而独详。"[1]第二回以动态化叙述寥寥几笔就写活了夏总甲,"正说着,外边走进一个人来,两只红眼边,一副锅铁脸,几根黄胡子,歪戴着瓦楞帽,身上青布衣服就如油篓一般,手里拿着一根赶驴的鞭子,走进门来,和众人拱一拱手,一屁股就坐在上席。"《水浒传》也值得我们留意,它以洪太尉放走的一百单八个妖魔为主角。这帮落草为寇、打家劫舍的绿林好汉,与其说他们有"忠""义"的德性,倒不如说有着更多与生俱来的野性、魔性。施耐庵将这一百单八人塑造得栩栩如生,全方位呈现了他们的魔性与匪气。金圣叹赞曰:"天下之格物君子,无有出施耐庵先生右者。……《水浒》所叙,叙一百八人,人有其性情,人有其气质,人有其形状,人有其声口。"[2]施耐庵之出色,更多表现在写"性情""气质"与"声口"

---

[1] 鲁迅:《中国小说的历史变迁》,载《鲁迅全集》(第9卷),北京:人民文学出版社2005年,第345页。

[2] 陈曦钟等辑校:《水浒传会评本》,北京:北京大学出版社,1981年,第9页。

方面。单就"形状"而言,《水浒传》受制于传统较多,依旧有程式化、脸谱化的特点,如"燕颔虎须""八尺长短身材""眼如丹凤""眉似卧蚕""皓齿朱唇""目炯双瞳"等语尽属此类。但当中也有一两个人物,其身体形象令人过目难忘。第二回写鲁达形貌"生得面圆耳大,鼻直口方,腮边一部络腮胡须。身长八尺,腰阔十围"。这还算寻常笔法。随后写剃度,"净发人先把一週遭都剃了,却待剃髭须,鲁达道:'留下这些儿还洒家也好。'众僧忍笑不住"。再写他的顽劣,"智深见没人说他,每到晚便放翻身体,横罗十字,倒在禅床上睡;夜间鼻如雷响,要起来净手,大惊小怪,只在佛殿后撒尿拉屎,遍地都是"。第三十八回写李逵:"黑熊般一身粗肉,铁牛似遍体顽皮。交加一字赤黄眉,双眼赤丝乱系。怒发浑如铁刷,狰狞好似猰貐。"凡读《水浒传》者,看到这一莽汉形貌,估计都会与宋江一样"吃了一惊"。与一百零八人魔性相匹配的还有系列动物化诨名(如"豹子头""两头蛇""锦毛虎""通臂猿""九尾龟"等),它们与各好汉的身体形象构成一重生动诙谐的隐喻关系。

三、中西非常态身体形象叙事的异同与启示

这个小传统中另一情形值得关注,它以非常态性身体形象为主要书写对象,其源流蔚为大观,大量神话传说、志怪小说、神魔小说都与此相关。非常态性身体形象主要表现为人身的幻化与变形。它是对人常态身体形象的超越或否定,具体包括鬼、怪之躯(实为人之躯体的妖魔化)、体量、外形上超常态异变的人身(巨人、小人、一首三身、一臂三目等)等,且大多具有拟人化的外部特征。王充就谈到鬼的形变特点:"夫物之老者,其精为人;亦有未老,性能变化,象人之形。"(《论衡·订鬼》)。写怪往往意在写人。以上诸种非常态身体类型在中国传统叙事作品中均或多或少出现过。西方涉及非常态身体形象的叙事作品数量不多,而且人身幻化与变形的类型较为单一。也就是说,较之西方,这一小传统亦颇能见出中国摹形写态的优长与独特性。

巨人书写在中西神话身体叙事中均具代表性。中国神话中有个具有强烈反抗性格的巨人形象谱系。这些巨人形象具有类似妖魔的外形(如一身九头、铜头铁额、人首蛇身等),可算是巨人与妖怪的结合体。这对后来的志怪乃至神魔叙事传统均有一定影响。《山海经·大荒北经》云:"大荒之中,有山名曰成都载天。有人珥两黄蛇,把两黄蛇,名曰夸父。"比夸

父更具危险性的是巨人刑天、相繇与蚩尤。"刑天与帝至此争神,帝断其首,葬之常羊之山,乃以乳为目,以脐为口,操干戚以舞。"(《山海经·海外西经》)相繇外形甚是可怖,"九首蛇身,自环,食于九土。其所歍所尼,即为源泽,不辛乃苦,百兽莫能处。"(《山海经·大荒北经》)《山海经》两次将夸父与蚩尤并置,后者很可能亦出自巨人部落。蚩尤之外部形象与相繇一样凶蛮:"黄帝摄政,有蚩尤兄弟八十一人,并兽身人语,铜头铁额,食沙石子,造立兵,威震天下。"(《龙鱼河图》)这些巨人身体形象大多凶残可怖,但又各具特点。正因此,夸父、蚩尤形象远比黄帝、夏禹生动鲜活。西方也有一个巨人形象谱系。希腊神话中的巨人族在整个神话体系中举足轻重。十二提坦是古希腊神话世界白银时代统治世界的主要神祇。该亚还生了三个外形怪异的独眼巨人,"由于他们都仅有一只圆眼长在额头上,故又都号称库克洛佩斯。他们强壮有力、手艺精巧"。还有就是科托斯、布里阿瑞俄斯和古埃斯,"他们肩膀上长出一百只无法战胜的臂膀,每人的肩上和强壮的肢体上都还长有五十个脑袋。他们身材魁伟、力大无穷、不可征服"。① 就巨人身体形象生动鲜活程度而言,夸父、蚩尤一点也不逊色于古希腊提坦巨人。

相比西方神话,中国神话大多篇幅简短、只陈梗概且未加修饰,关于巨人以及其他妖怪的书写都欠充分。不过,它开创了一个动态化写态摹形的传统,如"珥两黄蛇,把两黄蛇""九首蛇身,自环""铜头铁额,食沙"等皆是如此。在这里,体貌摹写语汇已动词化,它既有形貌修饰功能,又充当了独立的功能性叙事单位。情节推进与形貌书写互促互进,相得益彰。显然,这既不同于重静态刻摹的西方叙事传统,也不同于后来重譬喻的中国常态身体形象书写传统。

至唐传奇,中国叙事传统中的非常态性身体形象书写有了进一步发展。叙述详尽,身体细节毕现。《宣室志·陈越石》中的夜叉"赤发蓬然,两目如电,四牙若锋刃之状,甚可惧,以手击张氏"。《宣室志·河东街吏》中,街吏见一漆桶变的妖怪"挽而坐,交臂拥膝,身尽黑,居然不动。吏惧,因叱之,其人挽而不顾。叱且久,即扑其首。忽举视,其面貌极异,长数尺,色白而瘦,状甚可惧"。唐传奇写鬼之身体形象远比写人个性鲜明。后来的神魔小说在非常态性身体形象书写方面臻于极致。《西游记》对孙

---

① 赫西俄德:《工作与时日 神谱》,张竹明、蒋平译,北京:商务印书馆,1991年,第30—31页。

悟空之摹形,最出彩处当是"第十四回"写他压在五行山下的情形:"尖嘴缩腮,金睛火眼。头上堆苔藓,耳中生薜萝。鬓边少发多青草,颔下无须有绿莎。眉间土,鼻凹泥,十分狼狈;指头粗,手掌厚,尘垢余多。还喜得眼睛转动,喉舌声和。语言虽利便,身体莫能那。"八戒的身体形象甚是立体鲜活。作品借助视角的多次转换来为猪八戒摹形绘态。在丈人高老眼中,八戒是这样的:"初来时,是一条黑胖汉,后来就变做一个长嘴大耳朵的呆子,脑后又有一溜鬃毛,身体粗糙怕人,头脸就像个猪的模样。"(第十八回)悟空变做翠兰,见到的是这样的八戒:"只见半空来了一个妖精,果然生得丑陋:黑脸短毛,长喙大耳。"(第十八回)在唐僧眼中:"我那大徒弟姓猪,法名悟能八戒。他生得长嘴獠牙,刚鬃扇耳,身粗肚大,行路生风。"(第二十九回)描绘非常态性身体形象堪与《西游记》媲美的唯有《聊斋志异》。《聊斋志异》写恶鬼形象,无与伦比,"急视之,一大鬼鞠躬塞入,突立榻前,殆与梁齐。面似老鸭皮色;目光睒闪,绕室四顾;张巨口如盆,齿疏疏长三寸许;舌动喉鸣,呵喇之声,响连四壁"。(《山魈》)"见一巨鬼,高与檐齐;昏月中,见其面黑如煤,眼闪烁有黄光;上无衣,下无履,手弓而腰矢。"(《妖术》)"蹑足而窗窥之,见一狞鬼,面翠色,齿巉巉如锯,铺人皮于榻上,执彩笔而绘之;已而掷笔,举皮,如振衣状,披于身,遂化为女子。"(《画皮》)"众方惊疑,但见倪女战栗无色,身暴缩短仅二尺余。海石以界方击其首,作石缶声。海石揪其发,检脑后,见白发数茎,欲拔之。女缩项跪啼,言即去,但求勿拔。……女随手而变,黑色如狸。"(《刘海石》)

显然,《西游记》《聊斋志异》等作品在身体形象书写方面与传统常态身体书写多有不同。首先,它不追求传神写照,以形写神。因无一重"形"的抽象,这些作品笔下的鬼怪身体形象生动逼真,富有个性特征,甚至展现出西方式的写实风格。其次,它讲求语词的及物性与准确性,不虚加炼饰,轻事雕彩。这就有限度地突破了常态性身体书写中习见的类型化辞赋体修辞传统。这种类型化书写,辞藻华美,其实都是不及物的能指游移。再次,它继承并发扬了中国神话叙事传统中动态化写态摹形的传统。其书写的对象鲜活生动,宛在目前。在这里,身体成为主语与施动者,成为充满活力的主体。中西常态身体形象书写大多是一种静态性描写,随着文辞的展开,周遭的一切好像都静止了。而《聊斋志异》等作品成功地将静态摹写转化为动态叙述,且描写中有叙述,叙述中亦有描写,整个文本充满生机与活力。

西方之非常态身体形象书写则与其常态书写并无太大差异,它依旧着力于塑造静态、立体而逼真的人物形象。但丁《神曲》这样描绘地狱统治者琉西斐:"啊,我看到他头上竟有三张脸,这对我来说是多么大的奇观! 一张脸在前面,而且是鲜红一片;另有两张脸与这张脸相连,生在每个肩膀中央的上边,然后又延伸到长有冠毛的地方;右脸似乎又白又黄;左脸看来与来自尼罗河的水浪泻下之处的那些人的肤色一样。每张脸之下伸出两张大翅膀,其大小与同样体积的飞鸟恰好相当;我从未见过像那翅膀那样大的海船船帆。"①再如,《德拉库拉》中描绘的吸血鬼形象,"这是一张棱角分明的脸,鼻子又尖又挺,呈鹰钩状,长有特别的拱形鼻孔;额头非常饱满,额角处的头发稀疏,其他地方则很浓密;眉毛粗重浓密,有些卷曲,眉心处几乎纠结在一起;透过浓密的胡子,我所能看见的是一张紧闭的冷峻的嘴,特别锋利的白色的牙齿露出了唇外,而嘴则有着与他的年龄不相符的活力及红润色泽。……令人称奇的是,他的掌心还长着毛;指甲修长,顶端部分修剪得很尖利。"②显然,比之于西方神话,《神曲》等作品在魔怪形象的塑造方面并无多少推进。

由此可见,在常态身体形象塑造方面,西方尚实,人物个性较鲜明;中国重传神写照,易程式化、脸谱化,进而影响人物的个性化呈现。而在非常态性身体形象塑造方面,则存在另一种情形,西方拘于写实,形式略显单一;因无传神写照之牵绊,中国之身体叙事动静相宜,形式变幻多样,展现出丰沛的想象力。

当然,这是就总体情况而言。中国传统叙事在常态身体形象塑造方面也有惊艳之笔。《红楼梦》第三回写王熙凤出场。黛玉刚进贾府,正和贾母等谈论着自己体弱多病和吃药等事,"一语未了,只听后院中有笑声,说:'我来迟了,不曾迎接远客!'黛玉纳罕道:'这些人个个皆敛声屏气,恭肃严整如此,这来者系谁,这样放诞无礼?'"③作者在这里"未写其形,先使闻声",通过人物的笑语声,传达出人物的内在精神。之后写到王熙凤的形貌特征,"这个人打扮与众姑娘不同:彩绣辉煌,恍若神妃仙子。头上戴着金丝八宝攒珠髻,绾着朝阳五凤挂珠钗;项上戴着赤金盘螭璎珞圈;

---

① 但丁:《神曲》,黄文捷译,南京:译林出版社,2005年,第305页。
② 布拉姆·斯托克:《德拉库拉》,冷杉、姜莉莉译,南京:译林出版社,2007年,第18页。
③ 曹雪芹:《红楼梦》,北京:人民文学出版社,1996年,第39页。

裙边系着豆绿宫绦,双衡比目玫瑰佩;身上穿着缕金百蝶穿花大红洋缎窄褃袄,外罩五彩刻丝石青银鼠褂;下着翡翠撒花洋绉裙。一双丹凤三角眼,两弯柳叶吊梢眉,身量苗条,体格风骚。粉面含春威不露,丹唇未启笑先闻"①。这里依旧有形体的抽象,如人物的笑语声、描绘穿着打扮的辞赋体修辞等。但这里的形体抽象结构,伴随着音乐般的节律与和谐,"最能表现吾人深心的情调与律动"②。值得注意的是,宗白华先生还曾谈到形体书写及物与不及物间的深刻辩证,"中国画既超脱了刻板的立体空间、凹凸实体及光线阴影,于是它的画法乃能笔笔灵虚,不滞于物,而又笔笔写实,为物传神"③。这种"及物"不完全在于描绘的客观与写实,更在于用灵动的线条或外形去表达生命的节奏与律动,进而透入人物的精神核心。可以说,《红楼梦》对王熙凤的绘形不自觉地继承了非常态身体形象叙事中的动态化写形摹态传统。在一定意义上,这是写意与写实的完美结合,是身体形象叙述的更高形态。它是动态且虚实辩证的。这种身体的动态在叙事中既是诗意的也是功能性的。整个叙事空间的转换都依赖人物身体活动来组织。潘代据此提出了颇有理论创见的叙事"动力学"概念④。而这无疑是中国传统身体形象叙事有别于且优于西方传统之处。再有就是建基于动态基础上的虚实辩证。如有关王熙凤的形象塑造,重形体抽象更重意蕴传达。苏珊·朗格就认为,艺术形象实乃"幻想":"艺术'幻象'并不是虚假的,不是对自然的改良,也不是对现实的逃避;它是艺术的'要素',用这种'要素'制成的是一种半抽象的,然而又往往是一种独特的和给人以美的感受的表现性形式。我们说艺术形象是一种幻象,这仅仅是指艺术形象是非物质的。"苏珊·朗格甚至认为,我们欣赏舞蹈不是在看眼前的物质(四处奔跑的人、扭动的身体等),而是在欣赏几种相互作用的力,"演员所做的一切都是为了创造出一个能够使我们真实看到的东西,而我们实际看到的却是一种虚的实体","一种舞蹈越是完

---

① 曹雪芹:《红楼梦》,北京:人民文学出版社,1996年,第40页。
② 宗白华:《论中西画法的渊源与基础》,载《宗白华全集》(第二卷),合肥:安徽教育出版社,1996年,第99页。
③ 同上书,第101页。
④ Daniel Punday. *Narrative Bodies*: *Toward a Corpreal Narratology*. New York: Palgrave Macmillan, 2003, p.14.

美,我们能从中看到的这些现实物就越少"①。舞蹈要引领我们达到一种超出实境的人生境界。这与宗白华之人物形象塑造观念有共通之处。稍有遗憾的是,不同于传统绘画,中国传统小说叙事中,类似王熙凤这样的身体形象叙事方式并不多见,几近于文坛绝响。

第三节 传统悲剧叙事的具身性及中西参照

上一节主要讨论中西传统叙事(尤其是小说)中的身体形象问题。这涉及潘代意义上的身体叙事的第一个层面,即在中西比较视野中考察身体形象如何被用作故事的组成部分。其中部分内容也涉及身体叙事第二个层面。本节我们从潘代所谓身体叙事第二个层面集中讨论身体如何影响叙事方式及其功能。悲剧在西方叙事传统中占有崇高的地位(亚里士多德认为悲剧是诗的典范,《诗学》就是要探讨诗的最完善形式②),也是中国美学家、文论家论及中西叙事时经常涉及的颇具争议性的文学体裁。悲剧叙事结构及其功能皆有具体性,是比较研究中西身体叙事思想之异同的重要切入点。

传统《诗学》阐释专注悲剧叙事的道德与伦理价值,或者探究其崇高内涵,将其彻底审美心理化。这就很大程度上遮蔽了传统悲剧叙事至关重要的具身性维度。若要重构传统悲剧叙事语义的具身性之维,回归亚里士多德《诗学》,展开深度语义溯源无疑尤为必要。《诗学》建构了悲剧最初的概念体系,并为悲剧诗学的未来发展确立了基本语义前提。后世悲剧叙事形态虽渐趋繁复多元,但依旧未完全超离《诗学》形塑的始源性悲剧叙事要素。莱辛、黑格尔、尼采、伊格尔顿等理论家在介入悲剧诗学时,不再纠缠于悲剧定义与基本语义,这正隐性得益于《诗学》在概念界定上的周全与完备。《诗学》将悲剧视为生命有机体,对其内在结构进行了全方位的形式分析。这种分析带有明确的伦理学目的。《诗学》涉及诗性制作及悲剧诸多维面,但核心议题围绕悲剧双重结构形式与叙事功能展开,且两者皆具身性。悲剧表层结构聚焦要素"摹仿"之内涵及其外化形

---

① 苏珊·朗格:《艺术问题》,北京:中国社会科学出版社,1983年,第33页。
② 刘小枫、陈少明主编:《诗学解诂》,陈陌等译,北京:华夏出版社,2006年,第3—4页。

态,而深层结构展现为以"行动—受难—行动"为组构模式的具身性因果链条,这一链条组构之目的在于实现"卡塔西斯"效应(具身性悲剧功能)。传统悲剧结构形式与叙事功能具有整一性,体现了身体力量与精神力量的二元辩证。这也为中国传统悲剧之再解读提供了新视角。中国传统悲剧合法性曾广受质疑,但在美学形式与功能(具身性"卡塔西斯"效应)上与西方传统悲剧并无本质性差异。这无疑从学理上确证了"中国悲剧"的形态合法性。

一、悲剧表层结构的具身性特征

自尼采始,感性与身体成为哲学领域日趋醒目的论题。现象学在身体转向潮流中扮演了关键角色,在梅洛—庞蒂等人那里,具身性概念甚至具有本体性意涵。它与"肉身化"相关,表征了人类存在的历史处境、位置,以及时间的、有限的乃至意向性的被构造本质。身体"触摸"世界之本体意义、身体与其直接此时此地之周遭的关系,具身主体间性及其在肉身间关系的"纠缠"均构成了具身性的多维外延[①]。具身性本体化有将身体泛化之虞,但它有利于消解有关人类纯理性存在的认知迷障。若能去除本体化之弊,具身性认知无疑是重思人类行为与实践(包括诗性制作)的一种全新认知装置。作为诗性制作的悲剧,在结构形式与功能层面均体现出鲜明的具身性特征。

《诗学》对诗性制作进行全方位的分析,具体涉及诗艺本质、类型、潜力、情节组织、组成部分的数量与性质等方面[②]。《诗学》特别注重对悲剧展开要素化的结构分析,不同要素在悲剧结构系统中所处地位颇为悬殊。悲剧结构形式系统与悲剧叙事功能构成整体,要素地位自然也就取决于其与叙事功能的关联度。传统《诗学》阐释特别强调"摹仿"在亚里士多德诗学体系中的理论地位,并着力于阐发其之于悲剧的本体意义。其实,《诗学》对"摹仿"概念本身阐述不多,而是更关注"摹仿"与悲剧叙事功能之关系。正因此,《诗学》有关悲剧结构的阐述形成了主次有别的双重结构形态。要素"摹仿"之内涵及其外化形态(摹仿之媒介、对象、方式等)构成了悲剧的表层结构,而基于"情节"组构("行动"属性)且以达成叙事功

[①] 德莫特·莫兰:《具身性与能动性》,罗志达译,《深圳社会科学》2019年第5期,第32页。
[②] 亚里士多德:《诗学》,陈中梅译注,北京:商务印书馆,2011年,第27页。

能为目的的"如何摹仿"才构成了更具本质性的悲剧深层结构。戴维斯在考辨"诗""悲剧"的词源后指出,诗处于人类活动的中心,"悲剧"是"关于行动的艺术"。这种艺术与政治学有密切的关联。亚里士多德的《政治学》以思考诗作结,他既将诗看作教育人成为好公民的方式,也将诗视为他们之所以受教育的目标①。诗与政治伦理学的这种关联确证了悲剧更深层的本质。

"摹仿"是诗性制作的形态标签。有些制作以格律文为"媒介",但不是对自然的"摹仿",因而不是诗性制作。悲剧的表层结构以诗性制作之共性特征"摹仿"为基础,同时包括不同于其他诗性制作的区别性结构特征,即"摹仿"的外化形态(媒介、对象、方式等)。作为诗性制作共性特征的"摹仿"在词源上体现出具身性属性。陈中梅认为,拉丁文名词 mimos 最早可能指一种拟剧,也指表演,如摹仿人或动物的表情、动作等。这一词语后派生出动词 mimeisthai 和名词 mimēsis(后演化为诗性制作意义上的"摹仿"),这两个词语在原意上可能指(包括用表情、声音和舞蹈等进行)表演式摹仿②。可见,语源意义上,摹仿(mimēsis)就是以一种具身化表演为中介的。在具体诗性制作中,"摹仿"亦带有如下具身性特征:首先,从摹仿主体及接受层面强调摹仿的自然属性,认为摹仿乃人之本能,肯定摹仿的感性维面。亚里士多德将"摹仿"主体个体化、具身化。这一行为的实施者不再是柏拉图形上层面抽象或去肉身化的哲学王式主体,其认知与摹仿过程充满具象、感性色彩。柏拉图对悲剧的批判从反面确证了悲剧摹仿的感性特征。卡斯忒尔维特洛认为,柏拉图不愿在理想国上演悲剧,是因为受众会借高贵者的卑鄙懦弱而为自身的脆弱、懦怯开脱,从而听任激情支配自身③。其次,凸显作为认知中介的摹仿对象的具身性。技艺摹仿自然。诗性制作所摹仿的"自然"往往要落实到人的躯体形象、姿态及动作等对象上。《诗学》特别强调身体形象的认知中介功能,"尽管我们在生活中讨厌看到某些实物(比如最讨人嫌的动物形体和尸体),但当我们观看此类物体的极其逼真的艺术再现时,却会产生一种快感。这是因为求知不仅于哲学家是快乐的,对一般人来说也是一件快乐

---

① 刘小枫、陈少明主编:《诗学解诂》,陈陌等译,北京:华夏出版社,2006年,第4页。
② 亚里士多德:《诗学》,陈中梅译注,北京:商务印书馆,2011年,第206页。
③ 刘小枫、陈少明主编:《诗学解诂》,陈陌等译,北京:华夏出版社,2006年,第244页。

的事,尽管后者领略此类感觉的能力差一些。因此,人们乐于观看艺术形象,因为通过对作品的观察,他们可以学到东西,并可就每个具体形象进行推论,比如认出作品中的某个人物是某某人。倘若观赏者从未见过作品的原型,他就不会从作为摹仿品的形象中获取快感"①。诗性制作摹仿人的形象乃至尸体,借此达致对原型的推论性认知,从而获得摹仿的快感。再次,摹仿的媒介与方式亦部分带有具身性。亚里士多德认为,当不能从形象模仿中获取快感时,能引发快感的就只能是作品的技术处理与色彩等。显然,形象的塑造应是摹仿的媒介与方式最应着力的诗学目标。诉诸形态、节奏、舞姿等摹仿方式自然与具身性形象塑造有着密切的关联②。

作为严肃作品高级形态(较之史诗)的悲剧,其在"摹仿"外化形态(媒介、对象、方式等)方面表现出不同于其他类型诗性制作的叙事特殊性。在亚里士多德看来,悲剧是对一个严肃、完整、有一定长度的行动的摹仿,它的媒介是经过装饰的语言,它的摹仿方式是借助人物行动,而不是通过叙述③。这里涉及摹仿的三种外化形态:"摹仿"的媒介有言语和唱段,对象为行动组构的情节以及性格与思想,方式则是借助人物行动。在悲剧"摹仿"的三种形态中,摹仿"对象"是核心,且与"方式"有着本质性关联。情节(基于行动的事件的组合)是成分中最重要的,因为悲剧摹仿的不是性格化的人,而是行动和生活。人的幸福与不幸均体现在行动中,生活的目的是某种行动,而不是人的品质。显然,情节是悲剧目的实现的根本中介。因而,亚里士多德认为,情节是悲剧的灵魂④。情节又摹仿行动,复杂"行动"是戏剧(包括悲剧、喜剧等)区别于其他诗性制作的核心要素。在此意义上,行动的属性对悲剧来说至关紧要。《诗学》有关"摹仿"外化形态的阐述颇为系统化,但亦有语焉不详之处,而这恰恰从侧面显示了"行动"要素的具身性特征。在论及悲剧定义时,《诗学》认为悲剧的摹仿方式是借助人物的行动。但在随后的阐述中,其又认为摹仿的方式是

---

① 亚里士多德:《诗学》,陈中梅译注,北京:商务印书馆,2011年,第47页。
② 同上书,第27页。
③ 同上书,第63页。
④ 同上书,第65页。

"Opsis"(罗念生译为"形象"①,陈中梅译为"戏景"或"人物的外观"②)。后一界定无疑与诗性制作共性层面的"摹仿"意涵(强调形象的中介意义)相会通。于是,"行动"与"Opsis"均成为摹仿"方式"的承载者。表面看来,《诗学》有关摹仿方式的阐述在逻辑上并不自洽。但若联系前述有关诗性制作共性特征"摹仿"的相关论述,我们不难发现,亚里士多德建构起了建基于"行动"的具身性形象诗学:悲剧要摹仿的正是具有具象特征的行动中的人,借由这一活的形象以达致对原型的推论性认知。在这个意义上,"形象"与"行动"具有同质性,这两大要素的叙事功能也就具有同一性。

在《诗学》中,亚里士多德并未深入阐述"行动"这一核心要素本身的意涵。不过,这一要素的具身性特征依旧能从亚里士多德其他著作中获得互文性印证。在亚里士多德看来,普泛意义上的运动(包括"行动")并非精神性的:"说灵魂在忿怒正如说灵魂在编织罗网或建筑房子一样荒唐可笑。也许这样说更为恰当……运动并非发生在灵魂中,但有时会直达灵魂,有时又是从灵魂出发"③。人在"做"时要仰仗灵魂,但具体施动者并非灵魂,而是作为总体的人。人与动物一样,是所有一切具德于灵魂的"身魂综体"④。亚里士多德尽管强调灵魂之独立存在,但依旧认可灵魂是寓于身体之内的。人因应于灵魂而织布、造屋,行动行于身体,同时透入了灵魂或缘起于灵魂。在这个意义上,"行动"是一种以身体为基本载体的具身性活动。

二、悲剧深层结构与叙事功能的具身性

其实,悲剧表层结构及其要素的具身性也一定程度体现于喜剧中,这是二者区别于其他诗性制作的共性特征。而立足"如何摹仿"的深层结构则是区分悲喜剧的关键因素。这一深层结构也更突显了悲剧的具身性诗学特征。与喜剧不同,悲剧着重摹仿的是能引发恐惧和悲悯的事件⑤。

---

① 罗念生:《罗念生全集》(第一卷),上海:上海人民出版社,2004年,第39页。
② 亚里士多德:《诗学》,陈中梅译注,北京:商务印书馆,2011年,第67页。
③ 亚里士多德:《论灵魂》,《亚里士多德全集》(第三卷),北京:中国人民大学出版社,1992年,第21页。
④ 亚里士多德:《灵魂论及其他》,吴寿彭译,北京:商务印书馆,1999年,第43页。
⑤ 亚里士多德:《诗学》,陈中梅译注,北京:商务印书馆,2011年,第82页。

也就是说,悲剧之于喜剧的区别性特质不在"摹仿",也不在作为摹仿方式的"行动",而在于以悲剧的方式摹仿何种"行动"。这一深层结构系以"情节"组构形态(即摹仿何种行动)为核心内涵,并以实现叙事功能为旨归与目的。

悲剧之"情节"组构目的在于有效实现悲剧叙事功能,但《诗学》并未明晰"情节"组构的具体形态。《诗学》认为,情节有三个重要成分:突转、发现与苦难[①]。情节复杂还是简单取决于情节的变化中是否有发现或突转,或有此二者伴随的行动。突转指行动的发展从一个方向转至相反的方向,此种转变必须符合可然或必然的原则。发现指从不知到知的转变[②]。"突转"与"发现"是外显的情节设置方式,而"苦难"才是悲剧情节组构的内在特质。那么,"苦难"在情节中究竟扮演了怎样的功能角色呢?考虑到亚里士多德对悲剧结构、功能的整体性认知,表现"苦难"应是实现悲剧叙事功能的基本前提。在情节的具体组构逻辑中,"受难"既是情节结构系统中的核心环节,亦是决定情节特质的规定性要素:首先,"受难"是悲剧因果性情节链条中关键性逻辑环节。亚里士多德认为,悲剧情节应摹仿"复杂"行动(有"发现"或"突转)。不过,"发现"与"突转"是因果性情节的形态表征,而非其本源性动因。因果性情节的形成主要源自情节本身的"构合",如此方能表明是前事的"必然"或"可然"(因果性)的结果,而不仅仅是事件时间上的前后排列[③]。这种"构合"表现为"行动—受难—行动"的因果性情节链条:"行动引起受难,这种受难又变成另一行动的原因,这种行动又引起新的受难,因此一个情节当中,可以一个连一个出现几种原因和几种受难的实例。"[④]比如,菲德拉的情欲导致希波吕托斯的惨死。这一受难又为菲德拉悬梁自尽这一骇人行动提供原因。行动导致"受难",而受难成为进一步行动的原因。受难是因果性情节"构合"中至关重要的逻辑环节。其次,"受难"是对悲剧行动与情节的本质规定。"行动—受难—行动"是因果性情节链条的外显结构,这一结构遵循的是"必然"或"可然"的内在逻辑。考虑到悲剧情节的特征,"必然""可然"并

---

① 亚里士多德:《诗学》,陈中梅译注,北京:商务印书馆,2011年,第89页。
② 同上书。
③ 同上书,第88页。
④ 刘小枫、陈少明主编:《诗学解诂》,陈陌等译,北京:华夏出版社,2006年,第255页。

非罗念生先生所谓"现实世界事物的内在本质和规律"①。在亚里士多德那里,事物运动乃外力作用的结果。有学者参照《形而上学》阐释"必然律"之内涵,这似更契合亚氏之总体哲学观念:"亚里士多德的'必然律'并不是事物运动的内在规律,恰恰相反,它是指外部的条件以及外部条件作用下的必然结果,并且,这种外部条件也是'制造者'(动因)给予的"。②这就意味着,"行动—受难—行动"这一因果链条的动因来自外部不可抗外力。"受难"是这一行动进程的必然结果。再有,受难对行动的施动者亦具有规定性。卡斯忒尔维特洛认为,悲剧里的人物可以分为三种:行动的人们、受难的人们、同时行动而又受难的人们。比如耶弗塔,贸然发誓,牺牲了自己的女儿,是行动者,他的被牺牲的女儿是受难者。阿亚克斯,在同一期间行动和受难,自杀了。这几类人的行动和受难都可以构成逆境③。

《诗学》曾明确言及悲剧受难的具身性:"苦难指毁灭性的或包含痛苦的行动,如人物在众目睽睽之下的死亡、遭受痛苦、受伤以及诸如此类的情况。"④在亚里士多德这里,身体的死亡、苦痛、受伤等构成了受难的基本要素。对此,卡斯忒尔维特洛有类似的阐发,"受难可以看成痛苦,或者看成焦急。受难表现为痛苦可以是被杀(如拉伊俄斯)、负伤(如菲罗克忒忒斯)、悲惨的桎梏(如普罗米修斯在高加索山上)、凌辱(如他玛)以及其他等等"⑤。

"受难"体现了悲剧深层结构的内在规定性。在更深层的文化意义上,悲剧的受难属性与其始源于酒神颂有关。亚里士多德认为"悲剧起源于狄苏朗勃斯歌队领队的即兴口诵"⑥。歌队要赞颂的正是酒神狄俄尼索斯。凯瑟琳·勒维认为,像戏剧一样,悲剧也是酒神崇拜的产物。公元前六世纪的酒神颂、萨提尔剧、悲剧的歌队都是用来敬奉酒神的。在希腊人那里,"酒神颂"一词意为"经过两重门",他们相信酒神颂的最初目的就

---

① 亚里斯多德、贺拉斯:《诗学·诗艺》,北京:人民文学出版社,1962年,第113页。
② 许建民:《亚里士多德"可然律"与"必然律"之我见》,《南京师范大学学报》(社会科学版)1988年第3期,第66页。
③ 刘小枫、陈少明主编:《诗学解诂》,陈陌等译,北京:华夏出版社,2006年,第252页。
④ 亚里士多德:《诗学》,陈中梅译注,北京:商务印书馆,2011年,第89—90页。
⑤ 同上书,第255页。
⑥ 同上书,第48页。

是欢庆酒神历经苦难的两次诞生:第一次从塞墨勒那里,第二次从宙斯的大腿中①。在古希腊神话中,因为出身,酒神饱受苦难,在赫拉迫害下变形逃难,曾被暴雷殛毙过,还曾被大力神撕碎吞噬。希腊人将酒神的经历视为万物由生到灭、由死复生的象征。酒神的受难以肉身的解体与重生为特征,无疑具有鲜明的具身性。在悲剧意义上,酒神受难的行动体现了希腊精神的内在普遍性,是所有悲剧的类的特征。雷蒙·威廉斯认为,悲剧行动的基础是这些外部力量在某一特殊个案中的运作。这表明受难的普遍性与抽象性。虽然我们从这些异常复杂的词语中可以看到表面上的延续,但比起后人对"英雄"和"高位"的定义,我们的确不能说个人的伟大在此得到了强调。这些理论家的鼻祖亚里士多德本人始终关注的也是广义的悲剧行动,而不是个体的英雄②。尼采与威廉斯立论角度不同,更多从希腊精神中日神与酒神精神的二元性(斗争与间发性和解)层面来强调酒神受难的普遍性特征。尼采认为,有这样一个无可争辩的传统,即希腊悲剧在其最古老的形态中仅仅以酒神的受苦为题材,而长时期内唯一登场的舞台主角就是酒神。在他看来,"在所有这些面具下藏着一个神,这就是这些著名角色具有如此惊人的、典型的'理想'性的主要原因。我不知道谁曾说过,一切个人作为个人都是喜剧性的,因而是非悲剧性的。由此可以推断:希腊人一般不能容忍个人登上悲剧舞台。……一个真实的酒神显现为多种形态,化妆为好像陷入个别意志罗网的战斗英雄。……实际上这位英雄就是密仪所崇奉的受苦的酒神,就是那位亲自经历个体化痛苦的神。一个神奇的神话描述了他怎样在幼年被泰坦众神肢解,在这种情形下又怎样作为查格留斯备受尊崇。它暗示,这种肢解,本来意义上的酒神的受苦,即是转化为空气、水、土地和火。因此,我们必须把个体化状态看作一切痛苦的根源和始因,看作本应鄙弃的事情"③。在尼采意义上,悲剧英雄之受难就是酒神所经受的个体化痛苦。而在希腊悲剧作家中,索福克勒斯、埃斯库罗斯无疑最是接近悲剧的渊源——狄俄尼索斯秘仪。索福克勒斯笔下的俄狄浦斯误杀生父,成为污染城邦的罪人。真

---

① 凯瑟琳·勒维:《古希腊戏剧艺术》,傅正明译,程朝翔校,北京:北京大学出版社,1988年,第15页。
② 雷蒙·威廉斯:《现代悲剧》,丁尔苏译,南京:译林出版社,2007年,第12—13页。
③ 尼采:《悲剧的诞生——尼采美学文选》,周国平译,北京:生活·读书·新知三联书店,1986年,第41页。

相大白后,他刺瞎双眼,自我放逐。而普罗米修斯为人类盗火,触犯天条,遭受到残酷的惩罚。他被威力神和赫菲斯托斯用金属楔子刺穿胸膛,牢牢钉在大地极远尽头的陡峭山崖,垂直站立,不得睡觉,也不得弯膝。河神女儿们组成的歌队为普罗米修斯悲叹:"我看见,普罗米修斯。迷雾蒙住了我的双眸,一片惶惧,泪水盈溢,当我望见你那身体,被缚悬崖,枯槁变憔悴,忍受这条条锁链的锁禁受凌辱。"①因不与宙斯合作,普罗米修斯预料到自己还将遭受更多苦难,被缚着落入地狱,重回阳世,每日忍受恶鹰啄撕心肝的苦痛。显然,肉身的苦痛与受难并不局限于上述两部作品,而是悲剧的普遍性情形。

悲剧之如上结构构造(尤其是其深层结构)最终是为了实现其叙事功能,达成特定的伦理学目的。亚里士多德非常重视诗的效果,甚至超过摹仿本身。亚里士多德说:"如果诗人写的是不可能发生的事,他固然犯了错误;但是如果他这样写,达到了艺术的目的(所谓艺术的目的前面已经讲过了。亚氏在这里指的是引起恐惧与怜悯之情——引者注),能使这一部分或另一部分诗更为惊人,那么这个错误是有理由可辩护的。"②再如,"为了获得诗的效果,写一桩不可能发生而可能成为可信的事,比写一桩可能发生而不能成为可信的事更为可取"。③ 亚里士多德谈到悲剧叙事效能时说,悲剧是"借引起怜悯与恐惧来使这种情感得到陶冶"("陶冶"即katharsis,汉译卡塔西斯——引者注)④。"卡塔西斯"历史上被用作宗教("净罪")与医学("清泄""排清")术语⑤。罗念生先生从医学的角度延伸出"求平衡"的意涵。瓦尔特·沃森则进一步明确了卡塔西斯的身体性维度:"亚里士多德使用卡塔西斯一词,首先意指的是身体性的疏导/净化。"⑥值得注意的是,卡塔西斯(katharsis)借助身体性手段,最终是为了达成非感性、去身体的理性目标。吉利德认为,卡塔西斯意味着"灵魂与

---

① 埃斯库罗斯等:《古希腊悲剧喜剧全集》(1—8),张竹明、王焕生译,南京:译林出版社,2007年,第152—153页。

② 亚里士多德:《诗学》,罗念生译,见《罗念生全集》(第一卷),上海:上海人民出版社,2007年,第105页。

③ 同上书,第108页。

④ 同上书,第36页。

⑤ 刘小枫、陈少明主编.《诗学解诂》,陈陌等译,北京:华夏出版社,2006年,第24页。

⑥ Walter Watson. *The Lost Second Book of Aristotle's Poetics*, Chicago: The University of Chicago Press, 1998, p. 12.

身体同那些源自身体的感受、情感分离。它是一种哲学的、理智的净化，它由自由组成并从可感知的领域解脱出来，这个领域的核心便是身体"[1]。卡斯忒尔维特洛也曾精彩地论及具身性悲剧功能的二律背反性："由于悲剧人物的榜样，并由于反复搬演，悲剧能使观众从下流变为高尚，从恐惧变为坚定，从过分怜悯变为严正，因为就亚里士多德看来，经常和唤起怜悯、恐惧与卑鄙的事物接触，并不会使人过分怜悯、畏惧与下流，因为悲剧通过上述的激情、恐怖与怜悯，反而能把那些激情从人们的心里清除和驱逐出去。"[2]所以，悲剧的卡塔西斯效能立足于具身性受难，同时要超越这一苦难，从中获得精神的与理性的超越。这不意味着要否定具身性受难本身，受难是悲剧实现精神性超越的中介与桥梁。

　　柏拉图对悲剧功能的界定似乎与亚里士多德完全不同。理论界也认为，亚里士多德诗学观念是对柏拉图的反动。柏拉图从文体价值区分（因其摹仿属性，悲剧有别于史诗）角度论述"摹仿"与"叙述"之不同，并在此基础上确立一种诗学伦理等差。这就从反面确证了悲剧的具身性特征。柏拉图认为，诗歌与故事共有几种体裁，一种完全通过摹仿，如悲剧与戏剧；另外一种是诗人表达自己情感的，如酒神赞美歌；还有一种是两者并用，比如史诗。而摹仿在本质上是有悖城邦伦理的。因为一个人只能干一种行业而不能干多种行业，他不能在做着一个有价值行业的同时又是一个摹仿者。即便要摹仿，也应该摹仿与专业有正当关系的人物，即摹仿那些勇敢、节制、虔诚、自由的一类人物。他借苏格拉底之口指出，史诗中叙述远多于摹仿，而悲剧"整个体裁完全是声音姿态的模仿，至于叙述那就很少"[3]。柏拉图认为，悲剧最大的问题在于它是对声音姿态的模仿，因摹仿的具身性，悲剧丧失了主体与理性观念介入的可能。在柏拉图这里，悲剧的危机正在于个体化的具身性摹仿。柏拉图是否定悲剧结构的具身性形态的，同时对其诗学功能持怀疑态度。而亚里士多德肯定悲剧结构的具身性特征，认为其是达成悲剧卡塔西斯功能的必要前提。

三、悲剧具身性的二元辩证与中西悲剧精神的深度契合

　　围绕悲剧的功能问题即卡塔西斯作用，学界分化为对立的两个阵营。

---

[1] 刘小枫、陈少明主编：《诗学解诂》，陈陌等译，北京：华夏出版社，2006年，第88—89页。
[2] 同上书，第244页。
[3] 柏拉图：《理想国》，郭斌和、张竹明译，北京：商务印书馆，1986年，第96—100页。

卡塔西斯在古希腊文中兼有"宣泄"与"净化"之义。那些坚持宣泄理论的人倾向于把《诗学》更多看作是关于技术的论著,亚里士多德将西方人对艺术的理解从道德对艺术的侵占中解放了出来。而那些坚持净化理论的人则认为,亚里士多德从根本上赞同柏拉图,并持有具有道德色彩的艺术观[1]。这相互对立的两种观点都有一定的合理性,但其局限在于忽视了亚里士多德悲剧观念的复杂性。只有回到悲剧具身性问题上来,才能更深入认知这种复杂性与辩证性。通过对具身性问题的考察,我们不难发现悲剧在个体与群体、部分与整体、激情与理性间形成了动态的对立统一的辩证关系。在《诗学》末章,亚里士多德断言,诗之王冠应为悲剧所有,因为悲剧不仅包括史诗所具备的一切,而且更多。此外,它更是完全实现了诗的目的。判断事物完美,可从两个路径来看:作为整体,其本身是完美的;作为更大整体的一部分,它是完美的。这一更大的整体也就是悲剧依据自身结构形式所能达成的政治伦理功能[2]。亚里士多德这一表述包含非常丰富的意涵。在他看来,与悲剧相关的有两个有机体,一是结构形态层面。悲剧双重结构构成第一重有机体。而亚里士多德更强调的是更高层面的另一重有机体,这一有机体是以前一有机体作为更大整体的一部分而实现的。这一更高层面有机体其实就是结构与功能的有机统一体,它内蕴个体与群体、部分与整体、激情与理性间动态的二元辩证关系。尼采也从不同的理论维度阐发了这种二元辩证关系,狄奥尼索斯或醉的精神意味着个体化原理的毁灭,个体一方面对自身生命或存在的偶然性、有限性以及毁灭感到恐惧;另一方面,他也恰恰由此融入一个更原本的太一(das Ur-Eine)世界,并为此而感到快乐,甚至陶醉[3]。悲剧个体化的具身性经验并不是要完全否弃的对象。具身性悲剧结构是达成卡塔西斯效应的前提和基础。但悲剧又不能停留于具身性体验与苦难中,它要借卡塔西斯这一中介,最终完成对恐惧与怜悯的理性克服。

考察悲剧所体现的二元辩证的具身性特征,对于重估中国传统悲剧具有重要理论意义。在亚里士多德的理论体系中,悲剧的结构形式与功

---

[1] 刘小枫、陈少明主编:《诗学解诂》,陈陌等译,北京:华夏出版社,2006年,第26页。
[2] 亚里士多德:《诗学》,陈中梅译注,北京:商务印书馆,2011年,第191页。
[3] 吴增定:《尼采与悲剧——〈悲剧的诞生〉要义疏解》,《云南大学学报》(社会科学版)2015年第1期,第25页。

能构成浑全的有机整体,具身性是这一有机体内部两大要素沟通的桥梁。国内学界有关卡塔西斯(悲剧功能)的认知多有分歧,这很大程度影响了对中西悲剧的比较研究。朱光潜认为"净化"(即卡塔西斯)的要义在于通过音乐或其他艺术,使某种过分强烈的情绪因宣泄而达到平静,因此恢复和保持住心理的健康。他认为,亚里士多德的"净化说"带有社会道德的考虑,有着很大的局限性。道德作用不在于情绪的净化,而在于通过尖锐斗争场面,认识到人生世相的深刻方面[1]。显然,朱光潜对悲剧的伦理道德功用持怀疑态度。罗念生不认同朱光潜的看法。他认为,卡塔西斯在《诗学》中无疑是借用自医学的术语。悲剧的医疗作用应从亚里士多德伦理思想的"中庸之道"中去求得解释。亚里士多德在《尼各马可伦理学》第二卷第六章论及,恐惧与怜悯太强或太弱都不好,应求其适度。在此意义上,悲剧的卡塔西斯作用就是使这两者成为适度的情感。而且,情感的强弱不是天生的,而是由习惯养成的。观众看一次悲剧,他们的情感(恐惧与怜悯之类)就受一次锻炼;经过多次锻炼,就能养成一种新的习惯。等到他们在实际生活中看到别人遭受苦难或自身遭受苦难时,他们就能有很大的忍耐力,能控制自己的情感,使它们发生得恰如其分,或者能激发自己的情感,使它们达到应有的适当强度。这就是悲剧的卡塔西斯作用。这一悲剧功用具有明确的伦理学维度,适度的情感就是美德,而美德乃善于求适中的中庸之道[2]。陈中梅在其《诗学》译本中也曾引用《尼各马可伦理学》第七卷内容,强调引发错误行为的重要因素是"放纵"与"不节制"[3]。这也进一步说明了悲剧所遵循的伦理学原则。亚里士多德有关悲剧情感的"中庸之道"与中国传统文化观念有神会之处。这意味着,中西传统悲剧叙事在精神特质层面并非判然两样,而是有着内在的契合性与相通性。

朱光潜先生曾谈道,悲剧人物的身体力量失败了,但他们的精神力量却获得了胜利。在一切伟大悲剧的斗争中,肉体的失败往往在精神的胜利中获得加倍的补偿。他引用尼柯尔的说法,"死亡本身已经无足轻重。……悲剧认定死亡是不可避免的,死亡什么时候来临并不重要,重要的是

---

[1] 朱光潜:《西方美学史》,《朱光潜全集》(第六卷),合肥:安徽教育出版社,1990年,第107页。
[2] 罗念生:《罗念生全集》,上海:上海人民出版社,2004年,第10—11页。
[3] 亚里士多德:《诗学》,陈中梅译注,北京:商务印书馆,2011年,第221页。

人在死亡面前做些什么"。悲剧在哀悼肉体失败(表现为具身性受难)的同时,庆祝精神的胜利。这一论述无疑是深刻的,对悲剧内在特质及美学功能有独特的认知。不过,朱光潜随后笔锋一转,强调这一精神胜利并不是正义之类道德目的胜利,而是悲剧结尾时感受到的那种勇敢、坚毅、高尚和宏伟气魄的显露①。他最终以崇高统摄悲剧风格,以捍卫悲剧的审美自足性。出于此一目的,他对《赵氏孤儿》的评价很低。他认为,这部悲剧与《哈姆雷特》都是复仇悲剧,但实际情形却完全不同。最后的报应是人人都满意,连奸贼也承认是公道。剧作者要传达一个道德的教训——忠诚和正义必胜,而那胜利与戏剧的结尾恰好是一致的。朱光潜因此指出,中国人的伦理精神与希伯来人的宗教精神一样,都与悲剧精神完全对立②。

而实际的情形是,围绕"身体力量的失败"(受难),中西一些悲剧都在"死亡面前"体现出了善恶的观念。《安提戈涅》《窦娥冤》都借助神意来彰显正义。《安提戈涅》中,克瑞昂将安提戈涅关进石窟,儿子海蒙在申诉无效后弃他而去。盲先知特瑞西阿斯前来告知他占卜结果对他不利。因为城邦遭到了污染,这正是克瑞昂的主意造成的。鸟和狗从奥狄浦斯儿子不幸的尸体上撕下腐肉,用它弄脏了城市所有的祭坛和炉灶,众神不再接受这样的祭品。特瑞西阿斯对克瑞昂的评价是负面的——出自暴君的一族都爱污染的利益③。尽管黑格尔认为国王克瑞昂与安提戈涅的冲突是国法与家法之间的伦理力量的矛盾冲突,但从文本的细节来看,这两者之间的善恶区分依旧是鲜明的。善恶力量围绕波吕涅克斯尸体展开交锋,作为善之代表的安提戈涅的死最终将情节冲突推向高潮。具身性受难、人物行动构成的因果性情节链条与善恶观念构成非常复杂的互动关系。在《窦娥冤》中,善恶观念之冲突更深植文本内部。《窦娥冤》第三折中,窦娥临刑时对那监斩官说,若委实冤枉,将血溅白练、六月飞雪、三年亢旱。这三桩誓愿都一一实现了。后来,窦天章到楚州训阅,窦娥冤魂提醒父亲有冤情。最终,在窦天章的主持下正义得以伸张。在具体情节的展开中,

---

① 朱光潜:《悲剧心理学》,北京:中华书局,2012年,第204页。
② 同上书,第217页。
③ 埃斯库罗斯等:《古希腊悲剧喜剧全集》(1—8),张竹明、王焕生译,南京:译林出版社,2007年,第308—310页。

冤情与具身性受难、神性正义降临也有明确的对应关系:"(刽子做开刀,正旦倒科)(监斩官惊云)呀!真个下雪了,有这等异事!(刽子云)我也道平日杀人,满地都是鲜血,这个窦娥的血都飞在那丈二白练上,并无半点落地,委实奇怪。(监斩官云)这死罪必有冤枉。"[①]国内有学者在比较《麦克白》《赵氏孤儿》后也指出,中西悲剧可以说都是一种善有善报、恶有恶报的否定或毁灭。只是中国悲剧是一种外在否定,而西方悲剧是一种内在否定,更注重人物的自我反省、对自我的罪恶进行扬弃和批判[②]。

朱光潜先生将伦理目的、宗教诉求作为区分有无悲剧精神的标准。在这一观念前提下,中国悲剧自然就没有理论合法性可言了。他认为,"中国的剧作家总是喜欢善得善报、恶得恶报的大团圆结尾","随便翻开一个剧本,不管主要人物处于怎么悲惨的境地,你尽可放心,结尾一定是皆大欢喜,有趣的只是他们怎样转危为安。剧本给人的总印象很少是阴郁的。仅仅元代(即不到一百年时间)就有五百多部剧作,但其中没有一部可以真正算得悲剧"[③]。在朱先生看来,即便是《赵氏孤儿》,最终也是写成了喜剧。自朱先生始,中国传统悲剧的合法性问题就与有无大团圆结尾的讨论密切关联起来了。有学者认为,大团圆应满足先离后合、始困终亨、先悲后欢等要求,但在中国悲剧中,基本没有满足这些要求的[④]。还有人认为,团圆只是现象,冲突是否解决才是判断的根本依据。以此为据,中国是有悲剧的[⑤]。类似的讨论还有很多,但都难以得出最终的结论。中国是否有悲剧不能纯粹由"大团圆"这一结构形式来决定。学术界为这一问题域所局限,陷入无止境的循环论证中。雷蒙·威廉斯认为,只要"是以戏剧形式来表现具体而又令人悲伤的无序状况及其解决"[⑥]的作品就可以成为悲剧。陈中梅在解释《诗学》第二章中的"好人"与"卑俗低劣者"时说:"原文用了 spoudaious 和 phaulous。前者指注重品行、有责任心和荣誉感的、能够认真对待生活的'君子',后者指能力和品行欠佳

---

① 关汉卿:《窦娥冤》,黄震云校注,长春:长春出版社,2013年,第34页。
② 熊元义、余三定:《中西悲剧在悲剧冲突选择上的差异》,《湖南文理学院学报》(社会科学版),2004年第4期,第33页。
③ 朱光潜:《悲剧心理学》,北京:中华书局,2012年,第214—215页。
④ 谢柏梁:《中国悲剧史纲》,上海:学林出版社,1993年,第302页。
⑤ 张哲俊:《20世纪中国古典悲剧研究状况及其问题》,《文学前沿》2002年第1期。
⑥ 雷蒙·威廉斯:《现代悲剧》,丁尔苏译,南京:译林出版社,2007年,第44页。

的、无足轻重的、不值得认真对待的'小人'。spoudaious 有时意为'严肃的',其对立面是'滑稽可笑的'。悲剧可以死里逃生或亲人团聚结尾,但不能不严肃。悲剧摹仿严肃的行动。"①也正是因为这个原因,柏拉图在《理想国》中称荷马为悲剧大师,《奥德赛》也是一出悲剧。《奥德赛》就讲述了一个与亲人团聚的故事,但它是描绘严肃的人的严肃行动。

其实,朱光潜对悲剧的认知与亚里士多德有一些共性,即都强调身体与精神的二元辩证,也就是"人在死亡面前做些什么"。为有效处理这一问题,亚里士多德将悲剧组构为一有机的体系,以悲剧双重结构为形式基础,借助具身性行动(内含最关键的受难要素)这一中介,以达成悲剧的以情感适度为准则的伦理道德目标。立足于肉身受难的卡塔西斯是关联与沟通结构、功能两大要素的核心机制。而朱光潜先生将"精神"定位为崇高之类悲剧内部的美学风格,并反对将其延伸到社会历史层面。亚里士多德将悲剧定位为伦理层面情感的"中庸之道",也有其不足。它应超出道德伦理范围,涵括更广阔的社会历史内容。在此意义上,讨论中国有无悲剧不能以"大团圆"等形式结构为衡量标准(它只是亚里士多德诗学意义上的第一有机体),而应以结构与功能有机结合的更高有机体系作为基本参照。中国悲剧有类似西方的以具身性受难为核心的情节结构。窦娥的血溅白练、韩厥的自刎、屠岸贾的屠婴、公孙杵臼的撞阶自杀、《清忠谱》中的囊首戮义等具身性受难要素在情节结构中至关重要,是组构因果性情节的核心环节,且是情节前行的重要推动力。中国悲剧以具身性受难为核心的深层结构系统为悲剧美学与社会功能的实现提供了形式前提,并与之构成有机的体系。中国传统文化内蕴中和含蓄之美,在艺术上提倡"温柔敦厚"的诗教、乐教,创作实践上遵循的是"怨而不怒""哀而不伤""乐而不淫"的美学原则。正因此,中国悲剧即便呈现了具身性受难细节,但在美学效果上依旧表现出理性节制的诗学特征。这一节制的手段与西方不同,在处理具身性苦难时,主要通过结构上的大团圆来达成温柔敦厚的诗学效果;而西方主要借助于卡塔西斯的"陶冶"作用。中国悲剧的低产可能与中国叙事传统的晚育与不发达有更直接的关系,但这不意味着晚育的《窦娥冤》《赵氏孤儿》等戏剧作品不是严格意义上的悲剧。这些作品与西方传统悲剧在悲剧精神与有机体系的构成上并无本质性不同。

---

① 亚里士多德:《诗学》,陈中梅译注,北京:商务印书馆,2011 年,第 39 页。

参考文献

一、国内论文

陈浩:《叙事的还原与叙事的风俗——关于中西文学叙事方式的比较》,《文艺评论》1998年第2期。

程国赋:《中国古代小说命名刍议》,《文艺研究》2011年第11期。

程丽蓉:《中西叙事伦理理论研究之辨析》,《浙江工商大学学报》2018年第4期。

丁子春:《巴尔扎克艺术理论勘探》,《外国文学研究》1982年第2期。

冯学勤:《系谱学与身体美学:尼采、福柯、德勒兹》,《文艺理论研究》2009年第2期。

郝敬、张莉:《论中国古体小说的观念流变》,《明清小说研究》2013年第1期。

纪德君:《从历史演义看古代小说章回体的形成原因及成熟过程》,《西北师范大学学报》1998年第3期。

江湄:《从"大一统"到"正统论"——论唐宋文化转型中的历史观嬗变》,《史学理论研究》2006年第4期。

蒋孔阳:《美学研究中的理性和感性》,《文艺研究》1999年第3期。

金雯:《美德、社会与现代性:18世纪中英小说比较》,《文化与诗学》2017年第1期。

李志斌:《论流浪汉小说结构范式的生成动因》,《湖北大学学报》(哲学社会科学版)2009年第5期。

李洲良:《春秋笔法的内涵外延与本质特征》,《文学评论》2006年第1期。

梁治平:《"天下"的观念:从古代到现代》,《清华法学》2016年第5期。

刘成纪:《身体美学的一个当代案例》,《中州学刊》2005年第3期。

刘家和:《论断代史《汉书》中的通史精神》,《北京师范大学学报》(社会科学版)2012年第3期。

刘家和:《论历史理性在古代中国的发生》,《史学理论研究》2003年第2期。

刘家和:《论通史》,《史学史研究》2002年第4期。

刘小枫:《"全球史"与人文政治教育的危机》,《北京大学教育评论》2020 年第 2 期。
罗书华:《中国长篇叙事文学的虚构历程》,《学习与探索》2000 年第 2 期。
吕耀怀:《规范伦理、德性伦理及其关联》,《哲学动态》2009 年第 5 期。
孟昭连:《明代小说创作虚实论》,《南开学报》1998 年第 2 期。
南帆:《身体的叙事》,《天涯》2000 年第 6 期。
埝任:《从真假虚实论看明清小说的审美机制》,《明清小说研究》1990 年第 2 期。
聂文军:《试论西方伦理学中规范伦理与德性伦理的关系演变及其意义》,《伦理学研究》
    2014 年第 2 期。
汪民安、陈永国:《身体转向》,《外国文学》2004 年第 1 期。
王晴佳:《中国史学的元叙述:以"文化中国"说考察正统论之意涵》,《江海学刊》2017 年第
    1 期。
王晓华:《主体缺位的当代身体叙事》,《文艺争鸣》2008 年第 9 期。
吴家荣:《中国古代叙事文学贡献之我见——兼论中西叙事文学比较》,《学术界》2013 年
    第 4 期。
吴晓群:《基督教史学传统下的希罗多德解读模式》,《北京师范大学学报》(社会科学版)
    2017 年第 4 期。
吴增定:《尼采与悲剧——〈悲剧的诞生〉要义疏解》,《云南大学学报》(社会科学版)2015
    年第 1 期。
徐宗良:《德性与伦理规范刍议》,《伦理学研究》2009 年第 3 期。
杨春时:《超越意识美学与身体美学的对立》,《文艺研究》2008 年第 5 期。
于雷:《西方文论关键词　摹仿》,《外国文学》2012 年第 1 期。
曾凡安、石麟:《叙事:妙在虚实真幻之间——古代小说批评的辩证思维之一斑》,《南昌大
    学学报》(人文社会科学版)2010 年第 4 期。
张德林:《关于现实主义创作美学特征的思考》,《文学评论》1988 年第 6 期。
张世君:《中西文学叙事概念比较》,《西南师范大学学报》2004 年第 3 期。
赵炎秋、刘白:《近代中西小说比较中的想象西方问题》,《社会科学研究》2011 年第 6 期。
赵炎秋:《试论现实主义文学的概然律问题——从路遥〈平凡的世界〉现实性的不足谈
    起》,《学术研究》2020 年第 4 期。
周兴泰:《中西诗歌叙事传统比较论纲——兼及中国文学抒情叙事两大传统共生景象的
    探讨》,《中国比较文学》2018 年第 2 期。
周逸群、和磊:《论中西艺术真实观之比较——以叙事文学为例》,《滁州学院学报》2017 年
    第 4 期。

二、国内论著

阿英:《晚清小说史》,北京:人民文学出版社,1980 年。

陈宝良:《明代社会转型与文化变迁》,重庆:重庆大学出版社,2014年。
陈大康:《明代小说史》,上海:上海文艺出版社,2000年。
陈大康:《中国近代小说编年》,上海:华东师范大学出版社,2002年。
陈果安:《金圣叹小说理论研究》,长沙:湖南师范大学出版社,1999年。
陈平原、夏晓虹编:《二十世纪中国小说理论资料》第一卷,北京:北京大学出版社,1997年。
陈平原:《千古文人侠客梦——武侠小说类型研究》,天津:百花文艺出版社,2009年。
陈平原:《中国小说叙事模式的转变》,北京:北京大学出版社,2003年。
陈曦钟、宋祥瑞、鲁玉川辑校:《三国演义会评本》,北京:北京大学出版社,1986年。
程毅中:《宋元小说研究》,南京:江苏古籍出版社,1999年。
丁锡根编著:《中国历代小说序跋集》,北京:人民文学出版社,1996年。
董成龙:《武帝文教与史家笔法:〈史记〉中高祖立朝与武帝立教的大事因缘》,上海:华东师范大学出版社,2019年。
董乃斌:《中国古典小说的文体独立》,北京:中国社会科学出版社,1994年。
冯梦龙:《警世通言》,吴书荫校注,北京:北京十月文艺出版社,1994年。
傅修延:《中国叙事学》,北京:北京大学出版社,2015年。
龚翰熊:《欧洲小说史》,成都:四川大学出版社,1997年。
贺祥麟主编:《西方现实主义文学》,贵阳:贵州人民出版社,1988年。
胡士莹:《话本小说概论》,北京:中华书局,1980年。
黄霖、韩同文选编:《中国历代小说论著选》(上),南昌:江西人民出版社,2000年。
黄梅:《推敲"自我":小说在18世纪的英国》,北京:生活·读书·新知三联书店,2015年。
蒋庆:《公羊学引论》,沈阳:辽宁教育出版社,1995年。
蒋瑞藻编:《小说考证 附续编拾遗》,上海:商务印书馆,1935年。
阚文文:《晚清报刊上的翻译小说》,齐鲁书社,2013年。
雷家骥:《中国古代史学观念史》,北京:北京师范大学出版社,2018年。
李剑国:《唐前志怪小说史》,天津:南开大学出版社,1984年。
李乐:《见闻杂记》,上海:上海古籍出版社,1986年。
李小龙:《必也正名:中国古代小说书名研究》,北京:生活·读书·新知三联书店,2020年。
梁漱溟:《中国文化要义》,上海:上海人民出版社,2005年。
刘禾:《世界秩序与文明等级》,北京:生活·读书·新知三联书店,2016年。
刘上生:《中国古代小说艺术史》,长沙:湖南师范大学出版社,1993年。
刘小枫:《沉重的肉身》,北京:华夏出版社,2007年。
鲁迅:《鲁迅全集》第1卷,北京:人民文学出版社,2005年。
鲁迅:《中国小说史略》,北京:人民文学出版社,2007年。
罗钢、刘象愚主编:《文化研究读本》,北京:中国社会科学出版社,2000年。
罗念生:《罗念生全集》,上海:上海人民出版社,2004年。

钱锺书:《管锥编》,北京:中华书局,1979年。
申丹、韩加明、王丽亚:《英美小说叙事理论研究》,北京:北京大学出版社,2005年。
石昌渝:《中国小说源流论》,北京:生活·读书·新知三联书店,1994年。
孙琴安:《中国评点文学史》,上海:上海社会科学出版社,1999年。
谭帆:《中国小说评点研究》,上海:华东师范大学出版社,2001年。
唐凯麟、张怀承:《成人与成圣——儒家伦理道德精粹》,长沙:湖南大学出版社,1999年。
汪民安:《尼采与身体》,北京:北京大学出版社,2008年。
王国维:《王国维文学美学论著集》,周锡山编校,太原:北岳文艺出版社,1987年。
王柯:《民族与国家——中国多民族统一国家思想的系谱》,北京:中国社会科学出版社,2001年。
吴国盛:《时间的观念》,北京:北京大学出版社,2006年。
伍蠡甫、胡经之主编:《西方文艺理论名著选编》,北京:北京大学出版社,2013年。
萧相恺:《世情小说简史》,太原:山西人民出版社,2005年。
谢柏梁:《中国悲剧史纲》,上海:学林出版社,1993年。
徐冲:《中古时代的历史书写与皇帝权力起源》,上海:上海古籍出版社,2012年。
徐复观:《两汉思想史》,北京:九州出版社,2014年。
许桂亭选注:《林纾文选》,天津:百花文艺出版社,2006年。
杨大春:《感性的诗学:梅洛—庞蒂与法国哲学主流》,北京:人民出版社,2005年。
杨江柱、胡正学主编:《西方浪漫主义文学史》,武汉:武汉出版社,1989年。
杨儒宾:《儒家身体观》,台北:"中央研究院"中国文哲研究所,1996年。
杨义:《中国古典小说史论》,《杨义文存》第六卷,北京:人民出版社,1998年。
杨义:《中国叙事学》,北京:人民出版社,2009年。
叶朗:《中国小说美学》,北京:北京大学出版社,1982年。
殷企平等:《英国小说批评史》,上海:上海外语教育出版社,2001年。
余英时:《士与中国文化》,上海:上海人民出版社,2003年。
张俊:《清代小说史》,杭州:浙江古籍出版社,1997年。
张羽、王汝梅:《中国小说理论通史》,北京:北京师范大学出版社,2016年。
赵炎秋:《明清叙事思想研究》,长沙:湖南师范大学出版社,2008年。
朱光潜:《悲剧心理学》,北京:中华书局,2012年。
朱一玄、刘毓忱编:《儒林外史资料汇编》,天津:南开大学出版社,2003年。
朱一玄、刘毓忱编:《水浒传资料汇编》,天津:南开大学出版社,2002年。
朱一玄编:《金瓶梅资料汇编》,天津:南开大学出版社,2002年。
朱一玄编:《聊斋志异资料汇编》,天津:南开大学出版社,2002年。
朱一玄编:《明清小说资料选编》,济南:齐鲁书社,1990年。
宗白华:《宗白华全集》,合肥:安徽教育出版社,1996年。

三、外国论文论著

［德］黑格尔：《历史哲学》，王造时译，上海：上海书店出版社，2001年。

［德］黑格尔：《美学》，朱光潜译，北京：商务印书馆，1981年。

［德］马克思、恩格斯：《马克思恩格斯选集》，中共中央编译局编译，北京：人民出版社，1972年。

［德］尼采：《悲剧的诞生——尼采美学文选》，周国平译，北京：生活·读书·新知三联书店，1986年。

［法］保罗·利科：《活的隐喻》，汪堂家译，上海译文出版社，2006年。

［法］福楼拜：《包法利夫人》，许渊冲译，南京：译林出版社，1992年。

［法］马克·勒伯：《身体意象》，汤皇珍译，沈阳：春风文艺出版社，1999年。

［古希腊］亚里斯多德、［古罗马］贺拉斯：《诗学诗艺》，罗念生、杨周翰译，北京：人民文学出版社，1982年。

［古希腊］亚里士多德：《尼各马可伦理学》，廖申白译注，北京：商务印书馆，2003年。

［美］肯尼斯·博克等：《当代西方修辞学：演讲与话语批评》，常昌富、顾家桐译，北京：中国社会科学出版社，1998年。

［美］James Phelan Peter J. Rabinnowitz 主编：《当代叙事理论指南》，申丹等译，北京：北京大学出版社，2007年。

［美］戴卫·赫尔曼主编：《新叙事学》，马海良译，北京：北京大学出版社，2002年。

［美］杜赞奇：《从民族国家拯救历史：民族主义话语与中国现代史研究》，王宪明等译，北京：社会科学文献出版社，2003年。

［美］海登·怀特：《后现代历史叙事学》，陈永国、张万娟译，北京：中国社会科学出版社，2003年。

［美］韩南：《中国近代小说的兴起》，徐侠译，上海：上海教育出版社，2004年。

［美］亨利·詹姆斯：《小说的艺术 亨利·詹姆斯文论选》，朱雯、乔佖、朱乃长等译，上海：上海译文出版社，2001年。

［美］杰拉德·普林斯：《叙述学词典》，乔国强、李孝弟译，上海：上海译文出版社，2011年。

［美］雷内·韦勒克：《批评的概念》，张今言译，北京：中国美术学院出版社，1999年。

［美］理查德·舒斯特曼：《实用主义美学——生活之美，艺术之思》，彭锋译，北京：商务印书馆，2002年。

［美］迈克尔·麦基恩：《英国小说的起源 1600—1740》，胡振明译，上海：华东师范大学出版社，2015年。

［美］欧文·拉铁摩尔：《中国的亚洲内陆边疆》，唐晓峰译，南京：江苏人民出版社，2005年。

［美］浦安迪：《中国叙事学》，北京：北京大学出版社，1996年。

［美］乔纳森·卡勒：《结构主义诗学》，盛宁译，北京：中国社会科学出版社，1991年。

［美］托马斯·拉克尔:《身体与性属》,赵万鹏译,沈阳:春风文艺出版社,1999年。

［美］韦恩·布斯:《修辞的复兴:韦恩·布斯精粹》,穆雷等译,南京:译林出版社,2009年。

［美］伊恩·P. 瓦特:《小说的兴起》,高原、董红钧译,北京:生活·读书·新知三联书店,1992年。

［美］约翰·奥尼尔:《身体形态——现代社会的五种身体》,张旭春译,沈阳:春风文艺出版社,1999年。

［美］詹姆斯·费伦:《作为修辞的叙事》,陈永国译,北京:北京大学出版社,2002年。

［日］渡边信一郎:《中国古代的王权与天下秩序——从日中比较史的视角出发》,徐冲译,北京:中华书局,2008年。

［日］平势隆郎:《从城市国家到中华》,周洁译,桂林:广西师范大学出版社,2014年。

［英］F. R. 利维斯:《伟大的传统》,袁伟译,北京:生活·读书·新知三联书店,2009年。

［英］弗兰克·克默德:《结尾的意义:虚构理论研究》,刘建华译,沈阳:辽宁教育出版社,2000年。

［英］柯林武德:《历史的观念》,何兆武、张文杰译,北京:中国社会科学出版社,1986年。

［英］雷蒙·威廉斯:《现代悲剧》,丁尔苏译,南京:译林出版社,2007年。

［英］珀·卢伯克、爱·福斯特、爱·缪尔等:《小说美学经典三种》,方土人、罗婉华译,上海:上海文艺出版社,1990年。

［英］特里·伊格尔顿:《审美意识形态》,王杰等译,桂林:广西师范大学出版社,2001年。

［英］特里·伊格尔顿:《文学事件》,阴志科译,陈晓菲校译,郑州:河南大学出版社,2017年。

［英］特里·伊格尔顿:《文学原理引论》,刘峰译,北京:文化艺术出版社,1987年。

［英］夏洛蒂·勃朗特:《简·爱》,黄源深译,南京:译林出版社,2008年。

［英］詹姆斯·伍德:《小说机杼》,黄远帆译,郑州:河南大学出版社,2015年。

Adam Zachary Newton. *Narrative Ethics*. Cambridge: Harvard University Press. 1997.

AngelaZito & Tani E. Barlow, eds., *Body, Subject and Power in China*, Chicago: University of Chicago Press, 1994.

Cheryl nixon ed. Novel Definitions: *An Anthology of Commentary on the Novel*, 1688—1815. Toronto: Broadview Press Ltd, 2009.

Daniel Punday. *Narrative Bodies: Toward a Corpreal Narratology*. New York: Palgrave Macmillan, 2003.

David Campbell. *Writing Security: United States Foreign Policy and the Politics of Identity*. Minneapolis: University of Minnesota Press, 1998.

Frank Ankersmit. *Historical Representation*. Stanford: Stanford University Press, 2002.

Frank Ankersmit. *Narrative Logic: A semantic Analysis of the Historian's Language*, Den Haag: Nijhoff, 1983.

George Lakoff and Mark Johnson. *Metaphors We Live By*. Chicago: University of Chicago Press, 1980.

J. Hillis Miller. *The Ethics of Reading*. New York: Columbia University Press, 1987.

Jacques Derrida. *Margins of Philosophy*. Chicago: University of Chicago Press, 1982.

Jesse Rosenthal. *Good Form: The Ethical Experience of the Victorian Novels*. Princeton and Oxford: Princeton University Press. 2017.

Kristopher Schipper. *The Taoist Body*, Berkeley. University of California Press, 1993.

Margaret. T. Hodgon. *Early Anthropology in the Sixteenth and Seventeenth Centuries*. Philadelphia: University of Pennsylvania Press, 1971.

Peter Brooks. *Body Work: Objects of Desire in Modern Narrative*. Massachusetts: Harvard University Press, 1993.

Polybius. *The Histories*. Oxford: Oxford University Press, 2010.

Gerald Prince. *Narratology: the Form and Functioning of Narrative*. Berlin, New York: Mouton, 1982.

Richter, David H. (ed) *Narrative / Theory*. New York: Longman, 1996.

Seymour Chatman. *Story and Discourse: Narrative Structure in Fiction and Film*. Ithaca and London: Cornell University Press, 1980.

W. B. Gallie. *Philosophy and the Historical Understanding*. New York: Schocken Books, 1968.

Wayne C. Booth. *The Company We Keep: An Ethics of Fiction*. Berkeley: The University of California Press, 1988.

Zoran, Gabriel. *Towards a Theory of Space in Narrative. The Construction of Reality in Fiction*. Duke University Press, 1984.

后　　记

《中西叙事传统比较研究·叙事思想卷》由赵炎秋、江守义、廖述务、熊江梅、胡晓芳五人共同撰写完成。具体分工如下：

绪论、第一章：赵炎秋

第二章：胡晓芳

第三章：熊江梅

第四章：江守义

第五章：廖述务

专著由赵炎秋负责规划、组织、审读、统稿。课题组的老师都做出了极大的努力。

集体写作的主要问题之一，是观点与形式难以统一。我们在这方面做了较多努力，尽量使全书成为一个有机的统一体。但还是存在这样那样的问题，也请各位专家、读者不吝指教。深表谢意。

赵炎秋
2021 年 7 月 8 日于岳麓山下